Das einsame Haus

Hannes Nygaard ist das Pseudonym von Rainer Dissars-Nygaard. 1949 in Hamburg geboren, hat er sein halbes Leben in Schleswig-Holstein verbracht. Er studierte Betriebswirtschaft und war viele Jahre als Unternehmensberater tätig. Hannes Nygaard lebt auf der Insel Nordstrand.
www.hannes-nygaard.de

HANNES NYGAARD

Das einsame Haus

HINTERM DEICH KRIMI

emons:

Bibliografische Information der Deutschen Nationalbibliothek
Die Deutsche Nationalbibliothek verzeichnet diese Publikation
in der Deutschen Nationalbibliografie; detaillierte bibliografische
Daten sind im Internet über http://dnb.d-nb.de abrufbar.

© Emons Verlag GmbH
Alle Rechte vorbehalten
Umschlagmotiv: Vera Wosnitza
Umschlaggestaltung: Tobias Doetsch
Gestaltung Innenteil: César Satz & Grafik GmbH, Köln
Lektorat: Dr. Marion Heister
Druck und Bindung: CPI – Clausen & Bosse, Leck
Printed in Germany 2016
ISBN 978-3-95451-787-9
Hinterm Deich Krimi
Originalausgabe

Unser Newsletter informiert Sie
regelmäßig über Neues von emons:
Kostenlos bestellen unter
www.emons-verlag.de

Dieser Roman wurde vermittelt durch die Agentur Editio Dialog,
Dr. Michael Wenzel, Lille, Frankreich (www.editio-dialog.com).

Für Birthe

Wer spricht vom Siegen? Überstehen ist alles!
Rainer Maria Rilke

Eins

Weiße Wattetupfer hingen am blauen Himmel. Kumulus, überlegte Christoph, hießen diese dichten und scharf abgegrenzten Wolken, die ein wenig an einen aufquellenden Blumenkohl erinnerten. Dort, wo die Sonne sie bestrahlte, waren sie leuchtend weiß. Gedankenverloren schweifte sein Blick aus dem Fenster über die satte grüne Marsch hinweg, unterbrochen von Feldern, auf denen in wenigen Tagen der Raps blühen und das Auge mit einem unbeschreiblich grellen Gelb nahezu blenden würde. In der Ferne war der Seedeich zu erkennen, der in den letzten Jahren zu einer der sichersten Schutzanlagen an der Nordseeküste verstärkt worden war.

Die sieben Köge seiner Wahlheimat Nordstrand lagen tief, teilweise sogar unter Normalnull. Deshalb hatten die Menschen ihre Häuser früher an die Binnendeiche gebaut, die die Köge abgrenzten. Er wurde oft belächelt, wenn er seine Adresse nannte: England. Nein, war seine Standardantwort, wir haben keine Königin. England stammt von »enges Land«. Genauso wie der Osterkoog, über den er jetzt sah, nichts mit dem hohen christlichen Fest gemein hatte, sondern »östlicher Koog« bedeutete. Nordstrand war seit der Eindeichung des großen Naturschutzgebiets Beltringharder Koog eigentlich eine Halbinsel. Hier fühlte er sich wohl, hier würde er …

»Na?« Anna hatte ihren Arm ausgestreckt und ihre Hand auf seine gelegt. »Träumst du schon von der vielen freien Zeit, die du bald haben wirst?«

Er wollte protestieren, unterdrückte es aber. »Ich freue mich über den wunderbaren Ausblick. Haben wir es nicht gut hier?«

Anna seufzte. »Du. Ich muss noch ein paar Jahre arbeiten.«

»Du musst?«, fragte er vorsichtig.

Sie antwortete nicht. Alle Versuche, sie zu überreden, ihre Tätigkeit als Arzthelferin bei Dr. Hinrichsen im Husumer Schlossgang aufzugeben, waren gescheitert. Auch wenn sie immer wieder über den Stress und die hohe Belastung stöhnte, konnte sie sich ein Leben ohne diese Aufgabe nur schwer vorstellen.

Ihm ging es für sich selbst genauso. Aber für Beamte galt die Pensionsgrenze, insbesondere für Polizeibeamte. Ja, es war wirklich schön hier. Aber es würde eine Umstellung für ihn bedeuten, nicht mehr täglich zur Husumer Polizei fahren zu müssen. Zu *müssen*? Oder zu *dürfen*? Es hatte ihn getroffen, als vor einem Jahr Harm Mommsen als Kriminalrat nach Husum zurückgekehrt war und die Leitung der Kriminalpolizeistelle, wie sie etwas umständlich hieß, übernommen hatte; ein Amt, das er zehn Jahre als kommissarischer Leiter innegehabt hatte. Nun sollte es bald vorbei sein. Er hatte es nicht fertiggebracht, mit Anna über seinen Seelenzustand zu sprechen. Derzeit bummelte er seinen letzten Urlaub ab. Christoph empfand es fast als Generalprobe für die Zeit danach. Dann war er Erster Kriminalhauptkommissar a. D.

Anna sah auf die Uhr, dann auf den gedeckten Frühstückstisch.

»Ich muss los«, sagte sie und zeigte auf die Überreste des Morgenmahls. »Räumst du bitte ab? Du hast ja Zeit.«

Christoph nickte versonnen. »Leider«, murmelte er, aber Anna hatte es nicht mehr gehört.

Sie war aufgestanden und kramte ihre Sachen zusammen. Kurz darauf erschien sie wieder, gab ihm einen Kuss und verabschiedete sich. Er begleitete sie zur Tür und sah ihr nach, wie sie in den Golf stieg und Richtung Hauptstraße davonfuhr. Er winkte dem Wagen hinterher und registrierte, dass auch sie kurz den Arm gehoben hatte.

Mit hängenden Schultern kehrte er ins Haus zurück, räumte den Tisch ab, setzte sich ins Wohnzimmer und schlug die Husumer Nachrichten auf. Nach einer Weile registrierte er, dass er den Text gar nicht aufnahm. Ob es anderen Menschen auch so ging? Man sollte sich darüber freuen, wenn man nach einem erfüllten Arbeitsleben Zeit für sich fand. Vielleicht würde sich das Gefühl der Erleichterung noch einstellen, dachte Christoph. Noch spürte er es nicht.

Er legte die Zeitung auf den Tisch zurück und ging ins

Arbeitszimmer, das er sich mit Anna teilte. Vorsichtig fuhr seine Hand über die Tischplatte. Der Schreibtisch war fast leer. So würde seiner in der Husumer Polizeidienststelle auch bald aussehen.

Er nahm einen der Zettel zur Hand, die er gemeinsam mit Anna über Excel erstellt hatte. Es waren die Notizen für seine Verabschiedung. Seit Wochen hatten sie daran gesessen, geplant, welche Gäste kommen würden. Dazu gehörten nicht nur Kollegen und Vorgesetzte, mit denen er in den letzten Jahren zusammengearbeitet hatte, auch Offizielle aus der Stadt und der Kreisverwaltung würden anwesend sein. Und die Presse. Anna und er hatten sich Gedanken zum Ablauf und zum Catering gemacht.

»Du wirst ein paar Worte sagen müssen«, hatte Anna ihm erklärt.

Davor fürchtete er sich fast ein wenig. Ebenso über die Reden, die andere über ihn halten würden. Am Abend würden sie sich im kleinen Kreis im »Glücklich am Meer« treffen. Dort würden nur die engsten Kollegen erscheinen. Kollegen? Nein! Christoph schüttelte für sich selbst den Kopf. Sie waren in den Jahren Freunde geworden. Gute Freunde.

Er kam sich ein wenig verloren vor, als er durchs leere Haus ging. Auf der Arbeitsfläche in der Küche fand er einen Zettel mit Annas Handschrift.

»Kannst du Brötchen besorgen? Und Friesenkruste? Es wäre schön, wenn du auch noch etwas zum Abendessen kaufen würdest. Mach dir etwas Schönes zum Mittag. Kuss.«

War das künftig sein Leben? Hausmann?

Gut, beschloss er, dann werde ich die Aufträge ausführen. Zuvor muss ich aber noch zur Sparkasse und Geld abheben.

Vor der Tür wurde er von seinem Nachbarn begrüßt.

»Moin«, rief Hinnerk Leversen und hielt mit dem Fegen inne. »Übst du schon für dein Rentnerdasein?«

Christoph erwiderte den Gruß. »Den Unterschied werde ich kaum bemerken«, erwiderte er. »Ich habe so viel auf meinem Zettel, dass ich froh bin, wenn ich nicht mehr täglich zum Dienst muss.«

»Na. Die Gangster werden sich freuen, wenn du ihnen nicht mehr auf den Fersen bist.«

»Dafür gibt es genug motivierte und erstklassig ausgebildete Kollegen. Die werden es gar nicht merken, wenn ich nicht mehr da bin.«

»Wir freuen uns schon auf deine Abschiedsparty«, rief Leversen und schien ein wenig enttäuscht zu sein, dass Christoph das Gespräch kurz hielt und in seinen Volvo einstieg.

Christoph startete den Motor und ließ das Fahrzeug langsam die Straße entlangrollen. Einige Meter weiter fand in den Sommermonaten dienstags der Wochenmarkt statt, ein beliebter Anlaufpunkt für Urlaubsgäste. Er hob kurz die Hand vom Lenkrad, um einen Einheimischen zu grüßen. Es war hier üblich, jeden, dem man begegnete, mit einem »Moin« zu grüßen oder beim Autofahren kurz die Hand zu heben. Nicht nur das war ihm vertraut, sondern auch die Häuser, Gärten bis zum hölzernen Unterstand an der Straße, an dem Brennholz angeboten wurde, oder der fahrbare Verkaufsstand für Erdbeeren gegenüber.

Links tauchte das Haus mit dem besonders gepflegten Vorgarten auf. Im Sommer hatte der Bewohner oft die Landesflagge am Mast hochgezogen. Kurz darauf hatte Christoph sein erstes Ziel erreicht und parkte direkt vor der Geschäftsstelle der Uthlande-Sparkasse. Er hatte Glück, noch einen freien Platz zu bekommen. Die wenigen Parkmöglichkeiten wurden oft von den Patienten der stark frequentierten Arztpraxis und den Kunden des Friseursalons in Beschlag genommen. Sein Blick fiel kurz auf das Gebäude gegenüber, in dem früher die örtliche Polizeistation untergebracht gewesen war. Heute mussten die Ordnungshüter vom zwanzig Kilometer entfernten Festland anrücken.

Christoph ging zum Geldautomaten im kleinen Vorraum, führte seine Bankcard ein, legitimierte sich durch die Eingabe der PIN-Nummer und hielt gewohnheitsmäßig die linke Hand über die Tastatur. Es dauerte einen Moment, dann begann der Automat zu rattern und spuckte den gewünschten Betrag aus. Aus alter Gewohnheit trug er seine Kredit- und anderen

Karten im Portemonnaie mit sich herum. Es war unklug, aber bequem. Nachdem er alles verstaut hatte, wandte er sich zum Ausgang und hatte schon die Tür geöffnet, als ihm einfiel, noch einmal nach einem Termin mit dem Anlageberater des Instituts zu fragen.

Er öffnete die zweite Tür, die in den eigentlichen Raum der kleinen Geschäftsstelle führte. Dorle Hansen, die einzige Angestellte, sah kurz auf, unterbrach ihr Gespräch mit einer älteren Dame, die Christoph vom Ansehen kannte, für ein freundliches »Moin« und setzte dann den Dialog mit der Kundin fort. Unfreiwillig hörte Christoph, wie die beiden über »den ollen Iwersen« sprachen. Im hier noch weitverbreiteten Plattdeutsch wunderte sich die ältere Dame, dass Iwersen trotz seiner enormen gesundheitlichen Beeinträchtigungen immer noch »hinter jedem Rock« her war.

»Mensch, Dorle, der kann kaum noch kriechen, der alte Bock. Seh'n tut er auch nix mehr.« Sie fasste sich an die Stirn. »Da oben ist doch auch nicht mehr all'ns in Ordnung. Aber wenn die Kerle 'nen Rock seh'n, ist die Demenz wie weggeblasen. Ich versteh die Fruunslüd auch nicht. Was woll'n die von dem?« Sie rieb Daumen und Zeigefinger gegeneinander. »Die sind nur hinter sein' Geld hinterher.« Sie beugte sich vor. »Sag mal, stimmt das, dass er so viel auffe hohe Kante hat?«

Dorle Hansen warf Christoph einen raschen Blick zu. »Du weißt doch, Meta, darüber darf ich nichts sagen.«

»Ich will ja nicht 'nen genauen Betrag wissen. Nur, ob er wirklich was anne Hacken hat.«

Die Sparkassenangestellte sah erneut Christoph an. »Tut mir leid, Meta. Aber ich muss mich um den Kunden kümmern. Bis andernmal.«

Die alte Dame raffte ihre Sachen zusammen, warf Christoph einen bösen Blick zu, mit dem sie ihn für die Unterbrechung des für sie so bedeutsamen Informationsaustausches verantwortlich machte, und verließ mit einem leicht gekränkt klingenden »Tschüss denn« die Sparkasse.

»Herr äh …«

»Johannes.« Man kannte sich vom Sehen. Seinen Namen

kannte die Angestellte nicht. Christoph wickelte seine Bankgeschäfte übers Internet ab. Er suchte die Filiale im Allgemeinen nicht auf.

»Was kann ich für Sie tun?«

Er trug seine Bitte um ein Gespräch mit dem Anlageberater vor.

»Das macht Herr Paulsen. Er ist am nächsten Donnerstag auf Nordstrand. Nachmittags. Soll ich einen Termin für Sie vormerken?«

Christoph nickte.

»Um drei?« Sie wurde kurz abgelenkt und sah an ihm vorbei. »Entschuldigung, aber da kommt der Geldtransporter.« Plötzlich wirkte sie ein wenig nervös. »Wir erwarten heute eine etwas größere Summe.«

Christoph war erstaunt über die Indiskretion. Er hätte nicht vermutet, dass ein Bankmitarbeiter so etwas ausplauderte. Schließlich war er kein langjährig bekannter Kunde dieser Zweigstelle.

»War's das?«, fragte Frau Hansen, und er hatte das Gefühl, sie wollte ihn abwimmeln.

»Ich melde mich«, sagte er und wandte sich zur Tür. Dort kam ihm ein Mann in einer beigefarbenen Uniform entgegen. Auf der Brusttasche seiner Jacke prangte das Logo des Unternehmens, darunter war der Schriftzug »Nord Secure« gestickt. Er hielt einen Metallkoffer in der linken Hand, der durch eine Kette mit seinem Handgelenk verbunden war. Rechts baumelte ein Revolver an seiner Seite. Christoph lächelte. Es erinnerte ihn ein wenig an einen Sheriff in irgendeinem düsteren Nest im tiefen Wilden Westen. Westen war hier auch, aber nicht wild.

Er hielt dem Mann die Tür auf und wurde mit einem kritischen Blick gestreift. Dann sah der Geldbote wieder Richtung Bedientresen, und sein Gesichtsausdruck veränderte sich. Der Mann lächelte.

»Moin, Frau Hansen«, sagte er und ließ automatisch seine rechte Hand über dem Griff des Revolvers kreisen, als er Christophs Interesse für die Waffe aus den Augenwinkeln registrierte. Die Finger öffneten sich leicht, so als würde er ziehen wollen.

In diesem Moment wurde die äußere Tür aufgerissen. Sie bekam einen heftigen Stoß und flog krachend gegen den Türstopper.

»Flossen hoch«, brüllte eine Stimme, die gedämpft hinter einer Skimaske hervordrang.

Die Hand des Geldboten lag immer noch über dem Griff seines Revolvers. Es war ein Reflex, dass sich die Finger krümmten, ohne die Waffe zu umschließen. Alles geschah während der Dauer eines Wimpernschlags. Der Mann mit der Skimaske musste es auch gesehen und missdeutet haben. Christoph zuckte zusammen, als die Waffe in der Hand des Maskierten aufbellte. Wie von einer Riesenfaust getroffen, taumelte der Geldbote vorwärts und prallte gegen Christoph, der immer noch die Tür aufhielt. In der Vorwärtsbewegung versuchte der Uniformierte instinktiv, seine Waffe zu greifen. Der Täter schoss erneut. Christoph hatte die Arme vorgestreckt, um den Geldboten aufzufangen. Er spürte, wie das Geschoss in den Körper des Mannes eindrang, der Geldbote sich aufbäumte, geschüttelt wurde. Dann pendelte der Kopf in seine Richtung. Christoph sah in die weit aufgerissenen Augen, die ihn ungläubig ansahen. Der Mund war geöffnet. Christoph wurde mit dem Rücken gegen die Tür gedrückt, als der Geldbote gegen ihn fiel.

»Du Schwein«, schrie der Maskierte. »Du Schwein wolltest schießen.«

»Er hat nicht …«, begann Christoph, hielt aber mitten im Satz inne, als der Täter »Schnauze!« schrie und seine Waffe drohend auf ihn richtete.

Christoph hielt den Geldboten im Arm. Der Körper war schwer und schlaff.

»Lass die Sau los«, schrie der Täter. Um seinen Worten Nachdruck zu verleihen, gab er erneut einen Schuss in Richtung der Bankangestellten ab.

Vorsichtig ließ Christoph den Geldboten auf den Boden gleiten.

»Zurück«, befahl der Maskierte und deutete an, dass Christoph sich in Richtung des Tresens bewegen sollte.

Christoph tastete sich vorsichtig zwei Schritte rückwärts. Es war sinnlos, mit dem Täter zu reden. Für das Opfer konnte er im Augenblick nichts tun. Mit einem raschen Blick stellte er fest, dass der Geldbote zwei Mal in den Rücken getroffen war, links und rechts der Wirbelsäule, etwa in Höhe von Herz und Lunge. Der Geldbote musste unbedingt in ärztliche Behandlung, schoss es ihm durch den Kopf.

»Flossen hoch. Beide«, befahl der Täter, bückte sich und zerrte am Geldkoffer. »Scheiße«, fluchte er laut. »Verdammte Scheiße. Dieser Hurensohn.«

Er stellte den Fuß auf den Arm des am Boden Liegenden und zerrte mit aller Kraft am Behälter. Christoph sah, wie die Haut am Gelenk aufriss. Aber die Kette hielt.

»Los«, forderte der Gangster Christoph auf und wedelte mit der Waffe. »Der Schlüssel. Den muss dieser Dreckskerl bei sich haben.«

»Der Schlüssel …«, wagte Dorle Hansen mit kaum wahrnehmbarer Stimme zu sagen, »den habe ich.«

»Her damit. Aber fix.« Jetzt wanderte der Lauf der Waffe Richtung Bankangestellte.

Frau Hansen griff irgendwo hinter den Tresen und hielt den Schlüssel hoch.

»Du da. Mach«, forderte der Maskierte Christoph auf. Der nahm den Schlüssel entgegen und öffnete das Schloss. Der Täter schnappte sich den Koffer und machte einen halben Schritt rückwärts. Plötzlich schien er es sich anders überlegt zu haben. »Pack das Geld ein. Alles. Aber ein bisschen zackig«, schrie er die Angestellte an. »Und mach keine Zicken. Sonst …«

Er beugte sich zum Geldboten hinab, hielt die Pistole etwa zwanzig Zentimeter über den Hinterkopf und drückte ab. Christoph gelang es im letzten Moment, ruckartig den Kopf zur Seite zu drehen. Der Knall unterdrückte das Geräusch berstender Knochen. Ihm wurde übel. Auch wenn er dem Tod oft professionell begegnet war, machte es einen Unterschied, ob man ein Mordopfer in Augenschein nahm oder bei einer brutalen Tötung zugegen war. In ihm keimte Wut. Und Verzweiflung. Sie waren dem Maskierten ausgesetzt.

»Machen Sie, was er Ihnen befohlen hat«, riet Christoph Dorle Hansen, ohne dabei den Kopf zu wenden.

»Der erste kluge Satz heute.« Die Worte trieften vor Hohn. Hinter seinem Rücken hörte Christoph es klimpern und rascheln.

»Das ist alles«, meldete sich die Angestellte mit erstickter Stimme. Alle drei zuckten zusammen, als es vor der Tür knallte. Es war ein kurzer Feuerstoß aus einer, so vermutete Christoph, Maschinenpistole. Der Täter drehte sich nicht um, als ein zweiter Maskierter erschien.

»Mach hinne. Wo bleibst du so lange? Da sitzt noch so ein Typ im Geldtransporter. Die Kiste ist gepanzert. Da kommen wir nicht ran. Der hat bestimmt schon Hilfe angefordert. Da rollt jetzt eine ganze Bullenarmee heran. Außerdem sind Figuren aus den Löchern links und rechts aufgetaucht. Die hab ich mit einer Salve verjagt. Wir müssen los. Komm.«

»Der Sausack wollte die Kröten nicht herausrücken.« Der erste Täter trat dem erschossenen Geldboten wuchtig in die Seite. »Los. Zwei Säcke, in denen Geld transportiert wird«, forderte er Dorle Hansen auf. Die mussten sich die Angestellte und Christoph über den Kopf ziehen. »Nimm den Koffer«, forderte der Täter Christoph auf und schob ihm den Geldbehälter mit dem Fuß zu.

»Was soll das?«, fragte sein Kumpan.

»Wir nehmen die beiden Figuren mit.«

»Aber warum denn? Was wollen wir mit denen?«

»Du Idiot. Du hast selbst gesagt, da rücken alle Bullen Nordfrieslands an. Da kommt keine Maus mehr über den Damm. Die sind unsere Lebensversicherung.«

Er stieß Christoph den Pistolenlauf in die Rippen, dass es wehtat, und dirigierte ihn und die Angestellte vor die Tür. Christoph schrammte sich das Schienbein auf, als er von hinten einen Stoß erhielt und auf die hintere Sitzbank eines Autos mit laufendem Motor gedrückt wurde. Er wollte den Oberkörper aufrichten, erhielt aber einen Schlag gegen die Schläfe.

»Bleib unten.«

Er fühlte den warmen Oberschenkel Dorle Hansens am Kopf, dann fielen die Türen zu, der Motor heulte auf, und der Wagen jagte mit quietschenden Pneus davon. Die Täter fuhren die Landesstraße Richtung Festland. An der nächsten Kreuzung bogen sie links ab. England. Hier wohnte Christoph. Nordstrand war übersichtlich. Er konnte den Weg verfolgen, auch wenn er nichts sah.

»Wohin?«, fragte der zweite Täter mit der etwas hart klingenden Aussprache, während der erste ein unverkennbares norddeutsches Idiom hatte, auch wenn er hochdeutsch sprach.

Christoph holte tief Luft. Er versuchte, seine Gedanken zu sortieren. Alles war unheimlich schnell abgelaufen. Die Täter mussten auf den Geldtransporter gewartet haben.

Der zweite Täter, der fuhr, wiederholte seine Frage.

»Fahr zu. Wir müssen erst mal ein Stück weg.«

Sie waren viel zu schnell unterwegs für den schmalen Deich, auf dem sie sich fortbewegten.

»Langsamer, du Idiot. Sonst fallen wir sofort auf«, befahl der Deutsche, wie Christoph ihn zur Unterscheidung einsortierte. Der andere mochte ein Türke sein.

Der Fahrer trat zu heftig auf die Bremse. Das Fahrzeug kam ein bisschen ins Schlingern.

»Keine Sorge«, sagte der Türke. »Ich hab alles im Griff.« Nach einem kurzen Moment fragte er: »Was ist mit dem zweiten Typen aus dem Geldtransporter?«

»Der muss nicht mehr arbeiten. Der Scheißkerl wollte den Helden spielen und zur Waffe greifen.«

»Du hast ihn …?«

Christoph hörte eine Spur Unsicherheit in der Stimme.

»Es war wie das Duell am O.K. Corral in Tombstone, als Wyatt Earp und Doc Holliday die Clantons erledigten. Bamm. Bamm.«

»Wer war das?«, wollte der Fahrer wissen.

Aber der Deutsche antwortete nicht. Die Reifen quietschten, der Wagen rutschte über den Asphalt, und Christoph wurde unsanft gegen die Vorderlehne geschleudert.

»Wenn du das noch mal machst, verpasse ich dir eine«, drohte der Deutsche. Er musste die Wucht von Christophs Aufprall auf den Sitz gespürt haben.

Die Türen wurden aufgerissen und Christoph aus dem Wagen gezerrt. Unsanft wurde er umgedreht, bekam einen Stoß und prallte mit dem Rücken gegen ein anderes Fahrzeug.

»Los«, befahl der Deutsche. »Fessel die beiden.«

»Arme vor«, forderte der Türke.

Als Christoph die Arme vorstreckte, brüllte der Deutsche: »Bei dem Kerl sollen die Flossen auf den Rücken.«

Dann schlossen sich Kabelbinder um Christophs Handgelenke.

»Fester«, sagte der Deutsche, und sein Kumpan zog noch einmal nach.

Schmerzhaft schnitten sich die Plastikstränge tief in die Haut. Dorle Hansen stöhnte auf, als ihr das Gleiche widerfuhr. Erneut wurden sie geschubst. Diesmal fielen die beiden Geiseln übereinander auf den Rücksitz eines anderen Wagens.

»Wer den Kopf hebt, bekommt ein Loch in den Schädel«, drohte der Deutsche. »Denkt an den Blöden vom Geldtransporter.«

Christoph zweifelte nicht daran, dass der Haupttäter, der bisher äußerst brutal vorgegangen war, seine Drohung in die Tat umsetzen würde. Der Wagen wurde gestartet, setzte ein Stück zurück und fuhr dann davon.

Zwei

Ein tiefes Brummen erfüllte den Raum, schwoll an und steigerte sich zu einem noch durchdringenderen Geräusch.

Oberkommissar Große Jäger musste nicht aufsehen. Die Diesellokomotive auf dem gegenüberliegenden Bahnhof setzte sich in Bewegung und rollte samt den sechs Wagen langsam Richtung Westerland. Es musste um halb sein. Zu dieser Stunde trafen sich auf dem Husumer Bahnhof die Züge der Nord-Ostsee-Bahn Richtung Sylt oder in der Gegenrichtung mit dem Ziel Hamburg; gleichzeitig setzten sich die Triebwagen nach Kiel und St. Peter-Ording in Bewegung. Nur wenn Intercityzüge Husum anliefen, wurde dieser Rhythmus unterbrochen. Sonst, so schien es, lief alles nach einem festgefügten Plan in der bunten Stadt am Meer, die mit dem heutigen Erscheinungsbild ihrem großen Sohn Theodor Storm und seinen melancholischen Versen von der »grauen Stadt am Meer« energisch widersprach.

Husum war weltoffen, galt als begehrtes Reiseziel für Tagestouristen, erfüllte Einkaufswilligen fast jeden Wunsch und war zu einem namhaften Messestandort herangewachsen. Trotzdem hatte es die Stadt vermocht, sich ihren reizvollen und provinziell anmutenden Charme zu bewahren.

Ob Mats Skov Cornilsen das auch so sah? Der junge Kommissar saß ihm am Zweierschreibtischblock gegenüber, starrte auf den Bildschirm und hämmerte mit zwei Fingern einen Text in das System. Große Jäger nahm eine Büroklammer und warf sie seinem Kollegen gegen die Brust.

»Husum. Ist doch eine andere Welt als Niebüll, oder?«

Cornilsen sah auf. »Wie kommst du jetzt darauf?«

»Zwischen den Einbruchdiebstählen, Rauschgiftsachen und Betrugsanzeigen sind doch auch mal philosophische Gedanken erlaubt.«

Der große, schlaksige Kommissar mit dem blonden Haarschopf, der einen leichten Rotschimmer aufwies, schüttelte

den Kopf, dass der ein-Euro-Stück-große goldene Ring am
Ohr in Bewegung geriet.

»Niebüll hat einen ganz anderen Charakter. Ich mag beide.
Husum und meine Heimat Niebüll. Oma würde nie weiter
nach Süden ziehen als Niebüll.«

»Gehört Oma auch zur dänischen Minderheit?«

Cornilsen lachte noch einmal. »Was heißt hier Minderheit?
Vi er røde, vi er hvide, vi er Danish dynamite.«

Große Jäger winkte ab. »Europameisterschaft 1992. Da warst
du noch gar nicht geboren.«

»Doch. Natürlich. Oma erzählt davon noch heute.«

»Kennst du auch die Übersetzung? Wir sind rot – wir sind
weiß. Wir sind die Dänen – so 'n Scheiß.«

Cornilsen griff zur Cola-Flasche und ließ gluckernd einen
großen Schluck die Kehle hinablaufen.

»Das Zeug ist ungesund.« Große Jäger tippte gegen den
fleckigen Kaffeebecher vor sich. »Ein anständiger Polizist trinkt
Kaffee. Das musst du noch genauso lernen wie das Kochen
dieses lebenserhaltenden Getränks.«

»Karriere macht man mit Kaffee aber nicht, zumindest nicht
in Husum. Der Chef trinkt Tee und Christoph auch.«

»Das war jetzt falsches Deutsch. Christoph *ist* der Chef.
Jedenfalls, solange er noch im Dienst ist. Merk dir das, Hosenmatz.« Der Oberkommissar streckte den Finger aus. »Was
schenkt man ihm zum Abschied? Hast du endlich eine Idee?«

»Wieso ich?«

»Du bist Beamter – auf Probe. Da solltest du wissen, dass
man Aufträge der Vorgesetzten bedingungslos befolgt. Und
du hast die Aufgabe, kreativ zu sein.«

»Na denn dann. Welche Hobbys hat er?«

Große Jäger legte die Stirn in Falten. »Blöde Frage. Seinen
Beruf. Aber wir können ihm zur Pensionierung doch nicht
ein Dutzend Ganoven schenken.«

»Wie wäre es mit einem Stapel ungeklärter Fälle?«, schlug
Cornilsen vor.

»Haben wir nicht. Nicht in Husum. Früher hat er Golf
gespielt.«

»Komisch. Man behauptet doch, die Leute beginnen mit diesem Sport erst, wenn sie keinen Sex mehr haben. Hat er wieder damit angefang...«

»Blöder Kommentar. Ich mag es nicht, wenn man so über Christoph spricht. Klar?«

Cornilsen schluckte. »Sollte nur flapsig klingen«, sagte er entschuldigend.

Sie wurden abgelenkt durch Unruhe, die plötzlich im Haus entstand und bis in ihr Büro drang.

»Was ist da los?«, fragte Große Jäger, als die ersten Martinshörner ertönten. »Gleich mehrere.« Er wollte zum Telefonhörer greifen, als die Tür aufgerissen wurde und Kriminalrat Mommsen ihnen zurief: »Banküberfall mit Geiselnahme auf Nordstrand.«

»Typisch«, brummte der Oberkommissar und sprang auf. Cornilsen folgte ihm. Es war erstaunlich, wie behände sich Große Jäger bewegen konnte. Der Schmerbauch, der die Gürtelschnalle verdeckte, schien ihn ebenso wenig zu behindern wie die flatternde speckige Lederweste mit dem Einschussloch, das er einem früheren Einsatz verdankte. Typisch für ihn waren auch das Holzfällerhemd und die Jeans, von der man den Eindruck gewinnen konnte, dass sie noch keine Duzfreundschaft mit der Waschmaschine eingegangen war.

Mommsen hatte sich einen Vorsprung erlaufen und betätigte schon die Fernbedienung, bevor er das Fahrzeug erreichte. Schnaufend ließ sich Große Jäger auf den Beifahrersitz fallen, während Cornilsen versuchte, seine fast zwei Meter Körpergröße auf der Rückbank unterzubringen. Große Jäger fluchte, als Mommsen die Kurve vom Parkplatz auf die Poggenburgstraße nahm, während er selbst versuchte, das mobile Blaulicht auf dem Dach zu platzieren.

»Anschnallen«, befahl der Kriminalrat.

»Ich bin ein Mann und deshalb kein Multitalent«, erwiderte der Oberkommissar. »Da funktioniert alles nur sequenziell.«

Sie umrundeten den Binnenhafen, überquerten die Klappbrücke, die diesen vom Außenhafen trennte, und wenig später schlängelte sich Mommsen zwischen den Fahrzeugen, die nur widerwillig an die Seite fuhren, auf der neuen Umgehungsstraße hindurch. An der Einbiegung zur Straße nach Nordstrand mussten sie energischen Gebrauch vom Signalhorn machen, um sich freie Fahrt zu verschaffen. Das galt auch für die Ortsdurchfahrt durch den Husumer Vorort Schobüll, den vorwitzige Zungen das Blankenese von Husum nannten.

»Marlene ist auch schon da«, erklärte Große Jäger, als sie an ihrem Stammlokal vorbeikamen, vor dem mit einem Stellschild für »Warme und kalte Küche« geworben wurde. Ob die Pappfigur der Frau mit den wenig vorteilhaften Proportionen, die von der Mauer zu einem Hechtsprung ins imaginäre Nass ansetzte, dem Namen des Restaurants »Glücklich am Meer« gerecht wurde?, überlegte er.

»Sieh dir diesen Trottel an«, fluchte er im nächsten Moment. »Das hast du immer wieder auf dieser Strecke. Diese Typen tragen ihren Wagen durch den Ort. Die sollten ein Strafmandat wegen zu schnellen Parkens bekommen.«

Mommsen umrundete den Streifenwagen, der am Anfang des Damms eine Straßensperre errichtet hatte. Die uniformierten Kollegen würden niemanden ungeprüft den Kontrollpunkt passieren lassen.

»Hoffentlich geht das gut«, sagte Große Jäger. »Wenn die Täter bewaffnet sind, ist das ein gefährlicher Job, den die beiden haben.«

Erst auf dem kilometerlangen Damm, der Nordstrand mit dem Festland verband, konnte Mommsen auf über einhundertfünfzig Stundenkilometer beschleunigen.

Große Jäger hatte inzwischen den Polizeifunk eingestellt, sodass die drei die einlaufenden Meldungen verfolgen konnten. Noch war die Lage diffus. Die zentrale Leitstelle in Harrislee wusste auch nur zu vermelden, dass es einen bewaffneten Überfall gegeben hatte. Hinzukommende Zeugen hatten berichtet, dass es Opfer gab.

»Verletzt?«, fragte Mommsen.

»Das weiß man noch nicht«, erwiderte Große Jäger.

Er vermied es, sich in den hektischen Funkverkehr einzuschalten. Die Leitstelle bemühte sich, weitere Streifenwagen auch aus entfernten Gebieten abzuziehen und hierher zu beordern.

Sie hatten keinen Blick für das Gelb des Löwenzahns, das wunderbar mit dem satten Grün der stillen Marschinsel und dem Blau des Himmels harmonierte. Große Jäger sah auch nicht auf die sieben steinernen Flaggen, die am Ende des Damms die Besucher grüßten und deren jede für einen der Köge Nordstrands stand.

Dafür fluchte der Oberkommissar mörderisch, als Mommsen die Stöpe zu hart nahm und Große Jäger mit dem Kopf gegen das Wagendach stieß.

Die Stöpe war ein verschließbarer Durchlass für eine Straße oder einen anderen Verkehrsweg durch – meistens – einen Binnendeich, also die zweite Deichlinie. Zwei Reihen Holzbohlen und Sandsäcke sollten verhindern, dass sich bei Gefahr das Wasser einen Weg durch den Durchlass bahnte.

Die Fahrt führte sie durch die Teilorte, die sich aneinanderreihten und deren Namen alle auf »-koog« endeten. Wenig später hatten sie ihr Ziel erreicht. Zwei Streifenwagen waren vor ihnen eingetroffen.

Mommsen steuerte den Wagen auf den Parkplatz vor den Gebäuden mit den Giebelseiten, die zur Straße zeigten. Ein weißes Schild mit der Aufschrift »Arzt« und einem roten Kreuz wies den Weg zum rechten, etwas vorspringenden Gebäudeteil. Im mittleren Teil des Komplexes war die Zweigstelle der Uthlande-Sparkasse untergebracht. Direkt davor stand ein gepanzerter Geldtransporter der »Nord Secure«. Das Kennzeichen verriet, dass das Unternehmen in Lübeck ansässig war.

Ein uniformierter Beamter kam ihnen entgegen. Der Polizeihauptmeister nickte kurz zur Begrüßung.

»Es gibt nur vage Informationen«, erklärte er, an Mommsen gewandt. »Sicher ist, dass die Sparkasse«, dabei zeigte er mit dem Daumen über die Schulter, »überfallen wurde, als der Geldtransporter auftauchte. Zeugen wollen zwei Täter beobachtet haben. Die Aussagen sind aber widersprüchlich. Allen sitzt der Schreck noch in den Knochen.« Jetzt wies sein Daumen zur benachbarten Arztpraxis. »Wir haben Glück, dass heute Donnerstag ist. Da ist die Praxis geschlossen. Sonst wäre hier viel mehr los gewesen.«

»Opfer?«, fiel ihm Große Jäger ins Wort.

Der Polizeihauptmeister nickte. »Ja. Einer der Geldboten wurde erschossen. Er liegt dort drüben im Eingangsbereich.«

»Was ist mit dem zweiten?«, wollte Große Jäger wissen.

»Ein Stück die Straße runter ist die zweite Arztpraxis von Nordstrand. Der Doktor ist sofort alarmiert worden, hat festgestellt, dass er ihm da«, erneut zeigte der Finger zur Sparkasse, »nicht mehr helfen kann, und hat sich um den Kollegen gekümmert. Der saß im Auto und ist unverletzt, hat aber einen schweren Schock und ist nicht ansprechbar. Wir haben lediglich seinen Namen in Erfahrung bringen können. Er heißt Marius Bauerfeindt.«

»Was ist mit dem Personal der Sparkasse? Waren Kunden anwesend?«

Der Polizist zuckte die Schultern. »Eine ältere Frau hat sich gemeldet. Ihr Name ist Meta …« Er warf einen kurzen Blick in ein Notizbuch, »Dethlefsen. Sie wohnt am Osterdeich. Das ist in die Richtung. Die nächste Querstraße.«

»Was hat die gesagt?«

»Nicht viel. Sie war in der Sparkasse und hat mit der Angestellten gesprochen.«

»Nur mit einer?«

»Wenn ich es richtig verstanden habe, gibt es nur die eine Mitarbeiterin, Dorle Hansen mit Namen. Dann ist ein älterer Mann aufgetaucht. Daraufhin ist sie gegangen.«

»Wie sah der aus?«

»Keine Ahnung. Das haben wir nicht in Erfahrung bringen können.«

Große Jäger nickte Cornilsen zu. »Kümmere dich darum.«

»Das tu ich machen«, sagte der Kommissar und fragte, wo die Zeugin sei.

»Die muss da drüben sein«, erwiderte der Uniformierte

gereizt. »Mensch, wir sind auch gerade erst hier. Was sollen wir schon alles festgestellt haben?«

»Ruhig, Robert«, sagte Große Jäger beschwichtigend. »Keiner macht euch einen Vorwurf.« Der Oberkommissar sah sich um. »Wo sind die Angestellte und der Kunde?«

Mommsen räusperte sich. »Die Leitstelle hat durchgegeben, dass die beiden in der Hand der Täter sind. Diese Auskunft kam vom zweiten Geldboten …«

»Bauerfeindt«, warf Große Jäger ein. »Das habe ich auch gehört. Aber die Frage ist doch einen Versuch wert. Sehen wir uns das Opfer und den Tatort an.«

»Ich organisiere den Einsatz«, erklärte Mommsen und kehrte zum Einsatzfahrzeug zurück.

Der Oberkommissar folgte dem Streifenbeamten, der am Türeingang stehen blieb, verharrte ebenfalls an Ort und Stelle und klopfte dem Polizisten auf die Schulter.

»Gute alte Schule, Robert. Manch junger Kollege wäre ungestüm hineingerannt.« Er legte die Hände trichterförmig an den Mund. »Hallo?«, rief er. »Ist dort jemand? Hier ist die Polizei.«

Der Uniformierte grinste. »Glaubst du, die Täter haben sich versteckt und kommen jetzt heraus?«

»Nicht die Täter, aber eventuell ein anderer, der sich aus Angst verborgen hält.«

Niemand reagierte auf das Rufen.

Sie hörten das Näherkommen von Signalhörnern. Kurz darauf traf der erste Rettungswagen aus Husum ein. Große Jäger sah, wie Mommsen kurz mit der Besatzung sprach und in Richtung der zweiten Arztpraxis zeigte. Das wiederholte sich, als der Notarzt eintraf, der in der Kreisstadt am Krankenhaus stationiert war.

Während Große Jäger versuchte, aus der Distanz etwas zu erkennen, kehrte Cornilsen zurück.

»Meine Oma ist aber fitter in der Birne«, begann er mit seiner Erklärung. »Die Zeugin wollte mir zunächst Inseltratsch erzählen. Das, so sagte sie, habe sie mit Dorle besprochen. Das ist die …«

»Weiter«, unterbrach ihn Große Jäger ungeduldig. »Wer ist der Mann, der dabei war?«

»Den hat sie schon mal gesehen. Keine Ahnung, wie der heißt oder wo der wohnt. Muss aber irgendwo hier auf Nordstrand sein.«

»Also möglicherweise kein Tatbeteiligter, sondern ein Opfer.«

Cornilsen warf einen Blick auf den Toten. »Mann, den haben sie regelrecht massakriert«, sagte er ein wenig atemlos. »Sieht so aus, als wäre er nicht nur mit einem Schuss niedergestreckt worden. Ob das ein Feuergefecht war?« Dann fiel sein Blick auf den Kopf. »Der ist ja ...« Der junge Kommissar stockte.

»Sprich es aus. Hosenmatz. Der arme Kerl ist regelrecht hingerichtet worden. Ich will der Spurensicherung und der Rechtsmedizin nicht vorgreifen, aber der Schuss wurde aus nächster Nähe abgegeben.«

»Warum das denn?«

»Gute Frage. Es ist der erste Anschein, was ich jetzt sage. Noch keine Bestätigung.«

»Logisch«, pflichtete Cornilsen bei.

»Die Täter haben offensichtlich gewartet, bis der Geldtransporter eingetroffen ist. Sie hatten es auf den abgesehen.«

»Dann haben sie die Sparkasse längere Zeit überwacht und ausgespäht, oder ...«

»Richtig. Jemand hat ihnen einen Tipp gegeben.«

Cornilsen zeigte auf den toten Geldboten. »Du meinst, es könnte der da gewesen sein? Man hat ihn kaltblütig ermordet, um einen Mitwisser auszuschalten?«

»Ich meine gar nichts«, sagte Große Jäger. »Manchmal denke ich nur laut. Die Gangster sind nicht nur mit der Beute geflüchtet ...«

»Wieso Beute? Woher willst du das wissen?«, unterbrach ihn Cornilsen.

Große Jäger zeigte auf die Kette am Arm des Geldboten.

»Potz Blitz.« Der junge Kommissar knuffte Große Jäger freundschaftlich in die Seite. »Du hast ein gutes Auge.«

»Sie haben nicht nur die Beute, sondern vermutlich auch noch zwei Geiseln. Die Bankangestellte und den älteren Unbekannten.«

Sie wurden durch den zweiten Rettungswagen abgelenkt, der eingetroffen war. Die beiden Rettungsassistenten stiegen aus und sahen sich suchend um. Robert, der Polizeihauptmeister, ging auf sie zu und sprach mit ihnen.

»Versuch, weitere Zeugen zu finden«, wies Große Jäger seinen Kollegen an.

»Na denn dann.« Cornilsen wollte sich entfernen, als ihn der Oberkommissar am Jackensaum festhielt.

»Wart mal.« Große Jäger sah am Einsatzfahrzeug, mit dem sie gekommen waren, vorbei auf die Reihe der geparkten Autos. »Das ist doch …«, murmelte er und ging zu den Autos. »Das ist doch …«, wiederholte er und starrte auf den Volvo.

»Der Chef«, sagte Cornilsen atemlos und zeigte auf das Nummernschild »NF-CJ«.

»Das ist Christophs Wagen.« Große Jäger sah sich um. »Wo ist er? Der muss doch hier sein, wenn sein Auto hier parkt. Da sind nur die geschlossene Arztpraxis und der Friseursalon. Sonst ist hier nichts, wo er sein könnte.« Er schlug sich mit der flachen Hand gegen die Stirn. »Der stellt doch nicht seinen Volvo hier ab. Einfach nur so.«

»Da ist noch die Sparkasse …«, warf Cornilsen ein.

»Das weiß ich auch«, blaffte ihn Große Jäger an, zog sein Handy hervor und wählte Christophs Mobilnummer. Unruhig ging er auf und ab. »Los, mach schon. Geh ran. Nimm ab«, sagte er unablässig.

Er merkte nicht, wie er von den Umstehenden beobachtet wurde. Sein »Scheiße« wurde mit Erstaunen aufgenommen, als die Mobilbox ansprang. Große Jäger wählte die Festnetznummer an. Auch hier ließ er es so lange klingeln, bis der Anrufbeantworter um eine Nachricht bat.

»Was ist in dich gefahren?«, wollte Mommsen wissen, der Große Jägers Aktionismus fragend beobachtet hatte.

Der Oberkommissar zeigte auf den Volvo.

»Verdammt«, sagte der Kriminalrat.

»Hosenmatz. Du springst ins Auto und fährst ein Stück zurück. Nächste Kreuzung links abbiegen. Das heißt dort England.« Dann beschrieb Große Jäger das Haus. »Nummer weiß ich nicht. Sieh nach, ob der Chef da ist. Aber fix. Klar?« Den Oberkommissar störte es nicht, dass Mommsen beim »Chef« eine Augenbraue hochzog.

»Alles klar«, bestätigte Cornilsen, »ich tu das machen«, und fuhr davon.

Große Jäger wählte die Praxis Dr. Hinrichsens in Husum an. »Ich versuche, Anna zu erreichen«, erklärte er Mommsen. Dann folgte ein Fluchen. »Da ist besetzt.« Sein Versuch, Annas Mobiltelefon zu kontaktieren, landete sofort auf der Mobilbox. »Das hat sie abgestellt.«

»Und wenn der vollgepumpt ist mit Medikamenten«, fluchte der Oberkommissar, »der Geldbote muss aussagen.« Schnaufend machte er sich auf den Weg in Richtung Arztpraxis.

Drei

Christoph versuchte sich zu orientieren. Es war schwieriger, als er gedacht hatte. Es gab keine Kurven, keine Abbiegungen, keinen Halt an Ampeln oder Kreuzungen. Er versuchte, die Sekunden zu zählen. Wie schnell mochte der Wagen fahren? Wenn es sechzig Stundenkilometer waren, legte der Wagen in der Sekunde – er überschlug es – ein Sechzigstel eines Kilometers zurück.

Er verlor die Übersicht, da er sich nicht voll auf die Rechnung konzentrieren konnte. Bei dreihundertvierundzwanzig verlangsamte das Fahrzeug die Geschwindigkeit. Dann bremste es ab. Christoph hörte deutlich die Signalhörner eines Einsatzfahrzeuges, das von links kam und sich nach rechts entfernte. Jetzt wusste er wieder, wo sie waren. Es musste die Kreuzung England und Osterkoogstraße sein. Der Klang des Martinshorns verriet ihm, dass ein Streifenwagen vorbeigefahren war.

»Sieh an, die bescheuerten Bullen«, sagte der Deutsche. »Das hier ist tiefste Provinz. Da läuft so ein richtig dickes Ding ab, und die schicken eine Bullenkutsche. Die hätten wir auch abgeknipst, wenn sie uns in die Quere gekommen wären.«

»Die müssen erst von Husum rüberkommen. Der Damm ist verdammt lang«, erklärte sein Kumpan. »Wohin jetzt?«

»Da längs«, hörte Christoph. »Ich hätte Bock, da mal vorbeizufahren und mir die blöden Gesichter anzusehen.«

»Spinnst du?«, fragte der Türke.

»Fahr jetzt. Oder brauchst du eine Einladung?«

Das Fahrzeug setzte sich wieder in Bewegung. Sie fuhren geradeaus Richtung Herrendeich. An den kurzen Ausweichmanövern erkannte Christoph, dass sie die Schikanen zur Verkehrsberuhigung passierten.

»Halt«, befal der Deutsche. »Bieg mal da ab.«

»Kannst du das nicht früher sagen?«

»Schnauze. Mach schon. Dann halt an.«

Der Wagen rollte noch ein wenig weiter, dann wurde er abgebremst und hielt an.

Der Deutsche ließ ein meckerndes Lachen hören. »Wie findest du das?«

»Was meinst du?«

»Da drüben.«

»Die Volksbank? Was ist damit?«

Wieder lachte der Deutsche. »Wär doch geil, wenn wir da jetzt reingehen würden. Die Bullen stieren sich die Augen aus dem Kopf, während wir hier noch einmal abräumen. Das wäre doch ein Superding.«

»Du bist verrückt.«

»Nee, Atatürk. Genial.«

»Die sind doch schon auf Nordstrand. Die jagen uns wie die Hasen. Was ist mit denen dahinten?«

»Die knipsen wir aus.«

Christoph hörte, wie einer der beiden heftige Schluckbewegungen ausführte.

»Ohne mich«, sagte der Türke schließlich und ließ offen, ob er damit den zweiten Überfall oder die Ermordung der Geiseln meinte.

Dann herrschte für eine längere Zeit Schweigen. Nur die Atemzüge der beiden Täter waren zu vernehmen, unterbrochen von einem tiefen Rülpsen, das von der Beifahrerseite kam.

Dorle Hansen lag auf Christoph. Er spürte das Zittern der Sparkassenmitarbeiterin. Die Frau versuchte, keinen Laut von sich zu geben. Sie atmete flach, als fürchtete sie, selbst damit die Aufmerksamkeit der Täter zu erregen.

Christoph merkte, wie sich in seiner Hosentasche das Handy mit Vibrationsalarm meldete. Zwei Herzschläge später ertönte Entengeschnatter.

»Was ist da ...?«, zeigte sich der Deutsche überrascht. Dann lachte er lauthals auf. »Heiß. Ein super Klingelton. Wer war das?«

»Ich«, meldete sich Christoph.

Seine stille Hoffnung, über das Handy Hilfe anzufordern,

war zerstoben. Selbst wenn er sich nicht hätte melden können, wäre das Handy hilfreich gewesen. Man hätte seinen Volvo gefunden und dann versucht, sein Handy zu orten. Jetzt hatte ihn der Klingelton verraten.

Er wollte nicht, dass man bei Dorle Hansen nach dem Apparat suchte.

Der Vordersitz knarrte, dann merkte er, wie eine Hand in die Tasche seiner Hose fuhr, den Hosenstoff einfach aufriss und das Mobiltelefon hervorholte.

»Große Jäger«, las der Deutsche vor. »Was heißt das?«

»Ich bin Hobbyjäger«, log Christoph. »Das ist der Vorsitzende unserer Jagdgenossenschaft. Intern nennen wir ihn Großer Jäger.«

»Du hast vergessen, den Geiseln die Handys abzunehmen«, warf der Türke seinem Kumpanen vor. »Was ist, wenn sie uns darüber geortet haben?«

»Quackikram. So fix sind die nicht im Denken.«

»Mach das Ding rott«, schlug der Türke vor. »Sonst machen die das mit der Ortung.«

»Musst mir nicht sagen«, antwortete der Deutsche, besann sich aber eines anderen. »Ich nehm die Karte raus. Vielleicht brauchen wir das Ding noch.«

Christoph hörte ein leises Fluchen.

Dann meldete sich der Fahrer. »Gib mal her. Ich weiß, wie das funktioniert.«

Während der Türke Christophs Handy außer Betrieb setzte, fragte der andere: »Hast du auch so ein Ding, Schlampe? Heute läuft keiner ohne Handy herum.«

»Ja«, antwortete Dorle Hansen kaum wahrnehmbar. »Meins bewahre ich in der Handtasche auf.«

»Wo ist die?«

»Auf dem Schreibtisch am Arbeitsplatz.«

»Du lügst«, behauptete der Mann, und Christoph bekam mit, wie er begann, Dorle Hansen abzutasten. Dabei wurde sein Atem etwas schneller, während die Sparkassenangestellte die Luft anhielt und sich versteifte. Sie lag immer noch halb auf Christoph, der jetzt ihre Reaktion hautnah erlebte.

»Das könnte eine Lieblingsbeschäftigung von mir werden. Weißt du, Atatürk«, quetschte der Deutsche zwischen den Zähnen hervor, »wenn die nicht so mies zahlen würden, hätte ich Bock darauf, als Weiberfilzer bei der Sicherheit am Flughafen zu arbeiten.«

Der Mann grapschte weiter an Dorle Hansen herum. Dabei berührte er Christophs Oberschenkel und hielt urplötzlich inne.

»Iiih. Wir haben uns hier eine schwule Sau eingehandelt«, brüllte er. »So ein Schweinkram.« Ruckartig nahm er die Hände weg. »Nicht mit mir«, fluchte der Mann.

Christoph hörte es rascheln. Dann traf ihn etwas an der Schläfe, und schlagartig wurde es ihm schwarz vor seinen Augen.

Vier

Große Jäger hatte sich mit dem Notarzt angelegt. Der Mediziner wollte es nicht zulassen, dass man dem zweiten Geldboten Fragen stellte.

»Kommt nicht in Frage«, lehnte der Arzt jeden Kontaktversuch ab. »Der Patient hat einen schweren Schock erlitten. Ich habe ihn sediert. Er kann Ihnen ohnehin nicht mehr antworten.«

Missgelaunt kehrte der Oberkommissar zum Tatort zurück. Inzwischen war ein weiteres Fahrzeug der Husumer Kripo mit drei Beamten eingetroffen.

»Tante Hilke? Was machst du hier?«

Die rotblonde Kommissarin lächelte.

»Meinen Job«, erklärte sie kurz angebunden. »Harm Mommsen hat schon berichtet, dass ihr vermutet, Christoph könnte hier involviert sein.«

Große Jäger nickte ernst. »Möglicherweise. Mats ist unterwegs und versucht herauszufinden, ob Christoph eventuell zu Hause oder unterwegs ist.« Er zog erneut sein Handy hervor und betätigte die Wahlwiederholung. Enttäuscht beendete er das Gespräch. »Das ist keine Arztpraxis bei Dr. Hinrichsen, sondern eine Quatschbude. Ständig ist besetzt.« Er hielt das Telefon in die Höhe. »Ich versuche, Christophs Frau zu erreichen.«

Hilke Hauck sah sich um. »Ich sehe mich einmal nach Augenzeugen um«, erklärte sie.

Große Jäger berührte sie leicht am Oberarm. »Prima.« Er sah auf, als von Weitem das Signal eines Einsatzwagens ertönte. Wenig später tauchte der Mercedes Vito der Flensburger Spurensicherung auf.

»Moin, Klaus«, begrüßte er den fast kahl geschorenen Leiter des K6 der Bezirkskriminalinspektion.

Hauptkommissar Jürgensen sah sich um. »Das ist doch die Westküste, oder? Dann passt es ja: Wildwest in Nordfriesland.«

»Nun meckere nicht herum. Extra für dich war heute Morgen die Putzfrau da und hat den Tatort gewischt. Nebenan wohnt ein Doktor. Sollen wir den bitten, alles zu desinfizieren, bevor du anfängst?« Große Jäger sah an Jürgensen vorbei. »Bist du allein?«

»Allein?«, echote der Flensburger. »Bist du blind? Da sind die beiden Kollegen.«

»Das meine ich nicht. Wo ist dein Röcheln? Dein Husten? Dein Niesen?«

»Friesischer Kasperkopf«, erwiderte Jürgensen und sah sich um. »Sag mal – die haben dich doch nicht allein von der Leine gelassen. Wo steckt Christoph?«

Große Jäger hüstelte.

Das veranlasste Jürgensen zu einem breiten Grinsen. »Imitierst du mich? Oder willst du es auch einmal probieren?«

Der Oberkommissar legte dem Flensburger die Hand auf die Schulter. »Wir haben noch keine Bestätigung dafür, aber es könnte sein, dass Christoph von den Tätern als Geisel genommen wurde.«

»Wie bitte?« Jürgensen sah Große Jäger aus weit geöffneten Augen erstaunt an. »Einen Polizisten?«

»Sie wissen vermutlich nicht, dass er zu uns gehört. Er war als Kunde hier und ist vom Überfall überrascht worden.«

»Das kann nicht wahr sein.« Der Flensburger wirkte betroffen. Dann drehte er sich abrupt um und begann, seine Leute einzuweisen.

Kriminalrat Mommsen war zu den beiden herangetreten und hatte zugehört. Als Jürgensen sich abgewandt hatte, sagte er: »Weitere Einsatzkräfte sind unterwegs. Aus Eutin ist eine Einsatzhundertschaft in Marsch gesetzt worden.«

»Nach allem, was wir bisher feststellen konnten, handelt es sich um zwei Täter«, erklärte Große Jäger. »Die können eigentlich noch nicht von der Insel herunter sein. Sie müssen sich noch auf Nordstrand verborgen halten.«

»Davon könnte man ausgehen«, stimmte Mommsen zu. »Am Ende des Damms, an der Wobbenbüller Abzweigung, haben die Kollegen eine Straßensperre errichtet. Dort kommen keine Fahrzeuge, aber auch keine Fußgänger oder Radfahrer unkontrolliert durch. Auch der Hafen in Strucklahnungshörn ist abgesichert. Von dort geht die Fähre nach Pellworm. Die zweite tägliche Linienverbindung nach Sylt ist noch nicht durch. Sie wird von den Beamten am Hafen überwacht. Die haben auch ein Auge auf einen möglichen Fluchtversuch mit einem Boot. Ein Streifenwagen ist von den Bredstedter Kollegen unterwegs nach Lüttmoorsiel und bewacht dort einen möglichen Fluchtweg am Deich entlang. Damit sind alle Fluchtmöglichkeiten unter Kontrolle.«

»Was ist mit den Segelschiffen in Süderhafen? Außerdem gibt es noch einen Hafen für den Küstenschutz am Holmer Siel. Dort werden Materialien gelagert und umgeschlagen.«

»Darum kümmert sich die Wasserschutzpolizei«, erklärte Mommsen. »Nordstrand ist hermetisch abgeriegelt. Derzeit kommt keiner unkontrolliert herunter.«

»Wir müssen die Insel durchkämmen. Haus für Haus. Irgendwo müssen die Täter sich mit ihren Geiseln versteckt haben. Das kann doch nicht so schwierig sein.« Große Jäger schlug mit der rechten Faust in die linke Handfläche. »Verdammt noch mal.«

Sie wurden abgelenkt durch den Rettungswagen, der Richtung Husum unterwegs war. Er hielt kurz an, und der Notarzt erschien in der sich öffnenden Seitentür, sah sich suchend um und winkte Große Jäger heran.

»Ich habe ganz kurz mit dem Patienten sprechen können«, sagte er. »Nur bruchstückhaft. Er selbst heißt Marius Bauerfeindt, sein Kollege, mit dem er unterwegs war, Ömer Akalin. Es waren zwei Täter. Die haben zwei Leute mitgenommen. Mehr Informationen waren nicht herauszuholen.«

»Danke, Doktor«, sagte Große Jäger und sah dem Rettungswagen nach, der in Richtung Festland davonfuhr. Tonlos formte der Oberkommissar den Namen des zweiten Geldboten. Der Tote hatte einen Namen. Ömer Akalin.

Große Jäger ging zu Mommsen zurück und berichtete die Neuigkeiten. In diesem Moment kehrte Cornilsen zurück. An seinem Gesichtsausdruck war ablesbar, dass er keine guten Nachrichten mitbrachte.

»Ich habe mit einem Nachbarn gesprochen, der in seinem Garten beschäftigt war. Hinnerk Leversen heißt der Mann. Er erzählte, dass er mit dem Chef ...« Cornilsen hielt erschrocken inne und sah Mommsen an.

Der Kriminalrat nickte ihm aufmunternd zu.

»Also. Der Nachbar erzählte, dass Christoph heute Morgen aus dem Haus kam, nachdem dessen Frau zur Arbeit gefahren war. Sie haben ein paar Worte gewechselt, dann ist Christoph mit dem Auto weggefahren.«

»Das untermauert unseren Verdacht«, sagte Große Jäger.

»Verdammt und zugenäht.«

Mommsen zupfte den Oberkommissar am Ärmel und zog ihn ein Stück außer Hörweite der anderen.

»Ich weiß, wie gut ihr befreundet seid«, sagte der Kriminalrat leise. »Es wäre besser, wenn wir dich hier abziehen.«

»Kommt nicht in Frage«, blaffte Große Jäger. »Und wenn ich die ganze vermaledeite Insel zu Fuß abklappern muss ... Ich bleibe hier und suche Christoph.«

»Wir müssen einen kühlen Kopf bewahren. Deine verständliche Erregung bringt uns nicht weiter.«

»Ich bin Profi«, behauptete Große Jäger. »Nun lass mich meine Arbeit machen.«

»Ist ja gut«, sagte Mommsen.

Hilke Hauck hatte bei Cornilsen gewartet und die beiden aus der Distanz beobachtet. Als Mommsen und Große Jäger zu ihr getreten waren, berichtete sie: »Wir haben die Leute befragt. Keiner hat etwas mitbekommen. Personal und Kunden im benachbarten Frisiersalon haben auch nur den Geldtransporter und das davonbrausende Fluchtauto gesehen. Alle sagten übereinstimmend aus, dass alles sehr schnell ging. Wir wissen aber, dass die Täter mit einem roten Auto Richtung Husum geflüchtet sind.«

»Dann halten wir Ausschau nach einem roten Wagen«, ordnete Mommsen an. »Hilke, du fährst mit einem Kollegen in eurem Einsatzwagen. Sie, Herr Cornilsen, nehmen das Fahrzeug, mit dem wir gekommen sind. Nehmt die Blaulichter vom Dach und verhaltet euch unauffällig. Und wenn ihr etwas seht, weiterfahren. Ich möchte keine Einzelaktionen. Ist das klar? Nur beobachten und melden.«

»Na denn dann«, versicherte Cornilsen. »Tun wir das machen.«

Große Jäger und Mommsen gingen zum Eingang hinüber und sahen eine Weile der Spurensicherung zu. Die Männer in ihren weißen Schutzanzügen arbeiteten schweigsam und routiniert. Einer fotografierte und filmte, der zweite war dabei, die Wände zu untersuchen. Klaus Jürgensen beschäftigte sich mit dem Leichnam.

»Wir können auf den Rechtsmediziner hier vor Ort verzichten«, schlug er vor.

Große Jäger stimmte ihm zu. »Viel könnte der nicht ausrichten. Wir müssen ihn deshalb nicht von Kiel aus hierherkommen lassen. Und Dr. Hinrichsen würde ich ungern dazubitten.« Er musste das nicht ausführen. Es hätte Anna, die bei dem Husumer Mediziner im Schlossgang als Arzthelferin tätig war, beunruhigt. Die bisher noch nicht bestätigte Vermutung wollte Große Jäger Christophs Frau selbst überbringen.

Jürgensen gab eine kurze Einschätzung ab, wie er den Tathergang vermutete. »Eine Hinrichtung«, schloss er.

»Wie sieht es mit der Überwachungskamera aus?«, wollte Mommsen wissen.

Der Kriminaltechniker zeigte auf das Gerät. »Wir haben uns noch nicht darum kümmern können. Es müsste bald jemand von der Uthlande-Sparkasse hier sein. Wir werden dann gemeinsam die Aufzeichnungen ansehen.«

»Ich habe die Zentrale informiert«, mischte sich Mommsen ein. »Die haben ein Team in Marsch gesetzt. Es dauert eine Weile, bis die von der Hauptstelle in Wyk auf Föhr hier eintreffen. Sie müssen erst mit der Fähre nach Dagebüll und dann über Land hierher. Das Niebüller Revier hat einen Wagen zur Fähre geschickt. Die nehmen die Leute auf und bringen sie hierher. Der Geldtransportservice ›Nord Secure‹ ist auch informiert. Auch aus Lübeck sind Mitarbeiter nach Nordstrand unterwegs. Flensburg hat veranlasst, dass die Verhandlungsgruppe des LKA herkommt, um mit den Entführern

Kontakt aufzunehmen. Das gilt auch für das Spezialeinsatz-kommando.«

»Da wird das ganz große Geschirr aufgefahren«, stellte Große Jäger für sich fest. »Ich kümmere mich um Informationen zur zweiten Geisel.« Er fluchte leise, als er sich in einen Dienstwagen zurückzog und sich bemühte, das Netbook in Betrieb zu setzen. »Warum müssen die Dinger so kleine Tastaturen haben?«, murmelte er.

Dorle Hansen war neununddreißig Jahre alt und mit Bernd verheiratet. Das Ehepaar hatte zwei schulpflichtige Kinder und wohnte auf Süden auf Nordstrand. Er sah auf, als Klaus Jürgensen erschien.

»Wir haben die Identität des Toten feststellen können. Ich habe seine Ausweispapiere gefunden. Er heißt Ömer Akalin und wohnt in der Tilsiter Straße in Stockelsdorf bei Lübeck. Er …«

»Danke«, unterbrach Große Jäger den Flensburger Hauptkommissar und zeigte auf das Netbook. »Ich suche ihn über das System.«

Er gab die Daten ein und gab ein leises »Verflucht« von sich. Auch Akalin war verheiratet und hatte einen einjährigen Sohn. Der Mann war deutscher Staatsangehöriger mit türkischen Wurzeln. Wie sollte man seiner Frau Kardelen erklären, dass Ömer Akalin nur vierundzwanzig Jahre alt werden durfte?

Große Jäger sah zu Mommsen. Der Kriminalrat stand auf dem Parkplatz und telefonierte. Dann blickte er sich suchend um, entdeckte Große Jäger und kam herüber.

»Hilke hat den vermutlichen Fluchtwagen entdeckt«, sagte er und setzte sich hinters Lenkrad. »An Christophs Wohnung vorbei ganz bis zum Ende. Dort am Seedeich gibt es ein paar Parkmöglichkeiten für Leute, die auf dem Deich spazieren gehen möchten.«

Die schmale Straße schlängelte sich durch England, passierte zwei bekannte Gastronomiebetriebe und führte auf dem schmalen Binnendeich gen Norden. Große Jäger zeigte unterwegs nach rechts.

»Da ist der Pharisäerhof«, erklärte er. »Dort soll angeblich das gleichnamige Getränk erfunden worden sein. Ein Stück weiter liegt, gut gesichert, das Wohn- und Geburtshaus von Peter Harry, wie ihn hier alle nennen. Er ist einer von ihnen, erzählen die Nordstrander jedem, der es wissen möchte.«

Tatsächlich genoss der ehemalige Landesvater bis heute eine hohe Popularität, auch wenn er schon lange nicht mehr auf der Insel wohnte.

Vom Binnendeich aus hatte man einen wunderbaren weiten Blick über die stille Marsch, die sich beidseits bis zum Horizont ausbreitete. Christoph, erinnerte sich Große Jäger, hatte oft davon gesprochen, dass er die Ruhe und den Frieden dieser rauen und klimatisch nicht immer lieblichen Landschaft schätzte. Nun waren Unruhe und Hektik über Nordstrand hereingebrochen. Das große Verbrechen hatte Einzug gehalten.

Die zumeist älteren Rotklinkerhäuschen lagen nahezu ausnahmslos rechts am Deich. Früher hatten die klugen Insulaner ihre Unterkünfte immer auf Deichhöhe gebaut. Erst in jüngster Zeit entstanden Neubauten in der Marsch, teilweise sogar unter dem Meeresspiegel, wenn man Normalnull dafür annahm. Man vertraute dem Deichbau.

»Gott schuf das Meer, der Friese die Deiche«, sagte Große Jäger unvermittelt und erntete dafür einen fragenden Blick Mommsens.

Sie sahen von Weitem die beiden Fahrzeuge der Husumer Kripo. Cornilsen hatte Hilke Haucks Meldung mitgehört und war zu der angegebenen Stelle gefahren. »Das heißt ja wirklich ›Oben‹«, staunte Mommsen, als sie das Ortsschild passierten.

Die Kommissarin empfing sie und zeigte auf einen roten Opel Astra. »Das müsste er sein.«

Der ältere Wagen sah ungepflegt aus. Davon zeugte nicht nur das stumpfe Rot. An den Kotflügeln befanden sich ebenso Rostflecken wie an den zerschrammten Stoßstangen. Die Radkappen waren angelaufen und verdreckt. Hilke Hauck hielt ihr Handy in die Höhe.

»Ich habe schon eine Halteranfrage gemacht. Der Wagen

ist Baujahr 2003 und auf Jörg Bleicher in Tönning zugelassen. Das Fahrzeug ist nicht als gestohlen gemeldet.«

»Wer klaut so eine alte Kiste?«, stellte Große Jäger fest und besah sich den Opel. Von außen war nichts zu erkennen.

»Mats ist da drüben.« Die Kommissarin zeigte in Richtung des Campingplatzes mit der Gaststätte »Wattwurm«, der unterhalb des Deiches in Sichtweite lag. »Er versucht, jemanden zu finden, der eventuell beobachtet hat, wer mit dem Opel gekommen ist. Vermutlich haben die Täter hier das Fahrzeug gewechselt. Vielleicht ist auch irgendjemandem aufgefallen, welches andere Auto hier geparkt wurde.«

»Prima, Tante Hilke«, lobte Große Jäger die Kollegin und rief Jürgensen an, um die Spurensicherung anschließend hierher zu beordern.

»Danke für das Beschäftigungsprogramm«, knurrte der Flensburger.

Die ganze Siedlung bestand nur aus nicht einmal einem Dutzend Häuser.

»Das ist das Ende der Welt«, murrte Große Jäger. »Wundert mich auch nicht. Was soll nach England noch kommen? Von den letzten Häusern ist nur eins bewohnt. Zwei sind verriegelt. Die Fensterläden sind festgenagelt. Um diese Zeit kommen kaum Feriengäste. Wer will hier schon Urlaub machen? Wie hört sich das an: ›Wo wart ihr?‹ – ›Oben.‹ Eine Hütte ist komplett zerfallen.« Die Fensterscheiben waren eingeworfen, zerfetzte Gardinen hingen in der offenen Fensterhöhle. Weit und breit war kein Mensch zu sehen. Auch im einzig bewohnten Haus war niemand anzutreffen.

Mommsen hatte in der Zwischenzeit Erkundigungen über den Fahrzeughalter eingeholt. »Ein paar kleine Delikte. Beleidigung, leichte Körperverletzung, Verstoß gegen das Betäubungsmittelgesetz«, berichtete der Kriminalrat. »Kein großes Kaliber.«

»Aber nicht unbeleckt«, ergänzte Große Jäger. »Warum hat er das Fehlen seines Autos noch nicht bemerkt? Und wer ist so blöde und nimmt so eine Rostlaube als Fluchtwagen?« Er zeigte auf den Campingplatz. »Ich gehe mal zum Hosenmatz.«

»Ich komme mit«, rief Hilke Hauck und folgte ihm.

Dann machten sie sich auf den Weg. Über eine kleine Brücke führte ein Weg zum Nebeneingang des Campingplatzes. Die Tür war verschlossen.

»Nun muss man auch noch ganz außen herumlaufen«, maulte Große Jäger.

»Das sind zweihundert Meter«, stellte Hilke Hauck fest.

»Frauen! Die haben kein Augenmaß fürs Schätzen.«

Sie suchten Cornilsen, der auf dem um diese Jahreszeit nur gut zur Hälfte belegten Platz von Wohnwagen zu Wohnwagen ging. Zelte gab es keine, abgesehen von den einigen wenigen Vorzelten. Der mobile Tourist kam heutzutage mit dem Wohnwagen oder dem Wohnmobil.

Am Eingang mit dem Kiosk forderte ein Schild die Besucher auf, sich vor dem Betreten dort zu melden. Sie verzichteten darauf. Keiner hinderte sie. Kein Mensch war zu sehen. Wie in einer Geisterstadt.

»Niemand hat etwas gesehen oder mitbekommen«, sagte Cornilsen enttäuscht, als sie ihn erreichten. »Die sind hier mit anderen Dingen beschäftigt.«

Die beiden anderen Polizisten trennten sich und befragten ebenfalls die Camper. Ihre Bemühungen blieben erfolglos. Auch die Mitarbeiter des Platzes und der Gastronomie hatten nicht auf die Fahrzeuge auf dem Parkplatz am Deich geachtet.

»Da hätten wir viel zu tun«, behauptete ein vierschrötiger Mann, der auf der verglasten Veranda an einem der mit Wachstuch bedeckten Tische vor einer Flasche Bier saß.

Auf dem Rückweg fragten sie in den drei anderen Häusern des kleinen Ortes nach, die ein Stück abseits vom Campingplatz lagen.

»Vielleicht sind hier auch Spaziergänger oder Radfahrer vorbeigekommen.« Große Jäger zog die Nase kraus. »Obwohl ich da keine großen Hoffnungen habe. Wer in dieser Gegend entlanggeht, macht es auf der Seeseite des Deiches. Von dort sieht man den Parkplatz nicht.«

»Ein mageres Ergebnis«, konstatierte Cornilsen.

»Mager?« Große Jäger schnaufte. »Gar keins.«

Der junge Kommissar wurde abgestellt, bei dem Opel auf die Spurensicherung zu warten.

»Du kannst die Zeit nutzen, um einen Tieflader zu bestellen«, trug ihm Große Jäger auf. »Die Karre muss nach Kiel zur Kriminaltechnik. Die sollen das Ding auseinandernehmen. Wenn es vorher nicht von allein auseinanderfällt«, ergänzte er leiser.

Dann fuhren er und Mommsen zum Tatort zurück. Dort hatte sich eine kleine Menschenansammlung gebildet, in deren Zentrum Robert, der Polizeihauptmeister, und ein kräftig gebauter Mann mit blonden Haaren standen und heftig miteinander gestikulierten. Der Mann trug blaue Arbeitskleidung. Nur mühsam konnte sich Große Jäger einen Weg durch den Kreis der Schaulustigen bahnen. Robert bemerkte ihn.

»Das ist Bernd Hansen, der …«, wollte der Uniformierte erklären, aber Große Jäger winkte ab.

»Danke, ich weiß Bescheid.«

Er packte den Mann am Unterarm und zog ihn mit zum Einsatzfahrzeug der Husumer Kripo. Beide nahmen auf dem Rücksitz Platz.

»Stimmt es, was die Leute sagen? Wo ist Dorle? Was ist hier passiert? Wo ist sie geblieben? Wie geht es ihr?«, sprudelte es unstrukturiert aus dem Mann heraus.

»Sie sind Bernd Hansen?«, fragte Große Jäger rhetorisch, um den aufgebrachten Mann zunächst ein wenig zu beruhigen.

Der nickte heftig.

Große Jäger berührte vorsichtig mit der Fingerspitze die Arbeitskleidung. »Sie sind Handwerker?«

Hansen nickt erneut. »Tischler. Ich bin bei einem örtlichen Unternehmen beschäftigt. Wir haben immer gut zu tun. Meistens auf Nordstrand. Deshalb habe ich es auch sofort erfahren. So etwas spricht sich wie ein Lauffeuer herum. Hier bleibt nichts geheim. Jeder weiß alles. Sagen Sie mir endlich, was da los ist«, forderte er eindringlich.

»Nach unseren Erkenntnissen hat es einen äh …«, Große Jäger suchte nach einem unverfänglichen Ausdruck, »Übergriff auf die Geldboten gegeben, als diese die Sparkasse betreten haben.«

»Man erzählt sich, dass es eine wilde Schießerei gegeben hat.«

»Wir sind dabei, den Sachverhalt aufzunehmen«, wich der Oberkommissar aus.

»Ist Dorle getroffen worden? Hat sie etwas abbekommen? Oder …« Er brach ab und schüttelte Große Jäger am Revers der Lederweste. »Oder noch schlimm…« Hansen schluckte heftig, bevor er ein »schlimmer« hervorbringen konnte.

»Uns liegt kein Hinweis darauf vor, dass Ihre Frau etwas abbekommen hat.«

Hansen stieß einen Stoßseufzer aus. »Wo ist Dorle? Ich will mit ihr sprechen. Macht sie noch eine Zeugenaussage? Sie ist bestimmt verwirrt. Das wundert mich nicht. Wann kann sie mit nach Hause? Es ist bald Mittag, und die Kinder warten auf das Essen.« Der Mann fuhr sich mit den gespreizten Fingern durch das Haar. Große Jäger nahm ihm die Worte nicht übel. Hansen war völlig überfordert mit der Situation. Das war nicht verwunderlich.

»Herr Hansen«, versuchte Große Jäger mit beruhigender Stimme zu erklären, »wir sind am Ball. Es hat den Anschein, als hätten die Täter Ihre Frau und einen männlichen Kunden mitgenommen.«

»Wozu das? Was wollen sie mit denen? Die haben doch das Geld, oder?«

»Ja«, bestätigte Große Jäger. »Die Täter sind mit der Beute entkommen.«

»Weshalb haben sie Dorle mitgenommen?« Hansen gab sich einen Ruck. Erneut packte er Große Jägers Lederweste. »Sie müssen sofort eine Straßensperre errichten. Augenblicklich. Die dürfen nicht mit meiner Frau über den Damm. Haben Sie das gehört? Sofort!«

»Alle erforderlichen Maßnahmen sind eingeleitet. Wir sind uns sicher, dass Ihre Frau noch auf Nordstrand ist. Niemand kommt von der Insel herunter.«

»Dann suchen Sie Dorle. Was sitzen die ganzen Polizisten hier herum?« Er streckte den Arm aus. »Fangen Sie an. Das kann doch nicht so schwer sein. Sie muss doch hier irgendwo sein.« Er griff zum Türöffner. »Kommen Sie. Ich kenne mich hier aus. Ich helfe Ihnen.«

»Wir haben alle erforderlichen polizeilichen Maßnahmen eingeleitet«, versicherte Große Jäger, stieg aus und winkte Robert heran. »Gibt es jemanden vom Kriseninterventionsteam?«, fragte er den Streifenpolizisten.

Der warf einen Blick auf Hansen.

»In der Nähe wohnt ein pensionierter Geistlicher. Der hat seine Unterstützung angeboten. Ich glaube, bei ihm und dem Doktor ist Herr Hansen gut aufgehoben. Kommen Sie«, forderte er Dorle Hansens Ehemann auf und packte ihn sanft am Ellenbogen. »Ach ja«, warf Robert im Fortgehen noch hinterher. »Die Kollegen aus Niebüll sind eingetroffen. Sie haben die Sparkassenleute mitgebracht. Die mit der Fähre von Föhr gekommen sind.«

Auf dem Rücksitz eines Streifenwagens drängten sich drei Zivilisten. Zwischen zwei kräftig gebauten Nordmännern war ein kleiner, schmächtiger eingequetscht. Mühsam schälten sich die drei aus dem Fond heraus. Große Jäger ging ihnen entgegen.

»Sie kommen von der Uthlande-Sparkasse?«

Ein Mann mit einem großen, runden Schädel und einer Halbglatze, als hätte ihm jemand kunstvoll die vordere Hälfte der Haarpracht entfernt, blinzelte ihm durch dicke Brillengläser entgegen.

»Griepenkerl«, stellte er sich vor. »Ich bin der Vorstand. Einer davon.«

»Oberkommissar Große Jäger.«

Griepenkerl kam ihm entgegen, dass sich fast die Nasenspitzen berührten. »Sie sind der Einsatzleiter?«

»Ich bin Ihr Ansprechpartner«, wich Große Jäger aus und sah auf den zweiten Hünen.

Der reichte ihm eine mit dichtem Haarpelz bewachsene Pranke.

»Lauscher«, nannte er seinen Namen. »Ich bin der Revisor.«

Die beiden groß gewachsenen Sparkassenleute verdeckten den dritten, der hinter ihnen stand. Große Jäger lag es auf der

Zunge, Griepenkerl zu fragen, ob er seinen Sohn mitgebracht habe.

»Maik Beckers«, stellte sich der junge Mann selbst vor, nachdem er sich seitlich an seinen beiden Kollegen vorbeigezwängt hatte. Mit seinen gesunden roten Wangen und den blonden Haaren ähnelte er dem großen Bruder des Jungen, der einem von den Zwieback-Packungen entgegenlächelte.

»Sie üben welche Funktion aus?«, wollte Große Jäger wissen.

»Ich bin zuständig für die Organisation, Technik und betreue die IT-Infrastruktur.«

»Wissen Sie schon Näheres?«, mischte sich Griepenkerl ein.

Der Oberkommissar beließ es bei einer knappen Erklärung. Als er erwähnte, dass die Täter möglicherweise zwei Geiseln genommen hätten, schluckte Griepenkerl heftig.

»Wir sind nur eine kleine Sparkasse und stolz, dass wir bisher unsere Selbstständigkeit wahren konnten. Wie unser Name schon sagt, sind wir nur auf den Inseln vertreten. Bisher ist unser Institut erst einmal Opfer eines Überfalls geworden. Drüben auf Pellworm. Aber mit einer Geiselnahme?« Er schüttelte erregt den Kopf. »Eine Mitarbeiterin und ein Kunde. Wissen Sie seinen Namen?«

Große Jäger ging nicht darauf ein.

»Wie gesagt. Wir sind nicht sehr groß. Da kennt man jeden Mitarbeiter. Der ist nicht nur ein Name. Ausgerechnet Dorle Hansen.« Griepenkerl packte Große Jäger am Unterarm. »Die hat Familie. Kinder. Eine tüchtige und nette Frau. Beliebt. Zuverlässig. Und dann – so was.«

»Können Sie uns mit Informationen behilflich sein?«, fragte der Oberkommissar.

»Natürlich. Wir unterstützen Sie, wo wir können«, versicherte Griepenkerl. »Deshalb habe ich die beiden wichtigsten Mitarbeiter mitgebracht. Zumindest was diesen schlimmen Vorfall betrifft.«

»Wissen Sie, wie hoch die Beute ist?«

Griepenkerl sah sich suchend um und nickte in die Richtung, in der er Lauscher vermutete.

Der Revisor räusperte sich. »Die Geldboten hatten eine

Bargeldbestellung von dreiundvierzigtausend Euro dabei, die sie abliefern sollten. Nach unserem Informationsstand wissen wir auch, wie hoch der Kassenbestand vor Ort sein muss. Diese Daten stehen dank moderner Kassensysteme online in Echtzeit zur Verfügung.« Er nannte einen Betrag und warf einen Blick zum Eingang der Filiale. Dort waren noch die Spurensicherer bei der Arbeit. »Sobald Ihre Leute uns den Zutritt gestatten, würden wir das Ist ermitteln. Dann können wir Ihnen eine genaue Summe nennen.« Lauscher zeigte auf Griepenkerl. »Wir beide.«

»Und Sie?«, fragte Große Jäger den jungen Mann.

»Ich bin mitgekommen, um die Aufzeichnungen der Überwachungskameras auszuwerten.«

»Gibt es einen zweiten Eingang?«, fragte Große Jäger.

»Ja«, antwortete Lauscher und zog ein Schlüsselbund hervor. Der Revisor trug eine Stoffhose, ein gestreiftes Hemd und eine wollene Strickjacke. »Wenn wir dürfen … Ich meine, wenn wir niemanden stören, könnten wir von dort in das Büro hinter dem Kassenraum gelangen.«

»Kommen Sie«, sagte Große Jäger und folgte den drei Sparkassenleuten.

An der Seitenwand des Gebäudes befanden sich schmale Oberlichter, die durch massiv aussehende Gitter geschützt waren. Auch die Hintertür machte einen stabilen Eindruck.

Beckers zeigte auf Kontakte zwischen Tür und Rahmen, nachdem Lauscher die Sicherung an einem in die Wand eingelassenen Schloss deaktiviert hatte und eine rote Kontrollleuchte erloschen war.

»Werden die unterbrochen, wird sofort ein Alarm bei der Polizei in Husum ausgelöst.«

»Kein Bürger versteht es mehr, dass sich die Polizei aus der Fläche zurückzieht. Sie müssen jetzt aus Husum anrücken. Das dauert ewig. Früher gab es hier ganz in der Nähe einen eigenen Polizeiposten«, schimpfte Griepenkerl.

Große Jäger ging nicht darauf ein. Tatsächlich hätte der einzige Polizeibeamte Nordstrands kaum etwas gegen so brutal vorgehende Täter ausrichten können.

»Alarm wird nicht nur bei der Polizei ausgelöst, der Ruf geht auch bei der Zentrale des Sicherheitsdienstes und bei uns ein. Außerhalb der Geschäftszeiten erhalte ich eine Nachricht auf meinem Handy«, fuhr Lauscher mit der Erklärung fort.

Sie betraten einen kleinen Flur, dessen Wände mit dunklen Schleifspuren verunziert waren. Es sah aus, als wenn regelmäßig Kartons an den Wänden entlangschrammen würden. Die Garderobenhaken waren leer.

»Dort geht es zum Mitarbeiter-WC.« Lauscher zeigte auf eine verschlossene Tür. »Hier ist ein kleines Lager.« Er öffnete eine weitere Tür zu einem kleinen Raum. In Wandregalen lagerten Kartons, Büromaterial, Werbemittel und Ordner. »Dann haben wir noch diesen Bereich. Das ist das Backgroundbüro. Hier können sich Mitarbeiter und Kunde zu vertraulichen Gesprächen zurückziehen.«

Für diesen Zweck schien der Raum lange nicht mehr genutzt worden zu sein. Auf dem Schreibtisch lag eine Handtasche. Zwischen Schriftwechseln stand die Kaffeetasse, daneben der Aschenbecher. Im halb geleerten Joghurtbecher steckte der Löffel, daneben hatte Dorle Hansen einen Apfel und eine Banane gelegt. An der Wand stand ein schwerer Stahlschrank, dessen Türen geöffnet waren.

»Wir haben nur kleine Zweigstellen.« Griepenkerls Erklärung klang wie eine Entschuldigung. »Als Geldinstitut, das bewusst auf Kundenähe und Betreuung vor Ort Wert legt, müssen wir immer wieder neu den Spagat zwischen Kostenbewusstsein und Präsenz wagen. Andere Sparkassen ziehen sich zurück und schließen ihre Geschäftsstellen. Wir folgen diesem Trend nicht. Aber gerade der persönliche Kontakt wird von unseren Kunden angenommen, und deren Zuspruch bestätigt unser Geschäftsmodell. Dafür verzichten wir auf manch vordergründigen Glamour.«

Beckers sah Große Jäger an und zeigte auf einen Computer, der gegen die Stirnwand gestellt war.

»Darf ich?«

»Moment.« Der Oberkommissar trat zur angelehnten Tür,

die in den Kassenraum führte. »Klaus?«, rief er und schmunzelte, als Jürgensen erschrocken zusammenfuhr und sich umdrehte.

»Verdammt. Bist du Deichtrottel hier durchgelatscht?«

Große Jäger tippte sich an die Stirn. »Husumer Polizisten kennen stets mehrere Wege und Möglichkeiten. Ich habe mich durch die Hintertür geschlichen. Können wir uns an die Auswertung der Überwachungskameras machen?«

»Lass die Finger davon. Wenn du etwas anfasst, zerbröselt es.«

»Ich habe für alles meine Experten. Für das Überwachungssystem einen IT-Fachmann, für den Rest dich.«

»Wenn du versprichst, selbst nichts anzufassen, von mir aus …«, brummte Jürgensen. »Aber latsch mir nicht durch den Tatort.«

Große Jäger versprach es.

Beckers nahm vor dem Bildschirm Platz und gab ein paar Befehle ein. Dann sah er über die Schulter. »Ich müsste mein Passwort …«

Die drei anderen drehten sich diskret zur Seite und wandten sich erst wieder dem Bildschirm zu, nachdem der IT-Experte »Okay« verkündet hatte.

Große Jäger sah dem jungen Mann mit Erstaunen zu. Die Finger flogen über die Tastatur, auf dem Bildschirm erschienen kurze Meldungen auf Englisch, die so schnell wieder verschwunden waren, dass der Oberkommissar kein Wort verstand. Dann tauchte der Kassenraum auf dem Bildschirm auf, und sie konnten zusehen, wie die Männer der Spurensicherung dort tätig waren. Oben links lief eine Digitaluhr mit. Die Zehntelsekunden rasten durch das Bild.

»Ich werde das System jetzt zurücksetzen und die Aufzeichnung aufrufen, die uns den Überfall zeigt.«

Beckers stoppte das laufende Bild und ließ die Überwachung rückwärtsfahren. Spielerisch kreisten seine Finger über dem Rändelrad der Maus, als wären sie damit verwachsen. Im Zeitraffer fuhr das System rückwärts, bis Große Jäger plötzlich »Stopp« rief. Beckers hatte es im selben Moment bemerkt. Gebannt starrten die Männer auf das Videobild. Der Sicherheitsexperte hatte das Video so weit zurückgesetzt, bis Dorle Hansen und eine ältere Frau zu sehen waren. Dann trat Christoph ins Bild.

»Mein Gott«, stöhnte Griepenkerl mehrfach, als das Geschehen über den Bildschirm flackerte. Nicht nur den Sparkassenvorstand übermannte das Entsetzen, als sie Zeuge wurden, wie der Geldbote kaltblütig ermordet wurde. »Ist das wahr?«, kam es gebrochen heiser über Griepenkerls Lippen.

»Leider«, erwiderte Große Jäger und war froh, durch Jürgensen abgelenkt zu werden, der den Raum betrat und verkündete: »Wir sind mit dem Bereich hinterm Tresen fertig. Sie könnten jetzt an die Kasse zur Bestandsaufnahme.«

Griepenkerl und Lauscher nickten, während Beckers auf Große Jägers Bitte noch einmal zurückspulte und das Video erneut mehrfach abspielte, nachdem der Oberkommissar Mommsen und Cornilsen hinzugezogen hatte.

»Oh nee nä«, kommentierte der junge Kommissar, während Mommsens Miene keine Regung verriet.

Beckers versicherte, der Polizei umgehend das Videomaterial zur Verfügung zu stellen.

»Es wird schwer«, stellte der Kriminalrat schließlich fest. »Auf den ersten Blick ist die Identität der Täter nicht ersichtlich. Es wird Aufgabe der Fachleute im LKA sein, mögliche Schlüsse aus den Bewegungsabläufen und der Gestik des Täters zu ziehen. Vielleicht gelingt es auch mit Hilfe der zur Verfügung stehenden Technik, trotz der Masken etwas über die Physiognomie des Mörders herauszufiltern.«

»Gut und schön«, erwiderte Große Jäger gereizt. »Das macht die Tat aber nicht ungeschehen. Wir haben gesehen, wie brutal der Geldbote hingerichtet wurde. In der Hand dieser Tiere befinden sich noch zwei Geiseln.«

Ein strafender Blick Mommsens streifte ihn. Große Jäger winkte ab.

»Du bist wie Christoph«, sagte er zum Kriminalrat und drehte sich zu Cornilsen hin. »Der hätte mich auch getadelt. Es ist für einen Polizisten unprofessionell, Täter als Tiere zu bezeichnen.« Der Oberkommissar stapfte zornig mit dem Fuß auf. »Trotzdem! Das hat Götz von Berlichingen auch gesagt, als ihm Erich Honecker vorgestellt wurde, der Schillers Dramengestalt als eine der außergewöhnlichsten Persönlichkeiten der Geschichte lobte.«

Cornilsen sah ihn verdutzt an. »Verstehe ich nicht. Die haben doch zu verschiedenen Zeiten gelebt. Wie können die sich begegnet sein?«

Große Jäger lachte. »Wenigstens das habt ihr noch gelernt, obwohl euer Abitur ja eine Light-Ausgabe ist.«

»Mit deinem scheint es aber auch nicht weit her zu sein«, mischte sich Mommsen ein. »Das war nicht Schiller, sondern Goethe.«

Große Jäger schwenkte den Zeigefinger. »Da siehst du es, Hosenmatz. In Deutschland ist alles von Goethe. Und wenn das mal nicht zutrifft, ist es von unserem Kriminalrat.«

Fünf

Ein stechender Schmerz durchfuhr Christophs Schädel. Er atmete noch zweimal tief durch, bevor er die Augen öffnete. Der über seinen Kopf gezogene Geldsack verwehrte ihm die Sicht. Er bewegte vorsichtig den Kopf und zuckte zusammen, als er mit der sich rasch bildenden Beule an der Schläfe gegen etwas stieß. Er wich sofort ein wenig zur Seite. Es musste Dorle Hansens Körper sein. Langsam kehrte die Erinnerung zurück. Er wusste nicht, wie lange er das Bewusstsein verloren hatte, aber es konnte nur kurz gewesen sein. Niemand sprach. Nur das monotone Brummen des Motors war zu hören.

Die Sekunden dehnten sich zu Ewigkeiten, bis der Deutsche, wie Christoph ihn zur Unterscheidung für sich selbst nannte, »Halt mal« sagte. Das Fahrzeug wurde abgebremst, und der Beifahrer öffnete die Tür.

»Ich geh mal gucken«, erklärte der Deutsche.

Kühle, würzige Seeluft strömte ins Wageninnere. Christoph spürte es durch die dichte Jute des Geldsacks hindurch. Sie mussten irgendwo in Deichnähe sein. Zu hören war nichts. Kein Auto, kein Mensch, kein Tier. Es vergingen ein paar Minuten, bis sich Schritte näherten.

»Hier geht es«, sagte der Deutsche und öffnete die hintere Tür. Eine Hand packte Christoph am Kragen, sodass ihm für einen kurzen Moment die Luft abgeschnürt wurde. Dann zerrte ihn der Mann aus dem Wagen. »Nimm du die Tussi«, forderte er seinen Kumpanen auf.

Es fiel Christoph schwer, auf die Beine zu kommen. Er war orientierungslos, erhielt einen Stoß ins Kreuz, dann packte ihn der Mann am Oberarm und zog ihn mit. Der Schlag auf den Kopf und die verrenkte Haltung auf dem Rücksitz ließen ihn ein wenig taumeln.

»Willst du auch noch getragen werden?«, hörte er die Stimme neben sich. »Beweg dich, Alter. Los.«

Ein schmerzhafter Tritt gegen den Oberschenkel unterstrich die Aufforderung. Christoph hatte im Stillen mitgezählt. Nach acht Schritten stieß er mit der rechten Schulter gegen ein Hindernis. Gleichzeitig stolperte er über eine Schwelle, die ihm der Mann nicht angekündigt hatte. Das Hemmnis musste der Türrahmen gewesen sein. Er konnte durch den Geldsack nichts erkennen, nur, dass es schlagartig dunkler wurde. Sie mussten ein Haus betreten haben. Unter der Sohle hatte er einen minimalen Absatz gespürt. Es war nur ein geringer Höhenunterschied gewesen, nicht der eines normalen Bürgersteigs. Dann folgte eine Eingangsstufe. Die Straße selbst war schmal gewesen. Das war typisch für die Fahrwege auf Nordstrand, die häufig auf Deichen entlangführten.

Immerhin führte ihn sein Begleiter, sagte zwischendurch: »Nach rechts«, auch wenn es dem zweiten Täter galt. Christoph nahm an, dass dieser mit Dorle Hansen folgte. Unvermittelt erhielt Christoph wieder einen Stoß in den Rücken, nachdem der Deutsche seinen Oberarm losgelassen hatte.

Christoph fiel nach vorn und stieß gegen ein Regal. Seine Hände waren hinter dem Rücken gefesselt, sodass er keine Chance hatte, sich abzustützen. Er hörte Glas scheppern. Dann trat ihm jemand in die Hacken. Es musste die Sparkassenangestellte gewesen sein, die hinter ihm gegangen war. Eine Tür knallte zu, dann war ein Schlüssel zu vernehmen, der in einem Schloss gedreht wurde.

Stille.

»Frau Hansen?«, fragte er.

Es dauerte einen Moment, bis er ein leises Schluchzen hörte.

»Ja«, kam es kaum wahrnehmbar bei ihm an.

»Ist bei Ihnen alles in Ordnung?«

»Ich weiß nicht.«

»Sind Sie verletzt?«

»Nein. Nicht direkt.«

»Was heißt das?«

»Na – mir geht es nicht gut. Das ist alles zu viel. Was wollen die von uns?«

»Atmen Sie ruhig durch. Das war ein schlimmes Erlebnis.

Alles wird gut. Die Täter sind auch aufgeregt. Für sie ist es Stress pur. Wir müssen nur einen kühlen Kopf bewahren.«

»Die haben doch alles. Warum lassen sie uns nicht gehen?«

»Sie wollen die ersten Minuten nach der Tat abwarten, bis sich die Aufregung gelegt hat. Sie können sicher sein, dass die Polizei alles unternehmen wird, um uns aus dieser misslichen Lage zu befreien.«

»Wir sind noch auf Nordstrand. Die müssen doch wissen, wo wir sind. Hier bleibt doch nichts geheim. Jeder weiß von jedem alles.«

»Die Leute wollen nichts von uns. Sie sind nur an der Verbesserung ihrer eigenen Lage interessiert.«

Er unterließ es, von seinen Befürchtungen zu sprechen. Bisher hatten sich die Täter, zumindest der deutsche, als ausgesprochen brutal erwiesen. Seine Gedanken schweiften kurz zu dem Augenblick ab, als der Täter den Geldboten kaltblütig hingerichtet hatte.

»Man kann sich nicht vorstellen, dass alles Wirklichkeit ist, was sich dort zugetragen hat.« Dorle Hansen war kaum zu verstehen. Nicht nur der über den Kopf gestülpte Geldsack, auch der leise Ton forderte die ganze Konzentration.

»Die Polizei hat die Lage im Griff«, versicherte Christoph. »Da können Sie sicher sein. Man unternimmt alles, um uns herauszuholen. Das geschieht ohne unser Zutun. Wichtig ist es, die Leute nicht zu provozieren.«

»Die sind doch zu allem bereit.« Das Schluchzen ging in ein Weinen über. »Ich muss hier raus. Meine Kinder. Die warten mit dem Mittagessen auf mich. Sie sind es gewohnt, dass ich pünktlich bin.«

Es war für Christoph nicht ungewöhnlich, dass Menschen in Bedrängnis es plötzlich als ungemein wichtig erachteten, dass alltägliche Dinge weiterliefen. Er hatte erlebt, dass Leute, die im Sterben lagen, sich daran erinnerten, dass auf dem Küchentisch noch eine offene Handwerkerrechnung lag, die unbedingt überwiesen werden musste. Vielleicht war das sogar ein Schutzmechanismus der Natur, etwas zutiefst Menschliches, wenn die Gedanken dahin abschweiften.

»Können Sie etwas sehen?«, fragte er.

»Ich habe eine Tüte über dem Kopf.«

»Sind Sie gefesselt?«

»Ja.«

»Auf dem Rücken? So wie ich?«

»Nein. Vorne. Die Plastikdinger ...«

»Kabelbinder«, warf er ein.

»Die schnüren tief ein. Es tut weh.«

Christoph drehte sich um. »Erschrecken Sie nicht. Bleiben Sie stehen. Ich versuche, Sie zu finden. Dann ziehen Sie mir den Geldsack vom Kopf.«

Er erhielt keine Antwort.

»Frau Hansen?«

»Entschuldigung«, sagte sie leise. »Ich bin verwirrt. Ich habe genickt.«

Er drehte sich um, schob seinen linken Fuß vor und zog den rechten hinterher. Nach gefühlt einer Schuhlänge stieß er gegen ihre Fußspitze.

»Heben Sie Ihre Hände«, forderte er sie auf und spürte eine Berührung in Höhe seines Bauchnabels. Reflexartig zog sie sich wieder zurück. Er trat einen halben Schritt zurück und spürte das Regal hinter sich. Dann beugte er den Oberkörper hinab. Es war mühsam mit auf den Rücken gefesselten Händen. »Ich habe meinen Kopf gesenkt. Versuchen Sie es noch einmal.«

Diesmal gelang es. Dorle Hansen zog den Geldsack in die Höhe, und er bekam das Gesicht frei. »Vorsicht. Nicht ganz abziehen«, sagte er.

»Weshalb nicht?«

»Die Täter sollten nichts von dem mitbekommen, was wir hier machen.« Sie könnten unsere ohnehin begrenzte Bewegungsmöglichkeit weiter einschränken, dachte er.

Weit reichte der Blick nicht. Sie befanden sich in einer Abstellkammer, die vielleicht zwei mal zwei Meter groß war. Hiervon ging noch die Stellfläche der grob gezimmerten Holzregale ab, die zwei Seitenwände einnahmen. Auf den Borden standen Lebensmittel. Ein paar wenige Konservendosen, aber jede Menge gefüllte Einmachgläser. Marmelade. Bohnen. Äpfel. Birnen. Kirschen. Rhabarberkompott. Gurken. In der Ecke fand er einen halb vollen Kasten mit Mineralwasser. Auf dem unteren Bord standen Wasch- und Reinigungsmittel. Das war alles. Kein Werkzeug, Messer oder sonstiger Gegenstand, der ihnen von Nutzen sein konnte. Oberhalb der Regale befand sich ein kleines Kippfenster, zu schmal, um dort durchschlüpfen zu können. Er stellte sich auf Zehenspitzen, konnte aber nicht hinaussehen.

»Was sehen Sie?«, wollte Dorle Hansen wissen. »Gibt es eine Möglichkeit, zu entkommen?«

Christoph erklärte ihr die Örtlichkeiten. »Ich schiebe den Kasten mit dem Mineralwasser auf die andere Seite der Kammer. Wenn ich dort hinaufsteige, müsste ich durch das Fenster sehen können. Können Sie mich abstützen, wenn ich hinaufsteige? Ich kann mich mit meinen Händen auf dem Rücken nicht festhalten.«

Sie versprach es. Im zweiten Versuch gelang es ihm. Das Glas war schmutzig. Die Sicht schlecht. Hinter dem Haus stand eine Baumreihe, die um diese Jahreszeit noch nicht belaubt war. Das Haus musste auf dem Deich stehen. Dahinter ging es steil abwärts in die Marsch. Einen geschätzten halben Kilometer entfernt lag ein einsamer Bauernhof direkt hinterm Deich. Links sah er drei Windenergieanlagen. Im Hintergrund konnte er den schmutzig grauen Silo in Süderhafen erkennen.

Christoph hatte jetzt eine ungefähre Vorstellung davon, wo sie sich befanden. Diese Ansammlung von gut einem halben Dutzend kleiner Häuser nannte sich Dreisprung. Sie lagen am Ende eines Binnendeichs mit dem Namen Langer Deich. Zu dieser Stunde musste die Sonne ungefähr in Südost liegen. Er blickte ihr direkt entgegen.

»Was sehen Sie?«, fragte Frau Hansen ungeduldig ein zweites Mal.

Er berichtete ihr von seiner Vermutung. »Rechts sehe ich den Seedeich. Sogar die Schafe auf der Deichkrone.«

»Mist.« Eine Spur Resignation schwang bei Dorle Hansen mit. »Da wohnt kaum jemand. Viele Häuser sind nicht ständig bewohnt, schon gar nicht um diese Jahreszeit. Ich kenne nicht alle Häuser auf Nordstrand, aber die Gegend ist ziemlich öde.«

»Es ist kein reines Ferienhausgebiet. Vielleicht bemerkt jemand unsere Anwesenheit. Außerdem hat die Polizei viele technische Mittel, um auch durch Hauswände hindurchgucken zu können.«

»Wie soll das funktionieren?«

»Zum Beispiel mit Wärmebildkameras. Und anderen Einrichtungen.«

Dorle Hansen gab sich mit dieser Erklärung zufrieden.

»Ich steige wieder vom Wasserkasten hinab«, sagte Christoph. »Drücken Sie bitte gegen meinen Rücken, damit ich nicht das Gleichgewicht verliere.«

Er spürte den Druck ihrer Hände im Rücken und schob den Wasserkasten mit dem Fuß wieder vorsichtig in die Ecke. Obwohl er es behutsam tat, hatte er den Eindruck, dass das schürfende Geräusch kilometerweit zu hören war. Für einen Moment hielt er die Luft an, aber nichts rührte sich vor der groben Holztür, die ihr Gefängnis abschloss. Jetzt stand er wieder auf dem rohen Zementfußboden und versuchte, durch Grimassen den Geldsack wieder über das Gesicht rutschen zu lassen. Er beschrieb ihr, wo der Getränkekasten stand.

»Setzen Sie sich«, forderte er sie auf, während er sich zur Wand tastete und mit dem Rücken langsam daran hinabrutschte, bis er auf dem kalten Fußboden saß. Eine Weile herrschte Schweigen.

»Warum passiert nichts?«, meldete sich Dorle Hansen zu Wort.

»Wir müssen uns in Geduld üben.«

»Wie lange?«

Das konnte Christoph auch nicht beantworten.

Sie schwiegen. Jeder hing seinen Gedanken nach. Christophs waren nicht strukturiert. Er ließ das Geschehen noch einmal vor seinem geistigen Auge Revue passieren. Hatte er an irgendeiner Stelle einen Fehler begangen? Nein, sagte er sich. Zu keinem Zeitpunkt wäre es ihm möglich gewesen, selbst das Heft des Handelns zu übernehmen. Die Täter waren bestimmt und rücksichtslos vorgegangen. Jetzt galt es, besonnen zu bleiben, jede Eskalation zu vermeiden.

Er rutschte etwas weiter an der Wand hinab, bis seine Fingerspitzen den Zementfußboden erreichten. Er fühlte die Kälte. Den Staub. Wie lange mochte man auf dem Boden sitzen können, ohne sich eine Blasenentzündung einzuhandeln?, fiel ihm ein. War es nicht absonderlich, mit welchen für die Lage unbedeutenden Gedanken man sich plötzlich beschäftigte?

Sein Geist ging weiter auf Wanderschaft. Ob Große Jäger schon etwas von der Geiselnahme erfahren hatte? Harm Mommsen? Mats Skov Cornilsen? Und die anderen Kollegen der Husumer Polizei? Was würde Große Jäger jetzt unternehmen? Was würde ich machen, wenn ich als Einsatzleiter auf der anderen Seite stehen würde? Das ist keine Frage mehr, lachte er bitter in sich hinein. Deine Zeit, Christoph, ist vorbei. Du gehst in Pension. Du hast den Staffelstab an andere abgegeben. Ob die schon wussten, dass er eine der Geiseln war? War Große Jäger clever genug, aus dem parkenden Volvo vor der Bank solche Rückschlüsse zu ziehen? Oder war der Oberkommissar so im Jagdfieber, dass er das nicht wahrnahm?

Christophs Überlegungen wurden durch Dorle Hansen unterbrochen.

»Ich muss mal.«

Auch wenn die Situation gefährlich und außergewöhnlich war, ließ sich die Natur nicht ausgrenzen.

»Moment«, sagte Christoph. Er zog die Knie an, stemmte sich mit den Händen gegen die Wand und schob sich Zentimeter für Zentimeter in die Höhe. Es war ein mühsames Unterfangen. Endlich hatte er es geschafft. Er tastete sich an der Wand entlang bis zur Tür und trat mit dem Fuß gegen das Holz.

»Hallo?«

Keine Reaktion.

»Hallooo!« Er holte etwas weiter aus und trat mehrfach gegen die Tür. Unterbrochen durch kurze Pausen, wiederholte er die Aktion.

Es dauerte eine Weile, bis der Schlüssel im Schloss gedreht und die Tür geöffnet wurde.

»Machst du Terror, Macker?«, hörte er die Stimme des Türken und bekam einen leichten Schubs gegen die Brust.

»Die Dame muss austreten«, sagte Christoph.

Der unsichtbare Gegner lachte. »Hoffentlich trifft sie dich, wenn sie tritt.«

»Sie haben uns schon eine ganze Weile in der Gewalt. Da ist es doch selbstverständlich, dass sich menschliche Bedürfnisse regen.«

Christoph spürte, wie sich die Hand des Mannes in seinen Pullover krallte und den Stoff zusammendrehte.

»Was menschlich ist, bestimmen wir. Klaro?«

»Das ist eine Frau. Vergessen Sie das nicht. Bitte«, schob er hinterher.

»Wart mal, du Dumpfbacke. Aber rühr dich nicht.«

Die Schritte entfernten sich. Im Hintergrund war undeutliches Stimmengemurmel zu hören. Möglicherweise waren es mehr als zwei Täter. Die Geiselnehmer hatten sich zuvor einen Unterschlupf besorgt. Es war kein Zufall, dass sie hier gelandet waren. Noch etwas fiel Christoph ein. Die Kabelbinder, mit der die Täter ihre Opfer gefesselt hatten. Niemand führte solche Materialien zufällig mit sich herum. Der Überfall, die Flucht und die Geiselnahme waren vorbereitet gewesen und keine Spontanhandlungen. Das Stimmengewirr hielt auch an, als der Türke zurückkehrte und etwas vor Christoph auf den Boden warf.

»Da.«

»Nehmen Sie der Frau die Handfesseln ab«, sagte Christoph.

»Nix da. Wir sind hier nicht das Rote Kreuz. Entweder pinkelt sie in den Eimer oder in die Hose. Wie sie das hinkriegt – das ist ihre Sache.« Dann fiel die Tür zu, und es wurde abgeschlossen.

Christoph setzte den Fuß vor und stieß gegen Plastik. Es schurrte über den Zementboden.

»Hier«, sagte er. »Vor mir steht ein Wischeimer. Benutzen Sie den zur Erleichterung.«

»Aber ich kann doch nicht … Niemals.« Dorle Hansen klang ebenso zornig wie entschieden.

»Das ist nicht menschenwürdig«, sagte Christoph. »Ich fürchte aber, Sie haben keine Alternative, wenn Sie sich nicht einnässen wollen.«

»Nie – nie!«, sagte die Frau. Ihre Stimme hörte sich jetzt weinerlich an.

Christoph versuchte ihr gut zuzusprechen. Er wies darauf hin, dass er durch den Geldsack über den Kopf nichts sehen könne. Außerdem tastete er sich am Regal bis zur Seitenwand vor und drehte sich dort mit dem Rücken zum Raum.

»Frau Hansen. Quälen Sie sich nicht«, versuchte er sie zu ermuntern.

»Ich schäme mich aber. Das geht doch nicht.«

Es dauerte noch eine Weile, wobei er ein leichtes Schnaufen hörte. Es war der Kampf der Frau gegen die menschliche Natur.

Schließlich bemerkte er, dass sie sich bewegte. Er hörte, wie sie gegen den Eimer stieß. Dann raschelte Kleidung. Ein Kniegelenk knackte. Christoph begann leise zu summen und zu singen. Er wollte ihre Verlegenheit überbrücken, indem er das folgende Geräusch zu überdecken versuchte. Danach herrschte für lange Zeit ein tiefes Schweigen.

»Sie wohnen auf Nordstrand?«, begann Dorle Hansen plötzlich.

Er bestätigte es. »Wir haben ein kleines Häuschen auf England.«

»Sie erledigen Ihre Bankgeschäfte aber sonst online. Ich kenne Sie nur vom Ansehen. Wie das bei uns üblich ist, wenn man kein geborener Nordstrander ist. Die Alteingesessenen unterscheiden ja zwischen Einheimischen und Fremden. Man gehört nur dazu, wenn man hier geboren ist oder hineingeheiratet hat.«

»Oder nach fünfundsiebzig Jahren«, ergänzte Christoph.

Sie bestätigte es mit einem kurzen Auflachen. »Sie arbeiten in Husum, nicht wahr?«

»Auf der Insel gibt es so gut wie keine Arbeitsplätze.«

»Sie sind … Sie sind …«

Christoph antwortete nicht.

»Doch, warten Sie. Die Schwägerin meiner Cousine wohnt dort. Nicht weit von Ihnen. Henningsen. Sagt Ihnen das was?«

»Ich sage meinen Nachbarn freundlich Moin, aber sonst pflegen wir keine engeren Kontakte zu ihnen«, erklärte er und bemühte sich, es nicht abweisend klingen zu lassen.

»Elke Henningsen«, wiederholte Frau Hansen. »Jetzt fällt es mir wieder ein. Die hat erzählt, dass Sie ein hoher Polizist sind. Irgendwas bei der Kripo. Doch! Richtig. Ein hohes Tier.«

Christoph schwieg. Es war ihm nicht recht, dass sein Beruf bekannt werden könnte.

»Dann wissen Sie, wie Sie die Verbrecher überrumpeln können.«

»Wir sollten uns ruhig verhalten und jedes Anzeichen von Aggressivität vermeiden«, erklärte er.

»Wenn Sie denen erzählen, dass Sie von der Kripo sind, lassen die uns frei. Sie müssen nur versichern, dass alle Ihre Kollegen nach Ihnen suchen.«

»Es macht keinen Unterschied, wer entführt wurde. Die Polizei handelt in solchen Fällen immer gleich effizient ohne Ansehen der Person.«

»Sagen Sie es denen.« Dorle Hansen war plötzlich aufgebracht. »Sie werden sehen, die erschrecken sich.«

Das mochte Christoph nicht glauben. Die Täter waren eiskalt vorgegangen, zumindest der Deutsche. Leider zeigte die Erfahrung in der Praxis, dass die Gewalt gegen Vollzugsbeamte immer mehr zunahm. Die Zahl der im Dienst verletzten Polizisten wuchs von Jahr zu Jahr. Für manche Gewalttäter schien es sogar ein Ansporn zu sein, besonders brutal gegen Uniformierte vorzugehen.

»Wie spät ist es?«, fragte Christoph.

»Fast zwei Uhr. Das muss doch reichen. Die können uns doch freilassen. Die Gangster sind maskiert. Die kann doch keiner identifizieren.«

Christoph unterließ es, Dorle Hansen an seinen Gedanken teilhaben zu lassen. Die Polizei würde auf dem Überwachungsvideo sehen, wie der Deutsche vorgegangen war. Er hatte den Geldboten hingerichtet. Dem Täter dürfte klar sein, welche Strafe ihn erwartete. Alles Weitere, was er noch begehen würde, würde keine Erhöhung des zu erwartenden Strafmaßes bedeuten. Mit Sicherheit war er kein Ersttäter, sondern – dafür sprach seine Kaltschnäuzigkeit – schon oft mit dem Gesetz in Konflikt geraten. Ob es möglich war, mit dem Türken zu verhandeln? Ihm Straferleichterung zu versprechen? Bisher hatte der zweite Mann sich nicht an der ausufernden Gewalt beteiligt. Seinen letzten Urlaub, so dachte Christoph in einem Anflug von Sarkasmus, hatte er sich anders vorgestellt.

Sechs

Die Schaulustigen hatten sich inzwischen zurückgezogen. Nur vereinzelt blieb noch jemand stehen und versuchte, etwas von der Arbeit der Polizei mitzubekommen. Kriminalrat Mommsen hatte es übernommen, mit der Presse zu sprechen. Auch ein Fernsehteam des NDR-Studios Flensburg war eingetroffen, um einen Bericht für das Schleswig-Holstein-Magazin zu drehen.

Die Sparkassenleute hatten ihre Kontrolle abgeschlossen.

»Unsere Kassenprüfung hat ergeben, dass die Täter eintausendachthundertfünfzig Euro erbeutet haben, neben dem, was sie den Geldboten raubten«, erklärte Lauscher.

»Transportieren Sie immer so viel Geld nach Nordstrand?«, fragte Cornilsen.

Griepenkerl schüttelte den Kopf. »Nicht immer. Es ist höchst unterschiedlich. Es gibt keine fixe Planung. Die Anforderung ist auch davon abhängig, wie hoch die Entnahme am Geldautomaten ist. Der muss wieder bestückt werden. Die Entgegennahme von Bargeld oder gar die Auszahlung am Schalter sind rapide zurückgegangen. Wir halten uns mit der Preisgabe genauer Werte aus verständlichen Gründen zurück.«

»Ich entnehme Ihren Ausführungen, dass heute aber ein größerer Betrag angeliefert wurde«, stellte Große Jäger fest.

Griepenkerl und Lauscher wechselten einen schnellen Blick.

»Das ist zutreffend«, gestand der Vorstand ein.

»Wer kennt solche Vorgänge in Ihrem Haus?«

Griepenkerl zog die Stirn kraus. »Sie wollen doch nicht unterstellen ...«, setzte er an, aber der Oberkommissar unterbrach ihn.

»Wer?«

»Der Disponent. Das ist der Leiter unserer Hauptkasse. Wie ich schon sagte, sind wir ein überschaubares Institut. Bei uns läuft vieles auf Vertrauensbasis. Die Mitarbeiter sind seit Langem in der Sparkasse beschäftigt. Da gibt es keine Anonymität.«

»Der Mitarbeiter in der Zweigstelle war aber auch eingeweiht«, warf Große Jäger ein.

»Nordstrand ist eine Einpersonenzweigstelle. Frau Hansen
wird nur im Urlaub oder bei Krankheit vertreten. Letzteres
kommt aber so gut wie nie vor. Und im Urlaub war sie auch
schon längere Zeit nicht mehr. Sie hat demnach ganz allein die
Gelddisposition vorgenommen. Sie wollen doch nicht unterstellen, dass sie etwas mit der Tat zu tun haben könnte? Sie ist
doch entführt worden.« Griepenkerl war atemlos geworden.

»Die Zweigstelle fordert also einen größeren Geldbetrag
an«, fuhr Große Jäger unbeirrt fort. »Muss sie es begründen?«

»Nein. Das ist Alltag. Warum auch«, übernahm Lauscher die
Erklärung. »Schließlich werden die Auszahlungen gebucht und
nachgewiesen. Das System ist wasserdicht.« Er vergewisserte
sich durch einen schnellen Seitenblick bei seinem Vorgesetzten,
dass dieser seine Ansicht teilte.

»Wenn eine Zweigstelle einen außergewöhnlich hohen
Betrag anfordern würde, sagen wir weit über eine Million,
was …«, fuhr Große Jäger fort.

»Ausgeschlossen«, fiel ihm Griepenkerl ins Wort. »Wir
haben Erfahrungswerte. Natürlich gibt es Plausibilitätsgren-
zen. So etwas würde nicht ohne Hinterfragen möglich sein.
Abgesehen davon wäre das ein Betrag, den ein kleines Institut
wie unseres auch erst beschaffen müsste. Die Zeiten des großen
Bargeldtransfers sind vorbei.«

»Verzichtet die Uthlande-Sparkasse deshalb auf Siche-
rungsmaßnahmen wie einen automatischen Tresor, der die
Auszahlung bei größeren Beträgen nur zeitverzögert freigibt?«

»Das ist eine sehr teure Technik. Sie würde unsere Möglichkeiten übersteigen«, gab Griepenkerl kleinlaut zu. »Wir
haben natürlich Überfälle in der Theorie durchgespielt. Bedenken Sie dabei, dass sich alle unsere Zweigstellen auf Inseln
befinden. Nur Nordstrand bildet mit dem Damm zum Festland
eine Ausnahme. Das ist ein Kriterium, das potenzielle Täter
abschreckt.«

»Ausnahmen gibt es immer wieder«, antwortete Große Jäger
und wollte sich abwenden.

»Wenn Sie zwischen den Zeilen andeuten wollen, dass Frau Hansen etwas mit dem Überfall zu tun haben könnte«, Griepenkerl hatte sich vor dem Oberkommissar aufgebaut, »dann hätte sie den Tätern nicht das Alarmpäckchen ausgehändigt.«

»Das ... was?«

»In der Kasse liegt ein besonders präpariertes Geldbündel mit unterschiedlicher Stückelung. Die einzelnen Scheine sind nicht nur mit ihrer Nummer registriert, sondern auch gekennzeichnet. Sie enthalten Markierungen, die unter UV-Licht ersichtlich sind. Diese Banknoten fallen also auch in Supermärkten auf, in denen Geldscheine standardmäßig auf ihre Echtheit kontrolliert werden«, berichtete Lauscher.

»Geben Sie meinem Kollegen die Merkmale auf«, bat der Oberkommissar und zeigte auf Cornilsen. Dann verließ er die kleine Gruppe und suchte Klaus Jürgensen.

Der Flensburger hatte keine Neuigkeiten zu berichten.

»Das ist ein Geduldspiel. Wie immer. Fingerabdrücke werden wir vergeblich suchen. Unsere Hoffnung liegt darin, dass die Täter etwas verloren haben. Ein Haar, Hautschuppen. Oder so. Bis die Kriminaltechnik die Geschosse ausgewertet hat, wird noch eine Weile vergehen. Zunächst ist die Rechtsmedizin dran.« Jürgensen nickte in Richtung der durch ein Tuch abgedeckten Leiche. »Wer sagt es der Familie? Bei solchen Wahnsinnstaten gibt es nicht nur ein Opfer. Die Frau. Die Kinder werden ein Leben lang nicht vergessen, wie ihr Vater ums Leben kam.«

»Es ist auch kein Trost, dass viele Menschen mit ihnen fühlen.« Große Jäger knuffte Jürgensen freundschaftlich in die Seite. »Danke, Klaus, dass es euch gibt.«

Kriminalrat Mommsen stand etwas abseits, umringt von Medienvertretern. Der Oberkommissar bat ihn zu sich. »Ich werde jetzt nach Husum fahren und Anna informieren. Anschließend nehme ich mir den Besitzer des Fluchtwagens zur Brust. Hosenmatz kommt mit.« Es war keine Frage, sondern eine Feststellung.

»Bring Ergebnisse mit«, rief ihm Mommsen hinterher.

»Eh, Mats«, winkte der Oberkommissar den jungen Kollegen heran. Auf das »Hosenmatz« verzichtete er in Gegenwart Dritter. »Wir machen Außendienst.«

Cornilsen zuckte gleichgültig mit den Schultern, obwohl seine Wangen glühten. Er protestierte auch nicht, als Große Jäger ihm die Schlüssel für den Dienstwagen zuwarf. Mit einem »Na denn dann« quetschte er seine schlaksige Gestalt hinters Lenkrad und fuhr Richtung Festland.

Am Ende des Damms in Wobbenbüll hatte sich eine lange Schlange gebildet. Sie hatten das mobile Blaulicht auf dem Dach montiert. Auch das Martinshorn, das sie zusätzlich einsetzten, half nur wenig, auf der engen Straße über die Gegenfahrbahn zu überholen. Bei entgegenkommenden Fahrzeugen mussten sie versuchen, eine Lücke in der Schlange zu finden. Mancher Autofahrer gewährte ihnen nur widerwillig Vorfahrt.

Am Anfang der Schlange standen zwei Streifenwagen so versetzt, dass die Kontrollstelle nur im Slalom zu umfahren war. Die beiden Besatzungen wurden durch einen Kripokollegen sowie einen Polizisten auf einem Motorrad unterstützt. Während zwei Polizisten, die Schutzwesten angelegt hatten, die Autos überprüften, standen die anderen Uniformierten mit einer MP im Anschlag ein wenig abseits.

Cornilsen hielt kurz an und fuhr die Scheibe herab.

»Bisher war nichts Auffälliges dabei«, sagte der Polizeimeister, der auf der Beifahrerseite stand. »Gibt es bei euch etwas Neues?«

»Wir sind am Ball«, erwiderte Große Jäger und zeigte Richtung Frontscheibe, um Cornilsen anzudeuten, dass er fahren sollte.

Am Ortseingang von Schobüll lag die Galerie, die Besucher aus nah und fern anlockte. Vor den Imbissbetrieben am Campingplatz standen um diese Jahreszeit kaum Fahrzeuge. Nur wenige Besucher gingen auf der langen Seebrücke, die hier stand, in das Wasser hinaus. Große Jäger blickte über die Bucht hinweg nach Nordstrand, auf den markanten Getreidesilo am Süderhafen. Alles sah friedlich aus. Der Parkplatz des Blumenladens war gut besucht, und vor der Zufahrt zur Tankstelle versperrte ein Ortsfremder die Straße.

Seitdem die Tankstelle auf der Insel geschlossen hatte, mussten die Nordstrander zum Tanken hierherkommen. Der Magisterhof, ein Restaurant, pries auf einem mit Kreide beschriebenen Schild das Mittagsmenü an. Dann hatten sie Schobüll hinter sich gelassen, erreichten den Außenbezirk Husums und steuerten die Innenstadt an.

»Fahr von hinten in den Schlossgang, auch wenn das eine Fußgängerzone ist«, wies Große Jäger seinen Kollegen an. Er warf einen kurzen Blick auf das gegenüberliegende »Schloss vor Husum«, wie es heute noch hieß, obwohl es mittlerweile fast im Herzen der Stadt lag.

Der Schlossgang war die Verbindung zwischen dem Zentrum und dem Schlosspark. Kurz vor dem ehemaligen Brauereiplatz mit Jacquelines Café lag auf der rechten Seite eine repräsentative Stadtvilla, in der Dr. Hinrichsen seine Praxis betrieb. Cornilsen stellte das Fahrzeug direkt vor der Tür ab. Sie ignorierten die Unmutsäußerungen zweier älterer Paare, die nun einen kleinen Bogen um das Auto schlagen mussten.

Die schwere, reichlich verzierte Holztür mit dem kunstvoll geschmiedeten Gitter vor den Fenstern war offen. Der Weg führte ein paar Stufen hinauf, und nach der zweiten Tür befanden sie sich im Flur, der zur Rezeption umgestaltet worden war. Hinterm Tresen stand eine junge dunkelhaarige Frau und sah ihnen entgegen.

»Wir möchten zu Frau Johannes«, sagte Große Jäger.

»Ja, aber …«, versuchte die Frau im weißen Kittel zu protestieren.

»Machen Sie schon. Wir haben keine Zeit.«

»Das geht nicht. Die ist gerade im Labor.«

»Dann holen Sie sie her. Aber fix.«

»Seien Sie nicht so unfreundlich«, beklagte sich die Angestellte, stand auf und verschwand durch eine Tür. Sie kehrte mit Anna zurück.

»Wilderich«, sagte Christophs Frau und nickte Cornilsen zur Begrüßung kurz zu. »Was soll das hier? Die Praxis ist voll.« Sie kniff die Augen ein wenig zusammen. »Fehlt dir was? Etwas Akutes?«

»Anna, wir müssen miteinander sprechen. Wo sind wir ungestört?«

»Das ist im Augenblick ungünstig.« Sie sah auf die Uhr. »In einer Stunde? Bei Jacqueline, wenn ich es schaffe.«

Kurz entschlossen packte Große Jäger sie beim Handgelenk und zog sie wie ein widerstrebendes Kind ins Treppenhaus.

»Tut mir leid«, sagte er und ließ sie wieder los. »Es hat auf Nordstrand einen Zwischenfall gegeben.«

»Na und? Christoph hat Urlaub. Ihr müsst euch allmählich daran gewöhnen, ohne ihn auszukommen. Bald ist er ganz weg.«

»Anna! Bei einem Überfall auf die Sparkasse haben die Täter zwei Geiseln genommen.«

Sie schüttelte den Kopf. »Doch nicht auf Nordstrand.«

»Doch.«

»Ja – und?«

»Wir vermuten, dass Christoph eine der Geiseln ist.«

Erneut schüttelte sie heftig den Kopf. »Unmöglich. Das kann nicht sein. Christoph ist zu Hause. Den ganzen Tag. Er wollte etwas im Garten machen.«

»Da haben wir ihn nicht angetroffen.«

»Schön.« Sie strich sich eine Haarsträhne aus der Stirn. »Kann sein, dass er kurz zum Einkaufen ist. Er wollte noch ein paar Kleinigkeiten besorgen.«

»Wollte er zur Sparkasse?«

»Nein. Warum? Wir machen alles online.«

»Geld abheben?«

»Doch – schon«, stammelte sie. »Aber der Geldautomat ist doch im Vorraum. Dazu muss man nicht hinein.«

»Sollen wir dich nach Hause bringen?«

»Mich? Nach Hause?« Anna streckte den Arm aus. »Ihr seht doch selbst, was hier los ist. Kommt nicht in Frage.« Sie öffnete die Tür und drehte sich noch einmal um. »Das mit Christoph, ja? Das ist ein Irrtum. Ganz bestimmt.«

Dann verschwand sie.

Große Jäger folgte ihr bis zum Tresen. »Ich muss mit dem Doktor sprechen«, sagte er bestimmt. »Ich würde nicht darauf drängen, wenn es nicht wichtig wäre.«

Die Dunkelhaarige an der Rezeption nickte stumm, verschwand und bat nach ihrer Rückkehr: »Gleich, wenn der Herr Doktor mit seinem Patienten fertig ist.«

Zwei Minuten später standen sie im Behandlungszimmer. Bevor Dr. Hinrichsen sprechen konnte, erklärte ihm Große Jäger die Situation.

Der Arzt presste die Lippen fest zusammen. »Danke, dass Sie mich informiert haben«, sagte er. »Ich kümmere mich um Frau Johannes.«

Die beiden Beamten kehrten zu ihrem Fahrzeug zurück. Cornilsen war erstaunt, als sich Große Jäger hinters Steuer setzte.

»Passt dir mein Fahrstil nicht?«, fragte er zögerlich.

»Du hast etwas anderes zu tun. Schnapp dir das Netbook und versuch etwas über den Halter des Fluchtfahrzeugs herauszufinden, Jörg Bleicher aus Tönning.«

Mit einem breiten Grinsen ließ Große Jäger das Martinshorn ertönen. Eine Gruppe älterer Frauen, die auch für andere Passanten den Schlossgang für ihr Schwätzchen blockierte, stob wie eine aufgescheuchte Hühnerherde auseinander.

Cornilsen hatte Mühe, bei der unruhigen Fahrweise des Oberkommissars die Tastatureingabe zu bewältigen. Am Ortsausgang hatte er festgestellt, dass der rote Opel Astra immer noch nicht als gestohlen gemeldet war.

»Das hat uns Tante Hilke vorhin schon erzählt«, maulte Große Jäger.

»Ich wollte es nur bestätigen. Ich checke jetzt den Halter.«

»Wir müssen besser sein als die Flensburger vom Landesbetrieb Straßenbau. Es hat den Anschein, als ob es nicht klappt, wenn die etwas in die Hand nehmen.« Große Jäger wies auf die erst vor Kurzem gebaute neue Verbindungsstraße zum Husumer Hafen. »Das ist ein schwieriges Gelände. Das ist bekannt. Darum hat man da etwas Neues ausprobiert. Wenig erfolgreich. Jetzt ist die Straße wieder gesperrt, weil sie abgesackt ist. Dafür plant man seit über dreißig Jahren die Ortsumgehung für Bredstedt. Und wenn man etwas fertig hat, bröselt es wie die Brücke in Bütteleck, sackt die Straße ab, oder die Planung ist falsch. Für Autofahrer ist Nordfriesland noch eines der letzten Abenteuer.«

»Du bist ein richtiger Meckerbeutel«, merkte Cornilsen an. An der Abzweigung nach Friedrichstadt klopfte er mit dem Knöchel auf das Display des Netbooks.

»Jörg Bleicher, wohnhaft in der Usedomer Straße in Tönning, ist neunundzwanzig Jahre alt. Ledig. Derzeit ohne Beschäftigung. Hat keinen Beruf erlernt, sich immer wieder in verschiedenen Jobs herumgeschlagen. Bei uns eingetragen sind Sachbeschädigung, Nötigung und ein missglückter Überfall auf einen Zeitungskiosk in Heide. Dabei hat er den Besitzer mit einem feststehenden Messer bedroht. Dafür hat man ihn acht Monate hinter Gitter geschickt.«

»Wo ist er eingefahren?«

»JVA Neumünster.«

»Dann musst du prüfen, mit wem er dort in einer Zelle gesessen hat. Gab es Auffälligkeiten? Hat er Kontakte geknüpft, sich mit anderen schweren Jungs zusammengetan?«

»Ich tu das machen«, versicherte Cornilsen. »Glaubst du …«

»Für das Glauben ist der Pastor zuständig. Wir leben von Fakten, die wir sehen, hören, ermitteln«, unterbrach ihn Große Jäger. »Du kannst ja deine Oma fragen, von der du so viel hältst.«

»Auf Oma lass ich nichts kommen«, erwiderte Cornilsen pikiert. »Oma hat nicht studiert und ist eigentlich nie über Niebüll hinausgekommen. Sie steht aber mit beiden Beinen im Leben. Oma ist mit ihren achtundsiebzig Jahren ungemein erfahren und lebensklug. Also – nichts gegen Oma.«

»War nicht so gemeint, du musst nicht jedes Wort auf die Goldwaage legen. Mir steht es bis hier«, dabei führte er die flache Hand bis zur Unterlippe, »seitdem ich weiß, dass Christoph in den Händen der Verbrecher ist.«

»Ist es nicht gleich, wen die Täter als Geisel genommen haben? An der Hochschule haben wir gelernt, dass man alles professionell angehen …«

»Spar dir die klugen Worte. Sag mir lieber, wo es weitergeht.«

Sie hatten die Bundesstraße verlassen, den Ortseingang, die Tönninger Rettungswache und den Kreisverkehr passiert und quälten sich durch eine enge Straße, die keinen Gegenverkehr zuließ. Trotzdem klappte es, und ortsansässige Autofahrer nutzten jede Lücke, um auszuweichen. Es ging um ein paar Ecken zum fast dreieckigen kopfsteingepflasterten Markplatz, an dessen Ende die mittelalterliche Saalkirche St. Laurentius lag, eine der insgesamt achtzehn sehenswerten Kirchen Eiderstedts.

Nach dem Überqueren des Bahnübergangs – man mochte es kaum glauben, aber Tönning leistete sich immer noch einen Sackbahnhof, in dem der Triebwagen nach St. Peter-Ording die Fahrtrichtung wechseln musste – tauchte ein Hochhaus auf. Direkt daneben standen Blocks mit Wohnungen. In einer lebte Jörg Bleicher.

Das Klingeln blieb unbeantwortet. Nichts rührte sich. Nach dem dritten erfolglosen Versuch probierte es der Oberkommissar an einem anderen Knopf. Es dauerte eine gefühlte Ewigkeit, bis der Türsummer ertönte. In der ersten Etage erwartete sie eine weißhaarige ältere Frau, die sich auf ihrem Rollator abstützte. Sie sah den beiden Polizisten erwartungsvoll entgegen.

»Moin«, sagte Große Jäger ein wenig kurzatmig vom Treppenlaufen. »Wir wollen zu Herrn Bleicher.«

»Und weshalb klingeln Sie bei mir? Können Sie nicht lesen?«

»Ihr Nachbar hat nicht geöffnet.«

»Dann isser wohl nich da.«

»Können Sie uns sagen, wann er das Haus verlassen hat?«

»Warum soll ich? Glaub'n Sie, ich guck auf so was?«

»Sie wissen aber, dass er nicht im Hause ist.«

»Sag ich doch. Is heute Morgen wech.«

»Mit seinem Auto?«

Sie klopfte auf den Seitengriff des Rollators. »Mein' Sie, mit dies'm Ding is man fix wie Schumacher oder Vettel? Ich hab's im Rücken. Da rast man nich mehr vonne Tür ans Fenster.«

»Aber Sie haben mitbekommen, dass Herr Bleicher das Haus verlassen hat.«

»Klar. Das riecht man.« Sie kam ein paar Zentimeter näher.

»Hat mich schon oft geärgert. Der qualmt wie 'nen Schlot. Bei mir ist ziemlich viel nich mehr so in Ordnung, aber die Nase, die funktioniert immer noch. Jedes Mal, wenn der Kerl durchs Treppenhaus geht, steckt er sich eine an. Das macht er nur, um mich zu schikanieren. Ich seh ihn nich, aber riechen, ja das tu ich ihn. Der is so gegen sieben wech. Hab mich schon gewundert. So früh kommt er sonst nie nich ausse Puch.«

»Das war ungewöhnlich?«, hakte Große Jäger nach.

»Sag ich doch. Hör'n Sie mir nich zu? Was is mit ihm? Was woll'n Sie denn von ihm?«

»Wir kommen ein anderes Mal wieder.«

»Komische Leute«, hörten sie hinter ihrem Rücken. »Alles ein Pack, der Bleicher und die da.« Dann fiel die Wohnungstür mit einem lauten Knall ins Schloss.

Große Jäger blieb stehen. »Ich möchte noch etwas prüfen«, sagte er. »Du kannst schon zum Wagen gehen.«

»Weshalb?«

»Altgediente Husumer Kommissare haben spezielle Ermittlungsmethoden.«

»Ich bin hier, um zu lernen.«

Große Jäger zuckte resignierend mit den Schultern.

»Lieber nicht«, sagte er, protestierte aber nicht, als ihm Cornilsen in die zweite Etage folgte. Noch einmal versuchten sie zu klingeln. Hinter der Wohnungstür war die Türglocke zu vernehmen. Ansonsten aber blieb es still.

»Dreh dich mal um«, forderte der Oberkommissar Cornilsen auf.

»Nee, tu ich nicht machen«, erwiderte der junge Kommissar. »Ich bin doch nicht blöd und weiß, was du vorhast. Also los. Zeig mir, wie es geht.«

Das Schloss war einfach. Große Jäger benötigte nur wenige Sekunden, bis die Tür offen war.

Ihnen schwebte eine übel riechende Dunstwolke entgegen. Es roch nach abgestandenem Qualm, Schweiß, Essensresten. Das Ganze wurde überlagert von einer Duftnote der Marke Fäkal. Auf dem Flur stolperte Große Jäger über eine Sammlung leerer Kunststoffbierflaschen.

»Da kostet der Kasten unter fünf Euro«, erklärte der Oberkommissar. »Wie gut, dass wir heute kommen. Morgen hätte Bleicher den Opel verschrottet und sich einen Mercedes gekauft.«

»Meinst du, er ist am Überfall beteiligt?« Cornilsen sprach etwas schneller. Ihm war der Jagdeifer anzumerken.

»Nee«, erwiderte Große Jäger und stupste mit der Fußspitze eine leere Flasche um. »Er muss nur das Leergut verkaufen.«

Die Wohnung war leer. In der Küche stapelte sich Geschirr im Ausguss. Auf dem Küchentisch stand eine geöffnete und halb geleerte Dose Ravioli. Ein Löffel steckte in der Konserve.

»Das hat er kalt gegessen«, sagte Große Jäger und öffnete den Kühlschrank. »Puuuh«, kommentierte er, als ihm der Geruch einer geöffneten Dose Ölsardinen entgegenkam. »Der Typ muss ein Gourmet sein.«

Cornilsen wollte eine der Schiebetüren der Oberschränke öffnen, als ihn der Oberkommissar am Kragen packte und heftig zurückzog.

»Hosenmatz!« Er klopfte ihm mit dem Knöchel an die Stirn. »Wozu hast du das? Als Staffage für die Haare, damit dein Friseur etwas zum Bearbeiten hat? Was würde deine Oma jetzt sagen?«

Cornilsen sah betreten zu Boden.

»Mist«, fluchte er. »So was Blödes. Danke.« Dann sah er Große Jäger an. »Klar. Wir sind gar nicht hier. Wenn Bleicher am Überfall beteiligt ist, rückt hier die Spurensicherung an. Wie soll man denen unsere Fingerabdrücke erklären? Meine sind gespeichert, um sie auszuschließen, wenn man einen Tatort analysiert.«

Für seine Einsicht erntete der Kommissar einen Klaps auf die Schulter.

»Gut, Hosenmatz.«

Große Jäger öffnete die Tür unter Zuhilfenahme einer Kugelschreiberspitze. Ein wenig Geschirr, eine aufgerissene Packung Würfelzucker, ein Glas Kaffeeextrakt und Kapseln für den Kaffeeautomaten waren nicht sehr aufschlussreich. Sie durchsuchten die weiteren Schränke. Es gab nichts von Bedeutung.

Im Wohnzimmer stand ein überquellender Aschenbecher auf dem Couchtisch, der auch als Essplatz diente. Zwei leere Bierflaschen, die Fernbedienung eines Videospiels und grob mit dem Fingernagel aufgerissene Briefe vervollständigten das Bild. Große Jäger hatte sich Einmalhandschuhe übergezogen und hob die Briefe an.

»Agentur für Arbeit«, las er vor, »eine Mahnung von der Kfz-Versicherung. Werbung für eine Lotterie. Und eine Mahnung des Telefonproviders. Von dem gibt es sogar zwei Briefe. Im nächsten Schreiben bietet der Laden Bleicher einen teureren Tarif an.«

Das Sideboard war halb leer. Ein paar angeschlagene Gläser, Kassetten mit Videospielen, eine sorgfältig zusammengelegte Tischdecke, ein zerfleddertes »Mensch ärgere dich nicht!« und eine halbe Stange Zigaretten füllten etwas mehr als eine Hälfte aus.

Auf dem Sideboard stand nur die Ladestation für das Smartphone.

Im Schlafzimmer war das ungemachte Bett von ein paar Kleidungsstücken belegt.

»Sieht aus, als hätte Bleicher eine Art Modenschau veranstaltet, verschiedene Dinge aus dem Schrank geholt und anprobiert.« Große Jäger deutete auf die offene Tür des Kleiderschranks hin. »Immerhin ist er kunstinteressiert.«

Der Oberkommissar lächelte über das Poster über dem Bett. Ein bärtiger Typ wie ein Bär rollte auf einer Harley scheinbar direkt ins Kameraobjektiv.

»Schade«, zeigte sich Cornilsen enttäuscht. »Keine Anhaltspunkte dafür, dass Bleicher am Überfall beteiligt ist.«

»Hast du gehofft, auf dem Küchentisch eine Nachricht vorzufinden: ›Bin gerade in Sachen Bankraub unterwegs, bin zum Abendbrot zurück‹? Ist dir etwas aufgefallen?«

»Ja. Das Handy ist nicht da.«

»Sonst noch etwas? Wir haben in alle Schubladen geguckt.«

»Wenn Bleicher das Auto gestohlen worden ist, dann hätten wir irgendwo die Zulassung und die Schlüssel finden müssen.«

»Möglicherweise«, schränkte Große Jäger ein. »Manche

Leute schleppen diese Dinge auch ständig mit sich herum. Hast du am Opel etwas bemerkt?«

»Der Wagen war nicht kurzgeschlossen. Es sah aus, als wäre er mit den Fahrzeugschlüsseln in Betrieb gesetzt worden.«

»Gut. Mach weiter so. Vielleicht wird aus dir irgendwann noch ein Polizist.«

»Das würde bedeuten, dass Jörg Bleicher mit seinem eigenen Wagen unterwegs ist. Das ist doch hirnrissig. So blöde kann doch niemand sein.«

Große Jäger streckte den Arm aus. »Sieh dich doch um. Glaubst du, ein normaler Mensch lebt in solchen Verhältnissen? Und wer auch nur einen Funken Verstand hat, lässt ohnehin die Finger von solchen Verbrechen.« Der Oberkommissar holte sein Handy hervor und rief Mommsen an. »Wir haben Bleicher nicht angetroffen. Nach Aussagen von Nachbarn ist er heute Morgen aus dem Haus.«

»Mit seinem Auto?«

»Nee«, erwiderte Große Jäger, »Der Landrat hat ihn in einer Sänfte abgeholt. Mensch. Wir sind hier in Nordfriesland. Da spioniert man nicht den Mitbewohnern hinterher. Es ist schon wertvoll, zu wissen, dass Bleicher seine Wohnung verlassen hat.«

»Ich veranlasse, dass sein Handy geortet und überwacht wird«, sagte der Kriminalrat.

»Wir kommen jetzt wieder zurück. Gibt es bei euch was Neues?«

»Nein«, musste Mommsen eingestehen. »Lediglich die Geschäftsführung und der Sicherheitchef der ›Nord Secure‹ sind eingetroffen.«

Sieben

Die Zeit verstrich. Christoph versuchte ruhig zu bleiben. Er hatte keine Möglichkeit, selbst auf die Uhr zu sehen, und fragte immer wieder Dorle Hansen, wie spät es sei. Manchmal nach einer Zeitspanne, die ihm unendlich erschien, waren seit dem letzten Mal nur fünfzehn Minuten vergangen. Durch die Tür war Stimmengemurmel zu hören, ohne dass einzelne Stimmen zu unterscheiden waren. Er vermochte nicht einmal zu sagen, wie viele Personen sich im Haus aufhielten. Sicher war nur, dass es mehr als die beiden Geiselnehmer waren. Zwischendurch hatte Frau Hansen Durst gehabt. Sie hatten sich aus der Wasserkiste bedient, und die Frau hatte ihm die Flasche an den Mund gesetzt.

»Wie lange dauert das noch?«, wollte sie wissen.

Er fand auch keine Antwort auf die immer gleiche Frage.

Dann herrschte wieder Schweigen.

»Sie stammen von Nordstrand?«, versuchte er sie abzulenken.

»Ja. Ich bin hier groß geworden. Nur geboren bin ich in Husum. Dass es ein eigenes Krankenhaus auf Nordstrand gab, ist lange her. Ich habe es nur gehört.«

Christoph fragte nach, und sie begann von ihrer Kindheit zu erzählen, der Schulzeit in der damaligen Realschule der Insel.

»Wir waren nur eine Handvoll Schüler.«

Es gelang Christoph, Dorle Hansen abzulenken. Immer wenn im Gespräch ein Name fiel, zeigte er sich interessiert. So erfuhr er viele Dinge über Einheimische, die er nicht zuordnen konnte. Plötzlich verstrich die Zeit schneller. Sie wurden unterbrochen, als von der Außenwand Geräusche in ihr Verlies drangen. Metallgeklapper war zu hören, so als würde eine Trittleiter aufgestellt. Dann wurde es dunkel.

»Was machen die?«, fragte Dorle Hansen angstvoll.

»Sie bringen einen Sichtschutz an«, vermutete Christoph.

Sein Verdacht wurde bestätigt, als sie hörten, wie ein Brett von außen vor das kleine Fenster genagelt wurde.

»Heißt das, die wollen uns noch länger hierbehalten? Warum denn? Das ergibt doch keinen Sinn.«

Dadurch, dass die Täter nicht mit ihnen sprachen und sich auch nicht blicken ließen, konnte Christoph sich kein Bild von deren Verfassung machen. Es würde sie nicht weiterführen, Spekulationen anzustellen. Er hütete sich, seine Befürchtungen zu äußern, dass die Geiselnehmer Zeit gewinnen wollten. Sie spekulierten darauf, dass die Polizei sich irgendwann zurückziehen musste. Man konnte die Insel nicht unendlich lange absperren.

Christoph wertete es als positives Zeichen, dass die Täter die Ruhe bewahrten und nicht in panische Hektik verfielen. Das würde die Dauer ihrer Gefangenschaft verlängern, aber ihre Chancen auf einen glimpflichen Ausgang deutlich verbessern. Den letzten Teil seines Gedankens teilte er der Sparkassenangestellten mit, er vermied es aber, zu erzählen, dass sie sich noch auf eine Weile in der Geiselhaft einstellen müssten. Für sich hatte er die Einschätzung getroffen, dass sie die Nacht wohl hier verbleiben mussten.

Vorerst quälte ihn ein anderes Problem. Es bereitete ihm fast schon Schmerzen, dass er das menschliche Bedürfnis krampfhaft unterdrückte. Er kämpfte mit sich, ob er der Natur freien Lauf lassen sollte. Auf dem nackten und kalten Zementboden könnte das unangenehme Folgen haben. So entschloss er sich, Dorle Hansen vorsichtig darauf anzusprechen.

Entsetzt wich sie ein Stück von ihm zurück und verkroch sich in die äußerste Ecke. Mit Panik in der Stimme wollte sie wissen, ob er es ernst meinte.

Geduldig erklärte er ihr die Lage und bedauerte es, das Thema ansprechen zu müssen. Nach jedem Satz fügte er eine Entschuldigung ein. Es war ein für beide entwürdigendes und zähes Aufeinanderzukommen. Christoph verstand jetzt die Not hilfloser und gebrechlicher Menschen, die ihr ganzes Schamgefühl über Bord werfen und sich in solchen Dingen anderen Menschen anvertrauen mussten.

Zur seelischen Pein ihrer Gefangenschaft kam noch eine ganz pragmatische. Durch den kleinen Fensterspalt war Frischluft eingedrungen. Christoph rechnete nicht damit, dass sie ersticken würden. Aber der enge Raum füllte sich mit den Körperausdünstungen. Und nicht nur mit denen. Vom kleinen Eimer ging ein mehr als unangenehmer beißender Geruch aus. Er setzte alle Hoffnungen darauf, dass die Geiselnehmer sich irgendwann melden und nach ihren Opfern sehen würden. Nichts geschah.

»Was ist, wenn die weitergezogen sind und uns hier vergessen haben?«, fragte Dorle Hansen. »Ich habe schon lange nichts mehr gehört. Sie?«

»Doch«, log er.

Zwanzig Minuten später war er fast erleichtert, als sie laut ein Fernsehgerät vernahmen. Erleichtert? Die Täter hatten sich nicht abgesetzt. Ein Grund, beruhigter zu sein, war das nicht.

Es verging eine unendlich lange Zeit des Wartens und Bangens.

»Sagen Sie«, fiel es Dorle Hansen schließlich ein. »Sie sind doch Polizist. Sie müssen doch etwas tun. Was macht ein Polizist in einer solchen Situation?«

»Ich bin genauso hilflos wie Sie. Meine Lage ist noch misslicher, dadurch, dass mir die Hände auf den Rücken gefesselt sind. Die Kabelbinder sind so fest angezogen, dass die Finger abgestorben sind. Ich habe kein Gefühl mehr darin.«

Bei ihr sei es nicht anders, klagte die Frau. Christoph gab ihr den Rat, die Finger zu bewegen. Er hatte es immer wieder selbst versucht. Die Vernunft forderte es, obwohl die Hände durch die ständige Bewegung müde wurden.

»Lenken Sie nicht ab«, sagte die Sparkassenangestellte. »Sie sind Polizist. Ja. Ich weiß es genau. Ein ziemlich hohes Tier sogar. Man spricht darüber auf Nordstrand.«

Es war Fluch und Segen eines überschaubaren Gemeinwesens zugleich, dass hier kaum etwas verborgen blieb. Es war nicht nur der übliche Dorftratsch, den es überall auf dem Lande gab. Durch die geografische Lage gab es auch keine

»Nachbardörfer«. Man musste zwangsläufig unter sich bleiben und sich auf das konzentrieren, was die Insel bot.

»Sie haben es miterlebt, dass ich ein zufälliges Opfer geworden bin. Gleich, welchen Beruf ich ausübe, gibt es keine Chance gegen die bewaffneten Täter. Es wäre sogar kontraproduktiv, sie zu reizen. Sie könnten es zum Anlass nehmen, unsere Lage zu verschlechtern.«

»Unsere Lage zu verschlechtern? Paaah.« Der Hohn triefte aus ihren Worten, als sie Christoph nachzuäffen versuchte. »Was sind Sie bloß für ein Mensch? Begreifen Sie nicht, in welcher Bredouille wir stecken? Was kann da noch schlimmer werden?«

Christoph zog es vor, zu schweigen. Das fasste Dorle Hansen offenbar als Schwäche auf.

»Sehen Sie. Das ist es, was man heute immer sagt. Früher, da gab es noch richtige Polizisten. Die hätten nicht gezögert, nach uns zu suchen. Die wären von Haus zu Haus gegangen. Aber heute? Machen Sie etwas. Lassen Sie sich was einfallen. Aber tun Sie endlich was.« Wütend stampfte sie mit dem Fuß auf den Boden.

Es half nichts, dass Christoph ihr geduldig zu erklären versuchte, dass ein ruhiges und besonnenes Verhalten besser sei. Die Frau war dabei, sich in eine Panik hineinzusteigern. Er sprach leise auf sie ein. Es half nur vorübergehend. Plötzlich fing sie laut an zu schreien.

»Hilfe! Hiiiilfe!« Dorle Hansens Stimme überschlug sich.

Es konnten nur Sekunden vergangen sein, als die Tür aufgerissen wurde und der Deutsche wutschnaubend brüllte: »Sag mal, Alte, spinnst du? Bist du nicht ganz dicht? Halt sofort die Klappe, sonst stopf ich sie dir.«

Christoph hörte, wie es klatschte. Der Mann musste ihr einen Satz Ohrfeigen verpasst haben.

Sofort verstummte die Frau. Ansatzlos gingen ihre Rufe in ein Schluchzen über.

Christoph bekam einen schmerzhaften Tritt gegen das Schienbein.

»Hast du alter Sack sie angestiftet? Bist zu feige, selbst was zu unternehmen. Wartet. Ich werde euch gleich das Maul stopfen. Ihr kriegt jeder 'nen Lappen zwischen die Zähne geschoben.«

»Es sind die Nerven«, sagte Christoph mit betont ruhiger Stimme. »Die Frau ist der Situation nicht gewachsen. Sie hat kleine Kinder. Das ist zu viel. Lassen Sie die Frau gehen?«

»Bist du nicht ganz dicht? Guckst du zu viele Krimis? Du Arschgesicht meinst, wir lassen die Trulla laufen. Sollen wir ihr auch den Schlüssel für den Hintereingang mitgeben, hä?«

»Es kommt nicht wieder vor. Versprochen«, sagte Christoph. »Bitte«, setzte er flehentlich hinzu. Wenn die Täter den Knebel genauso anbringen würden wie die Handfesseln, bestünde die Gefahr, zu ersticken.

»Wer sagt das?« Der Täter lachte laut auf.

»Glauben Sie ihm«, wimmerte Dorle Hansen kaum hörbar. »Er ist Polizist. Er sagt die Wahrheit.«

»Du bist – was?« Der Geiselnehmer brauchte ein paar Sekunden, um seine Überraschung zu überwinden. »Sag das noch mal. Du bist wirklich ein … Bulle?«

Als Christoph nicht sofort antwortete, erhielt er erneut einen Tritt gegen das Schienbein.

»Ja, ich bin bei der Polizei«, sagte er schnell.

»Wo? Auf Nordstrand?«

»Husum.«

»Was machst du da? So ein alter Sack. Bist du der Verkehrskasper? Oder hilfst du alten Frauen über den Zebrastreifen?«

»So ungefähr.«

Christoph spürte, wie der Mann seine Jacke einfach aufriss. »Wo ist deine Brieftasche?«

»Ich habe keine. Meine Papiere sind im Portemonnaie.«

Der Täter riss das Innenfutter auf und griff sich Christophs Geldbörse.

»Ach. Sieh da. Christoph Johannes heißt du. Hast du keinen Nachnamen abgekriegt? Arme Sau.« Offenbar zog der Mann nacheinander alle Plastikkarten hervor. »Guck, sieh mal da. Tatsächlich. Ein Bullenschwein. Was machst du …« Der Täter pfiff durch die Zähne. »Eh. Sogar so ein richtig großes Tier.

Erster Kriminalhauptkommissar. Ein Schnüffler aus der oberen Etage. Was macht so einer in der Bullenstation?«

»Als Beamter gibt es die Laufbahn. Man wird automatisch befördert. Der ›Erste Hauptkommissar‹ hat nichts zu sagen. In meinem Alter wird man mit der Verfolgung kleiner Delikte betraut. Alltagskriminalität.«

»Mensch, dann kennst du uns womöglich?«

Christoph schüttelte den Kopf. »Nein«, versicherte er. »Mit so schweren Delikten habe ich nichts zu tun.«

»Jeder Arsch in der Bullenanstalt kennt uns«, sagte der Geiselnehmer. »Spinn hier nicht rum.«

»Ich habe keine Ahnung«, erklärte Christoph.

»Davon aber 'ne Menge. Was sollen die Leute denken, wenn sie erfahren, dass solche Schwachköpfe wie du mit durchgeschleppt werden?«

Christoph schwieg.

»Schade, dass mich keiner kennt«, sagte der Geiselnehmer. »Was meinst du, wie viele Dankesschreiben ich kriege, wenn ich dich abknipse.« Er zögerte einen Moment. »Mensch. Das ist eine Superidee.«

Der Täter verließ die Kammer, ließ aber die Tür offen. Christoph hörte, wie es im Nebenraum rumorte. Ein Schauder erfasste Christoph, als er das typische Ratschen des Verschlusses hörte. Eine Pistole war durchgeladen worden. Schritte näherten sich. Christoph wurde unsanft am Arm gepackt und aus der Kammer herausgezerrt. Er stieß gegen einen Tisch, der ein Stück über einen Fliesenfußboden schlitterte.

Plötzlich wurde es hell. Jemand hatte ihm den Geldsack vom Kopf gezogen. Er befand sich in einer Küche, die schon lange nicht mehr modernisiert worden war. Hängeschränke mit dunkelblauen Resopalschiebetüren, ein E-Herd mit Kochplatten, die deutliche Spuren eines langjährigen Gebrauchs aufwiesen. Statt einer durchgehenden Arbeitsfläche waren Unterschränke und Küchengeräte in einer Reihe nebeneinandergestellt. Ein Doppelwaschbecken aus Keramik wurde durch einen Boiler gespeist, der darüber an der Wand montiert war. Ein Schnellkocher, eine Tüte mit Filterpapier und ein fast historisch zu nennender Handfilter standen auf der Ablage. Geschirrspüler und Mikrowelle suchte man vergebens. Es roch unangenehm nach einer Mischung aus abgestandenem Qualm, schalem Bier, Schweiß und Essensresten.

»Glotz nicht so blöde«, fluchte der Deutsche, als Christoph den Türken, der an der Seitenwand stand, betrachtete. Eine kräftige Hand fasste Christophs Genick und drückte den Kopf auf die klebrige Tischplatte. Beim letzten Stück wurde der Druck verstärkt, sodass Christoph auf das Holz knallte.

»Ich hab heute schon das Schwein vom Geldtransporter umgelegt. Für alle anderen habe ich einen Freifahrtschein. Das ist sozusagen das Bonusprogramm.«

Es folgte ein meckerndes Lachen. Die Faust im Nacken hielt ihn nieder. Dann spürte Christoph den kalten Stahl des Pistolenlaufs an der Schläfe. Instinktiv wollte er den Kopf wegdrehen, aber der Täter reagierte sofort und schlug Christophs Kopf auf den Tisch. Ein höllischer Schmerz durchfuhr ihn, als er mit der Nase auf dem Tisch aufkam. Tränen schossen ihm in die Augen. Erneut berührte der kalte Stahl seine Schläfe. Ganz langsam wurde der Abzug zurückgezogen.

Christoph schloss die Augen. Er glaubte, sein Herz werde aussetzen. Die Todesangst, die ihn erfasste, war eine natürliche Reaktion. Tausend Gedanken schossen ihm durch den Kopf. Alles war wirr und unsortiert. Es war nicht der Film, der im Zeitraffer sein Leben Revue passieren ließ. Es war ein heilloses Durcheinander. Es waren Empfindungen … Wie sollte man sie beschreiben? Es gab keine Worte dafür. Das Entsetzen war in ihm. Es war absurd, aber er wünschte sich, dass es vorbei sei. Jetzt war der Durchzugspunkt erreicht. Der Abzug knallte vorwärts. Christoph spürte den Schlag an der Schläfe. Sein Herz stolperte – setzte aus. Dann war es still und dunkel.

»Oh verflixte Scheiße. Das Mistding hat versagt«, hörte er die Stimme des Deutschen. »Wie kommt das denn? Stell dir vor«, wandte er sich an seinen Kumpanen, »du bist in einem ehrlichen Feuergefecht mit den Bullen. Dann passiert so was. Glaubst du, die haben Mitleid? Die nutzen die Situation eiskalt aus und legen dich um. Da heißt es allerdings finaler Rettungsschuss.«

»Lass das, H. …«, setzte der Türke an und brach ab, weil ihm die Stimme versagte. Nach mehrmaligem Räuspern versuchte er es erneut. »H. D., was bringt es, den Mann zu erschießen? Er hat uns nichts getan.«

»Nützt er uns was? Nee. Mensch, der ist ein Bulle. So was gehört in die Tonne.«

»Wenn du ihn erschießt, ist hier alles voller Blut.«

»Na und? Da in der Kammer ist 'ne Tussi. Die schrubbt das schon weg.«

»Ich steig aus.«

»Dann bekommst du mit dem Typen hier ein Doppelgrab.« Christoph spürte erneut, wie der Abzug zurückgezogen und der Hahn gespannt wurde. Es war – gefühlt – ein meterlanger Weg, bis der Schuss ausgelöst wurde. Wieder war das Vibrieren zu spüren. Dann folgte Totenstille. Erst das meckernde Lachen des Täters holte Christoph in die Wirklichkeit zurück. »Mann, hat der ein Glück. Gleich zwei Mal versagte die Knarre.«

Christoph verstand es nicht. Sollte er mit einer Scheinhinrichtung gefoltert werden? Was trieb den Täter dazu an? War er krank? Es gab Menschen, die pathologisch sadistisch waren. Der Lauf wurde von der Schläfe genommen, die Waffe ein Stück vom Kopf entfernt.

Urplötzlich knallte es. Der Schlag traf Christoph unvermittelt. Taubheit breitete sich in ihm aus. Dann begriff er, dass der Geiselnehmer die Waffe direkt neben seinem Ohr abgedrückt hatte.

»Bist du … verrückt?« Die Stimme des Türken vibrierte vor Entsetzen. »Du hättest mich treffen können.«

»Berufsrisiko«, erwiderte der Deutsche. »Der Typ hat Glück gehabt. Gleich zwei Versager. Das gibt es sonst gar nicht.«

Christoph zitterte am ganzen Leib. Tatsächlich war es statistisch unmöglich, dass die Pistole gleich zwei Mal hintereinander nicht funktionierte.

»Ich werde dich Lucky nennen«, sagte der Deutsche. »Setz dich.«

Christoph versuchte sich aufzurichten. Beim ersten Mal versagten die Muskeln. Ihm fehlte jegliche Kraft. Mühsam gelang es ihm schließlich, sich hinzustellen. Die Knie zitterten immer noch, und er drohte umzufallen.

»Sieh mal, das Weichei«, lachte der Deutsche und schob ihm einen Küchenstuhl heran. »Setz dich. Mensch, den musst du gar nicht umlegen. Der krepiert von ganz allein.«

Jetzt sah Christoph, welch ein teuflisches Spiel man mit ihm getrieben hatte. Er hatte das Durchladen einer Pistole gehört. Für die Scheinhinrichtung hatte der Täter aber einen Revolver benutzt, dessen erste beide Kammern leer waren. Erst in der dritten befand sich eine Patrone, die der Geiselnehmer direkt neben Christophs Ohr abgefeuert hatte. Es war eine unmenschliche Tortur.

Der Deutsche nickte dem Türken zu. »Papier und Schreiber«, befahl er. Der Komplize verließ den Raum und kehrte kurz darauf mit dem Gewünschten zurück. »Er soll was schreiben.«

Christoph starrte auf das Blatt. Es war von einem Schreibblock abgerissen worden. Am oberen Rand fanden sich noch Reste der Gummierung. Der Kugelschreiber war ein Werbegeschenk. Verblasst waren die Buchstaben »Husumer Metallbau Raabe« zu lesen.

Der Geiselnehmer angelte mit dem Fuß den zweiten Stuhl und setzte sich rittlings darauf, genau Christoph gegenüber. Er wedelte mit dem Revolver, der immer noch auf Christoph gerichtet war.

»Los. Du schreibst jetzt deinen verfickten Kollegen, dass sie sich augenblicklich verpissen sollen. Sonst fließt Blut. Klar?«

Christoph nahm den Kuli zur Hand. Nach der langen Fesselung waren die Finger abgestorben. Er hatte kein Gefühl in den Händen. Ungelenk umklammerte er den Stift.

»Die Täter fordern den sofortigen Abzug der Polizei, sonst …«, begann er und ärgerte sich über die krakelige Schrift. Ob Große Jäger daraus ableiten würde, dass Christoph Angst hatte?

Sicher. Das traf zu. Es berührte ihn aber doch, wenn die Kollegen in Husum diesen Eindruck gewinnen würden. Diese Blöße wollte er sich nicht geben.

»Tickst du nicht sauber?«, schrie der Deutsche plötzlich. Er hatte eine Weile benötigt, um den Text über Kopf zu lesen. »Wir sind doch keine Täter. Das schreibst du noch mal. Jetzt muss man dem Idioten das auch noch diktieren.« Er winkte herrisch mit der Hand, bis der Türke ein neues Blatt herbeischaffte.

»Pass auf«, sagte Christophs Gegenüber und kratzte sich den Kopf. »Die Herren von der Bank«, befahl er und ließ ein lang gezogenes »Ähhh« folgen.

Christoph spielte den Nervösen, drehte den Kugelschreiber um und versuchte, vorsichtig in das Papier das Wort »Silo« zu ritzen. Es sollte wirken, als spiele er ungeduldig mit dem Stift.

»Die Herren von der Bank, hast du das?«

Christoph nickte.

» ... möchten gern woandershin. Ihnen stinkt dieses öde Kaff. Verpisst euch, sonst wird ... äh ...« Mit Wucht knallte die flache Hand auf die Tischplatte. »Schreib das wörtlich. Auch das mit dem Verpissen.« Es folgten weitere »Ähs«. »Wenn Nordstrand nicht sofort bullenfrei ist, passiert was. Lasst euch gar nicht krumme Dinger einfallen. Morgen Vormittag ist alles frei. Spätestens. Wehe, wenn noch ein Bulle da ist. Auch nicht von der Kripo.«

Christoph hatte bewusst Fehler eingebaut. Hoffentlich fiel es dem Täter nicht auf.

»Ihr seid für jedes weitere Opfer verantwortlich. So. Nun unterschreibst du das. Mit deinem Titel.«

Die Zwischenzeit hatte Christoph genutzt, um ganz vorsichtig »4 km« ins Papier zu ritzen. Es war fast nicht zu sehen. Er wollte noch »westlich« ergänzen, als ihm der Deutsche das Blatt aus der Hand riss. Christoph fiel auf, dass der Mann Einmalhandschuhe trug. Der Entführer las den Text durch und schien zufrieden zu sein. Die Fehler hatte er nicht entdeckt.

»Los, mach schon. Du sollst es unterschreiben.« Er schob das Papier erneut zu Christoph hinüber.

Der malte förmlich seinen Namen. »C. Johannes, PHK«, schrieb er in gut lesbarer lateinischer Schrift.

»Du hast ja fast eine Kinderschrift«, meckerte der Geiselnehmer. »C. Johannes. Das bist du?«

Christoph nickte.

»So unterschreibst du?«

Erneutes Nicken.

»PHK.« Der Deutsche bewegte anscheinend zufrieden den Kopf. »Eitel seid ihr. Polizeihauptkommissar. Das muss immer dazu.«

»Ich sollte mit meiner Dienstbezeichnung unterschreiben.«

»Halt's Maul«, fauchte der Deutsche.

»Wie soll der Brief jetzt zur Polizei?«, wollte der Türke wissen.

»Das organisier ich schon. Los. Schaff den Arsch wieder ins Loch. Vergiss nicht, ihn zu fesseln.«

Der Türke kam herüber und umfasste Christophs Oberarm. »Komm«, sagte er bestimmt.

Der Griff war fest, aber nicht so brutal wie der des Komplizen. Christophs Portemonnaie samt Inhalt und Ausweispapieren hatten die Täter in der Küche behalten.

»Die Hände«, forderte der Türke, und Christoph streckte sie ihm entgegen. Der Täter zog Kabelbinder aus der Tasche und fesselte Christoph. Der Mann hatte nicht darauf geachtet, dass Christophs Hände jetzt nicht mehr auf dem Rücken zusammengebunden waren. Auch der Geldsack über dem Kopf blieb ihm erspart. Hinter seinem Rücken wurde die Tür geschlossen und der Schlüssel umgedreht.

»Was wollten die von Ihnen? Was haben sie gesagt? Kommen wir bald frei? Wie lange soll das noch dauern?«, überfiel ihn Dorle Hansen.

Christoph rieb sich das rechte Ohr. Es war taub. Um seine Leidensgefährtin zu verstehen, musste er ihr den Kopf zuwenden, sodass er es mit dem anderen Ohr aufnahm.

»Denen ist ein Missgeschick unterlaufen«, wich er aus. »Das ist ziemlich dumm. Und gefährlich. Einer hat mit der Waffe gespielt, und da ist sie losgegangen.«

»Die sind doch total plemplem«, ereiferte sich Dorle Hansen. »Hoffentlich passiert uns nichts.«

»Die sind nicht an uns interessiert, sondern haben das gleiche Ziel wie wir: Die wollen nichts wie weg.«

Sie zuckten zusammen, als der gellende Schrei einer Frau ertönte, in den sich mehrere andere Stimmen mischten.

Acht

Auch die letzten Schaulustigen waren müde geworden. Niemand säumte mehr den Ort des Geschehens. Mommsen hatte die Kommandozentrale in einem Mannschaftswagen der Schutzpolizei eingerichtet. Bei ihm saßen zwei Männer in Zivil.

»Herr Rüschenbeck, der Geschäftsführer von ›Nord Secure‹, und Herr Hartkopf, der Sicherheitschef«, stellte der Kriminalrat die beiden vor. »Ich habe die Herren schon von den Ereignissen in Kenntnis gesetzt.«

Große Jäger musste nicht nachfragen. Harm Mommsen hatte nur das erzählt, was er für notwendig und vertretbar hielt.

Rüschenbeck, ein zur Korpulenz neigender Mittvierziger mit Babyface, sah mitgenommen aus.

»Wir wissen, dass unser Gewerbe gefahrgeneigt ist«, sagte er mit leiser Stimme. »Aber dennoch ist jeder Übergriff auf unsere Mitarbeiter oder die uns anvertrauten Werte schlimm. Wir haben auch schon Körperverletzungen bei unseren Angestellten zu verzeichnen gehabt, wenn wir Personal für den Sicherheitsdienst bei Veranstaltungen abgestellt haben. Aber dass jemand … jemand …« Er brach ab und schluckte heftig.

»Wie lange ist Ömer Akalin bei Ihnen beschäftigt gewesen?«, fragte Große Jäger.

»Seit fünf Jahren.«

»Er ist erst vierundzwanzig. Dann hat er sehr jung bei Ihnen angefangen.«

Hartkopf beugte sich vor und legte die Ellenbogen auf die Oberschenkel. »Es ist richtig, dass wir gern etwas ältere Mitarbeiter einstellen. In unserer Branche ist ein besonnenes Auftreten und Verhalten unabdingbar. Auch unsere Kunden schätzen es eher, wenn sie die Werte nicht ganz so jungen Männern anvertrauen. Ömer Akalin war eine Ausnahme.«

»Schon seine Bewerbung fiel uns positiv auf. Er hatte ein wenig Pech und konnte seine Berufsausbildung nicht abschließen. Er wollte Einzelhandelskaufmann in einem Textilbetrieb werden. Die haben aber Insolvenz angemeldet«, fiel Rüschenbeck seinem Sicherheitschef ins Wort. »Sein Auftreten hat uns sofort überzeugt. Während seiner Jahre bei der ›Nord Secure‹ hat es nie Beanstandungen oder Reklamationen gegeben. Wenn alle Mitarbeiter so korrekt wären wie Akalin …«, ließ der Geschäftsführer den Satz offen.

»Und sein Partner, Marius Bauerfeindt?«, wollte der Oberkommissar wissen.

»Der ist ebenfalls ohne Fehl und Tadel«, antwortete Hartkopf etwas gestelzt. »Bauerfeindt ist seit fast zehn Jahren bei uns. Die beiden waren ein eingespieltes Team.«

»Sind die stets zusammen gefahren?«

»Nein.« Hartkopf schüttelte sich. »Aus Sicherheitsgründen wechseln wir die Mannschaften täglich und nehmen dabei auch keine Rücksicht auf Animositäten, falls welche bestehen sollten. Es sollen sich keine zu vertrauten Teams bilden.«

»Wer macht bei Ihnen die Einsatzpläne?«

»Ich.« Der Sicherheitschef sah den Oberkommissar erstaunt an.

»Nach welchen Kriterien?«

»Da steckt viel Erfahrung und Fingerspitzengefühl drin. Wie gesagt – die Teams sollen wechseln. Ich versuche auch, einen alten Hasen und einen der jüngeren zusammenzubringen. Einer sollte, nein, muss die Strecke und die Kunden kennen. Ohne Erfahrung läuft da gar nichts.«

»Wenn ich Sie richtig verstanden habe, waren heute aber zwei erfahrene Kräfte unterwegs.«

Rüschenbeck nickte. »Wir sind ein wenig stolz, dass wir in einer nicht einfachen Branche so viele langjährige Mitarbeiter haben, sodass wir es uns auch erlauben können, zwei bewährte und erfahrene Mitarbeiter auf einen Transporter zu setzen.«

»Wer kennt die Werte, die transportiert werden?«, fragte Große Jäger.

»Die Fahrer auf keinen Fall. Das ist eines unserer Sicherheitskriterien. Manchmal befinden sich Beträge von mehr als …«

»Das wollen die Herren von der Polizei gar nicht wissen«,

fuhr Rüschenbeck dazwischen. »Belassen Sie den Blick auf diesem Fall. Den Inhalt der Geldkoffer kennt natürlich unsere Disposition. Wir füllen das Bargeld schließlich ein. Die Beträge werden außerdem in Realtime der Versicherung gemeldet. Ferner ist Herr Hartkopf über das Volumen informiert.«

»Wir haben gehört, dass heute ein besonders hoher Betrag ausgeliefert wurde.«

»Auf keinen Fall. Für uns sind dreiundvierzigtausend Euro – mit Verlaub – Peanuts. Nach Nordstrand – dafür war es schon etwas mehr als sonst. Aber unsere Fahrzeuge steuern auf ihrer Tour nicht nur einen Kunden an.«

»Wo könnte es eine undichte Stelle gegeben haben? Woher könnten die Täter gewusst haben, dass heute mehr als sonst angeliefert wurde?«

»Ausgeschlossen«, protestierte Rüschenbeck aufgebracht. »Bei uns gibt es so etwas mit Sicherheit nicht. Und die Fahrer – die kennen weder den Inhalt der Geldbehälter noch die Tour, für die sie am Folgetag eingeteilt werden. Unser Sicherheitssystem ist perfekt.« Plötzlich schien er sich zu besinnen. »Sagen Sie mal. Wer übernimmt es, Ömer Akalins Frau zu informieren?«

Große Jäger sah Mommsen an, der dem Gespräch bisher stumm gefolgt war.

»Darum kümmern wir uns«, sagte der Kriminalrat.

»Wir?«, fragte Große Jäger entrüstet, als die »Nord Secure«-Leute den Polizeiwagen verlassen hatten.

»Ich muss dir das nicht erklären«, erwiderte Mommsen. »Grundsätzlich gilt die Unschuldsvermutung. Wir können aber nicht ausschließen, dass es einen Insidertipp gegeben hat, auch wenn die beiden uns eben etwas anderes erzählen wollten.«

»Ich habe keinen Bock darauf«, widersprach Große Jäger. »Ich will über diese verfluchte Insel fahren, in jedes Loch gucken und Christoph herausholen.« Er stampfte wütend mit dem Fuß auf.

Mommsen ließ ihm etwas Zeit. »Ich verstehe das. Was würde Christoph in einer solchen Situation machen?«

»Ist schon gut«, stimmte Große Jäger zu. »Christoph hat nie eine Waffe getragen. So gut wie nie. Er hat stets gesagt, die schärfste Waffe des Kriminalisten ist sein Verstand.«

»Glaube mir«, sagte Mommsen. »Alle Kollegen tun ihr Bestes. Wie in jedem unserer Fälle.«

»Haben sich die Täter schon gemeldet?«, wollte Große Jäger wissen.

»Nein. Wir haben nichts gehört. Das beunruhigt mich auch nicht. Wenn es keine blutigen Anfänger sind, warten sie erst einmal ab. Die Geiseln sind ihnen nur nützlich, wenn die Entführer sie für den Freikauf des Fluchtweges einsetzen können. Ich glaube nicht, dass sie Lösegeld fordern. Aus Sicht der Täter ist es besser, zu warten, wenn sie sich in ihrem Unterschlupf sicher fühlen. Sie können sich vorstellen, dass wir den derzeitigen immensen Fahndungsdruck nicht lange aufrechterhalten können.«

»Das ist vielleicht eine Scheiße«, fluchte der Oberkommissar. »Für ein paar Politikkasper werden viele tausend Kollegen abgestellt, damit die ungestört vor den Alpenkulissen ihr Weißbier schlürfen können. So ein G7-Gipfel – ja, da ist alles möglich. Und wir hier? Die Landespolizei hat nicht einmal Hubschrauber.«

»Beruhige dich«, sagte Mommsen beschwichtigend. »Die Täter schrecken nicht vor Gewaltexzessen zurück. Das hat die Ermordung des Geldboten gezeigt. Wir dürfen nichts unternehmen, um die Sicherheit der Geiseln zu gefährden. Wenn wir Hundertschaften durch die Straßen patrouillieren lassen, sind die Bankräuber gewarnt.« Der Kriminalrat tippte mit dem Finger an seine Stirn. »Wir haben etwas anderes gemacht. Hilke und Michael sind in einem Pkw unterwegs, als Touristen getarnt, und machen das, was viele andere Urlauber auch tun: Sie lassen ihr Auto langsam über die schmalen Deiche rollen und sehen sich die Schönheiten Nordstrands an. Sie zählen Schafe.«

»Ihr spinnt doch. Wenn du glaubst, die Täter sind so clever, dann fällt denen so etwas auf.«

Mommsen schaffte es, ein wenig zu lächeln. »Wir haben

uns dazu den Audi eines jungen Paares ausgeliehen. Die beiden waren sofort bereit, uns zu helfen. Der Wagen ist in Calw zugelassen. Das Kennzeichen ›CW‹ fällt hier überhaupt nicht auf.«

»Gut«, sagte Große Jäger nachdenklich. Dann klopfte er Mommsen auf die Schulter. »Du hast während deiner Zeit bei uns in Husum nicht nur Kaffeekochen gelernt. Okay. Ich fahre zu Akalins Familie, auch wenn das ein blöder Job ist.«

Er forderte Cornilsen auf, ihn zu begleiten. Unterwegs fluchte Große Jäger unentwegt. Es war eine weite Fahrt, einmal quer durch Schleswig-Holstein.

Familie Akalin wohnte in der ersten Etage eines Wohnblocks in der Tilsiter Straße in Stockelsdorf. Eine kleine, drall wirkende Frau öffnete ihnen die Tür und sah sie aus großen Augen an.

Große Jäger ließ sich bestätigen, dass sie Frau Akalin sei. Dann sagte er: »Wir kommen von der Polizei«, nachdem er sich und Cornilsen vorgestellt hatte. »Können wir unser Gespräch drinnen führen?«

Sie zögerte einen Moment, dann bat sie: »Ich muss leider in die Küche. Ich habe das Essen aufgesetzt. Mein Mann ist im Außendienst. Deshalb essen wir immer abends, wenn er nach Hause kommt.«

Die Küche war eng. Auf dem Herd standen zwei Töpfe, aus denen es verführerisch duftete. Die Arbeitsfläche war mit Gemüse bedeckt, das die Frau gerade zu bearbeiten schien. Auf dem Fußboden stand eine Kinderwippe, in der ein Junge, so vermutete es Große Jäger, saß und lebhaft mit den nackten Beinchen strampelte und aus großen schwarzen Augen das Geschehen verfolgte. Die beiden Fäuste hielten ein durchgesabbertes Milchbrötchen, an dem der Kleine mehr saugte als knabberte. Als der Oberkommissar kurz mit der Hand in seine Richtung winkte, begann das Kind lebhaft zu strampeln. Arme, Beine, der ganze Körper war in Bewegung.

Frau Akalin beugte sich wieder über das Gemüse. Plötzlich schien ihr einzufallen, dass Besuch anwesend war. Große Jäger kannte solche Reaktionen, wenn die Polizei vor der Tür stand.

Manche Menschen verdrängten es einfach. Mit dem Gemüsemesser in der Hand drehte sie sich zum Oberkommissar und hob fragend eine Augenbraue.

Große Jäger verfluchte die Situation. Es waren stets schlimme Momente, wenn man traurige Nachrichten überbringen musste. Man konnte sich auch keine Worte zurechtlegen, sondern musste sich dem Gegenüber anpassen.

»Ihr Mann … es hat heute Morgen einen Zwischenfall gegeben«, begann er holpernd.

Frau Akalin kniff die Augen zu einem schmalen Spalt zusammen.

»Was heißt das?« Dabei hüpfte ihr Adamsapfel auf und ab. Der Oberkommissar sah, wie die Messerspitze vibrierte.

»Der Geldtransport ist überfallen worden.«

»Der mit Ömer? Aber – warum denn?«

Die Frage war nicht logisch. Das erwartete auch niemand. Große Jäger glaubte, dass die Frau nicht zu fragen wagte, ob ihrem Mann etwas geschehen sei.

»Bei dem Überfall kam es zu einem Schusswechsel.«

»Schusswechsel? Ömer hat geschossen? Ömer?« Jetzt begann der ganze Körper zu zittern. Frau Akalin öffnete die Lippen. »Ist er … Ömer … Hat er etwas abbekommen?«

Große Jäger breitete hilflos die Hände aus und nickte schwach.

Sie sah ihn mit weit aufgerissenen Augen an. »Ist er …?«

Gebannt hing ihr Blick an seinen Lippen. Aber das erlösende »Nein« kam nicht. Die dunklen Augen blieben an ihm haften. Kein Muskel zuckte in ihrem Gesicht, bis sich eine einzelne Träne löste. Vorsichtig nahm er ihr das Messer aus der Hand, dann umfassten seine Hände ihre Schultern. Sie senkte ihren Kopf gegen seinen Hals. Minutenlang verharrte sie in dieser Stellung. Nur das Beben ihres Körpers war zu spüren.

»Können wir etwas für Sie tun?«, fragte Große Jäger nach einer Weile. »Haben Sie Angehörige, die sich um Sie kümmern können? Sollen wir einen Arzt rufen? Einen Geistlichen?«

Die Frau schien es zunächst nicht verstanden zu haben. Dann schüttelte sie den Kopf.

»Meine Eltern wohnen in Lübeck. Und meine Geschwister. Ich bin in Lübeck geboren. Ömer auch«, fügte sie an.

»Kennen Sie Marius Bauerfeindt?«

»Das ist ein Kollege.«

»Ist Ihr Mann mit ihm befreundet? Verkehren Sie privat miteinander?«

»Er ist ein Kollege«, wiederholte sie. »Aber befreundet? Sie meinen, ob die Familien sich gegenseitig besuchen? Zusammen grillen?«

»Oder ob Ihr Mann nach Feierabend mit dem Kollegen unterwegs war.«

»Nein. Nie. Ömer hat keine Freunde in der Firma. Gute Kollegen. Ja. Seine Freunde, das sind die Kollegen aus dem Fußballverein. Ömer ist leidenschaftlicher Fußballspieler im SC Rapid Lübeck. Und sonst? Wir sind eine große Familie. Geschwister. Cousins. Cousinen. Wir sind auch gern mit unserem Sohn unterwegs.« Versonnen strich sie sich über den Leib. »Mustafa soll nicht allein bleiben. Nächstes oder übernächstes Jahr soll er ein Geschwisterchen bekommen.«

»Hat Ihr Mann über seine Arbeit gesprochen? Erzählt, wohin er mit dem Geldtransporter fährt? Welche Banken und Sparkassen er ansteuert?«

»Nein. Da war er immer gewissenhaft. Ganz bestimmt nicht. Ömer war so unendlich stolz, dass man ihm so viel Vertrauen entgegenbrachte. ›Das ist mein Traumberuf‹, hat er immer gesagt. Den wollte er bis zur Rente ausüben.« Sie drehte sich abrupt um, nahm das Gemüsemesser zur Hand und sagte leise: »Ich muss mich wieder um das Essen kümmern. Ömer kommt bald nach Hause.«

Behutsam versuchte Große Jäger, die Frau dazu zu bewegen, die Eltern anzurufen.

Schließlich gelang es ihm, die Telefonnummer in Erfahrung zu bringen. Der Vater meldete sich.

»Jäger«, verkürzte er seinen Namen. »Ich bin von der Polizei. Wäre es möglich, dass Sie zu Ihrer Tochter kommen? Es ist etwas Schreckliches mit Ihrem Schwiegersohn geschehen. Er hatte einen Arbeitsunfall.«

Natürlich. Sofort. Der Vater wollte sich augenblicklich auf den Weg machen. »Ich bringe meine Frau mit«, versprach er. Die beiden Polizisten warteten noch, bis die Eltern eintrafen. Noch einmal stand der Oberkommissar vor dem Problem, die Nachricht zu übermitteln. Betreten machten sich die beiden Polizisten auf den Heimweg nach Husum.

»Es hat den Anschein, als könnten wir Ömer Akalin zunächst als Quelle, von der die Täter den Tipp bekommen haben, ausschließen«, stellte Cornilsen auf der Fahrt fest.

»Nicht ausschließen, sondern diese Spur zurückstellen«, korrigierte ihn Große Jäger.

Auf der Husumer Dienststelle gab es keine Neuigkeiten, bis Hilke Hauck in das Büro kam.

»Es gibt Neues von der Handyortung und Überwachung von Jörg Bleicher. Der Mann war heute laut Einwahl seines Mobiltelefons in Hamburg. Von dort hat er ein Gespräch mit Mimi Lohgerber in Wesselburen geführt. Das Gespräch war kurz. Die junge Frau, anscheinend seine Freundin, war kurz angebunden. Sie hat ihn unterbrochen und gesagt: ›Das kannst du mir später alles in Ruhe erzählen. Ich habe jetzt keine Zeit. Ciao.‹ Interessanter ist, was er von sich gegeben hat: ›Hey, Knuddelbacke. Yeah. Das Ding ist gut gelaufen. Jetzt leben wir bald auf Wolke sieben.‹ Ich habe auch nach Mimi Lohgerber gesucht. Sie ist mit einem blauen Auge davongekommen, als man sie bei einer Razzia in einer Disco mit ein bisschen Stoff erwischt hat. Die Menge war offensichtlich für den eigenen Konsum bestimmt.«

»Hamburg?« Große Jäger runzelte die Stirn. »Hat man uns technisch überrumpelt? Hosenmatz! Ist das denkbar, dass das Gespräch über Hamburg geführt wurde? Der Inhalt klingt so, als würde Bleicher vom erfolgreichen Überfall berichten. Die Leute trauen uns gar nichts zu. Diese Amateure meinen, wir wären bekloppt.«

»Gibt es noch mehr Anrufe von Bleichers Handy?«, wandte sich Cornilsen an Hilke Hauck.

Die Kommissarin schüttelte den Kopf. »Das hätte ich erzählt.«

»Dann müssen wir uns in Geduld fassen«, sagte Große Jäger und zog an seinen Fingern, dass die Gelenke knackten.

»Du bist darin kein gutes Beispiel, Onkel«, stellte Hilke Hauck fest.

»Scheiße. Wir hocken hier ohnmächtig herum. Warum können wir nicht mit tausend Polizisten losmarschieren und Nordstrand durchkämmen? Haus für Haus. Die Insel ist nicht so groß, dass man dort unerkannt unterschlüpfen kann. Die Verbrecher müssen noch dort sein. Es ist unmöglich, zu entkommen. Selbst bei Dunkelheit. Der Damm ist abgesperrt, ebenso der Deich beim Holmer Siel. Auf die Fähre nach Pellworm kommen sie nicht, Süderhafen wird überwacht, und durchs Watt gibt es kein Entkommen.«

»Könnten Sie durch das Naturschutzgebiet des Beltringharder Koogs entkommen?«, warf Hilke Hauck ein.

»Daran habe ich auch schon gedacht. Aber für Laien ist dort praktisch kein Durchkommen. Da sind das Arlau-Speicherbecken und der Holmer See. Wenn die Täter nicht genau mit den Örtlichkeiten vertraut sind, kommen sie auch durch den Wattenmeer-Nationalpark nicht heraus. Das Areal ist sich selbst überlassen. Es wird nicht von Menschen betreten. Zusätzlich fährt auf dem Mitteldeich zwischen Wobbenbüll und der Arlau-Schleuse eine Streife«, erklärte Große Jäger. »Es macht mich krank, hier untätig herumsitzen zu müssen. Warum melden sich die Leute nicht und stellen irgendwelche Forderungen? Verlangen einen freien Abzug? Warum hören wir nichts von denen? Verdammt, verflixt und zugenäht!«

»Bleib ruhig, Onkel«, versuchte die Kommissarin Große Jäger zu besänftigen.

Cornilsen räusperte sich. »Ich habe die Zeit genutzt und eruiert, mit wem Bleicher die Zelle in Neumünster geteilt hat. Manfred Suurmund. Der sitzt immer noch. Er ist wegen Bigamie, Sozialhilfemissbrauch und Steuerhinterziehung verurteilt. Laut JVA ist Suurmund nie durch Gewalttätigkeiten aufgefallen.«

»Den können wir vergessen«, stellte Große Jäger resigniert fest.

»Ich habe mir eine Liste von Leuten schicken lassen, die gemeinsam mit Bleicher in Neumünster waren, in der Zwischenzeit entlassen wurden und auf deren Profil eine Straftat wie jetzt auf Nordstrand passen könnte.«

»Und? Lass hören«, fuhr Große Jäger ungeduldig dazwischen.

»Das ist nicht sehr ergiebig. Zwei schwere Jungs könnten in Frage kommen. Zu denen hatte Bleicher aber so gut wie keinen Kontakt. Die waren in einem anderen Block untergebracht. Eigentlich habe ich keinen gefunden, auf den es passen könnte. Vier Namen bleiben übrig. Einer davon hat dreißig Tage eingesessen wegen Erschleichung von Beförderungsleistungen.«

»Ein notorischer Schwarzfahrer«, stellte Große Jäger fest. »Weiter!«

»Der konnte die Geldstrafe nicht zahlen. Der zweite, Rudi Reinhardt, hat sich zwei Wochen nach seiner Entlassung auf frischer Tat beim nächsten Einbruch erwischen lassen. Pech für ihn. Er war nur auf Bewährung draußen. Bleiben noch zwei übrig. Eckert Großkopf und Zülfü Göksu.«

Große Jäger sprang auf. »Los. Komm. Hast du die Adressen?«

»Ja«, antwortete Cornilsen und lief hinterher.

Es war ein Graus – die Kolonne der Lkws zwischen Husum und dem Beginn der Autobahn in Heide. Ein schwerfälliger Tanklaster bummelte mit siebzig Stundenkilometern durch die Marsch. Ein Überholen war undenkbar. Gelegentlich versuchten es genervte Autofahrer trotzdem. Leider war dieses Stück Straße eines der unfallträchtigsten im ganzen Land. Und die Politik stritt sich seit Jahrzehnten darüber, ob und wie man dieses Problem lösen könnte. Die geplanten neuen Bauvorhaben rund um den Fehmarnbelt-Tunnel würden weitere Geldmittel abziehen und die Westküste noch mehr ins infrastrukturelle Abseits gleiten lassen. Diesen Gedanken äußerte Große Jäger auf der Fahrt.

»Das hätte Christoph dir jetzt erzählt«, ergänzte er.

Eckert Großkopf wohnte in Wilster. Er war als Aktivist der

rechten Szene bekannt. Seine letzte Gefängnisstrafe hatte er erhalten, weil er einen afghanischen Asylbewerber absichtlich mit dem Auto angefahren und verletzt hatte.

Die Deichstraße in der kuscheligen Kleinstadt Wilster begann am Marktplatz, der von der St.-Bartholomäus-Kirche geprägt wurde. Gern verwiesen die Bürger darauf, dass der Baumeister ihrer Kirche auch den Hamburger Michel erbaut hatte. Kleine Rotziegelhäuser, deren Spitzgiebel zur Straße zeigten, prägten die enge Gasse, die sich wie eine Schlange stadtauswärts wand. In einem wohnten Großkopfs Eltern. Er war bei ihnen gemeldet.

»Polizei?« Die verhärmte Frau mit der Brille, die an einer Schnur vor ihrem Busen hing, erschrak. »Sie kommen wegen unsern Jung? Wegen dem Eckert? Oder wegen dem Unfall von vorhin? Das war doch nicht so schlimm.«

»Ist Ihr Sohn zu Hause?«, fragte Große Jäger.

»Ja. Der ist oben.« Sie unterstrich ihre Worte, indem sie mit dem Zeigefinger zum Obergeschoss wies.

»Wir würden ihn gern sprechen.«

»Eckert. Komm mal runter.«

Sie versuchte es ein zweites Mal. Ohne Erfolg. Nach dem dritten Versuch erschien ein Mann an Krücken aus einer Zimmertür.

»Was bölkst du so?«, fragte er.

»Die sind von der Polizei. Die woll'n zum Jung.« Sie zeigte auf den Mann. »Erwin. Mein Mann. War Fliesenleger. Nun sind seine Knie in Dutt. Kümmert aber niemand. Keiner sacht danke, wenn du kaputt bist und nicht mehr kannst. Deshalb ist unser Jung ja heute auch mit unsern Wagen zum Getränkemarkt und hat Wasser geholt.«

»Nur Wasser?«, mischte sich Cornilsen aus dem Hintergrund ein.

»Na tja. Männers trinken ja kein Wasser. War auch 'nen büschen Bier dabei, nich Erwin? Da isses dann passiert. So 'ne Planschkuh aus der Marsch hat ihren Wagen schräg eingeparkt. Manche nehm' sich alles raus. Bumms. Hat 'ne Beule inne Tür gegeben. Is ärgerlich. Is ja nich neu, unser Wagen. Aber tipptopp. Vielleicht kriegt einer von den Jungs das wieder raus. Nur dumm mit die Versicherung.«

»Das war heute Mittag?«

Sie nickte. »Ja. Eckert war gerade aufgestanden. Ich hab noch zu ihm gesagt, dass er sich kämmen soll, wenn er schon nich unter die Dusche will. Was soll'n die Leute von uns denken?«

»Haben Sie den Namen der Unfallgegnerin?«

»Nee. Hat die Polizei aufgeschrieben. Die Olle hat darauf bestanden, dass die Polizei kommt. Wegen solche Lappalie. ›Eckert‹, hab ich zu unsern Jung gesagt, ›wenn du vorher geduscht hättest, hätt sie nich die Polizei gerufen.‹«

»Wir würden gern Ihren Sohn sprechen«, wiederholte Große Jäger.

»Mensch. Der hört nich. Ich geh mal hoch.«

Sie zog sich mit der rechten Hand am Handlauf der abgenutzten Treppe ins Obergeschoss. Deutlich war ihre Stimme zu hören. Schließlich erschien Eckert Großkopf hinter seiner Mutter und ging zu den beiden Beamten, die immer noch an der Haustür standen.

»Und?«, fragte er. Sein T-Shirt war fleckig. Die Dusche hatte er auch nach seinem Besuch beim Getränkemarkt erkennbar nicht benutzt.

Große Jäger fragte noch einmal nach dem Unfall.

»Was soll der Scheiß? Warum macht ihr so 'n Hickimickikram wegen das da? Pech gehabt. Ich bin ja nich getürmt.«

»Wir sind in einer anderen Sache hier. Kennen Sie Jörg Bleicher?«

»Wie soll der heißen?«

Große Jäger wiederholte es.

»Nee. Nie gehört. Kenn ich nich.«

»Der hat mit Ihnen zusammen in Neumünster gesessen.«

»Bleicher?« Großkopf kratzte sich den Schädel. »Nee. Keine Ahnung.« Der Finger wanderte ins Ohr. »Doch. Warten Sie«, fiel ihm schließlich ein. »Der war im annern Flügel. 'nen Arschloch. Der hat sich mit der Türkenmafia verbündet.«

»Mit wem?«

»Na – da waren so ’n paar Türken im Knast. Da musst du aufpassen. Die halten zusammen. Wenn du dich mit einem anlegst, hast du die ganze Bande am Hals. Irgendeiner hat denen gesteckt, dass ich mit den Kameltreibern nichts am Hut hab. Prompt gab es Stress. Und dieser Bleicher hat sich mit den Türken arrangiert. Keine Ahnung, warum.«

»Wissen Sie, ob er einen besonderen Spezi hatte?«

»Da war so einer. Zülfü oder so hieß der Arsch. Der soll aufpassen, dass er nich hierherkommt. Das ist ungesund für ihn.«

»Ich gebe Ihnen einen Rat. Halten Sie sich ein bisschen zurück. Der Weg zurück in den Bau ist ein schneller. Vergessen Sie nicht, dass es abwärts immer zügiger geht als aufwärts. Das ist mühsamer, aber es lohnt sich.«

»Du mich auch«, verabschiedete sich Eckert Großkopf von den beiden Beamten und knallte ihnen die Tür vor der Nase zu.

»Jetzt erreichen wir niemand mehr«, sagte Große Jäger. »Du nimmst morgen Kontakt zur Polizeistation in Wilster auf und fragst, ob Großkopf in den Unfall verwickelt war. Wenn ja, hätte er ein perfektes Alibi.«

»Tu ich machen«, bestätigte Cornilsen.

»Geht das auch, ohne vorher deine Oma zu konsultieren?«

»Klar. Oma brauche ich für die großen Dinge. Mir ist aber etwas anderes aufgefallen. Wir haben noch Zülfü Göksu auf unserer Liste. Großkopf hat erwähnt, dass es möglicherweise eine Verbindung zwischen Göksu und Bleicher gibt.«

»Gut aufgepasst«, lobte Große Jäger seinen Kollegen. »Den besuchen wir jetzt.«

»Das ist schon reichlich spät.«

»Na und? Unsere Kunden arbeiten auch nachts. Deshalb dürfen wir das auch.«

Es waren nur ein paar Fahrminuten bis zur Dietrich-Bon-hoeffer-Straße in Itzehoe. Vor dem Eingang zur Wohnung der Familie Göksu war eine stattliche Sammlung von Fahrrädern abgestellt. In den Wohnblocks brannten überall die Lampen, begleitet vom blau zuckenden Schimmer der Fernsehapparate. Ganz nah war das tiefe Brummen einer Diesellokomotive zu hören. Es war ein vertrautes Geräusch.

»Die Nord-Ostsee-Bahn«, seufzte Große Jäger. »Ein unverwechselbarer Sound.«

Die Haustür war nicht abgeschlossen.

Hinter der Wohnungstür, vor der Schuhe und ein rollender Einkaufskorb abgestellt waren, rumorte es, bis eine Kette vorgelegt und die Tür geöffnet wurde. Ein halbes Gesicht, das zudem von einem bis fast zu den Augenbrauen reichenden Kopftuch verdeckt war, blinzelte durch den Türspalt.

»Guten Abend«, sagte Große Jäger. »Polizei. Wir möchten mit Zülfü Göksu sprechen.«

»Spät«, erwiderte die Frau.

»Wir bitten um Entschuldigung. Aber es ist wichtig. Ist das Ihr Sohn?«

»Guter Junge. Nix getan.«

»Wir möchten ihm eine Frage stellen.«

»Guter Junge. Nicht böse.«

»Frau Göksu. Ist Zülfü zu Hause?« Große Jäger wurde ungeduldig.

»Nicht da. Weggegangen.«

»Wann ist Ihr Sohn aus dem Haus gegangen?«

»Weiß nicht.«

»Vor einer Stunde? Oder ist er schon länger weg?«

»Nicht da. Nicht weiß, wo ist. Großer Junge.«

»Ist er heute Morgen weg?«

»Nein. Gestern. Vielleicht besucht Freunde.«

Große Jäger griff durch den Türspalt und fasste an die Sperrkette. »Könnten Sie bitte die Tür öffnen?«

»Nicht gut. Ich weiß, ich nicht muss. Niemand darf Wohnung betreten. Ist Gesetz.«

Der Oberkommissar drehte sich zu Cornilsen um. »Das ist zum Mäusemelken. Manche leben seit zwanzig Jahren hier, sprechen so gut wie kein Deutsch, aber ihre vermeintlichen Rechte, die kennen sie aus dem Effeff.« Er wandte sich wieder der Mutter zu. »Arbeitet Ihr Sohn? Wo?«

»Ja.«

»Sagen Sie, wo.«

»Er immer versucht, Arbeit zu kriegen. Schwer in Deutschland.«

»Ihr Sohn war im Gefängnis.«

»Nicht schuldig. War wegen deutsche Frau. Nazi wollte Zülfü Freundin ausspannen.«

»Wir kennen die Geschichte. Es kam zum Streit, und Ihr Sohn hat den Kontrahenten niedergestochen.«

»Zülfü unschuldig. Nur gewehrt gegen Nazi.«

Große Jäger stöhnte hörbar. »Klar. Jeder Deutsche ist ein Nazi. Und es gehört zum guten Ton, ständig ein Messer mit feststehender Klinge mit sich zu führen, falls man von einem Nazi angefallen wird. Das ist purer Selbstschutz.«

Die Frau nickte. »Ja, du wissen?«

»Ich möchte wissen, wo Ihr Sohn steckt. Öffnen Sie die Tür und lassen Sie uns nachsehen.«

»Nein. Ich nicht muss.«

»Und nun?«, fragte Cornilsen, der seitlich versetzt hinter dem Oberkommissar stand.

Große Jäger zuckte hilflos mit den Schultern. »Wir haben schlechte Karten. Niemand gibt uns das Recht, uns in der Wohnung umzusehen.« Dann näherte er sich wieder dem Türspalt. »Wollen Sie, dass wir eine Polizeistreife anfordern und dann noch einmal nach Ihrem Sohn fragen?«

»Polizei und Geheimpolizei«, dabei nickte sie in Große Jägers Richtung, »nicht dürfen in Wohnung kommen. Ich genau weiß.«

»Zeig ihr mal Bleichers Bild«, sagte Große Jäger zu seinem Kollegen.

Cornilsen zog sein Smartphone hervor und rief das Foto Jörg Bleichers auf. »Kennen Sie den Mann?«

Frau Göksu linste durch den Türspalt. »Einmal hier gewesen. Nicht erinnern.« Dann fiel die Tür zu.

»Sie hat ihrem Sohn keinen Dienst erwiesen«, stellte Große Jäger fest. »Wenn Zülfü Göksu seit gestern unterwegs ist, könnte er theoretisch an der Geiselnahme beteiligt sein. Wir werden das prüfen müssen. Göksu ist in unseren Dateien gespeichert. Das Gericht hat im Messerangriff eine schwere Körperverletzung gesehen. Schon als Jugendlicher ist er als Gewalttäter in Erscheinung getreten. Schade, dass solche Randfiguren nicht nur den oft redlichen Eltern Schande bereiten, sondern auch Vorurteile in der Bevölkerung nähren. Mir wird schlecht, wenn ich Zülfü Göksu sehe und auf der anderen Seite an Ömer Akalin und seine Familie denke. Komm, wir gehen.«

Sie fuhren nach Husum zurück. Inzwischen war auch die Dienststelle fast verwaist. Zwei Beamte bildeten in Husum das Lagezentrum.

»Haben sich die Geiselnehmer schon gemeldet?«, wollte Große Jäger wissen.

»Nein. Keine Reaktion. Auch sonst sind wir nicht weitergekommen.«

»Verdammt. Wir können hier nicht tatenlos herumsitzen. Jetzt, bei Dunkelheit, müssten wir mit Wärmebildkameras über die Insel fahren. Es kann doch nicht so schwer sein, die Täter und ihre Geiseln zu finden.«

»Das hat Harm Mommsen so entschieden.«

»Das ist eben der Unterschied zwischen dem Kriminalrat und Christoph«, sagte Große Jäger und schwenkte den Zeigefinger in Cornilsens Richtung. »Das hast du jetzt nicht gehört, Hosenmatz, sonst ruf ich deine Oma an. Dann bekommst du das nächste Mal keinen Pudding, wenn du sie besuchst.«

»Oh nee nä«, stöhnte Cornilsen und ließ sich überreden, auch ein paar Stunden Ruhe zu suchen.

Große Jäger rief Christophs Privatnummer an. Anna war sofort am Apparat. Sie musste den Hörer fast in der Hand gehalten haben.

»Ja?«, sagte sie hastig.

»Ich bin's. Ich mache mich jetzt auf den Weg und komme zu dir«, sagte Große Jäger.

Sein Ton ließ keinen Widerspruch zu.

Neun

Was hatte der Schrei der Frau zu bedeuten? Und wer war das überhaupt? Diese Gedanken beschäftigten Christoph. Er konnte sich keinen Reim darauf machen. Welche Überlegungen er auch anstellte, er fand keine Erklärung. Hatten die Täter weitere Geiseln genommen? Waren diese ebenso gefoltert worden, wie es ihm widerfahren war? Als sie aus dem Auto ausgestiegen waren, hatte er den Eindruck gehabt, dass sich die Geiselnehmer auskannten. Zumindest der Deutsche, der seinem türkischen Komplizen klare Anweisungen erteilt hatte. Christoph und Dorle Hansen waren zudem zielsicher in dieses Verlies geführt worden. Der Täter musste sich nicht orientieren. Gab es einheimische, das heißt, Nordstrander Helfer? Oder war der Deutsche gar von hier? Dazu gehörte eine große Portion Kaltschnäuzigkeit. Dass er diese besaß, hatte der Mann bewiesen.

Zum Glück ahnte seine Mitgefangene nichts von seinen Gedanken. Christoph unternahm alle Anstrengungen, Negatives von der Frau fernzuhalten. Er versuchte, sie in belanglose Gespräche zu verwickeln, ihre Interessen auszuloten. Es gelang nur unzureichend. Sie war unkonzentriert. Immer wieder kehrte sie zu der Frage zurück, wann man sie befreien würde oder ob die Täter sie laufen lassen würden.

Mehrfach versuchte Christoph, sie zu befragen, wer in dieser Gegend, die sich Dreisprung nannte, wohnte. Frau Hansen konnte es ihm nicht beantworten.

»Ich habe nicht alle Adressen im Kopf«, sagte sie. »Es leben zwar nur etwas über zweitausend Menschen auf Nordstrand, aber die verteilen sich über die ganze Insel. Es gibt unzählige Ortsteile; in den großen wohnen … wohnen … Ich weiß es nicht.«

Sie hatte recht. Einen Ortskern gab es nicht. In jedem der verstreuten oder lang gezogenen Ortsteile mochten höchstens jeweils ein paar hundert Menschen leben. Und nicht alle waren

Kunden der Uthlande-Sparkasse. Es gab noch die Mitbewerber der Nord-Ostsee-Sparkasse, auch wenn diese sich – nicht nur hier – zurückzog, und die Volksbank. Das überfallene Institut war mit Abstand das kleinste. Eine neue Frage stellte sich Christoph. Warum war ausgerechnet dieses Institut überfallen worden?

»Wer wusste vom Geldtransport?«

»Wer?«, wiederholte Dorle Hansen geistesabwesend. »Jeder, der es schon einmal beobachtet hat. Man sieht den Wagen über die Insel fahren und vor der Sparkasse halten.«

»Haben Sie mit jemandem über die höhere Geldmenge gesprochen, die gestern angeliefert werden sollte?«

Wütend hob Dorle Hansen die zusammengebundenen Hände. »Was wollen Sie damit sagen? Glauben Sie, ich laufe herum und erzähle jedem, was wir erwarten? Als Alleinkraft in der Zweigstelle bringt man mir ein großes Vertrauen entgegen. Es gab nie Anlass zu einer Beanstandung. Alles ist stets korrekt gewesen. Bisher hat sich kein Kunde beschwert. Außerdem gibt es regelmäßige Kontrollen durch die Revision. Geht es nicht zu weit, wenn Sie so etwas behaupten?«

»Ich habe Ihnen nichts unterstellt«, versicherte Christoph. »Ich bemühe mich nur, Zusammenhänge aufzuzeigen. Es könnte eine undichte Stelle geben, über die die Täter an die Information gelangt sein könnten.«

»Das ist doch aberwitzig, wenn Sie meinen, ich sei das.« Sie hob die Hände. »Sehen Sie sich das an. Wer begibt sich freiwillig in eine solche Lage?«

Das wollte Christoph der Frau nicht unterstellen.

»Es könnte eine unbedachte Äußerung gewesen sein. In der Familie. Zu einem Nachbarn. Im Freundeskreis.«

»Ich spreche zu niemandem über meine Arbeit. Die Banken haben in den letzten Jahren alles aufs Spiel gesetzt. Kaum jemand traut ihnen noch. Vergessen Sie nicht, dass das nicht für die Sparkassen gilt. Sie gelten immer noch als Hort der Zuverlässigkeit.«

Christoph unterließ es, zu erwidern, dass gerade im Norden eine Reihe von Sparkassen durch Fehlspekulationen in arge

Bedrängnis geraten waren und durch andere Institute vor dem Absturz aufgefangen und gerettet werden mussten. Das war nicht zu vergleichen mit dem Wirken vor Ort.

»Nein«, sagte Dorle Hansen zornig. »Unterstellen Sie mir nicht, ich würde mit denen da draußen gemeinsame Sache machen. Ich habe Familie. Kinder.« Sie unterbrach ihre Ausführungen und schluckte heftig. »Mein Mann … nie im Leben. Auch nicht meine Eltern oder die Freunde. Mit niemandem spreche ich über Geldtransporte oder andere betriebliche Dinge.«

»Ist ja gut«, sagte Christoph besänftigend. »Ich stelle nur Überlegungen an, wer den Tätern einen Tipp gegeben haben könnte. Vielleicht auch unbewusst.«

Dorle Hansen schüttelte den Kopf. Christoph hatte ihr ebenfalls den Geldsack vom Kopf gezogen. Inzwischen war es aber so dunkel, dass kaum noch Licht in die Kammer fiel. Der schmale Spalt unter der Tür gab nichts her, und durch das zugenagelte Fenster fiel schon lange kein Lichtstrahl mehr herein.

Es mochten ein paar Minuten vergangen sein, als die Frau erneut ihr Klagelied anstimmte, ständig die Frage wiederholte, wann dieses Martyrium endlich beendet sei und dass sie alles unternehmen werde, um hier herauszukommen.

Es war ein Phänomen, dass Entführungsopfer sich irgendwann sogar mit ihren Peinigern verbündeten, Verständnis für sie zeigten, sich anbiederten. Christoph schien es einzig bedeutsam, die Männer nicht zu reizen. Es war schwierig, aber Geduld üben war das Einzige, was ihnen half.

Was sollte die Scheinhinrichtung bewirken? Die Entführer hatten noch keine einzige Forderung gestellt, nicht erklärt, weshalb man Geiseln genommen hatte. Der einzige positive Aspekt war, dass die Männer noch nicht ihre Masken abgelegt hatten, der Deutsche sogar so vorsichtig war, Handschuhe zu tragen, um keine Spuren zu hinterlassen. Wusste er nicht, dass die Forensik inzwischen so weit entwickelt war, dass es kaum jemandem gelang, keine Spuren zu hinterlassen?

Oder war der Deutsche ein krankhafter Psychopath, der

Freude am Leid anderer Menschen empfand? Es war schwierig, den Mann einzuschätzen. Er war eiskalt, hatte keine Hemmungen. Ohne sichtbare Gefühlsregung hatte er den Geldboten ermordet. Wenn die ersten Schüsse möglicherweise auch eine überzogene Reaktion gewesen sein mochten, eine Fehleinschätzung beim Erscheinen des Boten, so war der Kopfschuss eine wohlüberlegte Handlung gewesen. Christoph konnte es nicht als Kurzschluss akzeptieren. Der Täter hatte sich bei allem, was er getan hatte, als brutal erwiesen. Er zeigte sich auch gegenüber seinem Partner dominant.

Das Vorgehen war geplant, jede Aktion schien zielgerichtet zu sein. Der Mann wusste, was er wollte. Und er achtete darauf, keine Fehler zu begehen. Die Maske, die Handschuhe, die Aktion, das Blatt Papier von seinem Komplizen anfassen zu lassen … Das ließ auf eine hohe kriminelle Energie schließen, gepaart mit Kenntnissen darüber, wie man es den Ermittlungsbehörden schwer machen konnte. Dem stand konträr sein Auftreten entgegen. Die Sprache war vulgär. Sie klang nicht wie aufgesetzt gangsterhaft. Es schien der Umgangston zu sein, dessen er sich immer bediente. Die Fehler im Brief, die Christoph eingebaut hatte, waren unbemerkt geblieben. Und da der Entführer nicht etwa aus Nervosität so etwas übersehen haben konnte, führte Christoph es darauf zurück, dass der Mann es einfach nicht besser wusste.

Zufrieden war Christoph nicht, aber er konnte sich jetzt ein ungefähres Bild von der Persönlichkeit seines Peinigers machen. Hilfreich war es nicht. Und auch nicht tröstlich.

Wie mochte es Anna gehen? Seine Gedanken kehrten noch einmal zum Morgen zurück. Vermutlich erging es Millionen anderer Paare genauso. Ein Tag wie jeder andere. Alles war Routine. Jeder Handgriff war eingeübt. Der Gang durchs Badezimmer, das Frühstück, wenn es überhaupt ein gemeinsames gab, eine flüchtige Verabschiedung, und jeder war allein in seinem Alltagstrott, konzentrierte sich auf seinen Tagesablauf.

Christoph hatte einmal von einer klugen Frau den Rat gehört, man solle sich jedes Mal so verabschieden, als wäre es das letzte Mal. War wirklich keine Zeit gewesen, sich noch

einmal in den Arm zu nehmen, ein paar liebe Worte zu flüs-
tern? Wozu? Es war ja nur ein Abschied für Stunden. Doch die
dehnten sich jetzt. Für ihn. Sicher auch für Anna. Was dachte
sie? Was empfand sie? War jemand da, mit dem sie sprechen
konnte?

Er sah in Dorle Hansens Richtung. Die Frau und er teilten
die Marter der Geiselhaft. Dennoch war die Sparkassenangestellte für ihn nur schwer erreichbar. Er verstand ihre Gefühle
und Ängste. Sie war nicht empfänglich für rationale Gedanken.
Aber wer war das schon? Handelte er richtig? Hatte Frau
Hansen nicht recht, wenn sie von ihm erwartete, dass er aktiv
etwas zu ihrer Befreiung unternehmen musste? Er zermarterte
sich das Gehirn, wog Alternativen ab.

Nein!, entschied er schließlich. Der Haupttäter war skrupellos und unberechenbar. Jeden Versuch, auszubrechen, würde
er brutal maßregeln. Ein Schauder durchlief Christoph, als er
an den unschuldigen Geldboten dachte. Das Risiko war zu
groß. Er konnte es nicht wagen.

Schließlich war er dankbar, als Dorle Hansen sich zu Wort
meldete.

»Ich habe Hunger.«

Seit ihrer Geiselnahme am frühen Vormittag hatten sie nur
ein wenig Mineralwasser getrunken, aber nichts gegessen. Es
war kaum zu erwarten, dass die Täter ihnen Nahrungsmittel
bringen würden. Christoph war ohnehin erstaunt, dass sich
niemand um die Gefangenen kümmerte. Mit Ausnahme des
Zwischenfalls hatte keiner nach ihnen gesehen.

»Ich versuche, etwas zu finden«, sagte er und tastete im
Dunkeln die Regale ab. Er erwischte ein Glas Eingemachtes,
ohne erkennen zu können, welchen Inhalt es hatte, stellte
es vor sich auf den Boden, ging in die Hocke und zog am
Gummiring. Mit den gefesselten Händen war es schwieriger
als zunächst gedacht, das Gefäß zu öffnen. Schließlich gelang
es ihm. Er umfasste das Glas, hob es an und roch daran.

»Eingelegte Gurken«, sagte er.

»Das ist nicht Ihr Ernst!« Dorle Hansen klang vorwurfsvoll.
»Sie wollen uns nicht wirklich Gurken zum Essen anbieten?«

Christoph erklärte ihr, dass es zu dunkel sei, um etwas erkennen zu können.

»Dann lassen Sie sich etwas einfallen«, erwiderte sie schnippisch.

Er wollte nicht diskutieren, dass sie offenbar auch keine bessere Idee hatte. Mühsam stand er wieder auf, suchte eine andere Stelle und angelte nach einem weiteren Glas. Dann wiederholte er die Prozedur des Öffnens.

»Das riecht wie eingemachte Zwetschgen.«

»Ha. Die haben eine ganze besondere Wirkung auf die Verdauung. Wie stellen Sie sich das vor, wenn wir die essen?« Es folgte ein verächtlich klingendes Schnauben.

»Sorry«, sagte er betont gelassen. »Dann nehme ich jetzt Ihre Bestellung auf. Wie hätten Sie Ihr Steak gern? Medium? Sour Cream zur gebackenen Kartoffel? Und welche Soße zum Salat?«

»Ihr Verhalten ist unangemessen«, tadelte sie ihn. »Sie scheinen zu nichts in der Lage zu sein.«

So konnte es nicht weitergehen. Sie durften sich nicht gegenseitig anmachen, dachte Christoph. Die Nerven waren zum Zerreißen gespannt. Bis zu einem gewissen Grad verstand er es, dass sie ihren ohnmächtigen Zorn an ihm abreagierte. Doch irgendwo musste es eine Grenze geben. Er versuchte, ihr das in aller Deutlichkeit klarzumachen.

»Ich bin nicht verantwortlich für unsere Lage. Ich will hier raus. Schnellstens«, zeigte sie sich uneinsichtig.

Er hörte, wie sie aufstand und an den Vorräten hantierte. Sie schob Einmachgläser hin und her. Plötzlich knallte es. Glas splitterte.

»Huch«, rief Dorle Hansen erschrocken. »Mir ist eines aus der Hand gerutscht.«

»Bewegen Sie sich nicht«, sagte Christoph. »Es wäre fatal, wenn sich jemand an den Scherben verletzen würde.«

Vorsichtig setzte er einen Fuß vor den anderen, bis er gegen die Frau stieß. Dann schob er mit dem Fuß die Glassplitter, zumindest die großen, und den Inhalt unter das Regal.

»Ich fasse Sie jetzt am Ärmel«, kündigte er an, »und ziehe

Sie mit in eine andere Ecke. Wir wissen nicht, wo die Scherben liegen. Ich kann unmöglich alles erwischt haben. Achtung. Die kleinen Splitter haben sich überall verteilt.«

Sie ließ es geschehen. Ratlos standen sie eine Weile nebeneinander. Atemlos lauschte Christoph, ob der Lärm die Täter alarmiert hatte. Das zersprungene Glas hatte in seinen Ohren wie eine Explosion geklungen. Aber nichts rührte sich.

»Ob die weg sind?«, flüsterte Dorle Hansen.

»Ich glaube es nicht«, erwiderte er. »Ich werde jetzt versuchen, mit der Hand eine Ecke vom Glas zu befreien. Dann können wir uns setzen. Oder bevorzugen Sie eine Stehparty?«

Er erhielt keine Antwort, bückte sich und fuhr vorsichtig mit der Hand über den Zementboden. Tatsächlich gelang es ihm, kleinste Glasteile zur Seite zu schieben. Er spürte aber auch eine klebrige Masse und roch an seinen Fingern. »Sie haben eingemachtes Sauerkraut erwischt. Dann sollten wir uns doch lieber an die Zwetschgen halten.« Plötzlich zuckte er zusammen. Trotz aller Sorgfalt hatte sich ein Glassplitter in seinen Finger gebohrt.

Sie ließen sich in einer Ecke nieder. Dorle Hansen hockte sich neben ihn und wich auch nicht aus, als ihre Körper sich an Oberarmen und Beinen berührten. Vorsichtig tasteten sie nach dem Glas und aßen den Inhalt. Dass der klebrige Saft über Finger und Kleidung triefte, störte sie nicht mehr.

Die Zeit schien stillzustehen. Das Warten, die Ungewissheit – alles zerrte an den Nerven. Die Luft in dem kleinen Raum war abgestanden und verbraucht. Akute Erstickungsgefahr bestand nicht, aber mittlerweile war der Gestank unerträglich geworden.

Der Fäkalieneimer roch um die Wette mit dem Sauerkraut, untermalt vom intensiven Aroma der Gurken. Obwohl Christoph den Glasdeckel wieder aufgelegt hatte, war das Gefäß nicht komplett verschlossen. Der Duft der Pflaumenkonserve verblasste dagegen, obwohl er sicher noch die angenehmste Facette gewesen wäre.

Christoph wusste nicht, wie lange sie bewegungslos nebeneinandergehockt hatten. Er war in eine Art Dämmerzustand gefallen, döste, ohne wirklich Ruhe zu finden, und lauschte den ungleichmäßigen Atemzügen seiner Leidensgefährtin. Dorle Hansens Kopf war zur Seite gefallen und lag jetzt auf seiner Schulter. Immer wieder schreckte sie kurz auf. Irgendwann hatte auch ihn die Erschöpfung einnicken lassen. Es konnte nur kurz gewesen sein. Er wurde durch eine Bewegung neben sich wieder aufgeschreckt. Die Frau hatte ihren Kopf auf die Knie gelegt. Er hörte ihr Schluchzen, ihr leises Weinen.

Zehn

Große Jäger hatte schlecht geschlafen. Es lag nicht nur am unbequemen und viel zu schmalen Sofa in Christophs Wohnzimmer. Immer wieder war er wach geworden und hatte sich den Kopf zermartert, welchen Fehler sie begangen, was sie unterlassen hatten. Dann waren die Gedanken weitergewandert. Wie mochte es Christoph ergehen? Der anderen Geisel? Waren sie unversehrt? Sicher war das nicht, nachdem die Polizei die Aufnahmen von der kaltblütigen Ermordung des Geldboten gesichtet hatte.

Anna war früh wach gewesen. Ihr war anzusehen, dass sie ebenfalls keinen Schlaf gefunden hatte. Sie war blass, die Wangen waren eingefallen. Die Augen lagen tief in den Höhlen. Um den Mund hatten sich Falten gebildet. Trotzdem hatte sie Kaffee gekocht, einen Toast zubereitet und sogar ein Frühstücksei serviert.

»Christoph mag keinen Toast«, sagte sie, während sie lustlos auf dem Brot kaute. »Er bevorzugt frische Brötchen von unserem Bäcker. Er freut sich auf seine Pensionierung. Dann will er jeden Morgen ausgiebig frühstücken. Roggenbrötchen, die Husumer Nachrichten, Käse, Wurst und einen großen Pott Kaffee.«

»Kaffee?«

Anna rieb sich über die Augen. »Blödsinn. Christoph und Kaffee? Nie. Ohne seinen Darjeeling kann er nicht leben.« Sie stockte einen Moment. »Ob er auch etwas zum Frühstück bekommt? Klar. Die Entführer haben ja nichts gegen ihn. Warum sollen sie die Geiseln schlecht behandeln? Die haben ihnen nichts getan.«

»Anna«, begann Große Jäger vorsichtig. »Wer kann heute bei dir sein? Hast du eine Freundin, die du anrufen kannst? Eine Nachbarin?«

Sie schüttelte den Kopf. »Nein. Ich muss in die Praxis.«

»Du kannst doch nicht arbeiten. Niemand erwartet das von dir.«

»Doch. Ich will das auch. Es lenkt mich ab.«

Große Jäger seufzte. Wahrscheinlich hatte sie recht. »Ich rufe deinen Chef an«, sagte er. »Punktum!«

Dr. Hinrichsen war sofort am Apparat, als der Oberkommissar ihn auf dem Handy anwählte. Zunächst wollte der Arzt wissen, ob es Neuigkeiten gab. Dann erkundigte er sich nach Annas Befinden.

»Schlecht. Ich glaube, es wäre besser, wenn sie heute zu Hause bliebe.«

»Das habe ich mir gedacht. Aber das funktioniert nicht. Sie soll in die Praxis kommen. Ich kümmere mich um sie.«

Große Jäger versprach, Anna nicht selbst fahren zu lassen. Er drängte darauf, dass sie mit ihm in seinem Smart nach Husum fuhr.

Auf der Dienststelle herrschte reger Betrieb. Natürlich mussten auch andere Fälle bearbeitet werden. Doch keiner der Kollegen konnte sich von den Gedanken an die Entführung frei machen.

Zunächst steuerte Große Jäger das Büro des Kriminalrats an. Auch Mommsen sah übernächtigt aus. Im Telegrammstil berichtete Große Jäger von Anna.

»Ich habe dazu noch eine Idee. Jemand muss sich um sie kümmern. Ich habe an Karlchen gedacht. Keiner kann so gut auf Menschen eingehen wie er.«

Mommsen hob den Zeigefinger. »Das ist großartig. Ich werde sofort mit ihm sprechen.«

Karlchen war der langjährige Lebenspartner des Kriminalrats. Wer die beiden nicht kannte, mochte nicht glauben, wie die zwei miteinander harmonierten. Harm Mommsen war blond und hochgewachsen, ein Frauenschwarm und – wenn es so etwas gab – der Inbegriff eines Nordfriesen. Sein Partner Karlchen war klein und liebte schrille Kleidung. Das war seiner überaus erfolgreichen Tätigkeit als Animateur geschuldet. Besonders Kinder mochten ihn. »Karlchen«, hatte Christoph einmal festgestellt, »besteht nur aus Herz. Und du auch«, hatte er ergänzt.

Große Jäger musste bei der Erinnerung daran schlucken.

»Gibt es Neues?«, kam der Oberkommissar zum Wesentlichen.

Mommsen schüttelte den Kopf. »Wir haben noch keine Spur. Vorerst wird der Damm noch abgeriegelt. Wir erhalten die Sperre aufrecht.«

»Habe ich gesehen, als ich eben rübergekommen bin«, warf Große Jäger ein.

»Wir haben heute Nacht Fahrzeuge mit Wärmebildkameras über Nordstrand fahren lassen. Ich gehe davon aus, dass die Täter sich noch dort verschanzt haben. In eurem Büro haben wir das Lagezentrum eingerichtet. Dort liegt eine Karte der Insel, die wir noch in der Nacht vom Katasteramt besorgt haben. Ich habe den Landrat aus dem Bett geklingelt. Ohne zu zögern, hat der seine Mitarbeiter aktiviert. Wir haben zunächst einmal die Häuser markiert, von denen wir annehmen, dass sie leer standen.«

»Wie kommen wir an die anderen Häuser heran?«

»Nicht unüberlegt«, bremste der Kriminalrat den Eifer des Oberkommissars. »Hilke organisiert gerade eine Befragung der Zeitungsausträger auf Nordstrand, die heute Morgen unterwegs waren. Namen und Adressen haben wir uns beim Zustellservice des Schleswig-Holsteinischen Zeitungsverlags besorgt.«

»Wir könnten statt der Briefträger unsere Leute losschicken«, schlug Große Jäger vor.

»Daran habe ich auch schon gedacht, die Idee dann aber wieder verworfen. Es würde auffallen, wenn jemand ohne Ortskenntnis die Post austragen würde. Was geschieht, wenn die Täter Einheimische sind und ihren Briefträger kennen? Nein. Das klappt nicht.«

»Sind schon präparierte Geldscheine aufgetaucht?«

Der Kriminalrat lächelte milde. »So schnell geht das nicht. Die Entführer haben sich auch noch nicht gemeldet. Kein einziges Lebenszeichen. Man sollte annehmen, dass sie irgendwelche Forderungen stellen.«

»Das würde mich beruhigen«, pflichtete Große Jäger bei. »Vermutlich wissen die Täter, dass wir sie dann orten können. Auf Ideen wie Rufnummernunterdrückung fallen sie nicht herein. Das sind Profis, die wissen, was sie machen. Oder unterlassen«, ergänzte er.

»Leider.« Mommsen klang nicht sehr zuversichtlich.

»Haben sich die Kieler schon gemeldet? Hat die Spurensicherung etwas ergeben? Die Auswertung der Bewegungen des Mörders?«

»Das dauert. Wir müssen uns auf andere Anhaltspunkte konzentrieren.«

»Die bedeutsamsten Spuren sind im Augenblick das Fluchtfahrzeug und dessen Halter, Jörg Bleicher aus Tönning, und Zülfü Göksu aus Itzehoe, den Bleicher aus gemeinsamen Zeiten hinter Gittern kennt. Beide sind abgetaucht.«

»Merkwürdig ist, dass Bleichers Handy in Hamburg eingewählt wurde. Wir müssen uns auf den neuesten Stand bringen. Die Itzehoer Kollegen haben gestern sofort ein Observationsteam zu Göksus Wohnung geschickt. Das soll sich melden, sobald der Mann bei sich zu Hause auftaucht«, sagte der Kriminalrat.

»Und?«

Mommsen zuckte die Schultern. »Bisher haben sie sich nicht gemeldet.«

»Das heißt, Göksu steht auf der Liste der Verdächtigen ganz oben.«

Der Kriminalrat griff zum Telefon. »Gibt es Neues von der Handyüberwachung?« Er runzelte die Stirn. »Warum erfahre ich das nicht? Das ist Schlamperei«, schimpfte er. »Ich kann erwarten, dass alle mitdenken.« Er legte den Hörer zornig auf das Basisteil zurück.

»Hundt?«, fragte Große Jäger. Der Hauptkommissar galt nicht als zuverlässig. Mommsen antwortete nicht. Es war nicht seine Art, sich über Mitarbeiter auszulassen.

»Es gibt Neuigkeiten von der Handyortung«, sagte er stattdessen. »Jörg Bleicher. Bereits gestern Abend wurde ein Telefonat abgefangen. Es konnte einer Funkzelle in der Nähe des Bahnhofs Heide zugeordnet werden.«

»Mist«, fluchte Große Jäger. »Bleicher wohnt in Tönning. Was hat das zu bedeuten? Sind wir auf einer falschen Spur?

Zuvor hat er sich angeblich aus Hamburg gemeldet. Haben wir den Inhalt des Gesprächs?«

Mommsen nickte und gab etwas auf seinem Rechner ein. »Hier: ›Hey, Knuddelbacke. Bin in Heide. Muss hier weg. Kannst du das organisieren? Du weißt, wo. Ciao.‹ Das war alles.«

»Gibt es einen Rückruf? Eine Antwort?«

»Nein. Bleicher hat danach nicht wieder telefoniert. Der Anruf galt einem Handy, das Mimi Lohgerber in Wesselburen gehört.«

»Die hat er doch auch aus Hamburg angerufen. Vielleicht ist das seine Freundin.«

»Es wäre nicht das erste Mal, dass eine Frau in die Pläne eingeweiht ist. Sie muss nicht unbedingt am Überfall beteiligt gewesen sein. Es reicht eine Mitwisserschaft«, sagte Mommsen.

Große Jäger kratzte sich den Hinterkopf. »Aber wieso ruft er zunächst aus Hamburg und dann aus Heide an? Und dann ist Sendepause.«

»Bleicher könnte demnach nicht am Überfall beteiligt sein. Allerdings gibt es noch einen SMS-Austausch.« Mommsen zeigte auf den Bildschirm. »Lies selbst.«

Bleicher: Alles Roger? Kann das Ding los
Antwort: Js

»Was soll das heißen?«, fragte Große Jäger.

»Die Leute tippen ihre Nachrichten schnell und unkonzentriert ein. Die Buchstaben ›a‹ und ›s‹ liegen direkt nebeneinander. Ich vermute, es soll ›ja‹ heißen.«

Der Oberkommissar las weiter:

Bleicher: Hab dabei alles gekrigt das steigt
Antwort: Hot
Bleicher: du fahrst
Antwort: türlich tu ich
Bleicher: schies los
Antwort: Geil läuft

»Ich besorge mir die Adresse von Mimi Lohgerber. Dann werden wir uns die Dame vorknöpfen«, entschied Große Jäger. Er wartete die Antwort nicht ab.

Im Büro traf er Cornilsen an. Der Kommissar quetschte ein »Moin« heraus und gähnte herzhaft.

»Noch bist du Beamter auf Probe«, sagte Große Jäger. »Gähnen darfst du erst, wenn du die Bestellung auf Lebenszeit hast. Komm. Auf geht's nach Wesselburen.«

»Das ist doch Dithmarschen.«

»Komm mir nicht mit irgendwelchen Vorurteilen. Es soll ja auch vorkommen, dass sich ein Kölner nach Düsseldorf verirrt.«

»Ich habe von Mordfällen gehört«, erwiderte Cornilsen, »wenn er sich dann in der Düsseldorfer Altstadt ein Kölsch bestellt.«

Große Jäger wies seinen Kollegen an, das Notebook mitzunehmen.

»Das ist zu groß. Ich habe das Tablet dabei.«

Während der Oberkommissar die Bundesstraße ansteuerte, hockte Cornilsen auf dem Beifahrersitz und hatte mit seinen fast zwei Metern Mühe, dort Platz zu finden. Er suchte die Adresse der Frau heraus und sagte: »Schülper Straße.« Dann nannte er die Hausnummer.

»Für dich gebe ich es auch ins Navi ein«, ergänzte Cornilsen. Sie waren schon kurz vor der Eiderbrücke bei Tönning, als Cornilsen berichtete, dass Mimi Lohgerber polizeilich bisher nicht in Erscheinung getreten war. Zwischendurch hatte der junge Kommissar immer wieder gegähnt. Das wirkte ansteckend. Große Jäger hatte es ihm gleichgetan.

»Weshalb bist du so müde?«

»Ich habe wenig geschlafen«, erwiderte Cornilsen. »Und du?«

Große Jäger erzählte, dass er zu Anna gefahren war.

»Behältst du das für dich?«, sagte der junge Kommissar leise.

»Ich war gestern auch noch auf Nordstrand. Es hat mir keine Ruhe gelassen. Da waren die unbewohnten Häuser in der Nähe des Campingplatzes. Das eine verfallen, und die anderen dienen als Ferienunterkünfte. Ich bin noch einmal hingefahren und habe sie mir angesehen.«

»Bist du verrückt? Damit hast du dich in Gefahr gebracht. Und die Geiseln, wenn die Täter dich bemerkt hätten.«

Cornilsen grinste. »Mich sieht keiner.«

»Natürlich nicht. Du langer Lulatsch mit deinen zwei Metern bist nicht zu entdecken. Da guckt jeder dran vorbei.«

Cornilsen wirkte betreten. »Ich konnte nicht anders. Ich weiß, dass der Kriminalrat davon Abstand genommen hat. Genau aus den Gründen, die du genannt hast. Wirst du mich anschwärzen?«

Große Jäger verpasste seinem Nachbarn einen Knuff in die Seite. »Das war nicht gut. Aber … Ich hätte es genauso gemacht. Nur, wenn ich mich anschleiche, wirkt es, als käme ein indischer Arbeitselefant daher.«

Cornilsen wirkte erleichtert und zeigte auf eine Abfahrt von der Bundesstraße. »Da müssen wir längs.«

Die Hebbelstadt Wesselburen war ein idyllischer Flecken, mitten in der Marsch gelegen. Die im Stadtzentrum auf einer Warft stehende Kirche ragte weit in das Land hinein. Der Turm stand allerdings in Konkurrenz zu den in dieser Region dicht an dicht stehenden Windanlagen. Hier begegneten sich die ökologischen Vorsätze, auf erneuerbare Energien umzusteigen, und die damit verknüpften handfesten ökonomischen Interessen mit den Ästheten, die in den Windspargeln eine Verschandelung der Landschaft sahen.

Die Schülper Straße war eine enge Altstadtgasse nahe dem Marktplatz und der Kirche. Es gab zwei Schilder mit der Aufschrift »Lohgerber«. Sie versuchten es am oberen Knopf und hörten irgendwo im Haus die Klingel ertönen. Auch nach mehrmaligen Versuchen wurde nicht geöffnet.

Große Jäger probierte es am unteren Knopf.

»Das schellt anders«, stellte Cornilsen fest.

Große Jäger drehte sich halb zu ihm um. »Du Sprachpanscher. An der Westküste schellt es nicht. Da klingelt es.«

Sie hörten Schritte hinter der Tür. Dann wurde geöffnet.

Eine Frau in einem etwas zu groß geratenen Sportanzug sah sie an. Halb hinter der Tür versteckt hielt sie eine glimmende Zigarette in der Hand.

»Wir möchten zu Frau Lohgerber«, sagte Große Jäger.

»Ja. Das bin ich. Warum?«

»Mimi Lohgerber?« Große Jäger konnte sich nicht vorstellen, dass Bleicher sein Gegenüber »Knuddelbacke« nannte.

»Nee. Das ist meine Tochter. Warum?«

»Ist die zu Hause?«

»Nee. Die ist auf Arbeit.«

»Ist sie mit Jörg Bleicher befreundet?«

»Ja. Warum?«

»Polizei. Wir möchten Herrn Bleicher ein paar Fragen stellen. Er fährt doch einen roten Opel Astra.«

»Eigentlich schon.«

»Wissen Sie, wo wir Herrn Bleicher erreichen können?«

»Ja. Klar.« Sie zeigte mit dem Daumen über die Schulter zur Treppe. »Er ist oben. In Mimi ihrer Wohnung.«

Große Jäger schob die überraschte Frau zur Seite. »Danke«, sagte er und erklomm die knarrende Holztreppe. Im Haus roch es nach Katze und Zigarettenrauch. Das wurde aromatisiert durch Kaffeeduft.

Im Obergeschoss befand sich eine Holztür mit geriffeltem Glaseinsatz, hinter der ein bunter Vorhang die Durchsicht verhinderte. Die Tür hatte eine Klinke. Der Oberkommissar drückte sie vorsichtig hinab und öffnete die Tür. Dahinter verbarg sich ein enger, dunkler Flur. Die Tür zu einem unaufgeräumten Wohnzimmer stand offen. Ein zweiter Raum war spärlich möbliert. Ein kleiner Schreibtisch war der Standplatz für einen Rechner. Auf dem Boden standen Akten und Einkaufstüten, die mit Kleidung vollgestopft waren.

Das Bad war benutzt, aber nicht hergerichtet worden. Der Oberkommissar öffnete die letzte Tür einen Spalt. Es war das Schlafzimmer eines jungen Mädchens. Eine kleine Kommode, eine Anrichte mit einem Flatscreen, ein Spiegel, über dessen Ecken Modeschmuckketten hingen, und ein Bett. Der Vorhang war zugezogen. Dämmerlicht erfüllte den Raum.

Ein Mann hatte sich halb aufgerichtet. Er stützte sich mit der linken Hand auf dem Kopfkissen ab, während die rechte unter der überbreiten Bettdecke verborgen war. Große Jäger machte zwei schnelle Schritte und fixierte den unsichtbaren Arm. Er hatte Jörg Bleicher wiedererkannt.

Der Mann sah die Polizisten mit großen Augen an. Sie mussten ihn im Schlaf überrascht haben.

»Polizei. Ich schlage die Bettdecke zurück«, kündigte Große Jäger an, und Cornilsen zog sie herunter.

»Was soll das?« Bleicher war die Irritation anzumerken. »Polizei? Aber wieso denn?«

Er hatte keine Waffe verborgen, auch nicht unter dem Kopfkissen.

»Ziehen Sie sich etwas über«, forderte Große Jäger den Mann auf.

»Was hat das zu bedeuten?«

»Los. Wir möchten mit Ihnen reden.«

»Und deshalb überfallen Sie mich in der Wohnung meiner Freundin? Ich verstehe nicht …«

»Stehen Sie auf. Dann können wir alles erklären.«

Bleicher kletterte aus dem Bett. Er trug Boxershorts und ein zerknittertes T-Shirt.

»Ziehen Sie sich etwas über«, wiederholte Große Jäger, aber Bleicher schüttelte den Kopf.

Er ging voran ins Wohnzimmer und flegelte sich auf einen Sessel.

»Was'n los? Was soll der Zirkus?«

»Sie sind Halter eines roten Opel Astra?«, fragte Große Jäger.

»Und?«

»Wo ist der Wagen?«

»Zu Hause. In Tönning.«

»Wir haben ihn an anderer Stelle gefunden.«

»Kann nicht sein.«

Bleicher suchte nach Zigaretten. Der Oberkommissar fingerte seine Packung hervor, hielt sie Bleicher hin und entzündete sich selbst eine. Nach ein paar Zügen zeigte der Mann mit der Zigarette auf Große Jäger.

»Das ist ein Ding. Da liegt man nichts ahnend im Bett und wird überfallen. Und das von euch. Seid ihr überhaupt von der Polizei?«

Cornilsen zeigte Bleicher seinen Dienstausweis.

»Dürft ihr das überhaupt?«, wollte der Mann wissen, nachdem er das Dokument ausführlich studiert hatte.

»Ja, wenn Gefahr im Verzug ist. Und das ist bei außergewöhnlich schweren Straftaten gegeben.«

»Außergewöhnliche Straftaten?«, echote Bleicher. »Ich verstehe nicht.« Ratlos wanderte sein Blick von einem Beamten zum anderen.

»Wo ist Ihr Opel?«

»Na – sagte ich doch. In Tönning. Eigentlich.«

»Und uneigentlich?«

Es war zu erkennen, dass Bleicher Große Jägers Einwurf nicht verstanden hatte.

»Da ist er nicht«, erklärte Große Jäger. »Wir haben ihn an anderer Stelle gefunden. Er wurde zur Ausübung eines schweren Verbrechens benutzt.«

Erneut wiederholte Bleicher den Vorwurf der Polizei. »Das kann nicht se…« Plötzlich fuhr seine Hand durch die Luft. »Scheiße«, fluchte er.

»Was verschweigen Sie uns?«

»Ich? Nix. Ich habe die Kiste verliehen. Einem Kumpel. Der sollte sie wieder vor meiner Wohnung abstellen und den Schlüssel in den Briefkasten stecken. Eigentlich wollte er mich gestern in Heide am Bahnhof abholen.«

»Wie heißt Ihr Freund?«

»Rolf Jirgensohn.«

»Dem haben Sie den Wagen geliehen?«

»Sagte ich doch. Rolfs Auto haben eure Kollegen stillgelegt. Wegen TÜV und so. Wir wollten gestern Abend Party machen. Rolf, seine Freundin und noch ein paar andere. Bei ihm. Deshalb sollte er mich in Heide aufgabeln. Aber Mimi hatte keinen Bock. Sie musste heute früh raus. Sie arbeitet als Verkäuferin bei Böttcher.«

»Das Kaufhaus in Heide am Markt?«, fragte Große Jäger.

Bleicher nickte. »Deshalb hat Mimi mich in Heide abgeholt, und wir sind dann hierher.«

»Waren Sie noch mal weg?«

»Nein. Natürlich nicht. Ich hatte ja kein Auto.«

»Haben Sie gestern mit Rolf Jirgensohn gesimst?«

»Ja, aber … Oh Scheiße, Mann. Woher wisst ihr das? Habt ihr mich überwacht?«

»Ja oder nein?«, wich Große Jäger aus.

»Ja. Es ging um die Party.«

Das könnte den merkwürdigen Text erklären, den Mommsen ihm heute Morgen gezeigt hatte, dachte der Oberkommissar.

»Wo waren Sie gestern?«

»Wenn ihr mich überwacht, wisst ihr das doch«, antwortete Bleicher trotzig.

»Ich möchte es von Ihnen wissen.«

»Mann, ich hab keinen Job. Hier in der Gegend kriegst du auch nichts. Deshalb war ich gestern in Hamburg. Hab mich beworben. Bin mit dem Zug hin. Wird bezahlt.«

»Haben Sie einen Beleg dafür?«

»Mensch. Das wird immer bunter. Ich will wissen, was die ganze Chose hier soll.« Er stand auf. »Habe ich noch in meinen Klamotten.«

Dann ging er ins Schlafzimmer zurück, wühlte seine Hose aus einem achtlos in die Ecke geworfenen Kleiderstapel hervor, zog aus der Tasche einen zerknitterten Briefumschlag und reichte ihn Große Jäger.

Es war die Einladung zu einem Bewerbungsgespräch.

»Erfolgreich?«, wollte der Oberkommissar wissen.

»Hoffe ich.«

Bleicher konnte auch ein Schleswig-Holstein-Ticket von Heide nach Hamburg und zurück sowie zwei Fahrkarten des Hamburger Verkehrsverbunds vorweisen. In Verbindung mit dem gestern lokalisierten Anruf aus Hamburg schien er wirklich in der Hansestadt gewesen zu sein.

»Wo erreichen wir Rolf Jirgensohn?«

»Der arbeitet.«

»Wo?«

»Im Supermarkt in St. Michel.«

»Sie meinen St. Michaelisdonn?«

»Sagte ich doch.«

»Sorry, dass wir hier so eingedrungen sind«, entschuldigte sich der Oberkommissar.

Bleicher winkte ab. »Scheiße. Was ist nun mit meinem Auto?«

»Das steht in Kiel bei der Kriminaltechnik.«

»Kiel? Sagt mal, was läuft hier eigentlich?«

»Sehen Sie keine Tagesschau? Lesen Sie keine Zeitung?«

»Ich? Das ist doch alles nur Kacke. Ich interessiere mich nicht für Politik.«

»In den Medien finden sich auch andere Nachrichten.«

Bleicher hob die Schultern in die Höhe. Er antwortete auch nicht, als die Polizisten sich verabschiedeten.

Mimi Lohgerbers Mutter stand immer noch am Fuß der Treppe und sah den Beamten entgegen. Sie bestätigte, dass ihre Tochter und Jörg Bleicher am Vorabend zusammen gekommen waren. Sie hatten ein paar Worte miteinander gewechselt. Dann waren die jungen Leute ins Obergeschoss gegangen.

»Die waren bestimmt nicht mehr außer Haus«, versicherte sie und rückte Große Jäger ganz nahe. Sie senkte die Stimme. »Das habe ich gehört. Ich meine, was die beiden da oben in Mimis Wohnung gemacht haben.«

Große Jäger überließ Cornilsen das Steuer.

»Hast du schon einmal etwas von St. Michaelisdonn gehört?«

Die Antwort bestand aus einem »Pahh«. Der junge Kommissar fand auch ohne Navi die beste Verbindung über Meldorf.

»Wundert mich nicht«, stellte Große Jäger am Ortseingang fest. »Hier gibt es wirklich eine Beamtenstraße. Die trägt diesen Namen.«

Vor dem Supermarkt gab es genügend Parkmöglichkeiten. Im Geschäft fragten sie nach dem Marktleiter. Der Mann im weißen Kittel erklärte sich sofort bereit, Jirgensohn zu rufen.

»Liegt etwas vor, was mit uns in Verbindung steht?«, wollte er wissen.

»Nein«, versicherte Große Jäger. »Es geht um ein angeblich nicht auffindbares Auto. Ihr Mitarbeiter könnte es sich geliehen haben.«

»Gestohlen?«

»Es ist nicht als gestohlen gemeldet.« Der Oberkommissar wollte vermeiden, dass zu diesem Zeitpunkt ein unbegründeter Verdacht auf Jirgensohn fiel.

Der junge Mann machte einen frischen Eindruck. Auch er trug einen weißen Kittel, vermied es aber, den Beamten die Hand zu reichen.

»Ich bin gerade dabei, das Leergut zu sortieren«, erklärte er. »Das gibt klebrige Finger.«

»Sie haben sich den Opel von Jörg Bleicher ausgeliehen?«

»Das war okay. Ist alles korrekt gelaufen. Mein Auto ist im Moment *out of order*. Jörg war gestern mit der Bahn unterwegs. Deshalb habe ich vorgestern seine Karre bekommen.«

»Wo ist der Wagen jetzt?«

»Den habe ich … Ich wollte ihn gestern zurückgeben, aber Jörg hatte was anderes vor.«

»Wir wissen es. Er war mit seiner Freundin verabredet.«

»Hat Jörg deshalb die Polizei …? Ich mein, weil er sein Auto noch nicht zurück…?«

»Haben Sie noch Bleichers Auto?«

»Jaaa«, kam es gedehnt über seine Lippen. »Aber nicht hier. Ich bin heute Morgen mit dem Mofa her.«

»Dann steht der Opel bei Ihnen vor der Haustür?«

»Ja. Das heißt, nicht so direkt. Er …«

»Können Sie auch einmal einen Satz vollenden?«, fragte der Oberkommissar.

»Das ist blöde gelaufen. Ich habe vorgestern den Opel gekriegt. Von Jörg. Alles sauber. Sie können ihn fragen. Ich bin damit nach Wilster. Mit 'nem Kumpel und 'nem Girlie. Wir waren beim Döner.«

»Wilster? Kennen Sie Eckert Großkopf?«

»Nie gehört.«

»Von Wilster aus sind Sie wohin gefahren?«

»Von Wilster aus … Wieder nach …« Er schüttelte den

Kopf und schlug sich mit der flachen Hand gegen die Stirn. »Scheiße. Also, den Eckert Großkopf, den kenn ich nicht. Ehrlich. Wir sind so' n bisschen durch die Gegend und dann in Wilster beim Döner gelandet. Da waren drei Typen. Anatolier. Kenn ich vom Ansehen. Nicht mein Fall. Einer hat rumgetönt, dass er in Wilster ist, um einen Großkopf aufzumischen. Soll ein Nazi sein. Der Obertürke wollte sich an unsere Mädchen ranmachen. Die hatten aber kein' Bock.«

»Gab es Streit?«

»Nein. Nicht richtig. Die Türken sind dann weg. Dabei hab ich nicht geschnallt, dass der eine den Schlüssel vom Opel geklaut hat. An der Tür hat er damit gewedelt. ›Kriegste wieder, Alter. Echt!‹, hat er mir zugerufen. Ich wollt hinterher, aber gegen die drei hast du keine Chance.«

»Man hat den Ihnen anvertrauten Wagen gestohlen?«

Jirgensohn druckste herum. »So würd ich das nicht sagen. Der Türke hat gesagt, ich krieg ihn wieder. ›Ich weiß, wo du wohnst‹, hat er gesagt.«

»Haben Sie das schon Jörg Bleicher erzählt? Schließlich ist es sein Auto, das verschwunden ist.«

Jirgensohn wand sich. »Sind Sie deshalb hier? Hat Jörg ... Ich mein, war er bei der Poli...?«

»Sie sollten mit ihm sprechen und es ihm erzählen«, riet Große Jäger. »Wie sah der Türke aus? Sie sagten, Sie kennen ihn vom Ansehen.«

»Wie soll er aussehen? Nun, wie ein Türke. Ich weiß nicht, wie ich ihn beschreiben soll. Wohnt in Itzehoe.«

»Kennen Sie seinen Namen?«

»Den Nachnamen? Nee. Nur den Vornamen. Zülfü – oder so ähnlich.«

Der junge Mann sah ihnen irritiert nach, als die beiden Beamten zu ihrem Dienstwagen zurückkehrten.

»An einen Zufall mag ich nicht glauben«, stellte Große Jäger fest, als sie wieder im Auto saßen und zurück nach Husum fuhren.

»Irgendwie doch«, widersprach Cornilsen. »Bleicher kennt

Zülfü Göksu aus seiner Zeit in der JVA Neumünster. Wenn wir Jirgensohn Glauben schenken, war es ein Zufall, dass er in Wilster auf Göksu gestoßen ist. Wir wissen allerdings nicht, ob Göksu Bleichers Auto kannte und es sich deshalb angeeignet hat. Ist der Türke so intelligent und glaubt, über diesen Weg den Fokus auf den vorbestraften Bleicher zu lenken? Der ist definitiv nicht am Überfall beteiligt gewesen.«

»Sei vorsichtig mit solchen Schlussfolgerungen«, warnte Große Jäger. »Ich stimme dir zu, dass die alle nicht sonderlich intelligent sind. Sonst würden sie sich nicht auf solche Taten einlassen. Aber gerade weil der geistige Horizont beschränkt ist, könnte Bleicher ein Mitwisser sein und sein Auto für den Banküberfall zur Verfügung gestellt haben. Er hat sich möglicherweise gedacht, durch seinen Ausflug nach Hamburg aus dem Schneider zu sein.«

»Zülfü Göksu hat sich den Opel Astra beschafft. Ob das rechtswidrig war, ist eine Grenzfrage. Ich würde es bejahen. Noch hat niemand Anzeige erstattet.«

»Das wäre ein interessanter Hinweis. Wenn Bleicher unschuldig ist, müsste er bei der Polizei vorstellig werden. Im anderen Fall scheut er den Gang dorthin.«

»Nicht unbedingt«, warf Cornilsen ein. »Wie gut ist Bleicher mit Jirgensohn befreundet? Man könnte meinen, die beiden kennen sich gut. Man verleiht sein Auto nicht an einen entfernten Bekannten.«

»Wir haben zumindest einen Namen, an dem wir uns festbeißen können. Falls Göksu nicht umgehend auftaucht, zählt er für mich zu den Verdächtigen.« Versonnen strich sich Große Jäger über seinen Schmerbauch.

Cornilsen lachte. »Wenn es nach Masse geht, kann dein Bauchgefühl nicht trügen. Dann müssten wir Göksu sofort verhaften.«

»Erst einmal müssen wir ihn finden.«

»Und wenn er auf Nordstrand ist?«

»Dann müssen wir ihn dort suchen.«

»Na denn dann.«

Die Husumer Dienststelle meldete sich.

»Tante Hilke«, sagte Große Jäger. »Hast du Sehnsucht nach mir? Hat dein Mann dich endlich freigegeben?«

»Dann wäre er dumm. Und das ist er nicht. Aber im schlimmsten Fall, Onkel, stünden noch hundert andere Bewerber vor dir in der Warteschlange.«

»Mit zwei Sätzen zerstörst du mein Lebensglück«, stöhnte der Oberkommissar theatralisch.

»Es gibt Neuigkeiten. Seht zu, dass ihr herkommt«, wurde Hilke Hauck ernst.

Trotz mehrmaligen Nachfragens war sie nicht bereit, mehr zu erzählen. »Es eilt«, fügte sie an.

»Wir schalten jetzt das Tatütata-Licht an«, erklärte Große Jäger. »Und dann geht's mit Dampf zurück.«

In Meldorf erreichten sie die Bundesstraße, in Heide-Süd bogen sie auf die Autobahn Richtung Norden ab.

Große Jäger grinste breit, als sie eine Abfahrt weiter ans Ende der A 23 gelangten. Dort stand einsam am Fahrbahnrand eine Mülltonne.

»Pass auf«, sagte er zu Cornilsen. »Das ist eine Wundertonne.«

Er behielt recht. Beim Passieren erstrahlte Rotlicht. »Wer darauf hereinfällt, ist selbst schuld. Selbst in Schleswig-Holstein stehen in der Regel keine einsamen Mülltonnen am Rand der Autobahn.«

In Husum wurden sie vom Kriminalrat bereits erwartet.

»Es gibt grundlegende Neuigkeiten«, sagte Mommsen ernst. »Kennt ihr die Kurverwaltung auf Nordstrand?«

Große Jäger und Cornilsen nickten.

»Die ist in der Nähe der Schule. Dort war früher die Amtsverwaltung untergebracht. Heute befinden sich dort neben der Kurverwaltung das Bürgerbüro und das Inselmuseum.«

»Genau. Davor steht ein extrabreiter Strandkorb, ein beliebtes Fotomotiv. Blau-weiß gestreift. Die Rückenlehne zeigt einen Kutter, ein Schaf und den Text ›Nordstrand – meine Insel an Land‹.«

»Bist du Kurdirektor geworden? Arbeitest du im Tourismusmanagement?«, fragte Große Jäger ungehalten.

Mommsen ging nicht darauf ein.

»Der Strandkorb ist ein Blickfang. Es kommt oft vor, dass Urlaubsgäste sich hineinsetzen und sich fotografieren lassen. Das traf auch heute Morgen zu. Lange heißen die Gäste, die seit vielen Jahren dort Gast sind. Die Frau hat sich in den Korb gesetzt. An der Seite sind Griffe, mit denen man die Neigung der Rückenlehne verstellen kann. Dort ist Frau Lange ein Plastikbeutel aufgefallen, der da befestigt war. Eine ganz normale Tüte des örtlichen Supermarktes.«

»Ohne Werbung machen zu wollen … Du meinst Edeka«, warf Große Jäger ein.

»Richtig. Es gibt ja auch noch das Inselkaufhaus. Die Urlauberin glaubte, jemand habe den Beutel dort vergessen. Sie hat einen Blick hineingeworfen und einen Zettel gefunden. Aber nicht nur das. Es war noch mehr darin.« Mommsen winkte die beiden Beamten zu sich an den Bildschirm. »Dies hier.«

»Das ist nicht wahr«, entfuhr es dem Oberkommissar. Cornilsen blieb sprachlos.

»Leider doch«, fuhr Mommsen fort. »Wir haben es zusammen mit dem beigefügten Brief sofort per Kurier nach Kiel geschickt.«

»Vergrößere es einmal«, forderte Große Jäger. Nachdem Mommsen seiner Bitte nachgekommen war, starrte der Oberkommissar nachdenklich auf den Bildschirm. »Das ist ein Fingerglied. Ich würde sagen, es stammt von einem kleinen Finger.«

»Das glauben wir auch«, bestätigte Mommsen.

»Christoph? Die andere Geisel?«

Der Kriminalrat schüttelte den Kopf. »Genaues kann erst die Rechtsmedizin herausfinden. Auf dem Foto ist es nicht erkennbar. Das Original lässt vermuten, dass es sich um den Finger eines älteren Menschen handelt, vermutlich einer Frau.«

»Das heißt, es befinden sich noch mehr Geiseln in den Händen der Täter«, sagte Große Jäger. »Was hat das zu bedeuten? Das wären schon drei Menschen. Du sagtest, dort wäre auch noch ein Brief dabei gewesen?«

»Die einzige Nachricht der Entführer«, bestätigte Mommsen.

»Welche Forderungen stellen sie? Ich vermute, das Fingerglied ist ein Druckmittel. Die Täter sind unglaublich brutal
vorgegangen. Sie bleiben bei ihrer Linie. Selbst hartgesottene
Verbrecher verstümmeln keine Menschen, ohne zuvor ein
Ultimatum gestellt zu haben.«

»Du hast recht. Leider«, sagte Mommsen. »Wir haben es
hier mit einem außergewöhnlichen Fall zu tun.«

»Und solchen Tieren …« Große Jäger warf dem Kriminalrat einen raschen Blick zu. »Ich bleibe dabei«, bekräftigte
er. »Solchen Tieren ist Christoph ausgesetzt. Und die zweite
Geisel.«

»Der Finger kann nicht von der Sparkassenangestellten
stammen. Die Frau ist jünger.«

»Also eine dritte Geisel. Mindestens«, überlegte der Oberkommissar laut. »Das bedeutet, die Täter haben sich den
Unterschlupf nicht vor der Tat gesucht, sind nicht in eine
leer stehende Ferienwohnung eingedrungen. Sie halten sich
in einem Haus versteckt, dessen Bewohner sie überwältigt
haben.«

»Vermutlich«, schränkte Mommsen ein.

Große Jäger fuhr ärgerlich mit der Hand durch die Luft.
»Natürlich ist alles nicht sicher. Das weiß ich auch. Es geht
hier aber nicht um eine gerichtsfeste Beweisführung, sondern
ganz profan darum, die Entführer und ihre Geiseln zu finden.
Oder willst du noch mehr Fingerglieder finden? Vielleicht
noch andere Körperteile?«

»Du wirst ungerecht«, wagte sich Cornilsen einzumischen.

»Ich weiß«, gestand Große Jäger ein. »Das resultiert aus
der ausweglosen Lage, in der wir uns befinden. Die ganzen
Klugscheißer werden behaupten, dass es gar nicht schwer sein
kann, auf einer kleinen, hermetisch abgeriegelten Insel fündig
zu werden. Wer ahnt, welchem Druck wir ausgesetzt sind?
Was lassen sich die Täter noch einfallen, um uns zu erpressen?
Harm«, dabei sah er Mommsen an, »ich möchte jetzt nicht in
deiner Haut stecken. Was du auch machst – es ist falsch.«

»Damit muss ich umgehen«, erwiderte der Kriminalrat ernst. »Erinnert ihr euch an die Entführung des Arbeitgeberpräsidenten Hanns Martin Schleyer? Den hat die RAF ermordet, weil der damalige Bundeskanzler Helmut Schmidt den Entführern nicht nachgegeben hat.«

»Das war etwas anderes. Außerdem bist du kein Politiker«, mahnte Große Jäger. »Was stand auf dem Drohbrief?«

»Der ist auch nach Kiel unterwegs. Um keine Spuren zu verwischen, haben wir ihn nicht fotokopiert, sondern abfotografiert. Hier ist der Text.« Mommsen rief das Dokument auf seinen Bildschirm.

»Das ist Christophs Handschrift«, bestätigte Große Jäger. »Mit dieser Klaue hätte er auch Arzt werden können. Oder Schriftsteller. Wenn die ihre Bücher signieren, kannst du auch nichts lesen.«

»Du hast Bücher?«, fragte Cornilsen erstaunt.

»Natürlich. Zwei Stück.«

»Die Schrift ist doch deutlich lesbar«, warf Cornilsen ein.

»Das ist es ja, was mich stutzig macht«, erwiderte Große Jäger.

Dann starrte der Oberkommissar wieder auf den Bildschirm. »Ich bin kein Graphologe, aber ich würde aus der Schrift herauslesen, dass Christoph unter gewaltigem Druck stand.« Er schüttelte sich. »Auf welche Weise hat man ihn gezwungen? Wurde der älteren Frau der Finger in seiner Gegenwart abgeschnitten?« Erneut fuhr ein Schauder durch Große Jägers massigen Körper. »So etwas hatten wir hier noch nie. Würde sich das ein Drehbuchautor ausdenken, würde der Lektor es als überbordende Phantasie zurückweisen.«

Dann besah er sich den Text. Schon während des Lesens bewegte er heftig den Kopf. »Hier, ihr beiden Jungspunde. So clever kann nur Christoph sein. Natürlich unterlaufen ihm nicht solch gravierende Rechtschreibfehler. Erstens sind das nicht die Worte, die er benutzt. ›Verpisst euch‹. Das würde nie über seine Lippen kommen. Christoph weiß auch, dass ›garnicht‹ gar nicht zusammengeschrieben wird. ›Krume Dinger‹ mit einem ›m‹, ›morgen vormittag‹ kleingeschrieben. ›KriPo‹.

Auch unüblich. Das wäre dir nicht aufgefallen, Hosenmatz. So ist es in eurer Generation. Ich habe auch nie erlebt, dass er mit ›C. Johannes‹ unterschreibt. Welche Dienstbezeichnung hat er?«

Die Frage galt Cornilsen.

»Erster Kriminalhauptkommissar.«

»Wie kürzt man das ab?«

»EKHK.«

»Und warum steht hier ›PHK‹? Polizeihauptkommissar?«

»Donnerwetter«, staunte Cornilsen. Lauter versteckte Botschaften.

»Das war noch nicht alles«, ergänzte Mommsen. »Auf dem Foto ist es nicht erkennbar. Aber auf dem Original war ganz vorsichtig etwas eingeritzt. Wir haben es nicht richtig entziffern können. Mit viel Phantasie könnte es ›Silo‹ heißen.«

»Klar.« Große Jäger war aufgesprungen. »Wenn man vom Festland aus nach Nordstrand hinübersieht, fällt sofort dieser hässliche Betonklotz auf. Pellworm hat einen schicken Leuchtturm und die alte Inselkirche, Nordstrand dieses Ungetüm von Silo. Was will er uns damit für einen Tipp geben?« Die drei Polizisten sahen sich an. »Kann es sein, dass sich ihr Verlies irgendwo in der Nähe des Silos befindet?«

»Das wäre eine Möglichkeit«, sagte der Kriminalrat. »Die Täter haben übrigens auch Christophs Dienstausweis beigefügt. Ich werte das als Zeichen, dass sie uns unterschätzen. Sie glauben nicht, dass wir die Echtheit der Botschaft ohne Dienstausweis erkannt hätten.«

»Dann los, ihr blöden Polizisten«, sagte Große Jäger mit sarkastisch klingendem Unterton. »An die Arbeit.«

»Na denn dann. Tun wir das machen«, ergänzte Cornilsen.

Elf

Irgendwann war Christoph erschöpft eingeschlafen. Es war kein erholsamer Schlaf gewesen. Überall tat der Körper weh. Die Beule am Kopf, die er dem Schlag mit der Pistole verdankte, schmerzte. Die Tritte hatten blaue Flecken hinterlassen. Am schlimmsten war das Ohr, das immer noch taub war. Die Blutzirkulation war eingeschränkt. Und auf dem harten und kalten Betonboden konnte man keine entspannte Position finden. Er wusste nicht, wie kurz er die Augen geschlossen hatte, als ihn ein leises Wimmern hochschrecken ließ. Dorle Hansen weinte.

Christoph versuchte, sie mit Worten zu trösten. Es gelang ihm nur unzureichend. Die Frau war zu keinem Gespräch zu bewegen. Sie unterbrach ihr Weinen erst, als er vorsichtig zu summen begann. Christoph war nicht musikalisch. Er hörte gern Musik, ließ sich von vielen Richtungen mitreißen, fand aber besonders viel Freude am lebendigen und begeisternden New-Orleans-Jazz. Tante Jenny hieß das Traditionslokal am Husumer Binnenhafen. Dort spielte an jedem ersten Donnerstag im Monat die Stormtown Jazzcompany. Die Musiker verstanden es, das pulsierende Lebensgefühl der Südstaaten an die Nordseeküste zu transportieren. Das war explodierende Lebensfreude.

Komisch, dachte er, dass ihm ausgerechnet hier, in diesem Verlies, solche Gedanken kamen. Er nahm sich vor, künftig die zusätzliche freie Zeit für Dinge zu nutzen, die ihm Spaß bereiteten. Er musste lächeln, als ihm der Widersinn bewusst wurde. Er befand sich gefesselt in Geiselhaft und summte – »Oh Happy Day«.

»Das ist eine unpassende Melodie«, tadelte ihn Dorle Hansen.

Er gab ihr recht. »Ich habe nur an meine erste Zeit in Husum gedacht«, entschuldigte er sich. »Ich war im Landeskriminalamt in Kiel Sachbearbeiter im Personalwesen. Man hat mich, ohne dass ich über Erfahrung im entsprechenden Bereich verfügte, als Notbehelf nach Husum geschickt. Ich hatte große Sorge, der Aufgabe nicht gewachsen zu sein. Mein erster Tag ... es hat fürchterlich geregnet. Ich war zu spät und musste dem Leiter der damaligen Polizeiinspektion Husum gegenübertreten. Das war so.«

Das trübe Novemberwetter tauchte den Raum in ein diffuses Halbdunkel. Er wurde nur durch eine altertümliche Schreibtischlampe mit einem großen, runden Messingfuß erhellt. Der Lichtstrahl konzentrierte sich auf einen kreisrunden Ausschnitt auf dem Holzschreibtisch. Dicke Rauchschwaden waberten wolkengleich durch den Raum.

Hinter dem Schreibtisch saß ein schwergewichtiger Mann. Die Hemdsärmel hatte er, soweit es die kompakten Unterarme zuließen, hochgerollt, der Kragenknopf war geöffnet. Breite Hosenträger spannten sich über einen fülligen Oberkörper und verschwanden irgendwo unterhalb der Schreibtischkante.

Am meisten beeindruckte Christoph aber der massige Schädel, der nahezu ansatzlos zwischen den Schultern thronte und in ein gewaltiges Doppelkinn überging. Von einem grauen Haarkranz gesäumt glich dieser kugelrunde Kopf einem knallroten Ballon.

Kleine, listige Schweinsäugelein musterten Christoph unter den buschigen Augenbrauen hervor.

Ohne die dicke Zigarre aus dem breiten Mund zu nehmen, wies Polizeioberrat Grothe auf den Besucherstuhl und stieß zwischen den Zähnen hervor: »Ich hatte Sie früher erwartet. Pünktlichkeit ist in meinem Amtsbereich eine der ersten Tugenden.«

»Polizeioberrat Grothe war noch eine richtige Type. So etwas gibt es heute nicht mehr. Leider ist er kurz nach seiner Pensionierung einer Krankheit erlegen.«

Dorle Hansen hatte aufmerksam zugehört. »Sie haben ihn gemocht?«

Christoph nickte, bis ihm bewusst wurde, dass sie es nicht sehen konnte.

»Ja«, bestätigte er. »Ich war damals schon fünfzig Jahre alt. Es gehört viel dazu, wenn man dann noch sagt, ich bin einem väterlichen Freund begegnet. Aber nicht nur ihm. Meine kommissarische Entsendung nach Nordfriesland hat zwölf Jahre gedauert. Ich bin hier angekommen. Das ist meine Heimat. Ich liebe das Land, den ganz speziellen Menschenschlag, die Ruhe und Melancholie … Aus den Kollegen sind schon seit Langem Freunde geworden. Mein erster Fall …«

Er unterließ es, Einzelheiten zu erzählen, von der Frau und dem Kind, nach denen sie lange gesucht hatten, vom traurigen Ende am Heiligabend vor der Kirchentür. Da hatte er noch nicht ahnen können, dass das auch das Ende seiner ersten Ehe war. Und dann war er Anna in der Praxis Dr. Hinrichsens begegnet, und die resolute Arzthelferin hatte ihn vereinnahmt.

Er spürte, wie Dorle Hansen ein wenig näher heranrückte und ihren Kopf an seine Schulter legte.

»Erzählen Sie weiter«, sagte sie.

Christoph fuhr fort zu berichten, dass er sich nach der Realschule bei der Polizei beworben hatte. Nach einigen Jahren bei der uniformierten Schutzpolizei war er zur Kripo gewechselt.

»Das war eine richtige Ochsentour«, stellte Dorle Hansen fest und gähnte.

»Ja«, bestätigte er und schwieg, als die Atemzüge an seiner Schulter gleichmäßiger wurden.

Dann wanderten seine Gedanken weiter zu seinem Sohn, der inzwischen studierte. Merkwürdig, dachte er. Heute studiert jedermann. Ich nicht. Und trotzdem durfte ich diesen Weg beschreiten. Vielleicht war doch nicht alles verkehrt, was ich gemacht habe.

Christoph wurde wach, als der Schlüssel im Schloss gedreht wurde. Dann versuchte jemand, die Holztür zu öffnen. Er hörte, wie sich die Person gegen das Holz warf und die Tür über den Betonboden schurrte.

Dorle Hansen war durch das Geräusch auch wach geworden. Für den Bruchteil einer Sekunde war sie orientierungslos, dann schien die Erinnerung zurückgekehrt zu sein. Erschrocken richtete sie sich auf und entfernte sich ruckartig von Christophs Schulter. Ein kurzer Blick streifte ihn. Darin lag der Hauch eines Vorwurfs. Glaubte sie, er habe die Phase ihrer Erschöpfung ausgenutzt, um die Nähe zu suchen?

Eine zartgliedrige alte Frau erschien. Sie war, so schätzte Christoph, keine ein Meter fünfzig groß. Ihre gebeugte Haltung mochte täuschen. Sie wirkte zerbrechlich. Ihm fiel auf, dass sie hinkte. Schlohweißes Haar bedeckte ihren Kopf. Es war so dünn, dass die Schädeldecke durchschimmerte. Die zahlreichen Falten im Gesicht vermochten nicht die Leichenblässe ihrer Haut zu überdecken. Sie stemmte sich mit der Schulter gegen das Holz der Tür.

Christoph war erschüttert, als er an ihrer linken Hand einen blutdurchtränkten, primitiv angelegten Verband entdeckte.

»Ich will … ich soll Ihnen etwas zu essen bringen«, sagte sie mit zittriger Stimme, die kaum zu verstehen war. In der anderen Hand balancierte sie einen Teller mit Brot. »Es ist nicht meine Idee«, setzte sie an. »Die Herren«, Christoph fiel auf, dass sie diesen Begriff verwandte, »haben es genau so angeordnet.« Sie hielt den beiden Geiseln den Teller hin.

»Brot mit Zucker?« Christoph war überrascht.

»So musste ich es machen«, sagte die alte Frau. »Ich soll Ihnen ausrichten, dass es im Leben auch süße Seiten gibt. Ich darf Ihnen aber nicht mehr bringen. Für jeden eine Schnitte.«

Christoph nahm ihr den Teller ab.

»Danke«, sagte er.

»Spinnt die?«, schimpfte Dorle Hansen. »Zuckerbrot? Hier sind wohl alle durchgeknallt.«

»Ich darf nicht anders«, flüsterte die alte Frau.

»Ich verstehe«, erwiderte Christoph. »Wie heißen Sie?«

Sie zuckte wie unter einem Peitschenhieb zusammen. Dann hielt sie die verbundene Hand in die Höhe. »Ich kann nichts sagen. Sonst schneiden die Männer noch mehr ab.«

»Oh Gott«, wisperte Dorle Hansen und wich panikartig bis in die äußerste Ecke ihres Verlieses zurück.

»Wie viel?«, wollte Christoph wissen.

»Zwei«, wisperte die Frau. »Einen haben die Leute mit einem Brief als Drohung weggeschickt. Den zweiten haben sie vor einer halben Stunde abgeschnitten. Das Bier ist alle.«

Wir trinken nicht mehr so viel. Deshalb haben wir nur wenige Vorräte. Egon, mein Mann, muss nach Husum fahren und neues besorgen. Dabei ist er herzkrank. Ich habe große Angst um ihn. Das ist zu viel Aufregung. Eigentlich fährt Egon gar nicht mehr nach Husum in die Stadt, höchstens bis Schobüll zur Tankstelle. Wenn ich rede, schneiden sie mir mehr ab.«

»Sind Sie medizinisch versorgt worden?«, fragte Christoph.

Sie schüttelte den Kopf. »Das habe ich selbst gemacht. Wenn Egon irgendetwas sagt, müssen wir alle sterben. Qualvoll«, fügte sie an.

»Wie heißen Sie?«, wiederholte Christoph. »Wo sind wir hier? Haben Sie ein Telefon? Gibt es Nachbarn?«

Die alte Frau schüttelte erneut den Kopf. »Ich habe Angst«, sagte sie. Dann warf sie einen Blick in die Kammer. »Das ist grauenvoll«, stellte sie fest. »Ich werde den Eimer ausleeren.«

»Lassen Sie«, sagte Christoph, aber Dorle Hansen hatte den Eimer schon gegriffen und drückte ihn der Frau in die Hand.

»Spülen Sie ihn gut aus«, sagte die Sparkassenangestellte, »füllen Sie etwas Wasser und Spülmittel hinein, wenn Sie ihn zurückbringen. Haben Sie Toilettenpapier? Einen feuchten Waschlappen? Und etwas anderes zum Essen?«

»Ich darf nicht, mein Finger …«

Hinter der alten Frau tauchte der Deutsche auf.

»Die Alte hat begriffen, wie es funktioniert. Wollt ihr das auch wissen? Man muss den Bullen nur den kleinen Finger reichen. Natürlich nicht den eigenen, sondern einen anderen. Dann spuren sie auch.« Der Täter zog hinter dem Rücken eine Astschere hervor. »Damit knackt man jeden Knochen.«

»Sie haben …«, setzte Christoph an.

Der Mann nickte. »Ja. Ging ganz einfach.«

»Sie sind eine Bestie. Warum tun Sie das? Nehmen Sie Ihre Beute und machen Sie, dass Sie davonkommen. Weshalb quälen Sie Menschen?«

Christoph konnte seine Wut nicht mehr zurückhalten.

Der Entführer trat näher heran. Er stand vor Christoph und sah von oben auf ihn herab.

»Sei vorsichtig, Bullenschwein. Noch ein Wort, und ich

knipse etwas von dir ab. Wäre doch lustig, wenn du auch einen Finger verlieren würdest. Dann wüsstest du, wie es dem ergeht, der sich widersetzt.«

Um seine Drohung zu unterstreichen, ließ er die Astschere dicht vor Christoph pendeln. Mit einem Lachen rückte er sie noch ein wenig näher heran, sodass der Griff des Gartengeräts seitlich gegen die Nase schlug. Ein heftiger Schmerz durchfuhr Christoph. Tränen traten ihm in die Augen.

Der Täter beugte sich zu ihm hinab. Ganz nah waren die Augen, die durch die Löcher der Skimaske starrten. Eiskalt. »Hast du Heimweh? Oder warum flennst du? Möchtest du zu Mutti?« Der Griff der Astschere wurde gegen seine Hand gedrückt. »Mensch, du trägst ja einen Ring. Bist du verheiratet? Klar doch. Und du wohnst auf dieser Scheißinsel. Das stand in deinem Ausweis. Sag mal, ist deine Alte nicht einsam? Sollen wir die mal besuchen?«

Christoph öffnete den Mund, unterdrückte aber jede Äußerung, als der Täter seine Hand packte und den Ringfinger zwischen die scharfen Schneidkanten der Schere legte.

»Ein einziges Wort, ach was, ein Laut, und das Ding ist ab.«

Die Worte waren so scharf akzentuiert, als hätte man selbst damit etwas abschneiden können.

»Los. Sag: ›Bitte nicht.‹«

Es war erniedrigend. Christoph hatte seine ganze Würde verloren. Er zweifelte nicht daran, dass der Täter zudrücken würde. Fast unhörbar kamen die geforderten Worte über seine Lippen.

»Na, siehste. Damit hast du dir einen kleinen Aufschub verschafft.« Der Mann versetzte ihm einen Schlag auf den Hinterkopf. »Immer schön dran denken. Der gute Mensch mit der Schere kann jeden Augenblick wiederkommen. Nicht vergessen. Da hast du wenigstens etwas zu tun und langweilst dich nicht.«

Mit einem abscheulichen Lachen verließ der Mann den Raum. Dafür erschien der Türke.

»Schnauze«, sagte er. »Sonst ergeht es euch nicht gut. Mach die Tür zu«, befahl er der alten Frau. Die hielt wortlos den

Fäkalieneimer in die Höhe. »Das stinkt wie Schwein«, stellte der Türke fest.

Dann ließ er es aber doch zu, dass die Frau den Eimer ausleerte.

»Nun verzieh dich«, sagte er schroff zu ihr, als sie zurückkehrte.

Achtlos warf er den Eimer in die Kammer, bevor er die Tür wieder verschloss.

Atemlose Stille herrschte im Verlies. Christoph konnte es nicht fassen. Er hatte gedacht, unendlich viel an Grausamkeiten bei den Entführern festgestellt zu haben. Die Begegnung mit der alten Frau überstieg seine Vorstellungskraft. Ihre Lage schien hoffnungslos. Er spürte körperlich, wie seine Schultern herabsanken und alle Spannkraft aus ihm wich. Diese Haltung währte nur einen Moment.

»Das darf nicht passieren«, sagte er zu sich selbst. Ihm war bewusst, dass er sich gegen das Gefühl der Mutlosigkeit aufbäumen musste. Was unternimmt die Polizei?, fragte er sich. Wäre es nicht sinnvoller, die Blockade der Insel aufzugeben? Die Täter könnten fliehen, und die Geiseln wären frei. Vor allem würden weitere Gräueltaten verhindert. Er wurde von einem Schauder erfasst, als er an die alte Frau dachte.

Aktionismus war fehl am Platze. Er hatte keine Möglichkeit, sich gegen die Täter – waren es nur die beiden? – durchzusetzen. Sie würden jeden Versuch bedingungslos und brutal ahnden. Eine alte Weisheit kam ihm in den Sinn: Erfolglose Revolutionäre werden geköpft.

Er wurde durch Dorle Hansen abgelenkt. Ihr Atem ging rasselnd. Sie holte tief Luft, aber die Atemfrequenz wurde schneller.

»Ich – bekomme – keine – Luft – mehr«, japste die Frau. »Mein Herz … mein Herz …«

»Langsam«, versuchte er sie zu besänftigen. »Ruhig atmen.«

Christoph sah, wie sich ihre Hände verkrampften und in die Pfötchenstellung übergingen. Auch die Lippen zeigten Anzeichen eines Krampfes. Sie waren gespitzt und ähnelten einem Karpfenmaul. Das waren typische Merkmale einer Hyperventilation. Dorle Hansen fing am ganzen Körper an zu zittern. Zunehmend verstärkte sich ihre Atemnot.

»Ruhig«, sagte er laut und wiederholte es schreiend.

Sie nahm ihn nicht wahr. Die Symptome wurden immer heftiger.

»Dorle!«

Er war an sie herangetreten und brüllte ihr ins Gesicht. Mit weit aufgerissenen Augen starrte sie ihn an. Immer heftiger wurde ihr Kampf um Sauerstoff. Christoph hatte keine Plastiktüte, die man Betroffenen kurzfristig über den Kopf zieht, um durch eine Rückatmung die CO_2-Konzentration im Blut zu steigern. Er versuchte es noch einmal. Vergeblich. Kurz entschlossen hob er seine gefesselten Hände und verpasste ihr eine Ohrfeige.

Dorle Hansen hielt mitten im Atemzug an. Mit einem starren Blick sah sie Christoph fassungslos in die Augen.

»Holen Sie Luft«, forderte er sie auf und schüttelte sie an den Schultern. Angst stieg in ihm hoch, als er die bläuliche Verfärbung ihrer Haut sah. »Dorle! Atmen! Atmen!«

Sie röchelte, hustete, dann floss wieder Sauerstoff in ihre Lungen. Es rasselte, aber sie bekam wieder Luft. Gern hätte er sie jetzt in den Arm genommen, aber die gefesselten Hände hinderten ihn daran. Sanft strich er ihr über den Oberarm.

»Ruhig«, sagte Christoph leise. »Beruhigen Sie sich. Das alles wird vorübergehen. Sie werden aufwachen und glauben, es war ein böser Traum.«

Sie schüttelte den Kopf. Tränen liefen über die Wangen. »Das sind Unmenschen. Die Frau ... Warum machen die so etwas? Die hat doch niemandem etwas zuleide getan. Das gibt es doch gar nicht. Was soll noch alles geschehen? Sagen Sie es mir, Herr ...«

»Christoph«, flüsterte er und setzte das vorsichtige Streicheln fort.

Er war froh, dass sie sich wieder ein wenig beruhigt hatte. Christoph fiel es zunehmend schwerer, seiner Mitgefangenen gut zuzureden. Es gab keine Anzeichen einer Verbesserung ihrer Lage. Wie sollte er Dorle Hansen Mut zusprechen, wenn er selbst anfing zu verzweifeln? Was würde geschehen, wenn die Täter nicht abziehen würden, sondern die Polizei ihr Versteck ausfindig machen und in letzter Konsequenz stürmen würde?

Sosehr sich Christoph auch bemühte, er konnte die Gedanken nicht verdrängen.

Zwölf

Cornilsen sah auf. Er öffnete den Mund, traute sich aber offensichtlich nicht, etwas zu sagen.

»Stört es dich?«, fragte Große Jäger gereizt über die beiden zusammengeschobenen Schreibtische hinweg.

»Es macht nervös.«

»Aha.«

Cornilsen schaffte es, ein gequältes Lächeln aufzusetzen.

»Wie gut, dass du nicht davon betroffen bist.« Dann wanderte sein Blick zur Hand des Oberkommissars.

»Gute Polizisten sind nicht unruhig«, erklärte Große Jäger und klopfte weiter mit dem umgedrehten Kugelschreiber auf die Tischplatte. Klack – klack. Mine rein – Mine raus. »Das sind die schlimmsten Seiten unseres Berufs. Das ewige Warten. Herrje noch mal. Wie lange soll das noch dauern in Kiel?«

Er nahm den Schreiber in die linke Hand und griff zum Kaffeebecher. Mit einem saugenden Geräusch ließ er erkennen, dass das Trinkgefäß leer war.

»Möchtest du noch einen?«, fragte Cornilsen.

»Ich habe schon vier Becher intus. Soll ich einen Herzkasper kriegen? Oder die Ermittlungen vom Lokus aus leiten?«

Die Einsatzleitung lag bei Mommsen. Das störte Große Jäger aber nicht. Er sah sich als eigenes Einsatzkommando, unterstützt durch sein Gegenüber. Plötzlich sprang er auf. »Das macht mich verrückt. Ich kann hier nicht herumsitzen. Komm.«

Cornilsen folgte ihm.

Große Jäger übernahm das Lenkrad, umfuhr den Binnenhafen, bog hinter der Klappbrücke in Richtung Neustadt ab, passierte das Schloss und erreichte nach wenigen Minuten das Klinikum Nordfriesland. Wie immer herrschte ein Mangel an Parkplätzen. Große Jäger reihte sich auf der gegenüberliegenden Straßenseite ein und forderte Cornilsen auf, das mobile Blaulicht auf das Armaturenbrett zu stellen.

»Vielleicht hilft es«, sagte er beiläufig. »Es scheint, als würde die Stadt Husum ihr Defizit durch Strafmandate erwirtschaften wollen.« An der Vorderfront des Krankenhauses befand sich die »Liegendanfahrt«. »Ich stelle mir das sehr unbequem vor«, kommentierte der Oberkommissar. »Ich habe es bisher nur im Sitzen probiert.«

Ein paar Schritte weiter sah er sehnsüchtig zur Gruppe der Raucher, die zur Befriedigung ihrer Sucht vor die Eingangstür verbannt waren.

An der Auskunft erfuhren sie, dass Marius Bauerfeindt auf der Inneren Medizin lag. Eine hilfsbereite Schwester auf der Station wies ihnen den Weg zum Krankenzimmer.

Das helle und freundliche Dreibettzimmer führte zum benachbarten Schlosspark hinaus, in dem vor nicht allzu langer Zeit fast fünf Millionen Krokusse geblüht hatten.

Am Fenster lag ein grauhaariger Mann, der über den Rand seiner Brille kurz von seiner Zeitschrift aufsah, als sie eintraten. Das dritte Bett war zerwühlt, aber leer. Marius Bauerfeindt lag auf dem Rücken und sah den beiden Beamten aus halb geschlossenen Augen entgegen.

»Moin«, sagte Große Jäger. »Wir sind von der Polizei. Können wir Ihnen ein paar Fragen stellen?«

»Schon wieder?«, fragte der Mann müde. »Da waren erst heute Morgen welche da. Und gestern, aber da ging es nicht. Die Ärzte haben mich abgeschossen.« Bei dieser Formulierung zuckte er zusammen. »Mir eine Beruhigungsspritze verpasst«, schob er hinterher. »Sie müssen entschuldigen, aber ich bin immer noch benommen. Da fällt das Denken schwer.«

»Wir möchten Ihnen ein Bild zeigen. Erkennen Sie den Mann wieder?« Große Jäger nickte Cornilsen zu, der sein Tablet zur Hand nahm und dem Geldboten ein Bild zeigte.

»Lassen Sie sich Zeit«, erklärte der Oberkommissar.

»Kenne ich nicht«, antwortete Bauerfeindt matt. »Die Kerle hatten Masken auf. Solche schwarzen Dinger.«

»Gibt es irgendein Merkmal, an dem Sie dennoch etwas festmachen könnten? Eine hervorspringende Kinnpartie? Eine besondere Nasenform?«, wollte Große Jäger wissen.

»Sagte ich schon. Die hatten Masken auf. Außerdem ging alles so schnell. Wir sind zwar trainiert, aber die Theorie ist ganz anders als die Wirklichkeit.«

»Haben Sie etwas anderes bemerkt? Schuhe? Kleidung? Körpergröße?«

»Das haben Ihre Kollegen auch schon gefragt. Nein. Nichts. Ich muss gestehen, dass ich geschockt war. Das passierte alles ratzfatz. Ich habe außerdem im Wagen gesessen. So ist es Vorschrift. Der zweite Gangster, also der, der zunächst vor der Tür gewartet hat, trug eine MP. Ich konnte doch nichts ausrichten.« Große Jäger ließ dem Geldboten Zeit, als ihm die Stimme versagte. »Wer rechnet damit, dass die gleich schießen? Ömer war besonnen. Trotz seiner Jugend. Der hätte sich nie auf eine Schießerei eingelassen. Und dann das …« Erneut unterbrach sich Bauerfeindt. »Wenn ich daran denke. Eigentlich sollte ich das Geld in die Sparkasse bringen. Ich wäre an der Reihe gewesen. ›Da ist so eine nette Angestellte‹, hatte Ömer auf der Fahrt über den Damm gesagt. ›Wenn du nichts dagegen hast, gehe ich rein.‹«

»Gibt es einen Plan, wer was macht?«, wollte Große Jäger wissen.

»Ja. Das ist festgelegt.«

»Durch wen?«

»Hartkopf, der Sicherheitschef unserer Firma, schreibt den Plan. Wir bekommen ihn kurz vor der Tour ausgehändigt.«

»Sie und auch Ömer Akalin wussten bei Arbeitsbeginn folglich nicht, wohin Sie gestern mussten und wer welche Aufgabe übernehmen sollte?«

»So ist es«, bestätigte Bauerfeindt.

»Hat Ihr Kollege unterwegs telefoniert?«

»Mit der Firma?«

Große Jäger schüttelte den Kopf. »Privat.«

»Keine Ahnung. Nicht, solange ich dabei war. Zwischendurch sind wir ja getrennt, wenn wir einen Kunden anlaufen. Eigentlich ist das verboten. Hartkopf ist da ganz hart. Wie der Name schon sagt.«

»Der Sicherheitschef macht die Planung. Er kennt auch sonst alle Details der Tour, die Sie fahren?«

»Ja. Klar. Er und der Disponent. Der weiß aber nur, wie viel Geld wir wohin bringen. Den Einsatz selbst gibt Hartkopf vor. Aber das habe ich eben schon gesagt.«

»Waren Sie mit Ömer Akalin befreundet?«

Bauerfeindt wandte den Kopf und sah zum Fenster hinaus. »Nicht direkt. Aber wir waren gute Kollegen. Es hat gut mit ihm geklappt. Und jetzt das.« Die Hand, die neben seinem Körper auf dem weißen Laken lag, ballte sich zur Faust, dass die Knöchel hervortraten.

»Wer könnte außer Ihrem Sicherheitschef und dem Disponenten noch etwas von dem Transport nach Nordstrand gewusst haben?«

»Die Sparkassenleute. Sonst fällt mir niemand ein.«

Große Jäger wünschte dem Mann alles Gute und drückte seinen Unterarm.

»Morgen komme ich hier heraus. Sagen die Ärzte. Das Personal hier in Husum – das ist okay. Ich hoffe, ich werde noch krankgeschrieben.«

»Ihr Arbeitgeber wird Ihnen doch sicher Zeit zur Erholung geben«, sagte Große Jäger.

Bauerfeindt bewegte mühsam den Kopf hin und her. »Das glauben Sie nur. Hartkopf denkt nicht im Traum daran. Das ist ein harter Hund. Der zieht das durch. Der ist entweder in der Firma oder im Puff.«

Die beiden Beamten wechselten einen raschen Blick, ohne darauf einzugehen. Dann verabschiedeten sie sich.

»Was wollte Bauerfeindt mit seiner letzten Bemerkung bezwecken? Es klingt so, als würde er Hartkopf nicht mögen«, sagte Große Jäger auf dem Weg zum Auto. »Dass er keinen Täter erkannt hat, nehme ich ihm ab. Es wäre zu schön gewesen, wenn er bei Zülfü Göksu genickt hätte, als du ihm das Bild gezeigt hast.«

Cornilsen stimmte mit einem Knurrlaut zu. »Tu ich machen«, versicherte er, nachdem Große Jäger ihn aufgefordert hatte, zu prüfen, ob einer der beiden Geldboten während der Tour privat telefoniert hatte. »Ich verstehe«, sagte er. »Wir müssen ausschließen, dass einer der beiden die Täter informiert hat und mit ihnen gemeinsame Sache machte. Wenn es Akalin war, musste er sterben, weil der Obergangster damit einen lästigen Mittäter ausgeschaltet hat. Ich frage mich immer wieder, weshalb Akalin so gezielt hingerichtet wurde. Er war ja bereits überwältigt und kampfunfähig.«

»Warum hat Bauerfeindt seinen Kollegen in die Zweigstelle geschickt und ist nicht selbst gegangen, sondern im sicheren gepanzerten Fahrzeug geblieben?«

»Weil Akalin unbedingt mit der Angestellten ...«

Große Jäger unterbrach den Kommissar durch das Wedeln seines Zeigefingers. »Das hat uns Bauerfeindt erzählt. Stimmt das auch?«

»Woher sollen wir das wissen?«

»Siehst du. Und den Sicherheitschef müssen wir uns genauer ansehen. Wenn er wirklich über Gebühr oft in Bordellen verkehrt, könnte er in Geldnöten stecken. Man staunt manchmal, aus welchen Motiven heraus Verbrechen begangen werden.«

Dann fuhren sie zur Dienststelle zurück.

Hilke Hauck erwartete sie bereits am Treppenabsatz. »Ich habe euch kommen sehen«, erklärte sie. »Wir sollen gleich zu Harm kommen.«

Sie ging voran in das schlichte Büro des Leiters der Kriminalpolizeistelle.

»Moin«, sagte Mommsen, ohne aufzusehen. »Ich habe euren Vorabbericht schon gehört, den ihr von unterwegs durchgegeben habt. Es sind alles gute Gedanken, aber wir können daraus keine Aktivitäten ableiten. Vor allem wissen wir nicht, ob Bauerfeindt telefoniert hat. Es gibt keine Vorratsdatenspeicherung. Das Opfer, der andere Geldbote, hat telefoniert. Das haben wir herausgefunden, weil wir sein Mobiltelefon sichergestellt haben. Er hat zwei Mal seinen häuslichen Festnetzanschluss in Stockelsdorf angerufen, und ein Anruf galt einem Murat Erdelen. Wir wissen noch nicht, wer das ist. Dafür haben die Kieler besonders schnell herausgefunden, dass es eine verwertbare DNA-Spur gibt. Klaus Jürgensens Team konnte ein ausgespucktes Kaugummi sicherstellen, das vor der Sparkasse lag. Das ist fast ein Klassiker.«

»Haben wir etwas in unseren Daten gefunden?«, unterbrach ihn Große Jäger ungeduldig.

»Ja. Jemand, auf den ihr auch schon gestoßen seid: Zülfü Göksu.«

Der Oberkommissar und Cornilsen sahen sich an.

»Der Türke aus Itzehoe. Wir sind auf ihn aufmerksam geworden, weil er zur selben Zeit wie Jörg Bleicher in der JVA Neumünster eingesessen hat.« Große Jäger atmete tief durch. »Manchmal kann man nur staunen, wie dumm solche Leute sind. Zum Glück machen sie Fehler. Göksu hat das Fluchtauto besorgt. Statt eines zu stehlen, entwendete er den Opel Astra in Wilster. Und ausgerechnet von jemandem, der ihn kennt. Diese Spur konnten wir verfolgen.«

»Göksu war der Täter, der in die Zweigstelle nachgefolgt ist. Er ist kleiner als der Mörder. Das haben die Kieler anhand eines biometrischen Abgleichs festgestellt. Da wir derzeit von zwei Tätern ausgehen, fehlt uns noch die Identität des anderen. Nach unseren bisherigen Erkenntnissen scheint der zweite Mann der gefährlichere zu sein. Göksu ist kein unbeschriebenes Blatt, aber bisher ist er nicht als brutaler Gewalttäter in Erscheinung getreten.«

»Keiner wird als Mörder geboren. Es ist die Spirale der Gewalt. Wer sich auf einen bewaffneten Banküberfall einlässt und dabei auch noch eine MP mit sich herumschleppt, ist zumindest ein potenzieller Mörder.«

Mommsen gab dem Oberkommissar recht. »Niemand bestreitet, dass Göksu gefährlich ist. Wir haben jetzt zumindest einen Anhaltspunkt. Der zweite Mann muss jemand sein, den Göksu kennt. Ich habe die Kollegen darauf angesetzt, jede noch so kleine Spur zu verfolgen, die von Göksu ausgeht. Nachbarn. Freunde. Mitschüler. Soziales Umfeld. In erster Linie Mitgefangene aus Neumünster. Ich erspare mir Phrasen wie: Wir werden jeden Stein umdrehen. Jeder weiß, was zu tun ist. Noch etwas: Auf dem Brief, den Christoph geschrieben hat, gab es Fingerabdrücke.«

»Vom zweiten Täter?«, fragte Große Jäger.

»Leider nicht. Die sind auch von Zülfü Göksu. Das gibt mir Rätsel auf. Das Kaugummi – gut, das kann unter Stress eine unbedachte Sache gewesen sein. Aber auch minderbemittelte Straftäter wissen, dass man keine Fingerabdrücke hinterlässt«, stellte Mommsen fest.

»Zum zweiten Täter fehlt uns noch jeder Hinweis. Er muss uns bekannt sein. Jemand, der eine Hinrichtung geradezu inszeniert, ist schon massiv mit dem Gesetz in Konflikt geraten.«

»Das ist mir auch bewusst. Unsere Ressourcen sind begrenzt. Ich habe das mit der BKI in Flensburg besprochen. Kriminaldirektor Steensen hilft uns. Seine Mitarbeiter haben diese Aufgabe übernommen. Steensen organisiert auch die weitergehende Unterstützung. Es ist eine, ich mag es in Anbetracht der Situation kaum sagen, positive Erfahrung, dass in dieser schweren Stunde alle Kolleginnen und Kollegen im Lande bedingungslos hinter uns stehen.«

»Ich würde mich wohler fühlen, wenn die geschlossen zum Betriebsausflug antreten könnten, weil nichts los ist in Schleswig-Holstein. Es ist schlimm genug, dass man bei der Polizei Stellen streicht«, murrte Große Jäger.

Der Kriminalrat ging nicht darauf ein. Die Diskussion wurde seit Langem in aller Öffentlichkeit kontrovers geführt. Er sagte stattdessen: »Mit Kieler Hilfe wurde ein mutmaßliches Täterprofil entwickelt ...«

»Das kann nur sehr vage sein«, warf Große Jäger ein.

»Aus den Dateien werden alle Namen von Männern herausgesucht, auf die bestimmte Kriterien passen«, fuhr der Kriminalrat fort.

»Hoffentlich sind das nicht zu viele.«

»Die Flensburger gliedern das in drei Gruppen. Zunächst die Schleswig-Holsteiner. Dann folgt die Bundesrepublik. Wir können aber nicht ausschließen, dass Göksu von einem ausländischen Täter angeworben wurde, der bei uns noch nicht in Erscheinung getreten ist.«

»Das halte ich für unwahrscheinlich«, widersprach Große Jäger seinem Vorgesetzten. »Nordstrand liegt abseits. Sehr abseits«, unterstrich er. »Da sind Ortskenntnisse erforderlich. Ich gehe davon aus, dass Göksu sie nicht hat. Wir sollten ein Bewegungsprofil von ihm erstellen lassen. War er oft in Nordfriesland? Kennt er sich dort aus?«

»Ich veranlasse das«, sicherte Mommsen zu und machte sich handschriftliche Notizen.

»Die Täter müssen sich hier auskennen. Das habe ich aber schon früher gesagt.«

»Wir arbeiten an vielen Fronten«, bestätigte Mommsen. »Du kannst sicher sein, dass nichts verloren geht. Wir können aber nicht alle Bälle gleichzeitig in der Luft halten.«

»Doch«, widersprach der Oberkommissar gegen besseres Wissen.

Ein »Pling« zeigte an, dass eine neue E-Mail eingegangen war. Sie wurden kurzfristig abgelenkt.

»Moment«, sagte Mommsen und las den Text. »Das LKA«, erklärte er dann.

»Der Finger?«, wollte Große Jäger wissen.

»Die Kieler arbeiten mit Hochdruck daran. Trotzdem geht es nicht so schnell. Nein. Es liegt eine Auswertung des Schreibens vor, das Christoph so kunstvoll mit Fehlern versehen hat.«

»Das sagtest du schon. Die Fingerabdrücke.«

Mommsen schüttelte den Kopf. »Nein. Da war doch etwas ins Papier geritzt. Die Kriminaltechnik hat es sichtbar gemacht. Sie konnten ›Silo‹ und ›4 km‹ entziffern.«

Große Jäger wiederholte es mehrfach, so als würde er sich die beiden Begriffe für immer einprägen wollen. »Was hat das zu bedeuten? Einen Silo gibt es. Der ist weithin sichtbar, sogar vom Festland aus. Was wollte Christoph uns damit sagen? Er ist etwa vier Kilometer vom Silo entfernt? Wo könnte das sein?«

»Kommt mit«, sagte Mommsen und ging in den nächsten Raum. Im Besprechungszimmer hatten sie eine große Karte von Nordstrand ausgebreitet. »Wenn es vier Kilometer bis zum Silo sind, müsste sich Christoph irgendwo in diesem Bereich befinden.«

»Darf ich?«, fragte Cornilsen, der ihnen nicht sofort gefolgt war, sondern in einem anderen Büro ein Lineal besorgt hatte.

Er suchte den Maßstab auf der Karte, nahm einen Bleistift, klemmte den mit den Fingern an der Seite des Lineals fest und forderte Große Jäger auf, mit einem Kugelschreiber durch das Loch des Lineals auf den Standort des Silos zu tippen. Dann fuhr Cornilsen einen Halbkreis. »Der Silo liegt an der Ostküste. So kann der vermutliche Aufenthaltsort nur in einem Halbkreis liegen. Das kann doch nicht so schwer sein. Nordstrand ist dünn besiedelt. Wie viele Häuser mögen dort liegen?«

»Immer noch ein paar hundert«, gab Mommsen zu bedenken. »Es gilt immer noch, dass wir vorsichtig sein müssen. Wenn wir definitiv den Unterschlupf der Täter kennen, können wir über eine Erstürmung durch das SEK nachdenken. Vorrangig ist aber das Leben der Geiseln. Wir wissen, dass es mindestens drei sind.«

»Lass uns überlegen, wie wir das Gebiet sondieren können, ohne dass es auffällt«, schlug Große Jäger vor. Er grinste. »Ich erkläre mich bereit, mit Tante Hilke ein Liebespaar zu spielen, das flittert und sich verträumt die Insel ansieht.«

»Gute Idee«, stimmte Mommsen zu. »Dann lauft mal los.«

»Laufen?«

»Aus dem Auto heraus werdet ihr kaum etwas entdecken. Kollege Friedrichsen von der Schutzpolizei will mit dem Fahrrad herumfahren. Damit es nicht auffällt, nimmt er seine Frau und die Tochter mit.«

»Mist«, fluchte Große Jäger. »Wir können doch keine kleinen Kinder als Lockvogel einsetzen.«

»Das machen wir auch nicht. Friedrichsen wird in kein Haus gehen. Er soll sich nur umsehen.«

»Ist seine Frau eingeweiht?«, fragte Große Jäger.

»Nein«, antwortete Mommsen zögerlich. »Wir haben ihr gesagt, dass Friedrichsen die Insel erkunden soll. Seitdem wir dort keinen Polizeiposten mehr haben, wird Nordstrand durch die Station in Hattstedt mitversorgt. Da die aber nicht immer besetzt ist, springen die Kollegen vom Husumer Revier ein. Das ist ein logischer Grund, weshalb sich Friedrichsen mit den Gegebenheiten vor Ort vertraut machen muss.«

»Dann gebt doch gleich eine Meldung durch übers Radio: Polizist mit Familie durchkämmt Nordstrand.«

Mommsen schüttelte den Kopf. »Friedrichsen ist in Zivil unterwegs. Außerdem«, der Kriminalrat warf Cornilsen einen kurzen Blick zu, »strampelt Karlchen über Nordstrand. Ich habe ihm aufgetragen, er soll sich leger kleiden.«

»Dem nimmt niemand ab, dass er ein verkappter Polizist ist«, zeigte sich der Oberkommissar ein wenig versöhnlicher.

»Wir tun alles, um in der Sache weiterzukommen«, versicherte Mommsen. »Aber nicht mit kopflosem Handeln. So! Nun lass uns noch einmal die Karte studieren.«

Sie beugten sich über das Papier. »Gut, dass wir einen Maßstab haben, in dem jedes Haus und jeder Schuppen eingezeichnet ist«, sagte Cornilsen. »Aber wer sagt uns, dass die Geiseln nicht in einer Scheune oder eben in einem Schuppen untergebracht sind?«

»Das wissen wir nicht«, erwiderte Mommsen. »Nordstrand ist eine Marscheninsel. Das kommt uns entgegen. Da gibt es keine Keller. Die würden alle absaufen.«

»Wir könnten die Gebäude nummerieren und dann abhaken, was geprüft ist«, schlug Cornilsen vor.

»Das können wir uns sparen«, erwiderte Große Jäger. »Wir streichen es auf dieser Karte ab.« Er sah Cornilsen an. »Weißt du auch, wie man die Beamten nennt, die solche Aufgaben durchführen?«

Der Kommissar sah ihn ratlos an und zuckte mit den Schultern.

»Dafür haben wir einen Spezialisten in der Dienststelle. Das macht der Kollege Sisyphos.«

»Aha.« Cornilsen war anzusehen, dass er Große Jäger nicht verstanden hatte.

»Es wäre gut, zu wissen, welches Haus dauerbewohnt und welches nur als Ferienhaus benutzt wird«, schlug Große Jäger vor. »Wir könnten den Kreis noch ein wenig übersichtlicher gestalten, wenn wir uns vom Einwohnermeldeamt die Daten der Bewohner besorgen. Sagen wir, die Adressen der Einwohner ab sechzig. Ich denke dabei an den Finger.«

»Ich tu das machen«, sagte Cornilsen und entfernte sich.

»Hm.« Große Jäger grunzte. »Wie sicher können wir sein, dass sich die Täter und ihre Geiseln in einem Radius von vier Kilometern um den Silo bewegen? Wie genau ist Christophs Angabe? Hat er sich eventuell verschätzt? Meint er Luftlinie oder Straßenkilometer? Hand aufs Herz. Wer kennt die Entfernungen der Luftlinie genau?«

»Wir sollten den Bereich nicht zu eng fassen«, entschied Mommsen. »Wir fangen zunächst in einem Ring zwischen drei und fünf Kilometern an. Den inneren Bereich nehmen wir uns später vor, falls wir in diesem Sektor nicht fündig werden. Außerdem haben wir angefangen, die Briefträger zu befragen. Unser Augenmerk wird darauf liegen, welche Häuser wir voraussichtlich ausklammern können. Beispielsweise jene, wo dem Postboten Kinder oder junge Familien begegnet sind, die unbekümmert auftreten. Ich gehe davon aus, dass niemand so gut schauspielern kann, dass er sich fröhlich und heiter zeigt, wenn hinter der Gardine ein Geiselnehmer Angehörige bedroht.«

»Noch etwas«, fügte Große Jäger an. »Hunde. Die sind auch unbestechlich, wenn Fremde ihnen das Revier streitig machen wollen.«

»Bedingt«, widersprach Mommsen. »Es soll auch Tiere geben, die sich freuen, wenn jemand mit ihnen spielt. Noch etwas.« Er zeigte auf die Karte. »Hier ist die Kurverwaltung. Dort wurden der Brief und das abgetrennte Fingerglied deponiert. Einer der Täter muss sich nachts aus dem Versteck herausgewagt haben, ist zum Strandkorb gegangen und hat die Tüte dort hinterlegt. Würdest du mit dem Auto fahren?«

»Sicher«, bestätigte Große Jäger. »Aber ich bin auch kein Entführer, der die Entdeckung fürchtet. Nachts herrscht so gut wie kein Verkehr auf der Insel. Also ist der Täter möglicherweise zu Fuß gekommen.«

»Und zwar nach Mitternacht«, ergänzte Mommsen.

»Kombinierst du jetzt wie Sherlock Holmes? Was hat der Mörder gegessen? War das Steak rare, medium oder well-done?«

»Das ist Logik«, erklärte der Kriminalrat. »Ich wäre zumindest erst nach Mitternacht losmarschiert.«

»Logisch.« Große Jäger schlug sich mit der flachen Hand an die Stirn. »Die Straßenlaternen. Die haben alle eine rote Bauchbinde. Das heißt, sie brennen nicht die ganze Nacht durch. Damit ist das Risiko, entdeckt zu werden, minimiert. Außerdem würde ich nicht allzu weit laufen. Mit jedem zusätzlichen Meter wächst ebenfalls die Gefahr, jemandem zu begegnen. Die Einheimischen kennen sich, zumindest vom Ansehen. Da würde ein fremder nächtlicher Streuner auffallen. Und ein Nachtleben gibt es dort nicht. Davon wüsste ich.«

Mommsen maß nach. »Vom Silo bis zur Kurverwaltung sind es rund drei Kilometer Luftlinie. Die Straße macht allerdings einen Umweg. Das ist ein Stück weiter. Was meint Christoph jetzt mit seiner Entfernungsangabe?«

»Das hätte er uns auch noch ins Papier ritzen können«, murrte Große Jäger. »Wenn er uns eine Denksportaufgabe verpassen wollte, hätte ich eine andere Gelegenheit bevorzugt. Ich werde mich mit der Rechtsmedizin in Verbindung setzen.«

Es dauerte eine Weile, bis er den Oberarzt Dr. Diether am Apparat hatte.

»Große Jäger?«, fragte der Rechtsmediziner. »Das ist doch ein westfälischer Name.«

»Ehrenwerter westfälischer Bürgeradel. Warum?«

»Weil Sie sich wie ein Schwabe geben. Geizig.«

»Sie meinen, weil wir Ihnen nur einen Teil des kleinen Fingers geschickt haben?«, vermutete Große Jäger.

»Richtig.«

»Es gibt Situationen, da sind wir ganz froh, dass wir Ihnen nicht die ganze Hand reichen müssen. Können Sie noch ohne Brille genug sehen? Oder brauchen Sie immer ein ausgewachsenes Pferd für Ihre Analysen?«

»Das ist eine Frage des Betrachters. Ich lasse mich auf die Feststellung ein, dass Sie an der Westküste für die kleinen Dinge zuständig sind.«

»Haben Sie etwas gegen die Westküste? Sind Sie eigentlich verheiratet?«

»Was hat das mit dem Finger zu tun?«

»Es könnte ja sein, dass Klaus Jürgensen Ihr Schwager ist. Der findet auch stets etwas, um an Nordfriesland herumzumäkeln.«

»Sagen Sie nichts gegen den Flensburger.«

»Ich verstehe. Den müssen Sie sich warmhalten. Der sichert mit seinen Einlieferungen Ihren Arbeitsplatz.«

»Im Unterschied zu Ihnen mit Ihrem Kleinkram. Es handelt sich um den kleinen Finger einer Frau, schätzungsweise über sechzig. Eher älter. Das ist aber noch nicht endgültig bestätigt, sondern nur ein Erfahrungswert. Wir brauchen mehr Zeit für die feingewebliche Untersuchung und vor allem für die Zellstruktur des Knochens. Der Finger wurde zwischen dem ersten und dem zweiten Gelenk abgetrennt. Ein glatter Schnitt, allerdings durch einen Laien. Das Werkzeug war nur bedingt scharf. Es war kein Schnitt wie mit einer Rasierklinge oder einem Skalpell. Es gibt Quetschungen. Ich würde auf eine Zange schließen. Ein Werkzeug, das nicht neu ist, da die Schnittstruktur Unebenheiten aufweist. Sie verstehen, was ich meine?« Bevor Große Jäger antworten konnte, fuhr Dr. Diether fort: »Wenn Sie mit einer Kneifzange Nägel herausziehen, gibt es an den Kanten der Zangenbacken Einkerbungen. So etwas haben wir gefunden.«

»Es handelt sich also – wahrscheinlich – um ein gebrauchtes Werkzeug?«

»Ja. Auch ältere Knochen können Sie nicht ohne Weiteres durchtrennen. Das bedarf einer größeren Kraftanstrengung. Haben Sie in Physik aufgepasst? Das Hebelgesetz? Je länger die Griffe sind, umso eher können Sie die Tat verrichten.«

»Eine Geflügelschere?«

»Guter Ansatz«, lobte der Rechtsmediziner. »Die Kollegen von der Kriminaltechnik haben aber Spuren von unlegiertem Kaltarbeitsstahl gefunden. In der Fachsprache heißt es C70U und wird für Handwerkzeuge aller Art benutzt. Das lässt sich anhand des Kohlenstoffanteils nachweisen, der zwischen null und eins Komma fünf Prozent liegt. Man kann auch die Menge Wolfram …«

»Danke, Herr Dr. Diether«, unterbrach der Oberkommissar den Rechtsmediziner.

»Das übersteigt jetzt Ihren Horizont?«, spottete der Kieler.

»Das nicht, aber wir haben nicht so unendlich viel Zeit wie die Leichenfledderer an der Ostküste.«

»Suchen Sie nach einem Werkzeug, das Baumarktqualität hat. Ein Profihandwerker würde vermutlich eine bessere Güte verwenden.«

Mit einem schnellen »Danke und tschüss« verabschiedete sich Große Jäger und legte auf, bevor der Arzt antworten konnte.

Mommsen hatte mitgehört. »Ein weiteres Kriterium.«

»Prima. Dann können wir ganz unauffällig von Tür zu Tür gehen und fragen: ›Sorry, aber haben Sie ein gebrauchtes Werkzeug mit etwas längeren Griffen?‹« Er sah sich um. »Was ist das überhaupt für ein Laden? Nicht einmal einen Kaffee bekommt man hier.«

»Denk du in der Zwischenzeit über die Nordstrander Karte nach«, sagte Mommsen und verschwand. Nach zwei Minuten kehrte er mit zwei gefüllten Kaffeebechern zurück.

»Du und Kaffee?« Große Jäger war erstaunt. »Woher hast du den so schnell? Dank der Stellung als Dienststellenleiter?«

»Den habe ich als Kollege geschnorrt«, erwiderte Mommsen. »Wir haben immer noch keine Anhaltspunkte, wo die undichte Stelle ist. Irgendwer muss den Tätern einen Tipp gegeben haben.«

»Es kann auch unbeabsichtigt gewesen sein. Wenn zum Beispiel die Sparkassenangestellte aus Versehen geplaudert hat.«

»Das Bild, das uns von ihr vermittelt wurde, widerspricht dem«, gab Mommsen zu bedenken.

»Ich werde noch einmal mit dem Ehemann sprechen. Vielleicht weiß der etwas.«

»Allein?«

Große Jäger ließ demonstrativ den Kopf kreisen. »Siehst du hier noch jemanden? Ich würde meinen Zwillingsbruder mitnehmen, wenn der nicht zufällig heute heiraten würde.«

»Hau bloß ab«, rief ihm Mommsen hinterher.

Die Straßensperre am Ende des Damms bestand noch immer. Allerdings gab es keine langen Staus mehr. Beamte einer der drei Einsatzhundertschaften der Eutiner Bereitschaftspolizei hatten die Aufgabe übernommen. Große Jäger spürte, dass die Spannung des Vortags nachgelassen hatte. Es hatte sich eine gewisse Routine eingeschlichen. Das war nicht verwunderlich. Das Höchstmaß an Konzentration war nicht aufrechtzuerhalten.

»Gibt es besondere Vorkommnisse?«, fragte er einen blutjungen Polizisten.

»Wieso?«

Der Oberkommissar zeigte seinen Ausweis.

»Nichts«, erwiderte der Beamte, nachdem er lange auf das Dokument gestarrt hatte. »Stinklangweiliger Job. Wäre nicht schlecht, wenn hier mal ein wenig Action passieren würde.«

»Wünsch dir das nicht«, erwiderte Große Jäger und war sich sicher, dass der Uniformierte für sich selbst ein vernichtendes Urteil über den trägen Alten fällte. Hoffentlich, dachte Große Jäger, sind die Bereitschaftspolizisten aufmerksam genug, dass ihnen kein Fehler unterläuft. Wenn die Bankräuber die Insel unerkannt verlassen könnten, wäre das ärgerlich. Nicht vorstellen mochte er sich, wenn die Täter einen Durchbruch versuchen würden. Das könnte sich zu einem Blutbad ausweiten. Diese Gedanken beschäftigten ihn bis zum Haus der Familie Hansen. Vor dem Altbau am Osterdeich standen mehrere Fahrzeuge.

Ein älterer Mann öffnete ihm und sah ihn über den Rand einer Halbbrille an.

»Gibt es etwas Neues?«, fragte er kurzatmig, als Große Jäger sich vorgestellt hatte.

»Sie sind ein Nachbar?«

»Ich bin Dorles Vater.« Der Oberkommissar hörte die Empörung aus der Antwort heraus. »Meine Frau ist auch da.«

»Ich wollte mit dem Ehemann sprechen.«

»Mit Bernd?« Der Mann nickte in Richtung Flur. »Der ist drin. Er wollte heute Morgen erst zur Arbeit. Aber das ging dann doch nicht. Sein Chef hat ihn wieder weggeschickt. Er meint, das ist zu gefährlich, wenn Bernd mit seinen Gedanken woanders ist. Sind alle nett hier auf Nordstrand«, fügte der Vater an.

Bis auf die Geiselnehmer, dachte Große Jäger und folgte dem Mann ins Wohnzimmer. Dort hatte sich eine größere Menschenansammlung eingefunden. Bernd Hansen sprang auf, als er den Oberkommissar sah.

»Wo ist Dorle? Ist sie frei?«, sprudelte es aus ihm heraus.

»Können wir uns einen Moment ungestört unterhalten?«

Schlagartig änderte sich Hansens Gesichtsausdruck. Die Panik, die ihn erfasst hatte, sprang Große Jäger förmlich entgegen. Auch der Vater hatte es bemerkt.

»Ist was passiert? Spannen Sie uns nicht auf die Folter. Ich spüre das doch. Wenn meine Tochter frei wäre, hätten Sie es sofort gesagt. Also?«

»Es geht um ein paar Fragen, die ich Bernd Hansen stellen möchte. Beruhigen Sie sich. Wir haben keine neuen Informationen.«

»Keine guten, wollen Sie sagen«, eiferte der Vater.

»Überhaupt keine, die für die Öffentlichkeit gedacht sind.«

»Also wissen Sie doch etwas. Wir haben ein Anrecht darauf, es zu erfahren. Sie dürfen es uns nicht verschweigen.«

»Herr äh ...«, sagte Große Jäger, aber der Vater nannte seinen Namen nicht. Vorsichtig schob ihn der Oberkommissar zur Seite. »Herr Hansen? Wollen wir einen Augenblick vor die Tür gehen?«

»Ich komme mit«, sagte der Vater und ließ sich erst nach eindringlichen Ermahnungen davon abhalten.

Die beiden Männer gingen vor dem Haus auf und ab, aufmerksam von ein paar neugierigen Augenpaaren am Fenster verfolgt.

»Wir rätseln noch, woher die Täter von der Geldlieferung wussten«, begann Große Jäger.

»Weiß ich doch nicht.«

»Hat Ihre Frau irgendetwas erwähnt?«

»Dorle? Für wen halten Sie sie? Die ist sich ihrer verantwortungsvollen Stellung bewusst. Gerade in einer überschaubaren Gemeinde wie unserer geht das nicht. Da kennt jeder jeden. Und Diskretion ist ein eisernes Gesetz.«

»Ich denke auch nicht an Informationen zu einzelnen Kunden, sondern an allgemeine Äußerungen. Ihre Frau könnte beiläufig erwähnt haben, dass die Zweigstelle in dieser Woche einen größeren Geldbetrag erwarten würde.«

Hansen schüttelte energisch den Kopf. »Nein. Bestimmt nicht. Sie würde es keinem erzählen. Nicht einmal mir.«

»Sie sprechen nicht über die Arbeit?«

»Nein. Fast nie.«

Große Jäger war hellhörig geworden.

»Fast?«

»So meine ich das nicht. Ich berichte schon, wo ich tagsüber war und was wir gemacht haben. Aber das ist einseitig. Dorle hat nie etwas erzählt. Das würden die Kinder auch langweilig finden. Ein Job in der Sparkasse – am Schreibtisch. Das ist öde. Was ich mache, das begeistert sie. Mit Handwerkszeug hantieren, sägen, hämmern, bohren. Das ist Arbeit in ihren Augen. Sie sind manchmal stolz, wenn sie über die Insel gehen. ›Das Fenster‹, dabei zeigen sie auf ein Haus, ›das hat mein Vater eingesetzt.‹ Haben Sie schon einmal ein Kind erlebt, das auf ein Auto gezeigt hat und meinte, dass seine Mutter den Kredit dafür bewilligt hat?«

»Sie sprechen also doch über die Arbeit.«

»Ja. Beim gemeinsamen Abendbrot. Aber nicht über Dorles Job. Nie und nimmer.«

»Und wenn die Kinder im Bett sind?«

Hansen überlegte einen Moment. »Nee«, entschied er. »Dann reden wir nicht mehr miteinander. Wir schalten den Fernseher ein. Aber reden … Nee. Eigentlich nicht.«

»Wussten Sie, wann die Geldtransporter kommen?«

»Klar. Das weiß hier jeder. Der Wagen fällt auf. Außerdem kommt der fast immer zur selben Zeit. Sie müssen sich nur an die Straße stellen. Dann sehen Sie es. Danach können Sie die Uhr stellen. Wenn die Bahn so pünktlich wäre wie die Geldboten, dann hätten wir nichts zu meckern.«

»Ich nenne Ihnen jetzt ein paar Namen. Sagen Sie mir bitte, ob Sie jemanden kennen«, bat Große Jäger. »Ömer Akalin?«

»Nie gehört.«

»Marius Bauerfeindt?«

Hansen schüttelte den Kopf.

»Rüdiger Hartkopf?«

»Wer soll das sein?«

Große Jäger ging nicht darauf ein. »Jörg Bleicher?«, fuhr er fort.

»Nein.«

»Rolf Jirgensohn?«

»Ich verstehe nicht. Was sind das für Leute? Woher soll ich die kennen?«

»Mich interessiert nur, ob Sie die Namen schon einmal gehört haben. Eckert Großkopf?«

»Hartkopf – Großkopf. Nein. Nie.«

»Mimi Lohgerber?«

»Eine Frau? Was soll die dazwischen? Sind das alles Gangster, die Dorle etwas angetan haben? Muss ich mir die Namen merken?«

»Das ist Polizeisache. Ich habe noch einen letzten Namen: Zülfü Göksu.«

Hansen war stehen geblieben. »Keiner von denen sagt mir etwas. Der Letzte – war das ein Türke?«

»Der Name klingt türkisch«, wich Große Jäger aus.

»Ich kenne keine Türken. So etwas haben wir hier auf Nordstrand nicht. Ich kenne nur einen, mit dem hatte ich mal auf einer Baustelle zu tun. Murat hieß der. Ein Maurer. Kommt aber nicht von hier, sondern aus der Itzehoer Gegend.«

»Itzehoe?«

»Ja. Irgendwo daher.«

Eine Reihe der Verdächtigen stammte aus der Region rund um die Stadt an der Stör, fiel Große Jäger ein. »Wie heißt er weiter?«

»Keine Ahnung. Auf dem Bau duzt man sich.«

»Wissen Sie noch, auf welcher Baustelle das war?«

»Ja. Ein Neubau in Koldenbüttel.« Hansen lachte unvermittelt. »Wissen Sie, wie Koldenbüttel auf Platt heißt? Das ist jetzt kein Scherz: Kömbüddel.«

Große Jäger hob den Zeigefinger. »Nicht ganz. Kombüddel genau genommen. Noch eine letzte Frage. Kennen Sie jemanden, der vorbestraft ist?«

»Was glauben Sie, mit wem wir verkehren? Natürlich nicht. So was … Halt. Warten Sie. Ein Kollege von mir. Auch Tischler. Der musste mal zweihundert Euro zahlen, weil er hingelangt hat, als ihm einer dumm gekommen ist.« Hansen breitete die Arme in Schulterhöhe aus, als würde er zeigen wollen, wie erfolgreich er beim Angeln war. »Ottje, so heißt er, hat so ein Kreuz. Mit dem sollte man sich nicht streiten.«

»Danke. Sie hören wieder von uns.«

»Stopp!« Bernd Hansen packte Große Jäger am Revers der Lederweste. »Was ist nun mit Dorle? Wann ist sie wieder zu Hause?«

»Bald, Herr Hansen. Wir tun alles erdenklich Mögliche, um den Fall zu lösen.«

»Wir warten auf Dorle. Alle. Die Kinder. Und ich«, hörte Große Jäger in seinem Rücken, als er ging.

Dreizehn

Es war dieses Zermürbende. Das Sitzen, das Anstieren der Betonwand, des Fußbodens. Nur selten streifte Christophs Blick seine Mitgefangene. Dorle Hansen musste es ähnlich empfinden. Sie sprachen kaum miteinander. Er war froh darüber. Es fehlte an geeigneten Gesprächsthemen, obwohl eine Unterhaltung sie beide wahrscheinlich ein wenig zerstreut hätte. Christoph wunderte sich über manche Gedanken. Als Kind hatten sie auf gefühlt endlosen Wanderungen mit der Schulklasse Ratespiele betrieben. »Ich sehe was, was du nicht siehst«, oder man dachte sich einen Begriff aus, und die anderen mussten diesen erraten, indem sie sich durch Fragen, auf die es als Antwort nur »Ja« oder »Nein« gab, näherten. Ob so etwas hier angebracht wäre? Er scheute sich davor, einen entsprechenden Vorschlag zu machen.

Zum wiederholten Mal zermarterte er sich das Gehirn, wo es eine undichte Stelle geben könnte, über die die Täter an die Informationen zum gestrigen Geldtransport gelangt waren. War es jemand aus der Bank? Vom Sicherheitsunternehmen? Erneut sah er zu Dorle Hansen hinüber, die in einer Ecke hockte, die Knie angezogen und das Kinn daraufgelegt hatte. Er wollte nicht glauben, dass sie oder einer ihrer Angehörigen oder Freunde die Quelle war.

Christoph glaubte nicht, dass die Täter den gestrigen Transport zufällig überfallen hatten. Sicher, die Geldboten kamen regelmäßig immer um die gleiche Zeit. Das war berechenbar. War die Sparkassenangestellte zu vertrauensselig? Als er gestern die Zweigstelle betrat, kannte sie nicht einmal seinen Namen. Man sah viele Gesichter, traf auf Nordstrand immer wieder dieselben Leute, ohne den Namen zu kennen. Trotzdem hatte Dorle Hansen ihm ungefragt erzählt, dass sie den Geldtransport mit einer »größeren Summe« erwarte. Wem hatte sie es noch mitgeteilt?

Er räusperte sich. »Mich beschäftigt immer noch die Frage, woher die Täter von dem Geld wussten«, sagte er vorsichtig.

»Wie? Was?« Es schien, als würde Dorle Hansen aus einer Art Trancezustand hochschrecken.

Er wiederholte seine Frage.

»Das weiß ich nicht. Es interessiert mich auch nicht. Fragen Sie doch die Gangster. Sie sind doch Polizist. Gehen Sie hin und sagen Sie: ›Hallo? Wer hat euch den Tipp gegeben?‹ Ich will nur wissen, wann wir hier wieder herauskommen.« Sie schlug mit den geballten Fäusten auf ihre Knie. »Ich will hier raus!«

»Es würde uns weiterführen, wenn wir das wüssten.«

Sie hielt für einen Moment inne. »Verstehe ich nicht.«

»Ich könnte die Täter besser einschätzen. Wenn Sie Verbindungen nach Nordstrand haben und wir nicht zufällig in diesem Versteck gefangen werden …«

»Das glaube ich nicht. Das ist Unsinn, was Sie von sich geben. Soll sich die alte Frau zunächst damit einverstanden erklärt haben, die Verbrecher aufzunehmen, um sich dann die Finger abschneiden zu lassen?«

Christoph widersprach ihr nicht. Wenn die Täter der alten Frau vorher bekannt gewesen wären, wäre man anders mit ihr umgegangen. Zumal die Frau die Identität der Täter kennen würde. Christoph erschrak. Das wäre schlimm. Die Geiselnehmer hatten so viel Brutalität gezeigt, sie würden nicht zögern, eine Mitwisserin zu ermorden. Und nicht nur die alte Frau. Wie mochten bei ihm die Ereignisse dieser Geiselnahme nachwirken? Würde sich ein Trauma einstellen? Würde er nachts schweißgebadet hochschrecken? Müsste er psychologische Hilfe in Anspruch nehmen? Die Folgen einer solchen Tat waren für die Opfer viel weitreichender als die Schrecken während der Geiselhaft, auch wenn der Aufenthalt in der Abstellkammer eine Tortur war.

Die Luft zirkulierte nicht. Jeder Atemzug geriet zur Qual. Ein bestialischer Gestank erfüllte den kleinen Raum. Dorle Hansen und er selbst rochen mittlerweile unmenschlich. Er hatte einen pelzigen Geschmack im Mund. Der Bart spross. Die Haare waren fettig. Die zum Teil zerfetzte Kleidung klebte auf der Haut. Die alte Frau war daran gehindert worden, die Überreste des zerbrochenen Einmachglases mit dem Sauerkraut zu beseitigen. Christoph wusste, dass er nie wieder in seinem Leben Sauerkraut essen könnte. In der Wärme des Raumes, der durch ihrer beider Körpertemperatur aufgeheizt wurde, gor das Kraut. Und vom Fäkalieneimer ging ein beißender Uringeruch aus.

Außer dem Zuckerbrot am Morgen hatten sie keine weitere Nahrung erhalten. Und die Wasserkiste leerte sich auch zunehmend.

Christoph versuchte, an Anna zu denken. Was mochte sie jetzt tun? Wer würde in diesen Stunden bei ihr sein? Große Jäger? Zuzutrauen wäre es dem Oberkommissar. Jeder, der ihm zum ersten Mal begegnete, schreckte vor dem schmuddelig wirkenden Äußeren zurück. Die Jeans, das Holzfällerhemd und vor allem die Lederweste mit dem Einschussloch. Aber dahinter verbarg sich eine gute Seele. Christoph hatte immer wieder festgestellt: Jeder mochte Große Jäger, aber niemand wollte ihm die Hand reichen.

Wie auf einem Laufband rasten gemeinsame Erlebnisse vor seinem geistigen Auge vorbei. Plötzlich stoppte es. Warum? Das wusste Christoph nicht, aber er konnte sich im Detail an den Fall erinnern, der sie in ein Dorf in der Marsch geführt hatte, wo …

»Wir sollten ernsthaft den Typen jagen, der zwei Mal am Tag den Stöpsel zieht und das Wasser aus der Nordsee ablaufen lässt.« Große Jäger legte den Zeigefinger gegen die Schläfe, als müsse er überlegen. »Vielleicht hat Klaus Jürgensen doch recht und das Wasser hat sich vor Schreck zurückgezogen, als der erste Nordfriese über den Deich sah. Jetzt kommt es zwei Mal am Tag und guckt, ob die Einheimischen noch da sind.«

»Das war aber kein Nordfriese, der dort über die Deichkrone geblinzelt hat, sondern ein Münsterländer.«

Große Jäger ballte die Faust und hielt sie Christoph entgegen. »Sag nichts gegen uns. Wir haben schon Schlösser gebaut, als ihr noch mit Dschunken unterwegs wart.«

»Mit der Isolierung hat das aber nicht geklappt«, widersprach Christoph. »Das sind alles Wasserschlösser geworden.«

»Du beleidigst meine Landsleute«, rief der Oberkommissar und ging auf Christoph zu. Ehe der reagieren konnte, hatte ihn Große Jäger umarmt und versuchte, ihn hochzuheben. Christoph wehrte sich, sodass sie ins Straucheln kamen und umfielen. Erst nachdem sie ineinander verschlungen ein Stück den Deich hinuntergerollt waren, blieben sie auf dem Rücken liegen.

Christoph konnte sich nicht erinnern, wann er das letzte Mal in so einer Weise ausgelassen gewesen war. Es tat gut, sich den Stress von der Seele zu rollen.

Wie gern wäre er in diesem Augenblick wieder den Deich hinuntergerollt.

»Haben Sie viele Freunde?«, fragte er unvermittelt.

»Ob ich … was?« Dorle Hansen sah erstaunt auf.

»Haben Sie einen großen Freundeskreis? Sind da auch richtig gute und enge Freunde dabei?«

Die Frau überlegte eine Weile. Dann nickte sie versonnen. »Ich kenne durch meinen Beruf viele Leute auf der Insel. Außerdem bin ich dort groß geworden und zur Schule gegangen. Wir konnten nach der Schule nicht nach Husum oder woandershin fahren. So ergab es sich zwangsläufig, dass man sich mit Gleichaltrigen von Nordstrand traf. Und wer nicht weggezogen ist, das ist mehr als die Hälfte, dem begegnet man jeden Tag. Mein Mann ist auch Nordstrander. Das waren schon unsere Eltern. Halt. Meine Mutter kommt von Pellworm.«

»Haben Sie Ihren Mann in der Schule kennengelernt?«

»Nein. Aber man trifft sich so.« Christoph sah, wie sie an der Unterlippe nagte. »Bernd ist ein Glückstreffer. Wir waren noch jung, als wir zusammengekommen sind. Er war meine erste große Liebe. Das ist er bis heute geblieben. Ja, die Familie, die bedeutet uns alles. Unser Haus am Osterdeich – kennen Sie es?«

»Nein«, gestand Christoph.

»Es ist schon älter. Wir haben es günstig von einer Tante übernommen. Als die ein Pflegefall wurde, sahen wir uns gezwungen, sie finanziell zu unterstützen. Das hat uns ganz schön reingeritten. Als Handwerker verdienen Sie sich keine goldene Nase.«

»Kinder sind eine echte Herausforderung.«

»Das mögen Sie sagen. Man hört manchmal: Doppelverdiener. Aber dass wir auch doppelte Steuern und Sozialabgaben zahlen, wird dabei übersehen. Wie gesagt – die Pflege der Tante hat unsere Planungen durcheinandergebracht. Wir mussten noch Geld ins Haus stecken, auch wenn Bernd viel selbst gemacht hat. Und wenn dann mal was mit dem Auto ist, oder die Waschmaschine geht kaputt, dann ist guter Rat teuer.«

Christoph stimmte ihr zu.

»Außerdem können wir nicht mal eben einen Kredit aufnehmen wie andere. Das wird von meinem Arbeitgeber beobachtet. Man sieht es nicht gern, wenn man zu einem anderen Institut geht. Andererseits mag ich es nicht, mich über Gebühr bei der Uthlande-Sparkasse zu verschulden. Das sind schließlich Kollegen, die das sehen. Das ist schon ein hartes Stück Brot.«

»An dem knabbern Sie?«

Dorle Hansen nickte nur.

So ergeht es vielen Familien, überlegte Christoph. Er erinnerte sich daran, wie knapp das Familienbudget bemessen war, als er mit seiner ersten Frau und dem Sohn in Kiel lebte. Als Polizist erwarb man ebenfalls keine Reichtümer, und Dagmar studierte damals noch. Noch kritischer musste es für die Familie Hansen sein. Ist es nicht komisch?, dachte er bei sich. Da sitzt die Frau an der Quelle, durch ihre Hände rinnen täglich Tausende, sie sieht manchen Kontoauszug ihrer Kunden oder ist sogar an Kreditgenehmigungen beteiligt, und der Inhalt des eigenen Portemonnaies reicht nur knapp bis ultimo. Wie schwer muss es sein, der Versuchung zu widerstehen? Dazu gehört viel Integrität. Verfügte Dorle Hansen darüber? Oder waren sie oder ihr Mann doch schwach geworden? Dann könnte man auch ihre Verzweiflung über die Lage verstehen, in die sie sich unter diesen Umständen durch eigenes Verschulden begeben hätte. Oder reichte seine Phantasie zu weit?

Vierzehn

Große Jäger war ungeduldig erwartet worden. »Ich kann es mir nicht vorstellen, dass die Familie mit den Tätern unter einer Decke steckt. Die sind wirklich verzweifelt. Aber wer weiß, ob dort nicht etwas aus dem Ruder gelaufen ist? Keiner glaubt, dass der Haupttäter, wenn ich ihn einmal so nennen darf, morgens das Haus verlassen hat mit dem Vorsatz, einen Geldboten zu ermorden.«

»Und dennoch hat er es kaltblütig getan«, warf Cornilsen ein.

»Was haben deine Recherchen ergeben?«

»Ich habe versucht, ein Bewegungsprofil von Zülfü Göksu zu erstellen, soweit das überhaupt möglich ist. Er taucht nicht erkennbar in Nordfriesland auf. Weder in unseren Dateien noch aus anderen Quellen, auf die wir zugreifen konnten, sind Kontakte ersichtlich. Keine Geldabhebung, eine Kreditkarte hat er ohnehin nicht. Wir konnten in aller Eile sogar Einblick in sein Konto nehmen ...«

»Wie hast du das geschafft?«, wollte Große Jäger wissen.

»Die Itzehoer Kollegen haben uns geholfen. Ich weiß nicht, wie die so zügig an einen richterlichen Beschluss gekommen sind. Göksus Konto ist bis zum Limit ausgeschöpft. Es kommt oft vor, dass Abbuchungsversuche nicht ausgeführt werden. In Itzehoe sind zwei Fälle dokumentiert, in denen er getankt hat und hinterher nicht bezahlen konnte. Die Tankstellen haben die Polizei gerufen, die das aufgenommen hat. Eine Tankstelle hat auch Anzeige erstattet. Das läuft aber noch.«

»Chronischer Geldmangel und keine Aussicht auf Besserung können ein starkes Motiv für einen Banküberfall sein«, sagte Große Jäger. »Wenn es Ärger an der Tankstelle gab, muss Göksu ein Auto haben.«

»Hatte«, korrigierte Cornilsen. »Das ist letzte Woche stillgelegt worden. Er hat die Versicherung nicht bezahlt.«

»Wenn sich die Schlinge um den Hals immer weiter zuzieht, ist man eventuell auch bereit, Grenzen zu überschreiten und in der Verzweiflung Dinge zu tun, vor denen man sonst zu-rückschrecken würde. Göksu ist kein unbeschriebenes Blatt. Vielleicht ist die Idee mit dem Bankraub nicht auf seinem Mist gewachsen. Das bedeutet …«

»… der Plan stammt von einem anderen. Nun geht niemand durch die Stadt und sagt zu einem Unbekannten: ›He, du, hast du Bock, eine Sparkasse auszurauben?‹ Man muss sich kennen und einander vertrauen. Man muss aus der Szene sein und selbst schon kriminell in Erscheinung getreten sein.«

»Gut, Hosenmatz«, lobte Große Jäger den jungen Kommissar. »Jetzt müssen wir nur noch herausfinden, welcher Typ aus Göksus Dunstkreis mit ihm die Sparkasse überfallen hat. Das ist alles. Fast«, fügte er mit beißendem Spott an. »Dann gibt es nur noch ein paar Nebensächlichkeiten zu klären. Wo halten sich die Täter versteckt? Und wie befreien wir die Geiseln, ohne dass jemand Schaden nimmt? Wir sollten den fragen, der den Tätern den Tipp gegeben hat.«

»Wer ist das?«

»Ich dachte, du sagst es mir. Wir haben noch ein paar Pfeile im Köcher. Einer heißt Rüdiger Hartkopf und ist der Sicherheitschef der ›Nord Secure‹. Man hat uns zugewispert, dass Hartkopf gern einmal die Hosen herablässt. Und das bei Rotlichtbestrahlung. Das geht ins Geld. Es würde mich interessieren, wie er sein Hobby finanziert.«

Sie sahen beide zur Tür, als Hilke Hauck erschien. »Die Kollegen arbeiten noch an der Auswertung, wer als Täter für die Geiselnahme in Frage kommen könnte. Sie achten dabei auch auf mögliche Verbindungen zu Zülfü Göksu. Es wäre ein Sechser, wenn wir auf jemanden stießen, auf den das zutrifft.«

»Unsere Arbeit ist kein Glücksspiel«, erwiderte Große Jäger in belehrendem Tonfall. »So war das nicht gemeint«, schob er sofort hinterher, als er sah, dass sich die Kommissarin angegriffen fühlte.

»Wir haben noch etwas. Das ist aber handfest«, setzte sie eine Spitze gegen den Oberkommissar. »Ömer Akalin hat noch ein Telefonat geführt. Gleich morgens beim Warten vor der ersten Bank, die sie angefahren hatten.«

»Habt ihr einen Namen?«

Hilke Hauck nickte. »Murat Erdelen.«

»Schon wieder ein Türke.« Als der Oberkommissar bemerkte, wie die beiden anderen ihn anstarrten, sagte er schnell: »So ist das nicht gemeint. Ich habe vorhin mit Bernd Hansen gesprochen. Der kannte auch einen Murat aus der Gegend von Itzehoe. Den hat er auf einer Baustelle kennengelernt. Der ist Maurer. Den Zunamen kannte er nicht.«

»Das ist ein großer Zufall. Murat Erdelen, mit dem Akalin telefonierte, wohnt in Heiligenstedten. Das liegt direkt neben Itzehoe. Nicht nur das. Erdelen ist Maurer.«

»Dann muss es unser Mann sein. Was wissen wir über ihn?«

»Er ist bisher noch nicht straffällig geworden. Es gibt keinen Eintrag. Erdelen ist neunundzwanzig Jahre alt und verheiratet. Er hat drei Kinder.« Hilke Hauck hob beide Hände. »Ich hätte euch gern einen heißeren Kandidaten geliefert.«

»Tante Hilke, du bist ein Schatz.« Große Jäger deutete einen laut schmatzenden Kuss in ihre Richtung an.

»Danke«, sagte sie beim Hinausgehen, »ein gesprochenes Lob reicht mir.«

Für Cornilsen war es inzwischen selbstverständlich, Große Jäger zu begleiten.

»Bin ich dein Partner?«, fragte er auf der Fahrt Richtung Süden.

Der Oberkommissar musterte ihn vom Beifahrersitz aus. »Du siehst zu viel amerikanische Krimis«, sagte er. »Auf den Werbesendern. Interessieren die dich wirklich? Oder füllt der Ami-Mist nur die Pause zwischen zwei Werbeblöcken? Wenn ich einen Partner habe – ich betone: *wenn* –, dann ist es Christoph.«

Cornilsen machte einen betretenen Eindruck. Große Jäger stieß ihm die Faust in die Seite.

»Hosenmatz, nun schmoll nicht wie ein Kleinkind. Du bist schon okay. Glaubst du, ich würde dich sonst an meiner Seite dulden? Das mit Christoph … Das ist etwas anderes. Wir sind nicht nur Kollegen. Zwischen uns hat sich in vielen

Jahren etwas entwickelt, wir sind … Wie soll ich das sagen? Es ist … Na ja. Das begreift ein Jüngling wie du nicht. Wir sind eben wie … wie … wie Christoph und Große Jäger. Nun bekomm deshalb keine Depressionen. Wir werden uns schon zusammenraufen, wenn Christoph in Pension ist. Zunächst einmal müssen wir ihn aber …« Er brach mitten im Satz ab.

»Finden«, sagte Cornilsen tonlos. »Ist schon klar. Ich bin gespannt, welche Story uns Erdelen auftischt.«

Sie schwiegen bis hinter die Brücke über den Nord–Ostsee-Kanal.

»Bald kommen wir hier nicht mehr so easy rüber«, merkte Cornilsen an. »Wenn erst der gesamte Nord-Süd-Verkehr hier herüberrollt.«

»Alles, was sich auf vier oder mehr Rädern zwischen dem Nordkap und Sizilien bewegt, wird hier fahren, wenn die Rader Hochbrücke ganz eingefallen ist. Und den Kanaltunnel bei Rendsburg bekommen die auch nicht saniert. Man hat den Eindruck, dass die Schleswig-Holsteiner Milch und Käse machen können, aber das war es dann auch. Selbst die Straßenbauprogramme sind Käse.«

»Man könnte ja alles grün anstreichen und so den Ökofreaks ein Stück entgegenkommen«, schlug Cornilsen vor.

»Das bringt auch nichts. Hier pflastern sie die ganze Küste mit Windrädern voll. Dann kommen die Hochspannungsleitungen, um den Strom nach Süden zu transportieren, und prompt pupst ein bayerischer Provinzfürst laut und lässt die Leitung, die seine Untertanen mit Strom versorgen sollen, über das Nachbargrundstück der Schwaben leiten. Oder er lässt sie einbuddeln. Und wer bezahlt das?«

Cornilsen grinste. »Ich schlag vor, der Hesse.«

»Wieso?«

»Den haben wir heute noch nicht erwähnt.«

Heiligenstedten streckte sich idyllisch am Ufer der Stör entlang. Der Flusslauf prägte das Bild des kleinen Ortes, das neben seiner Lage noch mit der Klappbrücke und vor allem mit dem Schloss prahlen konnte.

Erdelen wohnte in einem Mehrfamilienhaus an der Hauptstraße. Direkt hinter dem Haus führte der Fluss entlang.

Große Jäger streckte sich, als sie ihr Ziel erreicht hatten.

»Moment«, bremste er Cornilsen. »Nicht so hastig.«

Seine Worte standen im Widerspruch zu der Art, wie er den Rauch der Zigarette inhalierte. Hastig. Tief.

Sie fanden den Hauseingang und klingelten. Nichts rührte sich. Auch nach mehrmaligen Versuchen wurde ihnen nicht geöffnet. Sie probierten es bei einer Nachbarwohnung. Beim dritten Klingelknopf dauerte es auch zwei Versuche, bis der Summer ertönte. Auf dem Treppenabsatz erwartete sie ein schlankes Mädchen mit langen blonden Haaren, die bis zum Po reichten. Sie trug enge Leggings und wippte mit den pinkfarben lackierten Füßen. Die übergestülpten Kopfhörer dämpften den dröhnenden Sound nur wenig. Sie unternahm nicht den Versuch, den Mund beim Kaugummikauen zu schließen.

»Moin«, sagte Große Jäger kurzatmig, nachdem er die Treppe erklommen hatte.

Das Mädchen sah ihn mit großen Augen an.

»Wir wollen zu Erdelens.«

Sie sah ihn weiter an, ohne dass sich ein Gesichtsmuskel regte.

»Erdelen. Ist da keiner zu Hause?«, formulierte der Oberkommissar die Frage um.

»Die hört nichts«, erklärte Cornilsen und deutete mit einer Geste an, sie solle die Kopfhörer abnehmen. In Zeitlupe folgte sie der Bitte.

»Sind die jungen Leute heute so blöde?«, fragte Große Jäger. »Merken die nicht von allein, dass man sich nicht verständigen kann, wenn man solche Dinger auf den Lauschern hat?«

»Wollt ihr mich zutexten?«, quetschte sie zwischen den Zähnen hervor.

»Wo finden wir jemanden von der Familie Erdelen?«

»Was weiß? Vielleicht in Hoe?«

»Sie weiß es nicht. Vermutlich in Itzehoe«, erklärte Cornilsen.

»Sprechen die alle so?«, fragte Große Jäger.

»Murat ist axten«, bequemte sich das Mädchen zu erklären.

Der Oberkommissar sah Cornilsen an und erntete nur ein ratloses Schulterzucken.

»Arbeiten«, erklärte sie und grinste den Kommissar kess an. »Schieb mal keine Paras.«

»Ich reg mich doch nicht auf«, erwiderte Cornilsen gelassen. »Ich bin völlig chillig.«

»Derbe.«

»Schluss mit dem Zirkus. Wir sind von der Polizei. Wo finden wir Herrn Erdelen?« Große Jäger war laut geworden.

»Back dir ein Eis.«

»Das heißt: Leck mich«, übersetzte Cornilsen.

Große Jäger griff zu den Handschellen, die er unter der Lederweste am hinteren Gürtel trug, und klimperte damit herum.

»Mach kein' Scheiß, Mann. Ist okay«, konnte sie plötzlich normal sprechen. »Keine Ahnung. Ich habe Murat schon lange nicht mehr gesehen. Wo Duygu mit den Kindern steckt – auch keine Ahnung. Ich krieg das nicht mit. Wenn ich nicht in der Schule bin, muss ich Schularbeiten machen. Oder anderen Scheiß.« Sie verdrehte die Augen Richtung Himmel. »Da läuft alles an mir vorbei.«

»Hast du die Dinger auf, wenn du Schularbeiten machst?«, wollte Große Jäger wissen.

»Logo.«

»Dann wundert mich gar nichts mehr. Ich bin dabei«, sagte er zum Abschied.

»Hä? Wobei?«, rief sie den beiden Polizisten hinterher, als die gingen.

»Wenn du bei deiner Intelligenz in Stockholm den Nobelpreis entgegennimmst.«

»Woher kennst du diese Sprache?«, wollte Große Jäger wissen, als sie wieder auf der Straße standen.

»Von Oma«, antwortete Cornilsen und grinste breit. »Nein, nicht wirklich«, ergänzte er nach einer Kunstpause.

»Es ist schon reichlich spät«, stellte Große Jäger fest. »Trotzdem möchte ich keine Zeit verlieren. Wir fahren jetzt nach

Lübeck und besuchen Rüdiger Hartkopf, den Sicherheitschef der ›Nord Secure‹.«

»Und wenn wir ihn nicht antreffen?«

»Was bist du von Beruf? Ich meine, was willst du werden, wenn du groß bist?« Der Oberkommissar legte den Kopf in den Nacken und sah zu Cornilsen hinauf.

»Polizist.«

»Schön. Und was machen Polizisten, wenn sie nach jemandem Ausschau halten?«

»Sie suchen ihn.«

»Siehste.«

»Na denn dann.«

Sie fuhren eine Weile schweigend durch das Land. Es hatte zu regnen begonnen. Das wirkte sich auf die Fahrweise der anderen Verkehrsteilnehmer aus. Große Jäger begann unbotmäßig zu fluchen.

»Wenn wir immer so lange unterwegs sind, kommen wir zu spät. Dann ist jede Straftat einschließlich Mord verjährt.«

»Mord? Das verjährt doch nicht?«, fragte Cornilsen unsicher zurück.

Große Jäger kratzte sich über die Bartstoppeln. »Das hat man davon. Als wir losfuhren, war ich glatt rasiert.«

Cornilsen lachte laut auf. »Ich habe dich noch nie rasiert gesehen.«

»Du musst noch an deiner Beobachtungsgabe feilen. Siehst du deine Freundin auch nie an?« Er wartete eine Weile. Dann stieß er den Kommissar an. »Eh. Ich habe dich etwas gefragt.«

Cornilsen tat, als würde er sich auf den Verkehr konzentrieren.

»Magst du nicht über deine Freundin sprechen?«

»Ich überlege.«

Der Oberkommissar ließ ihm einen Kilometer Zeit. »Bist du immer so langsam im Denken?«

»Das nicht«, griente Cornilsen. »Ich lasse gerade einen Scan über meine Festplatte laufen und überlege, welche Freundin du gemeint haben könntest.«

»Ist das so lange her, dass die Speicherung schon verblichen ist?«

»Nö«, sagte Cornilsen lachend. »Ich habe, diesen Punkt betreffend, einen Massenspeicher anlegen müssen. Da dauert der Zugriff etwas länger.«

»Denken Niebüller mechanisch-manuell?«

Cornilsen hob die Hand. »Es ist einfach die Menge. Ich weiß nicht, von welcher meiner zahlreichen Freundinnen ich erzählen soll.«

»Sind das so viele?«

»Niebüll hat zehntausend Einwohner, davon die Hälfte weiblich. Da kommt ganz schön was zusammen.«

»Wenn du die Kinder, die Älteren, die Verheirateten und die Lesben streichst, reduziert sich das Angebot.«

»Trotzdem. Darum würde ich auch nie Selbstmordattentäter werden.«

»Was hat das damit zu tun?«

»Na ja. Zweiundsiebzig Jungfrauen sind ja nicht schlecht. Aber was mache ich nach einer Woche?«

»Nicht nur das«, stimmte Große Jäger in den flapsigen Ton ein. »Wer weiß, was dir bei der Explosion alles abgerissen wird. Das ist die richtige Einstimmung für unseren Besuch bei Hartkopf.«

Große Jäger zog sein Handy hervor. Er tippte mühsam eine Nummer ein, fluchte, weil er mit seinen breiten und ungeschickten Fingern Probleme hatte, die richtigen Ziffern zu treffen, und knurrte schließlich zufrieden. Das dauerte nur Sekunden. Dann sagte er: »So ein Mist.«

»Verwählt?«

»Nein. Da war sofort die Mobilbox dran.«

»Hartkopf?«

»Nein. Erdelen.«

»Nun ist er gewarnt«, stellte Cornilsen fest.

»Er wird nur mitbekommen, dass ihn ein Anonymus versucht hat anzurufen.«

»Toll.« Cornilsen warf Große Jäger einen spöttischen Seitenblick zu. »So was kannst du schon?«

Große Jäger wartete fünf Minuten. Dann begann er, in seinen Taschen zu kramen.

»Ist was nicht in Ordnung?«, erkundigte sich Cornilsen.

»Doch. Alles bestens.«

Die Suchaktionen des Oberkommissars wurden immer hektischer.

»Das kann doch nicht sein«, schimpfte er.

Cornilsen begann lauthals zu lachen.

»Das ist nicht lustig.«

Der junge Kommissar nahm die rechte Hand vom Steuer, griff Große Jäger an den Nacken und zog dessen Handy hervor. »Hattest du vergessen, wo du es abgelegt hast?«

»Verarschen kann ich mich allein.«

»Möglich. Aber zum Zaubern brauchst du einen Experten.«

»Willst du damit sagen, dass du ein paar Kunststücke beherrschst?«

»Der Innenminister ist mit seiner Vergütung für junge Polizisten so sparsam, dass man sich etwas dazuverdienen muss. Der eine kellnert, der andere dealt. Ich trete als Zauberkünstler auf.«

»Die Welt ist verrückt«, stellte Große Jäger fest. Dann versuchte er ein weiteres Telefonat. Er lauschte einen Moment, bevor er zufrieden auflegte. »Das war Hartkopf. Der ist *on tour*. Ich konnte es an den Hintergrundgeräuschen erkennen. Dann müssen wir es gar nicht erst in der Percevalstraße versuchen.«

»Und woher willst du wissen, in welchem Etablissement er steckt?«

»Moment«, sagte Große Jäger. Es dauerte einen Moment, bis er die gesuchte Nummer gefunden hatte. »Moin, Ewald. Bist du noch hinter den Röcken hinterher? Ich meine, hinter den illegalen?«

Die Antwort schien zufriedenstellend auszufallen. »Ich suche ein Bordell, in ...« Große Jäger unterbrach seine Ausführungen kurz. »Gut, ich weiß. Im lebenslustigen Lübeck gibt es deren viele. Und nein! Ich will keine Hormonkur absolvieren. Wir sind auf der Suche nach einem, äh ... sagen wir, Zeugen. Er ist nicht zu Hause. Wir wissen von ihm, dass er sich mit Vorliebe in Bordellen aufhält. Nenne mir ein paar Adressen, wo jemand hingeht, der keine Millionenerbschaft gemacht hat.«

Große Jäger hörte aufmerksam zu. »Gut, ich danke dir. Wir sollten mal wieder etwas zusammen unternehmen. Es muss nicht unbedingt ein Streifzug durch dein Revier sein.«

Nachdem er das Gespräch beendet hatte, erklärte er: »Ewald ist ein Spezi von mir. Lübecker Urgestein. Der ist Experte für das örtliche Milieu. Wir haben einen Glückstreffer gelandet.«

Cornilsen zeigte sich skeptisch. »An solche Zufälle glaube ich nicht. Wohin?«

»Düstere Querstraße.«

»Schön. Und wie heißt die?«

Große Jäger wiederholte es. »Das ist ein Straßenname in der Altstadt. Dort in der Nähe soll es sein.«

Sie mussten eine Weile suchen, bis sie einen Parkplatz fanden.

»Wenn alle Freier so weit laufen müssen«, maulte der Oberkommissar, »ist jede Lust vergangen.«

Wie viele Rotlichtetablissements in Lübeck war auch dieses kaum von außen als solches zu erkennen. Sie betätigten die Klingel. Große Jäger wies Cornilsen darauf hin, dass sie durch eine diskret angebrachte Kamera begutachtet wurden. Dann öffnete sich die schwere Holztür. Eine Frau mit üppiger Figur öffnete ihnen. Die weiblichen Attribute waren mit Sicherheit das Werk eines Schönheitschirurgen, überlegte Große Jäger. Die roten Haare waren auch unecht. Lediglich die tiefe Stimme schien original zu sein. Fast männlich. Ob die Frau eventuell …?

»Hallo, ihr beiden. Sucht ihr etwas Feines?«

Cornilsen nickte.

Die Frau trat zur Seite. Sie bewegte sich unsicher auf ihren High Heels.

»Ihr wisst, dass wir keine Eckkneipe sind?«, fragte sie.

Erneut nickte Cornilsen und folgte ihr in eine abgedunkelte Bar. Eine Minibühne bot Platz für eine Tabledance-Show. Die Frau verschwand hinter einem Tresen.

»Wollt ihr erst mal was trinken?«, fragte sie. Sie sprach unverkennbar mit österreichischem Akzent.

»Was gibt es?«, wollte Große Jäger wissen.

»Richtige Männer trinken Champagner. Wir haben ein exquisites Angebot, direkt aus Frankreich. Mit dem passenden Mädchen dazu.«

»Das stillt aber nicht den Durst.«

Ein verächtlicher Blick streifte den Oberkommissar. »Whisky?«

Große Jäger schüttelte den Kopf.

Die Frau zeigte deutlich ihre Enttäuschung. »Seid ihr auf Montage in Lübeck? Wenig Spesen und große Lust?«, wollte sie wissen.

»Ganz wenig Spesen«, bestätigte der Oberkommissar. »Aber große Lust. Besonders darauf, mit Rüdiger zu sprechen.«

Die Frau holte tief Luft. »Dacht ich's mir. Ihr seid Kieberer.« Sie lachte schrill. »Woher soll ich wissen, wie er heißt?«

Große Jäger sah sich um. An einem der Tische saß ein Mann mit Halbglatze. Er hatte seine Krawatte gelockert und redete auf eine sehr schlanke Blondine ein. Die hohen Wangenknochen ließen vermuten, dass sie Slawin war.

»Der Laden macht einen halbwegs soliden Eindruck. Es sieht nicht so aus, als würden hier süchtige Junkies verkehren.«

»Wollts mir was anhängen?«

Der Oberkommissar beugte sich über den Tresen. Die Frau war Profi und zuckte nicht zurück, als er direkten Einblick in ihr Dekolleté nahm.

»Bellevue«, sagte er.

Sie lächelte. »Fachmann?«

»Mann«, erwiderte er. »Wir wollen keinen Stress machen. Wir suchen Rüdiger. Zu Hause ist er nicht.«

»Wer soll des sein?«

»War ein Tipp von Ewald.«

»Vom schönen Ewald? Seids Kollegen?«

Große Jäger nickte.

»Wollts was trinken?«

»Nein. Wir möchten mit Rüdiger sprechen. Nur reden. Ohne Stress.«

»Und wenn er nicht hier ist?«

»Dann legen wir unsere Dienstausweise auf den Tresen und warten, bis er kommt.«

»Is scho recht«, sagte sie. »Wartets halt a bisserl. A Bier?«

Der Oberkommissar winkte ab. »Nein, danke. Nur Rüdiger.«

Die Frau entfernte sich.

»Jetzt staune ich«, sagte Cornilsen mit offenem Mund. »Woher wusstest du, dass Hartkopf hier ist?«

Große Jäger grinste. »Ehrlich?« Dann strich er sich mit beiden Händen über den Schmerbauch. »Hier wurzelt das Gefühl. Das allein reicht nicht. Dazu gehört auch Erfahrung. Viele Jahre Husumer Neustadt schärfen den Verstand.«

»Oh nee nä«, kommentierte Cornilsen.

Es dauerte eine Viertelstunde, bis Hartkopf auftauchte. Er machte einen irritierten Eindruck, als er die Polizisten erkannte.

»Sie staunen?«, fragte Große Jäger. »Dürfen Sie. Zum Beispiel in Ihrer Eigenschaft als Steuerzahler. Sie sehen, dass Ihr Obolus gut angelegt ist. Die Polizei arbeitet effizient.«

»Wer hat gesagt, dass ich heute Abend hier ... Also rein zufällig ... Ich bin sonst nie ...«, stammelte der Sicherheitschef.

»Ihre privaten Vergnügungen nach Feierabend interessieren uns nicht. Ist das hier Ihr Laden?«

»Natürlich nicht.«

»Aber Sie haben Anteile?«

»Nein.«

»Haben Sie eine Monatsflatrate?«

»Hören Sie. Ich verstehe nicht ...«

»Sagen Sie uns einfach, wie Sie dieses Hobby finanzieren. Wir könnten uns einen richterlichen Beschluss besorgen und damit zu Ihrem Chef Rüschenbeck gehen. Der zeigt uns Ihre Gehaltsabrechnungen. Und dann bitten wir Sie, uns zu erklären, wie Sie diesen Spaß finanzieren.«

»Zur ›Nord Secure‹? Das geht nicht. Ich trenne strikt zwischen Beruf und Privatleben.«

»Wenn Sie eine plausible Antwort auf meine Frage haben, kann das auch so bleiben.«

»Das ist meine Sache«, schaltete Hartkopf auf stur.

»Bei Mord gibt es keine Privatsphäre. Da müssen manche Leute aus dem Umfeld die Hosen fallen lassen.« Der Oberkommissar war sich der Worte bewusst, die er an einem Ort wie diesem wählte. Hartkopf schien es nicht mitbekommen zu haben.

»Ich verdiene gut. Schließlich habe ich eine verantwortungsvolle Aufgabe.«

Große Jäger ließ seine Hand kreisen. »Wie oft sind Sie hier? Täglich?«

Hartkopf blies die Wangen auf. »Lächerlich.«

»Gut. Zweimal die Woche. Was kostet so ein Abend? Hinzu kommen die Getränke. Es reicht das kleine Einmaleins, um sich auszurechnen, wie Sie mit dem Geld auskommen. Es passt nicht.« Das war eine reine Vermutung.

Hartkopf presste die Lippen zu einem schmalen Schlitz zusammen. Er mahlte mit dem Unterkiefer.

»Was hat das mit dem Überfall zu tun?«, wollte er wissen.

»Die Täter haben einen Tipp bekommen. Irgendjemand hat ihnen verraten, wie viel Geld angeliefert wurde. Und dass die Zweigstelle der Uthlande-Sparkasse auf Nordstrand eine einfache Beute ist. Wenn wir eine Reihe von Teilchen zusammenfügen, kommt eine Spur bei Ihnen an.«

Hartkopf klopfte sich gegen die Brust. »Sie behaupten, ich sei eine Spur?«

»So nennen wir es«, bestätigte Große Jäger.

»Mein Job ist es, gerade solche Taten zu verhindern. Ich verbünde mich doch nicht mit Kriminellen.«

»Dann helfen Sie uns, das zu beweisen.«

»Aber wie denn?« Hartkopf nagte an der Unterlippe.

»Wie finanzieren Sie diese Art von Vergnügungen?«

Der Sicherheitschef legte beide Hände auf den Tresen und besah sich seine manikürten Finger.

»Das ist meine Sache.«

»Irrtum. Sagen Sie es uns. Dann sind wir zufrieden.«

»Nein, nein und nochmals nein«, sagte er hektisch. »Das geht Sie nichts an.«

Große Jäger rückte ganz dicht an Hartkopf heran, sodass sich die Nasenspitzen fast berührten.

»Wir haben Sie im Auge. Immer und stetig«, versicherte er. »Wenn Sie von jetzt an mit einer Frau zusammen sind, ist es immer ein Dreier. Die Polizei ist dabei. Ständig. Falls Sie doch sprechen möchten, rufen Sie uns an. Ach ja. Der Jurist nennt so ein Gespräch Geständnis.«

Hartkopf war kreidebleich geworden. Er zitterte am ganzen Leib und brachte auch keine Erwiderung auf Große Jägers »Bis bald« hervor.

»Toll«, schwärmte Cornilsen auf der Rückfahrt. »Wie du es schaffst, Leute einzuschüchtern.«

»Das macht mir keinen Spaß. Es wäre mit sympathischer, wenn man vernünftig miteinander reden könnte. Warum versteht jemand wie Hartkopf nicht, dass er sich selbst entlastet, wenn er uns eine nachvollziehbare Erklärung gibt?«

»Vielleicht gibt es die nicht«, riet Cornilsen. »Hartkopf macht nicht den Eindruck eines kaltblütigen Profiverbrechers. Wenn er mit unangenehmen Fragen bedrängt wird, fehlt ihm die Spontanität, mit Lügen zu antworten. Ich glaube, dieser Stich ins Wespennest war ein Treffer.«

»Hoffentlich«, knurrte Große Jäger und stierte die weite Fahrt zurück nach Husum durch die Windschutzscheibe. Mittlerweile goss es in Strömen.

Fünfzehn

Deutlich war der Regen zu hören, der gegen das Holzbrett vor dem Fenster trommelte. Zu allem Übel kam jetzt auch noch die Feuchtigkeit, die den kleinen Raum erfüllte. Alles begann, muffig-feucht zu riechen. Sie waren jetzt knapp eineinhalb Tage eingesperrt. Wie mochte es Menschen ergehen, die einem solchen Los über lange Zeit ausgesetzt waren?, überlegte Christoph.

Im Mittelalter war Kerkerhaft eine nicht ungewöhnliche Methode der Bestrafung gewesen. Man hörte auch von unhaltbaren Zuständen in Gefängnissen in der Dritten Welt. Das war alles irreal weit entfernt, wenn man nicht selbst betroffen war. Ob man die dortigen Gefangenen auch mit ihren Exkrementen einsperrte?

Immer wieder versuchte Christoph eine Antwort darauf zu finden, weshalb man Dorle Hansen und ihn so behandelte. Weder die Frau noch er hatten die Täter provoziert. Sie waren nicht aggressiv aufgetreten und hatten keinen Fluchtversuch unternommen. Er konnte sich nicht erklären, aus welchem Grund man sie nicht mit Essen und Trinken versorgte. Sorgenvoll warf er einen Blick auf seine Leidensgenossin. Seit Stunden kauerte Dorle Hansen in einer Ecke. Sie rührte sich nicht. Sie sprach nicht. Sie weinte nicht. Ein gelegentliches Beben war das einzige Lebenszeichen.

»Frau Hansen?«

Sie hob nicht einmal den Kopf.

»Dorle? Alles in Ordnung? Wie geht es Ihnen?«

Sie reagierte mit einem kurzen Schluchzen. Er musste sie bei Laune halten. Das war wichtig für die Psyche. Aber worüber sollte er mit ihr sprechen?

Sie hatte von ihrer Familie erzählt, von den Kindern, den ganz natürlichen häuslichen Sorgen und sogar den finanziellen Engpässen. Zu gern hätte er zu diesem Punkt noch ein paar ergänzende Fragen gestellt, um eventuell zu erfahren, ob das ein Motiv hätte sein können, von der Geldanlieferung zu erzählen. Falls das zutraf, war mit Sicherheit kein Mitglied der Familie Hansen hochkriminell. Höchstens naiv.

»Falls!«, sagte er sich und schrak auf, weil er laut gesprochen hatte. Er glaubte, die Sparkassenangestellte habe kurz den Kopf bewegt. Oder litt er auch schon unter Halluzinationen? Er hörte Stimmen von jenseits der Tür, ohne den Inhalt des Gesagten zu verstehen. Aus der Stimmlage war zu entnehmen, dass es sich um eine Meinungsverschiedenheit handelte.

In den langen Stunden in der Kammer war kaum etwas aus der benachbarten Küche zu ihnen durchgedrungen. Wovon mochten sich die Leute im Haus ernähren? Dazu mussten sie die Küche nutzen. Man hätte vermuten können, dass zumindest ein gelegentliches Rumoren zu vernehmen gewesen wäre. Auch der Streit, der jetzt lautstark wurde und bis zum gegenseitigen Anschreien eskalierte, fand an einer anderen Stelle im Haus statt.

Christoph glaubte, die Stimmen der beiden Kidnapper zu erkennen. Was hatte es zu bedeuten, wenn die Stress miteinander hatten? Für ihre eigene Lage war das kein gutes Zeichen.

Einen Dialog konnte man es nicht nennen, da sich die beiden gegenseitig ins Wort fielen. Plötzlich zuckte Christoph zusammen. Ein einzelner Schuss dröhnte durch das Haus. Dann trat abrupt Stille ein. Totenstille.

Dorle Hansen war aus ihrer Lethargie hochgeschreckt. Sie sah Christoph mit angstgeweiteten Augen an. Er spürte, dass sie kaum zu atmen wagte.

»Was war das?«, flüsterte sie nach einer Weile.

»Ich weiß es nicht«, log Christoph. Doch sie nahm es ihm nicht ab.

»Hat jemand geschossen?«

Er wollte Dorle Hansen nicht verunsichern. Andererseits durfte er sie nicht belügen. Es war wichtig, ihr Vertrauen zu erhalten, soweit er es überhaupt genoss.

»Denen ist langweilig«, versuchte er zu erklären. »Sie haben schon mit der Waffe gespielt, als ich allein in der Küche war.« Und mir dabei die Waffe so dicht ans Ohr gehalten, dass ich immer noch taub bin. Hoffentlich entsteht dadurch kein bleibender Schaden, sorgte er sich, hütete sich aber, es auszusprechen.

»Die sind doch verrückt. Das ist nicht normal. Was machen wir, wenn die uns in ihre Spielchen einbeziehen?«

»Sie können unbesorgt sein. Von uns wollen die nichts. Natürlich ist die Lage angespannt. Auch bei den Entführern.«

»Wann reagieren Ihre Kollegen? Es wäre doch das Einfachste, die Blockade der Insel aufzugeben. Dann könnten die Täter abziehen. Unsere Gesundheit oder gar ein Menschenleben ist doch viel wertvoller als ein paar lumpige Euros.«

Es wurde schon für einen wesentlich geringeren Betrag gemordet, dachte Christoph.

»Wir beide wissen nicht, wie die Kommunikation zwischen den Tätern und der Polizei abläuft. Es klingt eigentümlich, aber ich werte es als gutes Zeichen, wenn die nicht miteinander sprechen. Das bedeutet, man weiß noch nicht, wo sich die Entführer aufhalten.«

Die Frau lachte bitter auf. »Was ist daran gut? Das zeugt doch nur von der Unfähigkeit der Polizei.«

»Nein. Wenn die Identität der Entführer nicht bekannt ist, müssen wir nichts befürchten. Sie haben sich uns gegenüber nicht zu erkennen gegeben. Außerdem scheinen die Männer nichts Überhastetes zu unternehmen. Wenn sie ihr Handy benutzen würden, könnte man uns orten. Das Festnetztelefon ist ohnehin tabu. Sie haben als Kommunikationsmittel den Brief gewählt, den ich schreiben musste.«

»Und der alten Frau einen Finger abgetrennt.«

»Keinen ganzen Finger, nur ein Fingerglied«, versuchte Christoph zu relativieren.

»Das ist gefühlskalt, was Sie von sich geben. Ist es besser, wenn man nur zum Teil an der Hand verstümmelt wird?«

»So war das nicht gemeint. Ich möchte Ihnen nur aufzeigen, dass unsere Entführer nicht planlos oder gar panisch agieren. Auch wenn es uns schwerfällt und jede Stunde in diesem Loch eine Qual ist, so spielt die Zeit für uns.«

Dorle Hansen antwortete nicht. Ganz überzeugt hatte er sie nicht.

»Wie mag es der alten Frau gehen?«, fragte sie besorgt. »Die Wunde muss ärztlich versorgt werden. Das kann sich entzünden. Und dann wären die Folgen fatal.«

Christoph stimmte ihr zu.

»Also muss doch bald etwas geschehen. Die Polizei muss das doch auch wissen. Oder überblicken die so etwas nicht?«

»Ganz bestimmt bedenkt man solche Dinge. Da sitzen viele kluge und erfahrene Köpfe zusammen.«

Dorle Hansen warf ihm einen skeptischen Blick zu. »Hoffentlich.«

Christoph lauschte angestrengt ins Haus. Seit dem Schuss war nichts mehr zu hören gewesen. Was war geschehen? Und welche Konsequenzen würde es für sie beide haben?

Christoph hatte aufgehört, ständig auf die Uhr zu sehen. Das untätige Sitzen, Warten, Lauschen, ob sich irgendetwas rührte – das war nervenaufreibend. Es gab nichts, um die Zeit totzuschlagen. Er durfte niemandem erzählen, dass er begann, die Einmachgläser zu zählen. Selbst die Beobachtung eines Insekts, das sich in ihr Verlies verirrt hatte, bot eine zeitweilige Abwechslung. So verstrichen die Minuten, wuchsen zu Stunden heran.

Erschreckt fuhr er in die Höhe, als er Geräusche aus der Küche vernahm. Auch Dorle Hansen hatte es gehört und den Kopf vorgestreckt. Türen wurden geöffnet, Geschirr klapperte. Dann suchte irgendjemand etwas in einer Besteckschublade. Die banalen Geräusche wirkten fast euphorisierend.

Dann verstummten sie wieder. Nichts. Es begann erneut eine Zeit des Wartens. Inzwischen war die Dunkelheit hereingebrochen. Durch das zugenagelte Fenster drang kein Lichtschimmer. Lediglich die Türritze bot einen kaum wahrnehmbaren matten hellen Streifen.

Christoph hatte sich daran gewöhnt, dass er öfter vor sich hindämmerte. Einen erholsamen Schlaf fand er nicht. Manchmal schreckte er aus dem Halbschlaf wieder hoch, hatte Mühe, sich zu erinnern, wo er war, und einen klaren Gedanken zu fassen.

Er musste erneut eingenickt sein, als ein lautes Geräusch ihn hochriss. In der tiefen Stille, die sie umgab, wirkten das Drehen des Schlüssels und das Knarren der Tür wie ohrenbetäubender Lärm. Er kniff die Augen zusammen, als ihn die Glühbirne der Küche blendete. Dann erschien eine Gestalt im Türrahmen. Zunächst war nur der Umriss zu erkennen. Es dauerte eine Weile, bis er sich an die geänderten Lichtverhältnisse gewöhnt hatte. Schließlich erkannte er den Türken.

»Alles klar?«, fragte der Entführer mit seiner etwas hart klingenden Aussprache.

»Kommen wir hier raus?«, fiel ihm Dorle Hansen ins Wort.

»Bleib ruhig, Mann. Wir haben alles im Griff. Wenn die Scheißbullen endlich abziehen, könnt ihr wieder raus.«

»Woher wissen Sie, ob die Polizei die Sperre noch aufrechterhält?«

»Wir wissen das.«

»Kommt das in den Nachrichten?«, fragte Christoph.

»Eh, Mann. Frag nicht so viel. Hältst du uns für blöd?«

»Wir haben ein Anrecht, zu wissen, was weiter geschieht.« Dorle Hansen wollte sich nicht mit Allgemeinplätzen abspeisen lassen.

»Sei ruhig, Mann.«

»Ich bin kein Mann«, protestierte sie. »Und wie Sie hier eine Frau behandeln, ist würdelos.«

»Scheißwürde. Sei einfach cool. Keiner will was von dir. Wir wollen nur weg. Das ist alles.«

»Das ist doch dunkel draußen. Steigen Sie ins Auto und fahren Sie.«

Der Türke sah Christoph an. »Sag mal, tickt die Alte nicht mehr richtig? Erklär ihr, was wir wollen.«

»Dorle«, begann Christoph. Der Türke unterbrach ihn mit einem lauten Gelächter.

»Sieh da, ihr seid euch schon nahegekommen. Na, was soll man sonst machen in diesem Loch. Würd ich auch tun. Mann, hast du's gut. Alter, nutz die Zeit, mit so 'ner scharfen Braut allein zu sein. Die Chance kriegst du nicht wieder.«

»Sie stellen falsche Vermutungen an«, sagte Christoph.

»Wir möchten nur hier raus. Wir haben Ihnen nichts getan. Verschaffen Sie uns menschenwürdigere Bedingungen.«

Der Türke lachte erneut. Es klang wie das Wiehern eines Pferdes. »Hast du den Schuss nicht gehört, Alter?«

Christoph kannte die Redensart, während Dorle Hansen dazwischenfuhr.

»Den von vorhin? Was war das? Ist jemand verletzt worden?«

»Sei ruhig. Kümmere dich nicht um ungelegte Eier«, erwiderte der Türke. Dann sah er wieder Christoph an. »Du hast Humor. Wie wär es mit einem frisch bezogenen Daunenbett? Ein Fünfgangmenü mit Servietten und so? Und Rotwein? Wie heißt das geile Zeug? Ich kenn mich da nicht aus. Ich sauf so was nicht. Ist was für die Christen und anderes Pack. Die saufen das Zeug sogar in der Kirche.« Er schubste Christoph leicht mit dem Fuß an. »Wie nennt ihr das Besäufnis? Messwein? Bin noch nie da gewesen, wenn ihr die Flasche kreisen lasst.«

»Die Verhältnisse hier sind unwürdig.« Christoph ging nicht auf die Religionsspöttelei ein. »Der Abort …«

»Der was?«

»Der Eimer mit den menschlichen Ausscheidungen …«

Erneut lachte der Türke. »Ach, du meinst eure Scheiße. Stinkt widerlich.«

»Der müsste entleert werden. Außerdem benötigen wir ein wenig Seife, Wasser, ein Handtuch. Toilettenpapier. Und etwas zu essen und zu trinken.«

Der Türke deutete eine Verbeugung an. »Sehr wohl, der Herr. Zülfü nimmt sofort die Bestellung auf.« Er erstarrte mitten in der Bewegung. »Scheiße«, fluchte er.

Dann verschwand seine Hand hinter dem Türrahmen. Als sie wieder auftauchte, hielt er eine angefangene Tüte mit Cornflakes in der Hand. Er warf sie achtlos in Christophs Richtung. Es folgten zwei Becher mit Naturjoghurt, ein aufgerissenes Paket mit Käse in Scheiben und drei angetrocknete Schnitten Feinbrot.

»Euer Festmahl. Mehr ist nicht drin. Teilt es euch gut ein. Das muss für die nächsten Wochen reichen.«

»Für die …?« Dorle Hansen schien die Aussage wörtlich

genommen zu haben. Sie hatte sich während des Dialogs hingestellt und wankte ein wenig.

»Keine Sorge. Du musst hier nicht bis zur Rente warten. Beim Opa da unten«, dabei zeigte er auf Christoph, »ist das was anderes.«

»Wie geht es der alten Frau? Die muss zum Arzt. Die Wunde muss versorgt werden, bevor sie sich entzündet. Eine Blutvergiftung wäre tödlich.« Dorle Hansen hatte sich ereifert.

»Mach dir keine Sorgen. Du bist bei der Sparkasse und nicht beim Roten Kreuz.« Durch die enge Maske war zu sehen, wie er grinste. »Wünsche euch noch einen schönen Abend. Und«, dabei schwenkte er den Zeigefinger in Christophs Richtung, »treib's nicht zu doll. Sonst kriegst du noch Stress mit dem Macker von der Alten. Sag hinterher nicht, dass wir daran schuld wären.«

Dann schloss er wieder die Tür. Die Dunkelheit umhüllte sie erneut.

Christoph tastete den Betonfußboden ab. Er fand die auf den Boden geworfenen Brotscheiben.

»Es ist nicht hygienisch, aber wir haben keine Alternative. Wer weiß, wann wir wieder etwas zu essen bekommen.«

Von den drei Scheiben reichte er zwei an Dorle Hansen weiter. Sie nahm es kommentarlos entgegen. Dann suchte Christoph den Käse. Der war leicht angetrocknet. Jemand musste davon gegessen haben, ohne die Packung wieder ordnungsgemäß zu verschließen. Er entnahm eine Scheibe und gab den Rest an die Frau weiter.

Unter anderen Umständen hätte er ein solches Essen verschmäht. Nach dem Brot tranken sie den Joghurt. Es erwies sich als schwierig, das Produkt ohne Löffel aus dem Becher zu schlürfen. Christoph empfand es als unangenehm, dass etwas von der klebrigen, zähen Flüssigkeit am Mundwinkel vorbeilief und irgendwo auf der Kleidung landete. Nach einer kurzen Pause nahm Christoph eine Handvoll Cornflakes aus der Tüte und überließ Dorle Hansen den weiteren Inhalt. Gern hätte er seinen Hunger gestillt, er unterdrückte aber jedes Verlangen. Die Frau litt genauso wie er. Ihm erschien es vordringlich, sie ruhigzustellen und nicht auch noch durch aufkommenden Hunger zusätzlich zu belasten.

»Ich habe Durst«, sagte sie schließlich.

Christoph suchte nach der Wasserkiste. Mit der Spitze des Zeigefingers tastete er die Flaschenhälse ab. Um sie besser in der Dunkelheit erkennen zu können, hatte er bei den leeren Flaschen den Schraubverschluss nicht wieder aufgesetzt. Das Ergebnis war ernüchternd. Sie hatten nichts mehr zum Trinken.

»Haben Sie das Wasser gefunden?«, fragte Dorle Hansen.

»Ich fürchte, die Vorräte sind alle.«

»Das kann nicht sein.« Es klang wie ein Vorwurf. »Wir müssen doch etwas trinken. Sollen wir hier verdursten?«

»Die Leute werden nach uns sehen. Dann bekommen wir Nachschub.«

»Mein Gott. Sie wissen selbst, wie lange man uns hier hat warten lassen, ohne dass sich jemand sehen ließ.«

»Eventuell müssen wir eine Stunde warten«, sagte er vorsichtig.

»Eine Stunde? Die lassen uns hier bis morgen dursten. Das kann doch nicht wahr sein. Sagen Sie mir, dass ich das alles nur träume.«

Er schwieg. Was hätte er ihr antworten sollen?

Was hatte der Türke gemeint, als er »Zülfü« sagte? Der Mann hatte sofort reagiert, aber falsch. Er hatte eingestanden, dass er sich verplappert hatte. Was bedeutete Zülfü? War es ein Begriff? Oder ein Name. Zülfü – Christoph hatte dieses Wort noch nie gehört.

Frau Dr. Braun aus Kiel hätte ihm weiterhelfen können. Die Leiterin der wissenschaftlichen Kriminaltechnik war immer ein Ansprechpartner für Fragen aller Art. Für die Suche nach »Zülfü« hätte Christoph allerdings nicht in Kiel angerufen. Frau Dr. Braun zeigte sich oft gestresst. Ihre hervorstechendste Eigenschaft schien das ständige Klagen über eine zu hohe Arbeitsbelastung zu sein.

In vielen Jahren hatte Christoph seine eigene Strategie entwickelt, der Kielerin zu schmeicheln. Dabei war es nicht gelogen, dass die Mitarbeiter ihrer Abteilung und sie selbst einer immer weiter greifenden Arbeitsverdichtung ausgesetzt waren. Trotz der enormen Belastung war eine moderne Verbrechensbekämpfung ohne Unterstützung der Techniker und Wissenschaftler nicht mehr denkbar.

Christophs Gedanken schweiften kurz ab. Der Umweg zauberte ein Lächeln auf sein Gesicht. Wenn er jetzt Dr. Braun anrufen und um Hilfe bitten würde, erhielte er als Antwort: »Gern, Herr Johannes. Aber diese Woche können wir Sie da nicht mehr rausholen. Wir haben Urlaubszeit, eine Grippewelle, und die noch im Amt tätigen Kollegen sind jenseits der Belastungsgrenze. Auch wenn Sie Ihren Fall als wichtig schildern, es geht leider nicht.«

Auf welch abwegige Gedanken der Aufenthalt in diesem stinkenden, dunklen Verlies führt, überlegte er. Was würde Klaus Jürgensen sagen, wenn er jetzt seinen Kopf zur Tür hereinstecken würde? Zunächst würde der fast kahlköpfige Hauptkommissar kräftig niesen. Dann würde er sich beklagen, dass die Leute an der Westküste – und nur dort – sich lieber in eine verschwiegene Ecke zurückzögen, als anständig zu arbeiten. Und überhaupt.

»Nur ein Nordfriese hält es in diesem Schmutz und Gestank aus«, würde er behaupten.

»Nicht freiwillig, Klaus«, erhielte er dann als Antwort von Große Jäger. »Was können rechtschaffene Nordfriesen dafür, wenn Flensburger sie kidnappen. *Rüm Hart – klaar Kimming.* So sagen die Leute an der Westküste. Weites Herz – klarer Horizont.«

Nichts davon war heute hier zu spüren. Das Herz war wie zusammengeschnürt, und der Horizont reichte von der nackten Wand bis zum Regal mit den Einmachgläsern.

Dennoch war Christoph dankbar, dass er sich durch die Gedanken an Kollegen und Freunde ein wenig ablenken konnte.

Sechzehn

Große Jäger hatte die Nacht in seiner Wohnung in Sichtweite des Bahnhofs und des Polizeigebäudes zugebracht. Die Rückseite des Wohnhauses fiel allen Passanten, die den Fußweg vom Bahnhof in die Stadt nutzten, durch das kräftige Ochsenblutrot auf.

»Auch wenn du es bestreitest«, hatte Christoph unterstellt, »eine solche Farbe, die das Auge schmerzt, kannst nur du dir ausgedacht haben.«

Beamte der Polizei, die nicht zur Straße hinaus saßen, konnten direkt auf die grelle Rückfront sehen. Der Vorteil der Wohnung war, dass es nur wenige Gehminuten bis zur Dienststelle waren.

Auch an diesem Morgen war die Entführung das beherrschende Thema, als er in der Poggenburgstraße eintraf.

Der Oberkommissar war erstaunt, als er Cornilsen schon im Büro antraf. Der Raum war von einem verführerischen Kaffeeduft erfüllt. Vor dem Kommissar, der sonst auf Cola abonniert war, stand ein gefüllter Becher.

»Ich habe bei deinem Kaffeepulver eine Anleihe aufgenommen. Das Gefäß habe ich mir …«

»Das ist Hilkes Drittbecher«, unterbrach ihn Große Jäger. »Der ist seit Jahrzehnten im Einsatz. Die abgesprungenen Stellen neben dem Henkel – das war ich.«

»Das war uncharmant«, meldete sich Hilke Hauck hinter seinem Rücken. »Von wegen seit Jahrzehnten im Einsatz. Das würde bedeuten, ich wäre schon unendlich lange bei der Polizei. Ich bin doch keine alte Schachtel.«

»Nein«, versuchte Große Jäger etwas zu retten. »So war das nicht gemeint.«

Hilke lachte und gab ihm mit erhobener Hand ein Stoppsignal. »Schweig lieber. Sonst verschlimmbesserst du alles noch.«

»Hat dein Mann dich endlich freigegeben, weil du schon so früh hier bist?«, wollte Große Jäger wissen.

»Auf dich wartet doch in Garding eine liebe Ärztin«, erwiderte sie.

Der Oberkommissar strich sich versonnen über den Schmerbauch.

»Ich habe so viel Volumen. Das reicht für zwei. Gibt es etwas Neues?«, wurde er ernst.

»Die Flensburger waren fleißig und haben nach Kandidaten gesucht, die für eine solche Tat in Frage kommen könnten. Auf ihrer Liste stehen sieben Namen.«

»Her damit.«

Hilke Hauck zeigte auf Große Jägers Bildschirm. »Logg dich ein. Da stehen auch schon die ersten Kommentare dazu drin.«

»Haben sich die Täter wieder gemeldet und irgendeine Nachricht hinterlassen?«

»Nein. Unsere Leute sind heute Morgen zu den Stellen gefahren, an denen man so etwas erwarten könnte. Die Täter sind sicher nicht so dumm, es erneut am Strandkorb vor der Kurverwaltung zu deponieren. Wir haben auch andere Orte abgesucht: Geschäfte, die Sparkasse, Arztpraxen. Nichts.«

»Das erleichtert zwar nicht unsere Arbeit, lässt aber hoffen, dass die alte Frau nicht weiter hat leiden müssen«, sagte Große Jäger.

»Wir alle machen uns große Sorgen um deren Gesundheitszustand. Es gibt viele Gründe, weshalb wir die Geiseln schnell finden müssen.«

»Stimmt, Hilke«, bestätigte Große Jäger. »Hier lässt keiner etwas unversucht.«

»Harm Mommsen wird bedrängt, die Blockade Nordstrands aufzugeben. Es steht einfach kein Personal dafür zur Verfügung«, sagte Hilke Hauck. »Harm nimmt es auf die eigene Kappe. Er hat die Unterstützung aller Kollegen. Ich habe vorhin mit ihm gesprochen. Bis heute Abend sollte es noch möglich sein. Dann ist die Schmerzgrenze erreicht.«

»Hm.« Große Jäger kratzte sich vernehmlich die Bartstoppeln.

»Itzehoe spielt auch mit. Die haben die ganze Nacht über

ein Observationsteam vor Göksus Wohnung stehen gehabt. Da hat sich nichts bewegt.«

»Ist das alles? Man fühlt sich machtlos«, klagte Große Jäger. »Sollte man noch einmal die Mutter Göksus befragen?«

Der Oberkommissar schüttelte den Kopf. »Das halte ich für aussichtslos. Die sagt nichts.«

»Nachdem die Kollegen auf Nordstrand vergeblich nach Lebenszeichen der Täter gesucht haben, befragen sie jetzt die Zeitungsboten. Die Postzusteller sind um Mithilfe gebeten worden, und in den Geschäften erkundigen sie sich nach Auffälligkeiten. Bis jetzt ist leider alles ergebnislos geblieben.«

»Ich habe etwas«, meldete sich Cornilsen zu Wort. »Wir haben eine Übersicht über die Adressen, an denen laut Meldedaten Menschen ab sechzig wohnen. Ich habe sie auf der Karte mit roten Nadeln gekennzeichnet. Mit Gelb habe ich die Unterkünfte markiert, die nur als Feriendomizile eingetragen sind.«

Große Jäger sah ihn erstaunt an. »Wann hast du das gemacht?«

»Och«, wiegelte Cornilsen ab. »Ich bin ein bisschen früher gekommen.«

»Ich habe gestern Abend und heute Morgen mit Karlchen telefoniert. Er ist bei Anna und passt auf sie auf«, sagte Große Jäger.

»Wie geht es ihr?«, wollte Hilke Hauck wissen.

Große Jäger verzog das Gesicht. »Nicht gut. Dr. Hinrichsen hat ihr etwas zur Beruhigung gegeben. Ihr kennt sie. Sie lässt sich nichts anmerken und versucht, die Starke zu spielen. Damit kann man aber nur wenig das Innere übertünchen.« Dann sah er Cornilsen an. »Wie viele Objekte hast du als möglichen Unterschlupf identifiziert?«

»Einhundertsechsundvierzig«, erwiderte der Kommissar leise. »Das ist eine Menge.«

»Ich sehe mir die Liste der möglichen Komplizen an. Irgendwie muss es einen Kontakt zwischen Göksu und dem zweiten Mann geben.«

»Dann werden wir die alle abklappern. Einzeln.« Cornilsen glühte vor Jagdfieber.

Große Jäger nickte dazu.

»Und in jedes mit einer Taschenflak in der Faust hinein-stürmen, laut ›Hurra‹ rufen, fragen: ›Sind Sie der Entführer? Halten Sie unseren Kollegen im Keller versteckt?‹ Mensch, Onkel. Dein Eifer in allen Ehren. Harm Mommsen weiß schon, warum er überlegt vorgeht.« Hilke Hauck bewegte energisch den Kopf und verließ das Zimmer.

»Frauen«, versuchte Cornilsen die Situation zu entschärfen. »Manchmal haben sie allerdings auch recht.«

»Ist in Ordnung. Ich bin Tante Hilke nicht böse.« Der Ober-kommissar klopfte sich gegen die Brust. »Ich bin Westfale. Da kommt manchmal das südländische Temperament bei mir durch.«

»Westfale?«

Große Jäger nickte. »Gut. Eigentlich bin ich Nordfriese. Gefühlt. Aber meine Mutter wohnte damals in Nottuln, als ich geboren wurde.«

»Wie heißt der Ort?«, wollte Cornilsen wissen.

Große Jäger drohte mit der Faust. »Solche Fragen sollte keiner stellen, der in Naibel das Licht der Welt erblickt hat.«

»Oh. Du kennst den friesischen Namen für Niebüll?«

»Ich habe Abitur vor der Bildungsreform gemacht. Ich weiß auch, dass die Dänen Nibøl sagen. Los, Hosenmatz, an die Arbeit.« Leiser fügte er hinzu: »Und ich werde doch von Haus zu Haus schleichen. Schließlich bin ich ein großer Jäger.«

Der Oberkommissar loggte sich auf seinem Rechner ein und suchte die von der Flensburger Bezirkskriminalinspek-tion erstellte Namensliste. Er überflog die Kommentare der Kollegen.

»Das sind alles tolle Athleten. Es lohnt sich fast, für jeden von denen einen eigenen Knast zu bauen. Ich wundere mich, dass die frei herumlaufen dürfen. Jeder Einzelne gehört für immer ins Zuchthaus weggesperrt.«

»Zuchthaus?«, fragte Cornilsen.

»So hieß es damals. Da gab es noch keinen Kuschelknast. Heute gehen die schweren Jungs in den Bau. Man hat den Eindruck, die werden zur Kur von der Krankenkasse eingewiesen. Der hier«, Große Jäger tatschte auf den Bildschirm, auf dem sich schon zahlreiche andere, deutlich erkennbare Fingerabdrücke abzeichneten, »hat seinen Nachbarn erschlagen, weil der zu laut Volksmusik im Fernsehen geguckt hat. Sechs Jahre hat er dafür bekommen, weil er volltrunken war. Zumindest konnte er in dieser Zeit keine weiteren Raubüberfälle mit Körperverletzung verüben. Der Zweite, der hat auf einem Bahnhof einen Ehemann zum Krüppel geprügelt, weil der angeblich ›so komisch‹ geguckt hat. Von wegen schlechte Kindheit. Zuerst hat ihn sein Vater zusammengeschlagen. Dabei hat er als Zehnjähriger ein Auge verloren. Mit fünfzehn hat er sich am Alten gerächt und ihn im Waschbecken ertränkt. So geht es munter weiter. Ihn hier«, erneut wanderte der Finger auf den Bildschirm, »können wir vergessen. Ein Hells Angel. Den hat es bei einer Messerstecherei so böse am Arm erwischt, dass der amputiert werden musste. Sein Kontrahent muss auch nicht besser ausgesehen haben. Nummer vier müsste man das juristische Staatsexamen zuerkennen. Der hat das ganze Strafgesetzbuch durch. Er hat seine Karriere in der Schule gestartet. Zunächst hat er, als er noch nicht strafmündig war, seine Schulkameraden abgezogen. Mit vierzehn hat er seine Lehrerin krankenhausreif geschlagen. Statt einer Ausbildung hat er von Diebstählen und Raubzügen gelebt. Mit siebzehn kam eine räuberische Erpressung dazu. Mit neunzehn hat er die Kassiererin eines Supermarktes, die die Tageskasse nicht herausrücken wollte, erschossen.«

»Erschossen?«, fragte Cornilsen ungläubig nach.

»Du hast richtig gehört. Das hat man auch nicht oft, dass ein Neunzehnjähriger kaltblütig zur Waffe greift. Das waren acht Jahre Jugendstrafanstalt. Sein Führungszeugnis während der Zeit ist miserabel. Er hat sich durch Einsatz roher Gewalt im Knast zum King hochgearbeitet. Dummerweise hat er eine Sozialarbeiterin vergewaltigt. Nicht nachgewiesen werden konnten ihm zahlreiche sexuelle Übergriffe auf Mithäftlinge, die er auch mit Schutzgeldforderungen erpresst hat.«

»Hinter Gittern? Unter den Augen der Vollzugsbeamten?«

»Da herrschen andere Gesetze. Und wo kein Kläger ist,

gibt es auch keinen Richter. Die Opfer schweigen aus Angst. Sie können sich der eskalierenden Gewalt schließlich nicht entziehen.«

»Wie alt ist der jetzt?«, wollte Cornilsen wissen.

»Achtunddreißig.«

»Wenn er mit neunzehn die Kassiererin ermordet hat und dafür acht Jahre verbüßen musste, war er siebenundzwanzig, als er wieder freigekommen ist. Was hat er bis heute gemacht?«

»Ihm wurde eine günstige Sozialprognose erstellt.«

»Das ist nicht wahr.«

Große Jäger führte Zeige- und Mittelfinger an die Augen. »Schau mir dahin, Kleines. Können diese Kuckerchen lügen?«

»Trotzdem. Wie ist es ihm nach der Haftentlassung ergangen?«

»Blöde Frage. Ein halbes Jahr später hat er wieder hinter schwedischen Gardinen Einzug gehalten. Vergewaltigung. Dabei hat er das Opfer auch beraubt. Dann hat er einen Pensionär erschossen.«

»Als Wiederholungstäter müsste er doch eine längere Freiheitsstrafe bekommen haben.«

»So hätten wir und der gesunde Menschenverstand geurteilt. Er hat mit einem Kumpel einen gut betuchten Pensionär überfallen. Die Täter haben mit Brachialgewalt die Haustür aufgebrochen. Der Hausbesitzer hat allerdings zu einer Waffe gegriffen und sich gewehrt. Den Mittäter hat es erwischt. Ein Lungensteckschuss. Dieser Bursche hier«, Große Jäger zeigte auf den Bildschirm, »hat zurückgefeuert und dabei den Pensionär getötet.«

»Ein richtiges Feuergefecht«, staunte Cornilsen.

»Manchmal glaubt man, im Wilden Westen zu sein. Westen stimmt schon. Es war am Westensee. Ein idyllisches Fleckchen Erde, um zu sterben.«

»Und?«

»Seit einem halben Jahr ist der Typ wieder draußen.«

Cornilsen spielte mit seinem Kugelschreiber. »Den sollten wir uns einmal genauer ansehen.«

»Die Sache hat nur einen Haken. Ich sehe keinen Ansatzpunkt, welche Verbindung es zu Göksu geben könnte.« Große Jäger las das Dossier weiter. »Sein Komplize, der mit dem Lungensteckschuss, ist türkischer Abstammung.«

»Göksu auch. Wenn die beiden sich kennen?«

Große Jäger murmelte etwas Unverständliches.

Es dauerte eine Weile, bis er sich durch das polizeiliche Informationssystem INPOL-neu durchgehangelt hatte. »Enver Çağıran heißt der Komplize und stammt aus … Donnerwetter! Lübeck.«

»Das Mordopfer und seine weitverzweigte Familie stammen auch aus Lübeck«, warf Cornilsen ein.

»Das ist nicht die einzige Spur. Wir wissen immer noch nicht, wie Rüdiger Hartkopf seine Leidenschaft für Bordelle finanziert. Sein Gehalt als Sicherheitschef bei ›Nord Secure‹ reicht dafür nicht aus. Ich werde die Kriminalakte Çağırans lesen«, sagte Große Jäger.

»Gut. Dann kümmere ich mich weiter um die Häuser auf Nordstrand, die als möglicher Unterschlupf in Frage kommen.«

Eine halbe Stunde später stand Große Jäger plötzlich auf. »Komm«, sagte er. »Das Aktenstudium ist ja ganz schön, aber mehr erfahren wir, wenn wir den Leuten von Angesicht zu Angesicht gegenüberstehen.«

Die Çağırans wohnten in einem etwas heruntergekommen wirkenden Hochhausblock in Lübecks Kahlhorststraße. Vom nahen St.-Jürgen-Ring mit seinen vier Fahrspuren drang das ununterbrochene Rauschen des Verkehrs herüber. Die Namen auf den Klingelschildern zeigten, dass hier Menschen aus unterschiedlichsten Nationalitäten eine Heimstatt gefunden hatten.

Enver Çağıran erwartete sie an der geöffneten Wohnungstür im sechsten Stock. Er saß im Rollstuhl. Ein Beatmungsschlauch reichte um seinen Kopf und führte Sauerstoff über zwei Öffnungen in die Nasenlöcher.

»Guten Tag«, sagte Große Jäger. »Polizei.«

Statt einer Frage hob der Mann kurz seine rechte Hand.

»Kennen Sie Rüdiger Hartkopf?«

»Hartkopf? Wer soll das sein? Mein beschissener Nachbar ist ein Weichei, aber kein Hartkopf.«

»Sagt Ihnen der Name Ömer Akalin etwas?«

»Glaubt ihr, nur weil ich Türke bin, kenne ich alle anderen Türken?«

»Herr Akalin ist Deutscher.«

»Eh, das bin ich auch.«

»Ihr Komplize, mit dem Sie den Raubüberfall mit Todesfolge begangen haben, ist besser davongekommen als Sie. Zumindest gesundheitlich.«

Çağıran legte die beiden Hände auf die Lehnen seines Rollstuhls.

»Der alte Sack. Da in dem Haus. Ballert gleich los. Ich war noch keine dreißig. Und jetzt hocke ich in diesem verdammten Ding und kriege kaum noch Luft.«

»Der Überfallene hat sich zur Wehr gesetzt«, sagte Große Jäger

»Doch nicht mit dem Schießeisen. Der hatte sie doch nicht mehr alle.«

»Sie und Ihr Komplize waren auch bewaffnet.«

»Das ist doch etwas anderes. Das war doch nur zur Abschreckung.«

»Ihr Kumpel hat aber mit scharfer Munition zurückgeschossen und das Opfer getötet.«

»Klar doch. Sollen wir uns wie die Hunde über den Haufen knallen lassen? Das war doch nur zur Selbstverteidigung.«

»Das ist eine merkwürdige Einstellung.« Große Jäger schnalzte mit der Zunge. »Sie überfallen jemanden und führen dabei geladene Waffen mit sich. Und dann beklagen Sie sich, wenn sich das Opfer das nicht gefallen lässt.«

»Der Alte hatte einen Sockenschuss. Musste unbedingt den Helden spielen. Seine Versicherung hätte alles bezahlt. Für so einen alten Knochen wäre das nichts weiter als eine kleine Aufregung gewesen.«

Çağıran zupfte am Sauerstoffschlauch.

»Ihr Komplize hat den alten Mann kaltblütig erschossen.«

Noch immer hielt ihr Gegenüber den Beatmungsschlauch fest. »Ich aber nicht. Das war der andere.«

»Haben Sie das billigend in Kauf genommen?«

»Scheiße. Natürlich nicht. Meint ihr, ich habe mir das hier ausgesucht?«

»Haben Sie noch Kontakt zu Ihrem damaligen Komplizen?«

»Ach, leck mich doch. Fragt ihn doch selbst.«

Es war sinnlos. Çağıran würde ihnen keine Auskünfte geben.

»Immer schön Luft holen, sonst verschlucken Sie sich noch«, sagte Große Jäger und drehte sich um.

»Verdammter Bullenarsch.«

»Stimmt, aber einer, der kein Loch in der Lunge hat, weil er einen Rentner überfallen wollte.« Damit kehrten die beiden Beamten zum Fahrstuhl zurück.

»Das hat uns keine neuen Erkenntnisse gebracht«, sagte Cornilsen unzufrieden, als sie wieder auf der Straße standen.

»Çağıran hat nichts verraten. Aber wir sind in der Vermutung bestätigt worden, dass sein Komplize äußerst brutal vorgeht. Das deckt sich mit dem, was wir von der Nordstrander Geiselnahme wissen. Der Mord am Geldboten, die amputierten Fingerglieder. Wir haben es mit einem ungewöhnlich bösartigen Täter zu tun.«

»Aber wie sind er und Göksu zusammengekommen? Dafür haben wir noch keine Anhaltspunkte.«

»Das ist unser Problem«, stimmte Große Jäger zu. »Jetzt besuchen wir noch einmal Hartkopf an seinem Arbeitsplatz. Und dann? Kennst du die B 206?«

»Das ist eine Bundesstraße, was ist damit?«

»Die führt direkt von Lübeck nach Itzehoe.«

»Aha«, erwiderte Cornilsen.

Die »Nord Secure« hatte ihren Firmensitz im Südwesten der Stadt. Das Gewerbegebiet, das parallel zur Hamburger Autobahn lag, wies eine rege Betriebsamkeit auf.

Ein hoher Zaun umgab das kameraüberwachte Areal.

Über eine Lautsprecheranlage mussten die Beamten ihren Wunsch vortragen. Dabei wurden sie von einer Kamera aufgenommen. Erst als Große Jäger seinen Dienstausweis vor das Gerät gehalten und man sich beim Geschäftsführer rückversichert hatte, durften sie auf das Gelände fahren. Als nächste Hürde erwies sich die schwere Panzerglastür vor dem Verwaltungsgebäude.

»Sicher gäbe es hier mehr zu holen als auf Nordstrand«, merkte Große Jäger an. »Aber dies hier ist gesichert wie Fort Knox.«

»Was ist Fort Knox?«, wollte Cornilsen wissen.

Große Jäger klopfte ihm auf die Schulter. »Da bewahren Barack Obama und ich unsere Goldvorräte auf.«

Der hemdsärmelige Mitarbeiter, der sie empfing, bat sie, im Vorraum zu warten. Er werde Herrn Hartkopf informieren. Wenig später erschien Rüschenbeck, der Geschäftsführer.

»Gibt es Neuigkeiten?«, war seine erste Frage.

Große Jäger versicherte, dass die Ermittlungen vorangingen, er aber keine Einzelheiten berichten wolle.

»Was kann ich für Sie tun?«, zeigte sich der Geschäftsführer hilfsbereit.

»Wir möchten mit Ihrem Sicherheitschef sprechen.«

»Natürlich. Ich lasse Herrn Hartkopf gleich holen. Allerdings könnte ich Ihnen auch alle Fragen beantworten.«

»Wir benötigen aber Herrn Hartkopf«, sagte Große Jäger.

Rüschenbeck zog sein Handy hervor und sagte kurz: »Kommen Sie mal zum Empfang.« Er ließ unerwähnt, weshalb.

Große Jäger staunte. Hier ging es offenbar wie auf einem Kasernenhof zu. Nein. Schlimmer.

Während der Wartezeit versuchte Rüschenbeck hartnäckig, doch etwas zum Ermittlungsstand zu erfragen.

Doch Große Jäger wechselte das Thema. »Haben Sie schon mit Ömer Akalins Frau gesprochen?«

Der Geschäftsführer sah verlegen zur Seite. »Ein Mitarbeiter hat sie aufgesucht und ihr das Mitgefühl von mir und der Belegschaft übermittelt. Wir werden alles tun, um ihr zur Seite zu stehen.«

»Ich hätte gedacht, dass Sie das selbst übernehmen«, stichelte Große Jäger.

Rüschenbeck nagte an der Unterlippe. »Unter anderen Umständen hätte ich das natürlich getan. Aber diese Geschichte hat auch auf unser Unternehmen Auswirkungen. Ich muss den reibungslosen Geschäftsablauf sicherstellen. Die Medien haben sich auf uns gestürzt und wollten wissen, wie wir unsere Transporte und unsere Mitarbeiter absichern. Die Presse stellt in diesem Zusammenhang unsachliche Fragen. Die beginnen oft mit ›Hätte man nicht …‹. Auch unsere Angestellten sind verunsichert. Das ist verständlich. Da wird über das Risiko unseres Gewerbes gesprochen. Es ist das erste Mal, dass uns so ein Ereignis trifft. Meine Aufgabe ist es, alle zu beruhigen und zu versichern, dass dieser Überfall eine absolute Ausnahme war.« Er sah auf, als sich die Tür öffnete und Rüdiger Hartkopf erschien.

Der Sicherheitschef sah blass aus. Dunkle Ringe hatten sich um seine Augen gelegt. Die ungewaschenen Haare hingen ihm wirr in die Stirn.

Er blieb in einigem Abstand stehen und nickte den Beamten zu, ohne ihnen die Hand zur reichen.

»Setzen Sie sich«, forderte Rüschenbeck ihn auf und zeigte auf den Platz neben sich. »Die Herren möchten mit uns sprechen.«

Große Jäger schüttelte den Kopf. »Mit Herrn Hartkopf. Allein.«

Rüschenbeck sah ihn irritiert an. »Ich bin hier für alles verantwortlich und muss wissen, um was es geht.«

»Wir haben ein paar Fragen an Ihren Mitarbeiter. Ich bitte Sie, uns allein zu lassen.«

Der Geschäftsführer blieb sitzen. »Nein«, sagte er entschieden. »Es geht um Firmenbelange. Das lasse ich nicht zu.«

»Dann werden wir Herrn Hartkopf bitten, uns zu begleiten. Das bedeutet aber für alle Beteiligten mehr Aufwand.«

Rüschenbeck drehte sich zu seinem Mitarbeiter um. »Hartkopf! Was geht hier vor? Ich will das wissen.«

Große Jäger ignorierte den Geschäftsführer, stand auf, fasste den Sicherheitschef am Ärmel und zog ihn mit sich. »Kommen Sie. Wir gehen ein paar Schritte vor die Tür.«

Er sah, wie Rüschenbeck mehrfach den Mund öffnete und wieder schloss.

Hartkopf folgte ihnen. Ihm war anzumerken, dass er Mühe hatte, sich auf den Beinen zu halten.

»Ich weiß nicht, was Sie von mir wollen«, sagte er unsicher, als sie vor der Tür langsam auf und ab gingen. »Das war jetzt ein dickes Ding. Der Chef wird sich seine eigenen Gedanken machen. Unter Umständen kostet es mich meinen Job.« Er blieb stehen und sah Große Jäger an. »Was habe ich Ihnen getan?«

»Mir? Nichts«, entgegnete der Oberkommissar ungerührt. »Sie sind uns noch eine Antwort schuldig. Wie finanzieren Sie Ihre Bordellbesuche?«

Hartkopf kontrollierte mit einem hastigen Blick über die Schulter, ob sie beobachtet würden. Er zuckte zusammen, als er Rüschenbeck hinter der Glasfront des Eingangsbereiches bemerkte. Der Geschäftsführer sah ihnen hinterher.

»Das ist meine Sache. Es ist nicht verboten.«

»Wir sprechen nicht über Moral. Es bleibt Ihnen überlassen, wie Sie Ihre Freizeit verbringen. Uns interessiert lediglich, woher Sie das Geld haben. Wir suchen Mörder, Kidnapper, Bankräuber. Irgendjemand muss ihnen den Tipp gegeben haben. Jemand, der von der Geldlieferung nach Nordstrand wusste. Sie gehören zu diesem Kreis.«

Hartkopf blieb stehen und ließ die Schultern fallen. »Ich doch nicht. Es ist mein Job, für Sicherheit zu sorgen. Da kann ich doch nicht Betriebsgeheimnisse ausplaudern. Schon gar nicht, wenn damit eine Straftat verbunden ist. Ich bin dafür verantwortlich, dass alles reibungslos abläuft. Letztlich auch für Leib und Leben der Mitarbeiter im Außendienst. Deren Gesundheit kann ich doch nicht durch Indiskretionen gefährden.«

»Das sollten Sie auch nicht. Trotzdem gibt es einen Verräter, der an die Täter etwas ausgeplaudert hat. Das ist im Allgemeinen kein Freundschaftsdienst, sondern mit einer Gegenleistung verbunden. Dafür erhält man einen Anteil von der Beute. Sie könnten das Geld sicher gut gebrauchen, um es zu den Frauen zu tragen.«

»Ich war das nicht«, keuchte Hartkopf und strauchelte leicht.

»Sagen Sie uns einfach, wie Sie Ihr privates Vergnügen finanzieren.«

»Ich lebe bescheiden und gönne mir nichts«, flüsterte Hartkopf, auf dessen Stirn dicke Schweißtropfen perlten.

»Das reicht mir nicht. Und Ihnen auch nicht. Verraten Sie uns, dass Sie im Lotto gewonnen haben oder eine Erbtante gestorben ist. Wir prüfen das, und alles wird gut.« Große Jäger zeigte zum Fenster, von dem aus sie immer noch beäugt wurden. »Dann hätten wir uns diesen Auftritt ersparen können. Mir ist klar, dass es für Sie nicht ohne Folgen bleiben wird. Es ist allein Ihre Schuld, dass es so kommen musste.«

»Ich habe nichts zu sagen. Nein! Nein! Nein!«

»Wir kommen wieder. So lange, bis Sie mit uns sprechen. Darauf gebe ich Ihnen mein Ehrenwort. Und das gilt. Ich werde nicht in der Badewanne eines Genfer Hotels hocken, wohin sich andere zurückgezogen haben, die ihr Ehrenwort gebrochen haben. Gerade Schleswig-Holsteiner haben das nicht vergessen.«

»Lassen Sie mich zufrieden. Bitte«, sagte Hartkopf mit flehender Stimme. »Sie vernichten meine Existenz.«

»Sie können es sich einfacher machen«, erwiderte Große Jäger und verabschiedete sich mit einem jovial klingenden »Bis bald«.

Wenn man von den drei Stadtstaaten absah, war nur das Saarland kleiner als Schleswig-Holstein. Dennoch zog es sich hin, wenn man das Land durchqueren musste. Es gab kaum vernünftige Ost-West-Verbindungen. So quälte sich der Verkehr durch die kleinen Orte und Städte. Nur an wenigen Stellen gab es Ortsumgehungen.

»Mich wundert, dass die Verbrechensbekämpfung in unserem Land trotzdem klappt«, merkte Große Jäger unterwegs an, nachdem er seinen Unmut über die unzureichende oder zerbröselnde Infrastruktur lautstark geäußert hatte. Schließlich erreichten sie Heiligenstedten, parkten vor der Tür und klingelten bei Erdelen. Es dauerte nur Sekunden, bis ihnen geöffnet wurde.

Frau Erdelen empfing sie. Das Kopftuch gab nur ein rundes Gesicht frei. Auch die Kleidung war nach mitteleuropäischen Verhältnissen sehr konservativ. Sie hielt ein kleines pausbäckiges Kind auf dem Arm, das die Beamten neugierig beäugte.

»Wir sind von der Polizei«, erklärte Große Jäger, »und würden Ihrem Mann gern ein paar Fragen stellen.«

Sie schien nicht überrascht zu sein. »Der ist nicht da. Aber das wissen Sie ja.«

»Wir sind von der Husumer Polizei«, sagte Große Jäger.

»Husum? Sind Sie für den Fall zuständig?«

Der Oberkommissar war ein wenig irritiert. »Welchen meinen Sie?«

Jetzt sah Frau Erdelen ratlos aus. »Na. Den Unfall.«

»Ein Unfall? Ihr Mann hatte einen Unfall?«

Sie nickte. »Ja. Ich dachte, Sie hätten noch ein paar Fragen dazu.«

»Können Sie uns etwas zu dem Unfall sagen?«

»Das müssten Sie doch wissen. Ein Arbeitsunfall. Er ist auf der Baustelle vom Gerüst gestürzt und hat sich das Bein gebrochen. Leider kompliziert, sagen die Ärzte. Aber weshalb interessiert sich die Polizei dafür? Ist irgendetwas nicht in Ordnung?«

»Doch«, versicherte Große Jäger. »Reine Routine. Können Sie uns sagen, auf welcher Station er liegt? Das würde uns die Sache vereinfachen.«

»Der liegt auf der Chirurgie Itzehoe.«

Große Jäger streckte den Finger in Richtung des kleinen Kindes aus. »Ei-du-du-du.«

Das Kind nahm den Kopf zur Seite und versteckte das Gesicht schnell zwischen Hals und Schulter der Mutter.

»Seien Sie vorsichtig mit Murat. Er hat noch starke Schmerzen«, rief die Frau den Beamten hinterher. »Ich besuche ihn jeden Tag. Er kann die Aufheiterung durch unseren Sohn gut gebrauchen.«

Das Klinikum Itzehoe lag nördlich des Stadtzentrums. Der große und freundlich wirkende Komplex überraschte Große Jäger. Ein großes Transparent über dem Haupteingang verkündete: »Krankenhäuser – Sparschweine der Nation – Gerechtigkeit geht anders«.

Der lichte und transparente Eindruck setzte sich im Inneren fort.

Murat Erdelen lag in einem Zweibettzimmer. Er sah irritiert auf die beiden Beamten, nachdem sie sich vorgestellt hatten.

»Hat es Sie bös erwischt?«, fragte Große Jäger und zeigte auf das Bein, das auf einer Stellage lag.

»Dumme Sache. Ich weiß auch nicht, wie das passiert ist. Ich war auf dem Gerüst und habe etwas an einem Fenstersturz machen wollen. Dabei war ich unkonzentriert, bin abgerutscht und von der ersten Etage runtergefallen, genau auf eine angefangene Palette Kalksandsteine. Der Arzt sagt, ich habe Glück gehabt, da meine Wirbelsäule nicht beschädigt wurde. Glück? Das Bein ist zertrümmert. Lauter kleine Teile.« Erdelen bildete mit Daumen und Zeigefinger einen Ring. »Aber die Ärzte hier sind top. Die kriegen das wieder hin. Wird eine Weile dauern, aber ich bin guter Dinge, dass ich irgendwann wieder arbeiten kann. Die Sache ist schon zur Berufsgenossenschaft gegangen, weil es ein Arbeitsunfall war. Aber was wollen Sie von mir?«

»Kennen Sie Ömer Akalin?«, fragte Große Jäger.

»Klar. Ein guter Kumpel aus Lübeck. Wir haben als Kinder zusammen gespielt. War damals nicht immer ganz einfach. Hier die deutschen Kinder, da die Türken. Wir haben keinen Stress miteinander gehabt, aber trotzdem ist jeder für sich geblieben. Klingt irgendwie dumm, wenn ich von den Türken spreche. Ich bin Deutscher. Von Geburt an. War sogar bei der Bundeswehr. Aber was ist mit Ömer?«

»Der hat Sie angerufen?«

»Ja. Von unterwegs. Er war auf Tour. War nur kurz, weil er eigentlich nicht telefonieren darf. Aber sein Kollege war gerade irgendwo in einem Haus. Ömer hat gefragt, wie es mir geht. Am Wochenende will er mal vorbeikommen mit seiner Familie. Ist ein Superkumpel. Weshalb fragen Sie so komisch?«

»Danke. Sie haben unsere Frage schon beantwortet.« Und Ihr Gesundheitszustand beantwortet alles andere, setzte Große Jäger seinen Gedanken unausgesprochen fort.

»Kommen Sie. Irgendetwas ist doch«, drängte Erdelen.

»Lesen Sie Zeitung, oder hören Sie Nachrichten?«

»Eigentlich schon, aber die letzten Tage bin ich kaum dazu gekommen.« Er zeigte auf sein Bein. »Deshalb. Sie glauben nicht, wie viel Stress man im Krankenhaus haben kann. Ständig kommt einer und will was von dir.«

»Ihr Freund Ömer Akalin hatte auch einen Arbeitsunfall.«

Erdelen kam mit dem Kopf hoch und verzog schmerzhaft das Gesicht. »Ehrlich? Liegt er auch im Krankenhaus?«

Große Jäger deutete ein Kopfschütteln an. »Leider nicht. Es hat ihn schlimmer erwischt.«

»Ist er …?«

Jetzt nickte der Oberkommissar.

Erdelen schlug die Hände vors Gesicht. »Das darf nicht wahr sein«, sagte er gepresst. »Warum trifft es immer die Besten?«

Die Frage konnte Große Jäger auch nicht beantworten.

»Ich habe noch eine letzte Frage. Kennen Sie Bernd Hansen?«

Es dauerte eine Weile, bis Erdelen sich gefasst hatte und wieder ansprechbar war.

»Weiß nicht. Der Name sagt mir nichts.«

»Der behauptet, mit Ihnen auf einer Baustelle in Koldenbüttel gewesen zu sein.«

»Auch Maurer? Oder was macht er?«

»Tischler.«

Erdelen zog die Stirn kraus. »Ich bin mir nicht sicher. So ein großer Blonder? Kommt irgendwo da oben von einer Insel?«

»Von Nordstrand.«

»Ja, ich erinnere mich schwach. Dass der Hansen heißt, wusste ich nicht. Auf dem Bau duzen sich alle. Bernd? Doch, ja. Richtig. Wir waren zusammen auf einer Baustelle.«

»Haben Sie danach noch Kontakt zu ihm gehabt? Telefoniert? Sich getroffen?«

»Nein. Nur auf dem Bau in Koldenbüttel. Vielleicht trifft

man sich irgendwann wieder. Wer weiß. Was ist mit dem? Hatte der auch einen Unfall?«

»So ähnlich«, erwiderte Große Jäger vage und wünschte Erdelen gute Besserung.

»Der scheint mir als Informant nicht in Frage zu kommen. Es war ein dummer Zufall, dass er gleichzeitig Akalin und den Mann der Sparkassenangestellten kennt«, sagte er, als sie das Krankenzimmer verlassen hatten.

»Und als zweiten Täter können wir ihn auch ausschließen«, ergänzte Cornilsen. »Zurück nach Husum?«

»Du wirst immer besser«, erwiderte der Oberkommissar.

Siebzehn

Christoph fuhr sich mit der Zunge über die spröden Lippen. Er versuchte, immer wieder zu schlucken und die trockene Kehle durch Speichel anzufeuchten. Es gelang ihm zunehmend schlechter. Dorle Hansen hatte auch über Durst geklagt. Zur Not konnten sie noch Konserven öffnen und den Saft trinken. Christoph hatte diesen Gedanken zunächst erwogen, es dann aber unterlassen, ihn auszusprechen. Es war dunkel geworden. Sie konnten nicht erkennen, welchen Inhalt die Einmachgläser hatten. Und ob Fruchtsäfte wirklich durstlöschend waren oder das Verlangen nach Flüssigkeitszufuhr weiter steigern würden, mochte er sich nicht ausmalen. Noch nicht.

Die zweite Nacht in diesem Gefängnis erwartete sie. Wie lange sollte es noch dauern? Warum ließ man sie nicht frei? Wie lange wollten die Täter noch hierbleiben? Sie müssten doch auch ungeduldig werden und fürchten, entdeckt zu werden. Woher nahmen sie die augenscheinliche Gelassenheit? Oder gab es Ereignisse, von denen er nichts mitbekommen hatte?

Neben den körperlichen Qualen wie Hunger, Durst und dem penetranten Gestank belastete der psychische Druck ungemein. Es waren die Ungewissheit und das Fehlen jeglicher Information. Hinzu kam die wachsende Angst der Frau. Er versuchte immer wieder, ihr Mut zuzusprechen. Je länger die Geiselhaft andauerte, umso weniger glaubte sie ihm. Isolationshaft war Folter, aber die Gefangenschaft gemeinsam mit einer ständig am Rande des Zusammenbruchs taumelnden Leidenspartnerin, die ihn immer öfter für das aus ihrer Sicht offenkundige Versagen der Polizei verantwortlich machte, war auch kein Zuckerschlecken.

Manchmal ertappte er sich dabei, wie er selbst begann, Zweifel an der richtigen Vorgehensweise seiner Kollegen zu hegen. Was würden die unternehmen? Es war ein Spagat. Einerseits hoffte er, dass dieses Martyrium bald ein Ende haben würde, andererseits wusste er, dass die Polizei behutsam vorgehen musste, um nicht durch unbedachtes Vorpreschen Leben und Gesundheit der Geiseln zu gefährden. Ob Mommsen, Große Jäger und die anderen Kollegen schon erste Ermittlungserfolge erzielt hatten?

Es gab wenig Anhaltspunkte. Die Täter waren professionell vorgegangen. Vermutlich kannte man nicht einmal ihre Namen. Das Fluchtauto? Nein, entschied er. Das war gestohlen. Man hatte ein altes, unauffälliges Auto irgendwo entwendet. Sicher war das inzwischen gefunden worden.

Christophs Hoffnung beruhte darauf, dass die Kieler Kriminaltechniker den Wagen gründlich nach Spuren untersuchen und fündig werden würden. Mit Sicherheit waren die Täter schon früher straffällig geworden. Solche Überfälle mit Geiselnahme verübten keine Anfänger.

So lagen bestimmt umfangreiche Kriminalakten vor. Es gab Dossiers, aus denen man das Persönlichkeitsbild und die Gewaltbereitschaft herauslesen konnte. Daraus war auch ein etwaiges Vorgehen der Täter zu erahnen. Zu erraten, korrigierte er sich selbst. Hoffnung buchstabierte man anders.

Er wurde durch Dorle Hansen abgelenkt. Sie begann leise zu stöhnen.

»Dorle?«

Er erhielt keine Antwort. Noch einmal nannte er ihren Vornamen. In das Stöhnen mischte sich jetzt auch noch ein Japsen. Ob sie wieder hyperventilieren würde?

»Dorle? Sprechen Sie mit mir. Was ist mit Ihnen?«

»Ich habe Durst. Mein Hals schwillt zu. Ich kann kaum noch atmen.«

Christoph schraubte sich mühsam in die Höhe. Erst beim zweiten Versuch gelang es ihm. Er tastete sich zur Tür und trat mit der Fußspitze heftig gegen das Holz. Dazu rief er laut: »Halloooo!«

Nichts regte sich. Er verstärkte sein Bemühen, musste das Rufen aber unterbrechen und sich freiräuspern, weil sein trockener Hals einen Hustenreiz auslöste. Es dauerte eine ganze Weile, bis eine ärgerlich klingende Stimme zu hören war.

»Halt die Klappe, du Idiot.« Es war der Türke, der vermutlich Zülfü hieß.

»Die Frau erstickt«, sagte er dringlich.

»Ist nicht mein Problem.«

»Sie muss unbedingt etwas trinken. Helfen Sie ihr, sonst ist das Mord«, sagte er im Bewusstsein, juristisch nicht den richtigen Terminus gefunden zu haben.

Für einen kurzen Moment war es leise hinter der Tür, dann wurde der Schlüssel gedreht.

Im ersten Augenblick konnte Christoph nichts erkennen. Das helle Licht aus der Küche blendete ihn. Als sich seine Augen an die Helligkeit gewöhnt hatten, erschrak er. Zülfü war nicht maskiert. Bisher hatten die Täter allergrößte Sorgfalt darauf verwandt, unerkannt zu bleiben. Was hatte das zu bedeuten? Es war kein gutes Zeichen.

Christoph trat einen Schritt zurück.

»Bitte«, sagte er demütig. »Wir brauchen etwas zu trinken. Einfach etwas Wasser. Das ist doch nicht zu viel verlangt.«

Wortlos wurde die Tür wieder zugeworfen. Christoph war verzweifelt. Was sollte er noch unternehmen? Noch einmal rufen? Das würde die Täter wütend machen. Er wollte sich umdrehen und nach einem Konservenglas greifen, als die Tür erneut geöffnet wurde.

»Hier«, sagte Zülfü und hielt ihm einen Keramiktopf hin. »Das ist gesundes Wasser aus dem Hahn.«

»Wir haben nur um etwas zu trinken gebeten«, erwiderte Christoph und reichte das Gefäß an Dorle Hansen weiter.

Die Frau setzte es gierig an und trank in hastigen Schlucken. Es störte sie nicht, dass die Hälfte vorbeilief. Sie setzte den Topf erst wieder ab, als er leer war. Christoph nahm ihn ihr aus der Hand.

»Bitte noch einmal.«

»Du bist richtig gierig«, stellte Zülfü fest und drehte sich um. Diesmal ließ er die Tür offen. Christoph hörte, wie der Wasserhahn aufgedreht und der Krug erneut gefüllt wurde. Als Zülfü damit zur Türöffnung zurückkehrte, streckte Dorle Hansen begierig ihre Hand aus.

Christoph führte den Krug an die Lippen und trank das kühle Nass. Er glaubte, noch nie so ein köstliches Getränk gekostet zu haben. Nachdem er den halben Inhalt in sich hineingeschüttet hatte, setzte er ab.

»Ich auch«, bettelte Dorle Hansen.

Christoph schüttelte den Kopf. Er wusste, dass Zülfü ihnen keine weitere Füllung mehr geben würde.

»Das ist für später.«

»Aber der Mann da«, protestierte sie, »der kann doch noch nachfüllen. Das macht er doch. Oder?« Dabei sah sie den Türken an.

Zülfü grinste breit, ohne zu antworten.

»Wie soll es weitergehen?«, fragte Christoph. »Wir sind unschuldig und keine Gefahr für Sie.«

Der Türke lachte bitter. »Von wegen. Da draußen halten sich jede Menge Bullen auf. Sie drehen jeden Stein um. Wir wollen nichts als weg von hier. Glaubst du, mir macht es Spaß? Mein Kumpel dahinten dreht langsam am Rad. Bete, dass seine Sicherung nicht durchbrennt.«

Christoph räusperte sich. »Sie sind verschiedener Auffassung über die Vorgehensweise?«

»Das geht dich einen Dreck an.« Immerhin hatte Zülfü Christophs Vermutung nicht widersprochen.

»Ziehen Sie sich doch einfach zurück. Ich verstehe Ihre Sicht, dass Sie uns nicht einfach laufen lassen können. Aber was wollen Sie noch auf Nordstrand? Schnappen Sie sich das Geld und fahren Sie nach Hause.«

Zülfü kam näher und baute sich vor Christoph auf. »Du weißt, wo ich wohne?«

»Nein«, versicherte Christoph. »Weder das, noch kenne ich Ihren Namen.«

»Den hast du doch gehört!«

»Ich? Wann denn? Sie sind so vorsichtig und tarnen sich gut. Nein. Ich habe keine Ahnung von Ihrer Identität.«

»Lüg nicht, Bulle.«

»Wirklich nicht. Was heißt hier ›Bulle‹? Ich bin in der Verwaltung tätig. Reine Büroarbeit.«

»Du spinnst doch«, sagte Zülfü. Es klang aber eher befriedigt.

»Ich halte Sie für einen intelligenten Menschen. Ihr Kumpel ist eher … eher …« Christoph suchte nach den richtigen Worten. »Spontan«, fiel ihm ein. »Es wäre für Sie beide besser, wenn Sie das Heft des Handelns in die Hand nehmen. Überlegen Sie, wie Sie hier rauskommen und sich mit Ihrer Beute absetzen können. Überzeugen Sie Ihren Partner, dass das der einzig richtige Weg ist. Sie haben doch schon einen Streit über die weitere Vorgehensweise gehabt.«

»Willst du einen Keil zwischen uns treiben?«

Christoph verzichtete auf eine Antwort. Es schien ihm, als wenn er erste vorsichtige Zweifel beim Türken gesät hätte. Er durfte es nicht überziehen. Das reichte vorerst.

»Danke für Ihre Hilfe«, sagte er. »Können wir uns darauf einigen, dass Sie den Krug, der zur Hälfte leer ist, noch einmal auffüllen?«

Wortlos nahm der Türke das Gefäß entgegen und ging ein drittes Mal zum Wasserhahn.

Christoph nutzte die Zeit, um sich die Kücheneinrichtung einzuprägen. Er hatte sie schon einmal gesehen. Jetzt versuchte er, sie fotografisch zu verinnerlichen. In der Mitte stand der alte Holztisch mit der Wachstuchdecke. An ihn waren zwei Stühle herangeschoben. Gegenüber befand sich der Ausgang. Die Tür war angelehnt, sodass Christoph nicht in die Diele sehen konnte. Er hatte in Erinnerung, dass der Hauseingang ziemlich geradeaus liegen musste.

Zülfü stand lässig in der Tür zur Kammer. Er trug keine Waffe. Wenn es Christoph gelang, ihn umzurennen, konnte er sich vielleicht einen kleinen Vorsprung erlaufen. Überwältigen konnte er den Mann nicht. Dazu war Christoph durch den Aufenthalt im Verlies zu geschwächt. Außerdem hinderten ihn seine gefesselten Hände an wirkungsvollen Aktionen. Wenn er Zülfü überlaufen wollte, müsste er den Küchentisch umrunden und versuchen, die Haustür zu erreichen. Wenn die abgeschlossen war, würde sein Fluchtversuch dort enden. Außerdem wusste er nicht, wo sich der zweite Täter aufhielt.

»Ist Ihr Kumpel überhaupt da?«, fragte er.

»Jetzt reicht es«, sagte Zülfü. »Du willst mich nur aushorchen. Ich habe deine Blicke gesehen. Vergiss es. Hier kommst du nicht raus.«

»Wie geht es den alten Leuten? Was macht die Verletzung der Hand? Das muss dringend ärztlich versorgt werden.«

»Hör mal, du Arsch. Bin ich ein Samariter? Die hat sich selbst verletzt. Geschnitten. Die soll doch aufpassen, dass so etwas nicht passiert.«

»Ist der alte Mann in Ordnung?«, fragte Christoph auf Verdacht.

»Noch. Aber das kann sich schnell ändern. Wer nicht spurt oder zu viele blöde Fragen stellt, dem kann es ganz schnell schlecht gehen.«

In diesem Moment öffnete sich die Tür zum Flur, und der Deutsche erschien. Er trug seine Skimaske. Offenbar war er angetrunken. Seine Stimme klang belegt. Sein Gang war etwas unsicher.

»Was quatscht ihr hier herum? Wollt ihr ihn«, dabei zeigte er auf den Türken, »überreden? Weißt du was?« Unsicher ging er zum Küchenschrank und riss die Schubladen auf. In der dritten fand er, was er suchte. Mit dem Küchenmesser in der Hand kam er näher. »Wer zu viel sabbelt, dem schneide ich die Zunge heraus. Hast du Sack das verstanden?«

Christoph schwieg. Er wusste, dass der Täter zu allem fähig war.

»Hast du das kapiert?«, schrie der Geiselnehmer unbeherrscht. »Oder soll ich dir wirklich deinen Lecker rausschneiden? Wie hättest du es gern? Mit dem Messer oder der Astschere?«

»Keiner redet hier«, versicherte Christoph. »Alles ist gut.«

»Nix ist gut. Was diskutierst du mit ihm?« Die Messerspitze zeigte auf Zülfü.

»Ich habe denen nur einen Schluck Wasser gegeben«, erklärte der Türke.

»Ich habe Durst«, mischte sich Dorle Hansen ein. »Das ist doch nicht zu viel verlangt, wenn ich um einen Schluck Wasser bitte?«

»Durst?« Der Deutsche lachte höhnisch und schob die Skimaske bis zur Oberlippe hoch. »Habe ich auch. In diesem Scheißladen gibt es nix zu saufen. Warum soll es euch besser gehen als mir?« Er rülpste vernehmlich und stieß dabei eine unangenehm riechende Dunstwolke aus. Der Mann war angetrunken.

»Sie haben doch Flüssigkeit zu sich genommen«, sagte Christoph.

»Ich musste eine ganze Nacht überstehen. Die Loser hier hatten nur Wasser, Tee und so 'n Scheiß. Wein löscht auch keinen Durst. Der Alte ist erst gestern zum Bierholen gefahren.« Wieder erscholl das schmutzige Lachen. »Keine falschen Hoffnungen. Der hat in Husum dichtgehalten. Ich habe ein Faustpfand hierbehalten.«

»Die Ehefrau«, riet Christoph.

»Genau.« Der Mann stierte Christoph mit einem leicht glasigen Blick an. »Der habe ich vorher ein zweites Fingerglied abgenommen. Wenn er Mist macht, habe ich ihm klargemacht, schneide ich größere Stücke von seiner Alten ab. Oder ich zerlege sie in Scheiben. Das hat gewirkt. Hups.«

In Christoph kochte es. Unbändiger Zorn hatte ihn gepackt. Nur der letzte Rest Vernunft hielt ihn davon ab, sich auf den Mann zu stürzen. Zeit seines Lebens galt er als besonnen, handelte nie voreilig emotional, aber dieser Unmensch schaffte es, Christoph an seine Grenzen zu führen. Ihm waren oft Leute begegnet, die sich jenseits der Vorstellung aller Menschlichkeit bewegten. Aber dieser Täter hatte alle Schranken durchbrochen.

Der Deutsche zeigte auf Christoph, dann auf Dorle Hansen. »Ihr habt noch gar nicht Danke gesagt.«

»Wofür?«

Trotz aller Beherrschung gelang es Christoph nicht, seine Abscheu zu unterdrücken. Zum Glück war der Mann angetrunken und schien es nicht zu bemerken.

»Davon habe ich immer geträumt: mit einer scharfen Braut ungestört in einer kleinen Kammer zu hocken. Ihr seid doch beide verheiratet, oder? Ich verrate auch nichts. Habt ihr das ausgenutzt? Oder was habt ihr sonst gemacht? Euch Märchen erzählt?« Er trat Christoph gegen das Knie. »Eh, Macker. Ich spreche mit dir.«

»Haben Sie eine Vorstellung davon, dass Menschen leiden können? Niemand denkt daran, die Würde eines Menschen anzutasten. Ein Begriff wie Respekt ist Ihnen ein Fremdwort.«

Wieder ertönte das höhnische Lachen. »Hör dir das an. So seihert ein Scheißbulle. Du zeterst, weil du ein paar Stunden hier hockst. Hast du Sack eine Ahnung, wie es mir ergangen ist? Solche Typen wie du haben dafür gesorgt, dass ich für Jahre im Loch verschwunden bin. Wie oft habe ich nachts wach gelegen und mir überlegt, was die Greifer machen, während ich im Bau darbe. Saufen. Ficken. Davon habe ich geträumt. Stattdessen habe ich auf die Betonwand der Zelle geglotzt. Halt deine Fresse und sabbel nicht rum, nur weil du ein paar Stunden nicht zu deiner Mutti kannst. Ist die eigentlich hübsch, deine Alte, hä? Vermutlich nicht. Dafür aber affengeil.« Demonstrativ griff sich der Deutsche zwischen die Beine und rieb sich seine Männlichkeit. Dann zeigte er auf Christoph und sah Dorle Hansen an. »Männergewäsch. Dabei bin ich Gentleman. Willst du was trinken, Mädchen? Ich möchte wetten, der Gierlappen hier gibt dir nichts ab von dem, was ihr kriegt.«

Er streckte seine Hand aus, um der Frau aufzuhelfen.

»Nein, Dorle, bleiben Sie hier«, bat Christoph.

Die Sparkassenangestellte ergriff die Hand und ließ sich hochziehen. »Ich brauche auch einen Waschlappen, um mich zu erfrischen. Ich halte das nicht länger aus.«

»Glauben Sie ihm nicht«, sagte Christoph eindringlich. »Bitte! Gehen Sie nicht.«

»Sie kommt doch wieder. Dann kannst du weiter mit ihr herumspielen. Oder sie bei dir.« Der Täter leckte sich über die Lippen.

Christoph streckte seine Arme vor und versuchte, Dorle Hansen festzuhalten.

»Lass Sie los«, schrie der Deutsche und trat nach Christoph. Der zog seine Arme weg, sodass er nur gestreift wurde. Diesen Moment nutzte der Täter, um Christophs Mitgefangene mit einem Ruck aus der Kammer zu ziehen. Bevor Christoph sich aufrichten konnte, fiel die Tür zu. Dann wurde der Schlüssel gedreht. Sofort war es bis auf den schmalen Lichtspalt unter der Tür wieder dunkel.

Für wenige Sekunden war es ruhig, dann hörte Christoph, wie einer der Küchenstühle zur Seite geschleudert wurde.

»Bitte nicht«, murmelte er entsetzt. Kurz darauf hörte er Dorle Hansen aufschreien.

»Nein!«

»Zier dich nicht«, rief der Entführer. »Was ist dabei?«

»Nein. Bitte – bitte nicht«, sagte die Frau flehentlich.

»Du hast doch auch deinen Spaß daran. Wenn du dich wehrst, ist das Vergnügen nicht so toll.«

Die Worte der Frau wurden leiser. Ihr Bitten unverständlich.

Christoph hörte, wie ein Körper auf den Tisch geworfen wurde. Dann entspann sich ein kleiner Kampf. Dorle Hansen kämpfte gegen ihren Angreifer

»Au, du verdammte Hure«, brüllte der Mann zornig. »Trittst und kratzt. So nicht.« Es klatschte zwei Mal.

Christoph trat von innen gegen die Tür. »Aufhören«, rief er, so laut er konnte.

»Hör mal«, erwiderte der Täter. »Unsere Fans stacheln uns an.«

Erneut drangen Kampfgeräusche aus der Küche. Sie wurden durch weitere Schläge übertönt. Dann erstarben sie.

Es war eine grauenhafte Erfahrung für Christoph, ohnmächtig das Geschehen auf der anderen Seite der Tür mithören zu müssen. Er trommelte gegen das Holz und rief aus Leibeskräften, aber der Mann war wie von Sinnen.

Deutlich war das Zerreißen von Kleidung zu hören. Die Tischbeine scharrten über den Fliesenboden. Dann drang das klagende Wimmern des Opfers zu ihm herüber. Die gefesselten Hände hinderten ihn daran, sich die Ohren zuzuhalten. Christoph erlitt höllische Qualen, als er den immer heftiger werdenden Atem des Täters vernahm, der sich zum Stöhnen steigerte, bis er mit einem Aufschrei abbrach.

Dann war wieder Dorle Hansens leises Wimmern zu hören. Es dauerte einen Moment, bis der Tisch erneut über den Fußboden schrammte. Schließlich wurde die Tür aufgeschlossen.

Christoph nahm Anlauf und sprang den Täter an, musste dabei aber Rücksicht auf die Frau nehmen, die halb zwischen ihnen stand. Der Deutsche gab Dorle Hansen einen Stoß, sodass sie Christoph entgegenstolperte und seinem Ansturm die Energie nahm.

»Du elendiger Idiot«, schrie der Mann wie von Sinnen und stieß Christoph mit beiden Händen zurück.

Christoph krachte mit Schwung gegen das Regal. Ein wahnsinniger Schmerz erfasste ihn und ließ ihn für einen Moment das Atmen vergessen. Er konnte auch nicht verhindern, dass massenweise Gläser herausfielen und auf dem Betonboden zersplitterten.

»Du Arsch. Dafür sollte ich dich allemachen«, keuchte der Entführer.

Aus blutunterlaufenen Augen stierte er mit irrem Blick auf Christoph. Die Nasenflügel bebten, die Wangen bewegten sich wie die Lefzen eines tollwütigen Raubtieres. Noch ekelerregender war, dass sich der Mann nach seiner Untat noch nicht wieder angekleidet hatte. Er zog hörbar Speichel in den Mund und spie Christoph ins Gesicht. Dann knallte er die Tür zu, begleitet von unbändigem lautem Fluchen.

Ein paar Herzschläge war es still. Dann schrie Dorle Hansen auf und zog sich hastig zurück.

»Lassen Sie mich los«, rief sie voller Panik. »Sie sind auch so einer wie der. Sie nutzen die Situation aus. Alle Männer sind Schweine …« Die letzten Silben verschluckte sie in einem Weinkrampf.

»Dorle«, begann Christoph, wurde aber sofort unterbrochen.

»Nennen Sie mich nicht Dorle. Was soll diese Vertraulichkeit?«

Christoph hörte es knirschen, als die Frau auf die Glassplitter trat.

»Seien Sie vorsichtig. Da ist überall Glas. Sie könnten sich verletzen.«

»Spinnen Sie?«, schrie Dorle Hansen mit sich überschlagender Stimme. »Sie reden von Scherben. Wissen Sie, was da eben passiert ist? Haben Sie eine Vorstellung, wie es einer Frau ergeht, die … die …«

»Ein Mann kann das nicht nachempfinden. Es ist nur ein kläglicher Versuch, wenn ich Ihnen sage, dass ich mit Ihnen fühle. Ich kann verstehen, dass …«

»Gar nichts können Sie.« Sie schrie immer noch. Sie hatte jede Kontrolle über sich verloren.

Christoph ließ ihr Zeit. Er verstand, dass sie ihre Wut, ihre seelischen Verletzungen an ihm ausließ. Sie brauchte ein Ventil. Das war er. Sicher verfügte er über eine langjährige Erfahrung im Umgang mit Menschen, hatte oft traurige Nachrichten überbringen müssen, war dem menschlichen Leben in all seinen Facetten und Schattierungen begegnet, aber trotzdem fühlte er sich in diesem Moment hilflos.

»Wenn Sie reden möchten …«, begann er.

»Halten Sie einfach die Klappe«, hörte er als Antwort. Dann begann die Frau zu weinen.

Christoph versuchte, mit dem Schuh die unsichtbaren Glasscherben unter das Regal zu schieben. Er ignorierte die vom Inhalt der Gläser stammende Feuchtigkeit, die durch das Leder drang. Systematisch tasteten seine Füße den Fußboden ab. Christoph wusste, dass es ihm nicht gelingen würde, alle Glassplitter zu erwischen.

Sie konnten nicht die ganze Zeit stehen bleiben. Und würden sie sich auf den Boden setzen, bestand große Gefahr, dass sie sich verletzen würden, ganz abgesehen von der Feuchtigkeit und Schmiere, die sich gebildet hatten. Er hatte keine Ahnung, welchen Inhalt die Gläser hatten, die herabgefallen und zerbrochen waren. Aber sie waren in der Dunkelheit darauf herumgetrampelt. Ein schmieriger Schleim hatte sich gebildet.

Wie tief konnte ein Mensch sinken, welche Erniedrigungen ertragen? Aber was war das gegenüber dem, was man Dorle Hansen angetan hatte. Langsam machte sich bei ihm Verzweiflung breit. Wie sollte das weitergehen?

Achtzehn

Es hatte die ganze Nacht über geregnet. Große Jäger war wie ein begossener Pudel im Büro erschienen.

»Du bist schon da?«, fragte er erstaunt, als er den Raum betrat und Cornilsen am Schreibtisch erblickte.

Der Kommissar sah auf und zeigte auf die Papiere, die er auf der Arbeitsfläche verteilt hatte. »Ich bin noch kein Oberkommissar und muss deshalb selbst arbeiten.«

Große Jäger fläzte sich an seinen Arbeitsplatz, zog die Schreibtischschublade heraus und parkte seine Füße darin.

»Das ist mein Privileg«, erklärte er dazu. »Für dich verboten. Und für alle anderen auch. Klar?«

Cornilsen nickte.

Der Oberkommissar hob seinen fleckigen Becher mit den angetrockneten Kaffeeresten in die Höhe. »Und? Was ist damit?«

»Abwaschen?«

»Füllen.«

Cornilsen streckte Große Jäger seine Hand entgegen. »Kaffeegeld.«

»Ich habe Kredit bei Tante Hilke.«

Cornilsen erhob sich mit einem Achselzucken, nahm den schmutzigen Becher entgegen und kehrte kurz darauf mit dampfendem schmutzigen Inhalt zurück. Aromatischer Kaffeeduft erfüllte den Raum.

»Hast du den Becher ausgespült?«, fragte Große Jäger.

Cornilsen schüttelte teilnahmslos den Kopf. »Das liegt beim Discountangebot nicht drin.«

»Gehst du mit deiner Oma auch immer so um?«

»Nö. Die hat aber auch mehr Fähigkeiten als du.«

Große Jäger zog fragend eine Augenbraue in die Höhe. »Welche?«

»Die kann Kaffee kochen.«

»Hast du auch noch andere Neuigkeiten?«

Cornilsen hatte wieder Platz genommen. »Die Täter haben sich nicht gemeldet. Es ist wie verhext. Kein Lebenszeichen.«

»Das wollen wir nicht wörtlich nehmen«, sagte Große Jäger ernst.

»So meine ich das nicht. Ich habe auch gehört, dass die Fahrradaktion, also dass Kollege Friedrichsen mit seiner Familie über die Insel geradelt ist, nichts ergeben hat. Leider war auch das Fehlanzeige. Das heißt, nicht ganz. Er hat uns weitere Häuser benannt, die wir streichen können. Aus den verschiedensten Gründen.«

»Wie sicher ist das?«

»Ich würde Friedrichsen vertrauen. Wenn beispielsweise fröhlich auftretende Touristen aus einem Haus heraustreten, halten sich dort vermutlich keine Geiselnehmer auf. So verstellen kann sich niemand, auch nicht, wenn er bedroht wird. Wir haben diese Gebäude schon im Plan markiert.«

»Die Geiselnahme geistert durch alle Medien. Außerdem ist es das Thema Nummer eins auf Nordstrand. Ich gehe davon aus, dass es niemanden mehr gibt, der nicht davon gehört hat«, dachte Große Jäger laut nach. »Auch wenn die Täter sich mit ihren Geiseln unauffällig verhalten, dürfte es neugierigen Nachbarn auffallen. Wir können zunächst einmal die Suche weiter einschränken auf Häuser, die keine Nachbarn haben oder bei denen die benachbarten Häuser nicht belegt sind.«

»Gut«, sagte Cornilsen. »Ich werde gleich anfangen und diese Idee in den Plan übertragen.« Er sah Große Jäger an. »Lass es mich einfach mal sagen: Ich finde es super, mit welcher Logik du vorgehst.«

»Ach«, Große Jäger winkte ab, »mir wäre wohler zumute, wenn wir einen Geistesblitz hätten, wie wir die Geiseln aus der Gewalt der Täter befreien können. Und zwar unbeschadet.«

»Das wird schon«, sagte Cornilsen und vertiefte sich wieder in die Papiere.

Große Jäger nahm laut schlürfend mehrere Schlucke Kaffee zu sich. »Daran müssen wir noch arbeiten«, verkündete er und ergänzte, als Cornilsen ihn fragend musterte: »Der ist verdammt heiß. Das grenzt an Körperverletzung.«

»Kann nicht sein«, erwiderte Cornilsen. »Jedermann auf der Dienststelle versichert mir, dass du in Husum der Spezialist für die ganz heißen Fälle bist.«

Große Jäger stand auf. »Ich geh mal zu Mommsen«, erklärte er.

Der Kriminalrat saß in seinem Büro und machte ein ernstes Gesicht.

»Es tut mir leid«, erklärte er.

»Was?« Große Jäger sah ihn überrascht an.

»Ach.« Mommsen war überrascht. »Du weißt es noch nicht?«

Der Oberkommissar schüttelte den Kopf. »Schlechte Nachrichten?«

»Das kommt darauf an. Die Polizeisperre am Nordstrander Damm ist abgezogen worden.«

»Wie bitte? Was hat dich dazu bewogen?«

Mommsen wich Große Jägers durchdringendem Blick aus. »Es war nicht meine Entscheidung, aber ich stehe dahinter.«

»Das musst du mir erklären.« Große Jäger hatte sich auf die andere Seite des Schreibtisches gesetzt und musterte den Kriminalrat.

»Es macht keinen Sinn, über einen so langen Zeitraum die Straße zu blockieren. Es kostet Ressourcen, die Benutzer des Damms beklagen sich, und erfolgversprechend ist es auch nicht.«

Der Oberkommissar bewegte den Zeigefinger hin und her.

»Das ist doch egal. Und wenn es hundert Jahre dauert. Irgendwann müssen die aus dem Loch kommen.«

»Bisher haben die Täter zurückhaltend operiert. Wenn wir den Druck durch die Straßensperre weiter aufrechterhalten, ist nicht auszuschließen, dass die Geiselnehmer ihrerseits die Maßnahmen verschärfen. Das Fingerglied der alten Frau war eine deutliche Warnung. Leben und Gesundheit der Geiseln haben Vorrang.«

»Du willst die Verbrecher laufen lassen?«

»Nein«, erklärte Mommsen ruhig. »Daran denkt keiner. Du

216

weißt, dass die Polizei schwere Straftaten zu fast einhundert Prozent aufklärt. Der Name eines mutmaßlichen Täters ist uns bekannt. Er kann uns nicht entkommen.«

»Und wenn er sich in sein Heimatland flüchtet?«

»Das ist die Bundesrepublik. Göksu ist Deutscher, so wie du und ich.«

»Ach«, wehrte Große Jäger ab.

»Unsere bisherigen Maßnahmen waren nicht erfolglos«, sagte der Kriminalrat.

»Doch«, widersprach Große Jäger. »Sonst hätten wir die Geiseln schon befreit.«

Mommsen räusperte sich. »Die Entscheidung, die Straßensperre aufzugeben, ist auch nach Abstimmung mit Psychologen erfolgt. Die sind der Meinung, dass die Täter sich bisher ruhig und besonnen verhalten haben.«

»Das ist lächerlich«, fiel Große Jäger seinem Vorgesetzten ins Wort. »Das ist Kaffeesatzleserei. Haben diese akademischen Figuren in der Aufzeichnung vom Mord an dem Geldboten gesehen, wie skrupellos die Täter vorgegangen sind? Man hätte ihnen auch den Finger der alten Frau zeigen sollen. Was soll noch alles geschehen?«

»Ich gehe davon aus, dass alles glimpflich abläuft«, versuchte Mommsen Große Jäger zu beruhigen.

»Ich wollte, es wäre so«, schimpfte der Oberkommissar und fluchte noch, als er Mommsens Büro verließ. Wütend kehrte er an seinen Arbeitsplatz zurück.

Cornilsen sah kurz auf, wagte aber nicht, sein Gegenüber anzusprechen.

Erst nach zwanzig Minuten merkte er vorsichtig an: »Du rollst durch die Gegend wie eine Dampfwalze.«

»Ich mach sie alle platt«, fluchte Große Jäger. »Was machst du da eigentlich? Nimmst du eine Auszeit?«

»Wieso?« Cornilsen sah auf.

»Oder warst du bei der Bundeswehr? Da lernt man, mit offenen Augen zu schlafen.«

»Warst du beim Bund?«

Große Jäger nickte. »Klar. Ich war auf dem halben Weg

zum General. Bin bis zum Oberleutnant aufgestiegen und wollte Berufssoldat werden. Dann ist etwas dazwischengekommen.«

»Was?«

»Eine kriegerische Auseinandersetzung.«

»Du hast den Dienst quittiert, weil du nicht in einen Auslandseinsatz wolltest?«

»Blödsinn. Mein ganz persönlicher Gegner hieß Disziplin. Man hat mir klargemacht, dass man mich nicht als Berufssoldat übernehmen wird. Und als lang gedienter Zeitsoldat hat man mich ins Beamtenverhältnis übernommen. Ich sollte zum Finanzamt als Steuerfahnder, aber denen war ich zu scharf. So bin ich zur Polizei gegangen.«

Cornilsen kniff ein wenig die Augen zusammen. »Ist das wahr?«

»Könnte jemand wie ich lügen?« Große Jäger lachte auf. »Die Sache mit dem Schlafen mit offenen Augen … Ich nehme es zurück. Du bist Beamter.«

»Oh nee nä«, erwiderte Cornilsen. »Dieser Spruch ist so alt, wie Barbarossas Bart lang ist. Aber um dich nicht dumm zu lassen: Ich studiere die Liste der Leute, die als mögliche Komplizen Göksus in Frage kommen.«

»Die haben wir uns doch gemeinsam angesehen. Sieben Namen. Ich glaube, niemand wäre traurig, wenn das Tapfere Schneiderlein sie erwischen und dann verkünden würde: ›Sieben auf einen Streich.‹ Wir hatten aber gemeint, niemand von den wenig glorreichen Sieben habe eine Beziehung zu Göksu.«

»Das war auch nicht einfach.«

Große Jäger spitzte die Ohren. »Hast du Teufelskerl etwas gefunden?«

»Vielleicht«, antwortete Cornilsen. »Nummer vier war ein besonders schlimmer Finger.«

»Das war der Typ, der das ganze Strafgesetzbuch durchhat«, rekapitulierte Große Jäger. »Und dann kommen die Psychoheinis und lassen diese Figur wieder auf die Menschheit los. Das ist zum …« Große Jäger schlug mit der Faust auf die

Tischplatte. »Man sollte die Geiseln gegen diese Psychopathen und Sozialromantiker austauschen.« Der Oberkommissar sah zu Cornilsen hinüber. »Was ist, Hosenmatz? Habe ich unrecht?«

»Nein«, murmelte Cornilsen. »Aber solche Überlegungen sind nicht unser Terrain.«

»Scheiß der Hund darauf«, fluchte Große Jäger. »Ich bin stinksauer. Irgendwo da draußen haben die meinen Freund Christoph in Geiselhaft. Und die Frau, die nichts anderes möchte, als bei ihren Kindern und ihrem Mann zu sein. Und dieser Verbrecher, hätte man ihn für immer weggesperrt, hätte die Tat nicht vollbringen können. So einer wie der müsste aktiven Küstenschutz betreiben. Man sollte ihm eine Kugel ans Bein schmieden, eine Schaufel in die Hand drücken, und dann müsste er den Sand vor Sylt auffüllen.«

Cornilsen schwieg einen Moment.

»Das musste jetzt einmal raus«, erklärte Große Jäger. »So! Nun ist wieder gut. Was hast du herausgefunden, außer dass dieser Typ ein ganz schweres Kaliber ist? Von daher würde ich ihm die Tat auf Nordstrand zutrauen.«

»Hans-Dieter Dunker, achtunddreißig. Seit der letzten Haftentlassung wohnhaft in Hamburg-Mümmelmannsberg.«

»Das ist ein sozialer Brennpunkt«, schob Große Jäger ein. »Da gibt es alles. Drogenhandel, Körperverletzung, Messerstecherei, Totschlag. Gemessen an Mümmelmannsberg sind Chicago oder die Bronx so harmlos wie Landerholungsheime. Na ja«, korrigierte er sich selbst. »Wie wir leidvoll erfahren haben, ging es in vielen von denen auch alles andere als gesittet zu. Aber nun sag endlich: Warum kommst du auf Dunker?«

»Der hat in der JVA Lübeck gesessen. Sein Komplize beim Überfall auf den Pensionär war Enver Çağıran, den wir in Lübeck besucht haben. Dunker hat den Pensionär erschossen, nachdem dieser auf Çağıran geballert und ihn so schwer verletzt hat, dass er nun im Rollstuhl sitzt und ein Beatmungsgerät benötigt.«

»Das wissen wir doch schon! Nun erklär mir endlich, wo die Verbindung ist. Çağıran kommt aus Lübeck, Göksu auch. Und Hartkopf ebenfalls. Wo besteht da ein Zusammenhang?«

»Dunker und Göksu haben sich vermutlich in Lübeck kennengelernt«, sagte Cornilsen.

»Das steht aber nicht in den Akten oder im Dossier«, erwiderte Große Jäger. »Die habe ich auch gelesen. Das wäre mir aufgefallen.«

»Da findet man es auch nicht. Göksu hatte einen Leistenbruch und Dunker Hämorrhoiden.«

»Das heißt …«, setzte Große Jäger an.

»Richtig. Beide waren zur selben Zeit in der Krankenabteilung der Justizvollzugsanstalt Lübeck am Marliring.«

»Donnerwetter.« Große Jäger war sprachlos. »Gut gemacht, Hosenmatz.«

»Danke.« Cornilsen war anzusehen, dass er sich über das Lob freute. »Ich werde in Lübeck anfragen, ob die beiden in einem Zimmer gelegen haben.«

Er griff zum Hörer und telefonierte. Große Jäger beobachtete ihn dabei. Es kostete viel Geduld und Überredungskunst, bis Cornilsen die gewünschte Auskunft erhielt. Dann streckte er den Daumen in die Höhe.

»Bingo.«

»Komm«, sagte Große Jäger und eilte zu Mommsen.

Der Kriminalrat sah auf, als die beiden Beamten hereinstürmten.

»Der Kleine hat ihn«, sagte Große Jäger atemlos. »Den mutmaßlichen zweiten Mann. Den Haupttäter, der den Geldboten erschossen hat. Nach Aktenlage ist es ihm zuzutrauen. Und alles andere passt auch.« Dann erklärten sie Mommsen die Zusammenhänge.

»Sehr gut«, sagte der Kriminalrat. »Großartig.«

»Sag nicht, wir sollen uns von einem Psychofritzen ein Täterprofil schnitzen lassen«, grollte Große Jäger. »Das lösen wir nach Husumer Art.«

»Stopp«, warf Mommsen sein. »Wir dürfen im Eifer des Gefechts nicht unüberlegt handeln.«

Cornilsen hob den Zeigefinger und meldete sich zu Wort. »Wir könnten das verifizieren und Dunkers Wohnung aufsuchen«, schlug er vor.

Große Jäger schüttelte den Kopf. »Wenn Dunker der Täter ist, bringt uns das nichts. Bis Hamburg und zurück brauchen wir mindestens vier Stunden.«

»Ich übernehme das«, entschied Mommsen. »Ich spreche mit den Hamburger Kollegen. Die sollen dort eine Streife vorbeischicken.«

Damit begann eine kaum zu ertragende Zeit des Wartens.

Neunzehn

Christoph hatte jegliches Gefühl für Zeit und Raum verloren.
Er war irgendwann in einen Dämmerzustand gefallen, der
keine Erholung brachte und schon gar nicht als Schlaf gelten
konnte. Der Rücken tat ihm weh. Irgendwo musste er sich am
Regal verletzt haben, als ihn der Deutsche mit Brachialgewalt
zurückgestoßen hatte. Auf dem tauben Ohr konnte er immer
noch nichts hören. Er fürchtete, dass er doch einen bleibenden
Schaden davontragen würde. Er hatte die Nacht in einer Ecke
kauernd zugebracht und sich zu allem Überfluss auch noch
ein paar Glassplitter im Handballen eingefangen, als er sich
abstützen wollte. Die zerrissene und verdreckte Kleidung, der
höllische Gestank und die immer dünner werdende Luft zum
Atmen waren zusätzliche Hypotheken.

Mit Dorle Hansen hatte er seit gestern Abend kein Wort
gewechselt. Die Dunkelheit in der Kammer hatte die Frau
verschluckt. Er hatte nur ihr ungleichmäßiges Atmen ver-
nommen, zwischendurch ein leichtes Wimmern und immer
wieder die Weinkrämpfe.

»Frau Hansen?«, fragte er leise, als er hörte, wie sie sich
bewegte. »Wie geht es Ihnen?«

»Eine dumme Frage. Schlecht.« Die Frau war kaum zu
verstehen.

Es brachte nichts, ihr in Erinnerung zur rufen, dass er sie
gewarnt hatte, dem Entführer zu glauben, als der ihr zu trinken
anbot.

»Wenn Sie reden möchten … Vielleicht hilft das.«

»Haben Sie eine Vorstellung davon, wie es einer Frau geht,
die missbraucht wurde?«

»Nein«, gestand er ein. »Es ist abscheulich und widerwärtig.
Ich habe mit Ihnen gelitten, als ich das Verbrechen mit anhören
musste. Es kocht in mir. Ich würde am liebsten …«

Ja, was würde er am liebsten? Er war sich selbst nicht sicher.

»Wie soll ich damit umgehen?«, fragte die Frau leise.

»Sie müssen ärztlichen Rat einholen. Es gibt professionelle Hilfe. Ihre Familie wird Sie unterstützen«, sprach er ihr Mut zu.

»Leere Phrasen. Ich kann doch niemandem mehr in die Augen sehen. Die Leute werden mich anglotzen. Was ist, wenn sich irgendein Perverser die Frage stellt, ob es mir nicht doch ein wenig Spaß gemacht hat?«

Christoph schluckte. Ob es solche Menschen gab?

»Sie können sicher sein, dass Ihnen alles Mitgefühl zuteilwird. In der Stunde der Not stehen die Menschen beieinander.«

»Ich kann damit nicht leben.«

Das klang besorgniserregend.

»Es dauert nicht mehr lange, dann wird man uns befreien«, sagte er gegen seine eigene Überzeugung. »Sie werden sehen. Wenn Sie in der Sonne stehen, Ihre Familie in den Arm nehmen, geduscht und saubere Kleidung angezogen haben, wird die Welt anders aussehen.«

»Ich kann nie mehr auf der Insel über die Straße gehen.«

»Doch. Es ist Ihre, unsere Heimat. Hier ist es wunderschön. Wo gibt es so viel heile Umwelt? Wir leben in einem Weltnaturerbe, am Tor zum Wattenmeer. Es gibt kaum einen Flecken, an dem Sie so reichhaltig von der Natur beschenkt werden wie bei uns.«

Christoph spürte an ihrer Atemfrequenz, dass seine Worte zu wirken schienen.

»Irgendwann ist das alles hier Vergangenheit«, sprach er weiter, ohne davon wirklich überzeugt zu sein.

Das taube Ohr würde ihn immer daran erinnern. Aber nicht nur das. Konnte er selbst die Erlebnisse wie einen lästigen Alptraum abschütteln? Oder würden sie ihn verfolgen, ihm nachts den Schlaf rauben und wieder präsent sein? Krampfhaft versuchte er, seine Gedanken auf andere Themen zu lenken.

Er dachte an Harm Mommsen, den Große Jäger nur »das Kind« genannt und als jungen Kommissar genötigt hatte, Kaffee zu kochen. Beim ersten gemeinsamen Fall hatte der Oberkommissar Mommsen aus Fürsorge sogar den Zutritt zum Fundort der Kindesleiche versagen wollen. Heute war Mommsen Kriminalrat und sein Vorgesetzter. Eine gute Wahl für die Husumer Dienststelle.

Und wer von Mommsen sprach, musste auch an seinen so ungleichen Partner Karlchen denken. Vom äußeren Erscheinungsbild konnten die beiden kaum unterschiedlicher sein. Christoph kannte aber nur wenige Partnerschaften, die im Inneren so harmonisch und gefestigt waren wie die zwischen den auf den ersten Blick so unterschiedlichen Männern.

Ob Große Jägers Hund, Blödmann, sie hier aufspüren könnte?, schweiften seine Gedanken ab. Er hatte der Dachsbracke, einer Art hochgelegtem Dackel, diesen Namen verpasst, als der Oberkommissar ihn gelegentlich mit auf die Dienststelle gebracht hatte. Der Hund litt häufig unter Verdauungsproblemen, die sich unangenehm bemerkbar machten. Wie gern hätte er jetzt diese Duftnote gegen das getauscht, was sie hier ertragen mussten.

Plötzlich riss der Gedankenfaden, und er fiel wieder in das schwarze Loch, das Hier und Jetzt hieß. Er konnte sich nicht von der Frage lösen, weshalb man die Geiselnahme nicht beendete. Was hielt die Täter hier fest? Waren sie doch nicht fremd, sondern mit der Umgebung vertraut?

»Ich glaube, mir ist eine Dummheit unterlaufen«, glaubte Christoph plötzlich verstanden zu haben. Er rieb sich das Ohr, aber es wurde nicht besser.

»Ich habe Probleme, auf dem einen Ohr zu hören. Ein Tribut an den beginnenden Alterungsprozess«, log er und drehte den Kopf so, dass das linke Ohr Dorle Hansen zugewendet war. »Können Sie es bitte noch einmal wiederholen?«

»Ich habe mir den Kopf zermartert, wie die Verbrecher an die Information mit dem Geldtransport gekommen sein könnten. Möglicherweise war ich es durch eine Unachtsamkeit. Sie müssen mir glauben. Ich habe meine Arbeit wirklich immer diskret und zur vollsten Zufriedenheit der Sparkasse erledigt. Es gab zu keiner Zeit Beanstandungen. Alle dienstlichen Informationen habe ich für mich behalten. Es gibt einen Kunden – genau, ich erinnere mich jetzt –, der hat spaßhaft zu mir gesagt: ›Na, junges Fräulein, haben Sie auch genug Geld in der Kasse?‹ Fräulein, so nennt er mich immer. Das ist nicht böse gemeint, sondern so redet seine Generation nun mal.«

»Ein älterer Herr?«

»Ja. Fast neunzig. Er hebt das Geld von seinem Koto immer an der Kasse ab. Mit dem Geldautomaten kommt er nicht klar.«

»Ein Mann?«

»Ja.«

»Verwitwet? Alleinstehend?«

»Nein, verheiratet. Seine Ehefrau kenne ich nicht. Er ist immer allein zur Sparkasse gekommen. Wir haben gelegentlich ein paar Worte miteinander gewechselt. Dabei hat er erzählt, dass seine Frau schwer unter Arthrose im Hüftgelenk litt und ihr das Gehen Schmerzen bereitet hat. Ende des letzten Jahres hat sie eine neue Hüfte bekommen. Das ist offenbar nicht ganz einfach in dem Alter. Jedenfalls hat er sich immer um die Einkäufe gekümmert. Und eben auch um die Bankgeschäfte.«

»Arthrose, Künstliches Hüftgelenk«, wiederholte Christoph. »Die alte Frau hier im Haus hinkt.«

»Ich habe einfach nicht daran gedacht. Ich konnte keinen klaren Gedanken fassen. Schimmelmann heißt der Kunde. Er wohnt auf Nordstrand, sehr abgelegen am Dreisprung.«

»Das ist hier«, stellte Christoph fest. »Der alte Mann ...«

»Egon heißt er«, fuhr Dorle Hansen dazwischen. »Egon Schimmelmann. Richtig. Er hat oft kleine Späßchen gemacht. Wir haben gelegentlich herumgeflachst. Also, er hat mal diese Anmerkung gemacht. ›Keine Sorge, Herr Schimmelmann‹, habe ich geantwortet. ›Für nächsten Donnerstag habe ich eine extragroße Geldlieferung für Sie bestellt. Der ganze Geldvorrat, den die Uthlande-Sparkasse im Keller hat. Damit Sie sehen, wem Sie Ihr Vermögen anvertrauen und wie solvent wir sind.‹ ›Sie wollen mich vergackeiern, Fräulein‹, hat er geantwortet. Ich habe ihm versichert, dass dem nicht so sei.«

»Haben Sie Beträge genannt?«

»Ja«, hauchte sie. »Es war ja alles auf scherzhafter Ebene. ›Die liefern Millionen an‹, habe ich erklärt, und als er mich ungläubig angesehen hat, habe ich angefügt: ›Sie wissen, der neue Deich wird von Bayern gebaut. Sie sind misstrauisch und wollen in bar bezahlt werden.‹«

»Nein«, sagte Christoph entschieden. »Auf einen solchen Spaß fällt doch kein vernünftiger Mensch herein.«

»Das habe ich mir auch gesagt. Deshalb bin ich auch nicht darauf gekommen. Das ist aber das einzige Mal, dass ich den Geldtransport erwähnt habe. Ganz bestimmt. Da bin ich mir hundertprozentig sicher.«

Christoph schüttelte den Kopf.

»Man mag es nicht für möglich halten, dass jemand einen solchen Ulk für bare Münze nimmt. Aber wer seine fünf Sinne beieinanderhat, überfällt auch keine Sparkasse.«

Und nimmt Geiseln, die er lange in seiner Gewalt hält. Könnte das eine Erklärung sein?, fragte er sich. Die Täter hatten irrsinnigerweise mit einer unglaublich großen Beute gerechnet und waren nun enttäuscht. Vielleicht war das der Grund, dass man sie so lange festhielt. Die Täter wollten ein hohes Lösegeld erpressen.

Wie hoch? Dorle Hansen hatte erzählt, dass es bei ihr finanzielle Engpässe gab. Die Familie würde einer Lösegeldforderung kaum nachkommen können. Hatte man schon an Anna Forderungen herangetragen? Wie viel? Es gab Rücklagen, das Haus … Es war die Frage, mit welchen vielleicht unrealistischen Vorstellungen die Entführer operierten. Ob die Sparkasse darauf eingehen und ihre Mitarbeiterin freikaufen würde?

Für ihn selbst würde es nicht gelten. Er war als Privatmann in die Hände der Geiselnehmer gefallen. Das Land würde dafür nicht einstehen. Überhaupt ließ sich der Staat aus prinzipiellen Erwägungen nicht erpressen. Insgesamt waren das ganz neue Aspekte.

»Wie konnten die Täter an die Informationen gelangen?«, überlegte er laut. »Es muss eine Verbindung zwischen ihnen und dem alten Ehepaar geben.«

»Sie meinen – die Kinder? Enkel?«, fragte Dorle Hansen erstaunt.

»Das glaube ich nicht. Ich kann mir nicht vorstellen, dass

ein enges Familienmitglied die alte Frau auf so entsetzliche Weise verstümmelt.«

Und wenn doch? Schließlich war es geschehen. Ein Schauder erfasste ihn. Eine Hitzewelle raste durch seinen geschundenen Körper. Wenn es eine solche Verbindung gab, waren die Täter den alten Leuten bekannt. Sie konnten deren Identität aufdecken, zumindest die bisher stets gehütete des Deutschen. Das bedeutete allerhöchste Gefahr. Für das alte Ehepaar, für Dorle Hansen und für ihn.

Er fragte sich, wie weit die Polizei mit ihren Ermittlungen war. Die Gedanken, die ihm eben gekommen waren, konnten die Kollegen noch nicht kennen. Allmählich wurde auch der Zeitrahmen eng. Die Täter mussten irgendwann nervös werden. Wenn sie spürten, dass sich der Ring um sie zuzog, würden sie unter Umständen auf das Lösegeld verzichten und sich mit der geringeren Beute begnügen. Vorerst – bis zur nächsten Gewalttat. Und bei der würden die beiden sicher nicht weniger brutal vorgehen. Der Deutsche war auf jeden Fall am Limit. Für ihn kam es auf ein Mordopfer mehr oder weniger nicht mehr an.

Hilfe von außen zu erwarten war ein gewagtes Spiel. Wenn der Mörder zur Tat schreiten würde, gab es kaum eine Chance, überlegte er. Er musste das Überraschungsmoment nutzen und den Täter überwältigen. Alle beide. Das würde ihm kaum gelingen. Sein Augenmerk müsste sich auf den Deutschen konzentrieren. Das war der Gefährlichere, auch wenn Zülfü seinen Kumpanen unterstützen würde. Der Deutsche musste ausgeschaltet werden. Aber wie? Christoph hatte nur eine einzige Chance. Die Aktion musste überraschend und effizient verlaufen.

In der Kammer fand sich kein Gegenstand, den er als Waffe hätte nutzen können. In irgendwelchen abenteuerlichen Krimischmonzetten setzte der Superheld die Türklinke unter Strom. In der Kammer gab es weder Licht noch eine Leitung. James Bond hätte aus Waschpulver und anderen alltäglichen Dingen ein Sprengmittel gebastelt. Gurken, Zwetschgen und eingelegte Bohnen eigneten sich dafür nicht.

Es gab nur ein einziges Material, das sich als Waffe eignen würde: Glas.

Christoph hatte sich bisher passiv verhalten, auch seine Würde verleumdet, als er sich auf Befehl der Verbrecher demütig verhalten musste. Er wollte alles vermeiden, was die Täter reizen könnte. Er hielt sie für unberechenbar. Deshalb hatte er bisher auch nichts unternommen, um sich von den Kabelbindern zu befreien.

Die Täter hatten nicht bedacht, dass im Gefängnis der Geiseln zuhauf Glasscherben herumlagen. Damit konnten sie sich gegenseitig von den Fesseln befreien. Er müsste zunächst die Beweglichkeit der Hände wiederherstellen und dann … Ja, was dann?, überlegte er.

Sein Vorteil war das Überraschungsmoment. Dennoch barg die Überlegung Risiken. Es gab einen einzigen Versuch. Und wenn der erfolglos war …

Das mochte er sich nicht vorstellen.

Christoph tastete den Boden ab, bis er eine Scherbe gefunden hatte, die ihm geeignet schien, die Handfessel zu zerschneiden. Seine Finger waren inzwischen so steif geworden, dass es ihm nicht gelang.

»Frau Hansen«, sprach er die Sparkassenangestellte an und bat sie, mit der Scherbe den Kabelbinder um seine Gelenke zu zerschneiden.

»Meine Hände schmerzen«, beklagte sich die Frau. »Ich möchte, dass Sie zuerst meine Hände befreien. Mit gebundenen Händen kann ich Ihnen nicht helfen.«

Es war sinnlos, mit ihr zu diskutieren. Es wäre natürlich besser gewesen, wenn er als Erster die Bewegungsfreiheit wiedererlangt hätte. Er tastete ihre Hände ab. Sofort zuckte sie zurück und wich in die Ecke, als er sie berührte. Der Schock der Vergewaltigung saß immer noch sehr tief.

»Anders geht es nicht«, entschuldigte er sich und begann, mit der Glasscherbe vorsichtig am Kunststoff zu reiben.

Es war schwieriger, als er gedacht hatte. Das Plastik erwies sich als widerstandsfähig, und die Glasscherbe hatte keine messerscharfen Bruchkanten. Er konnte auch nicht zu fest drücken, weil er fürchtete, Dorle Hansen zu verletzen. Es verging eine gefühlte Ewigkeit, bis er immer mehr abgekratzt hatte.

»Versuchen Sie, es zu zerreißen«, bat er sie. Es gelang ihr nicht. Christoph hatte auch den Eindruck, dass Dorle Hansen keine sonderlichen Anstrengungen unternahm. Sie bewegte sich am Rande der Apathie. Er schabte weiter Krümel um Krümel ab, bis der Kunststoff schließlich nachgab und die Frau die Hände freibekam. Mit einem »Endlich« rieb sie sich die Handgelenke.

Christoph hielt ihr seine Fessel hin.

»Jetzt ich«, sagte er.

Die Sparkassenangestellte spielte mit ihren Fingern. »Moment«, sagte sie und versuchte, ihre steifen Gelenke wieder geschmeidig zu bekommen.

»Wir haben nicht viel Zeit«, mahnte Christoph.

»Die Verbrecher kommen nur einmal am Tag«, erwiderte sie, begann aber doch, mit der Glasscherbe an Christophs Kabelbinder zu scheuern. Nach wenigen Minuten hielt sie inne. »Ich schaffe das nicht.«

»Doch. Es dauert. Nicht aufgeben.«

Es wirkte lustlos, als sie den Versuch wieder aufnahm. Es war mehr ein vorsichtiges Darüberstreichen.

»Sie müssen etwas mehr drücken«, forderte er sie auf, um im nächsten Augenblick »Aua« zu rufen, als die Scherbe tief in sein Handgelenk schnitt.

»Das geht nicht«, sagte Dorle Hansen mutlos.

»Doch. Sie müssen Geduld haben.«

»Ich kann das nicht«, erklärte sie, unternahm aber trotzdem einen weiteren Versuch.

Christoph hatte nicht das Gefühl, dass sie vorankamen.

»Halten Sie die Scherbe fest«, entschied er sich für eine andere Vorgehensweise und begann seinerseits, mit der Handfessel an der Scherbe auf und ab zu fahren.

Immer wieder probierte er zwischendurch, den Kunststoff zu sprengen, aber der Kabelbinder schnitt nur tiefer ins Fleisch hinein. Die Stelle, an der er mit der Glasscherbe geschnitten worden war, schmerzte. Mehrmals wollte Dorle Hansen aufgeben. Sie legten eine Pause ein, und nur mit Mühe konnte er sie dazu bringen, weiterzumachen.

Ein paar Minuten später sagte sie resigniert: »Ich gebe auf.«

»Wir probieren es später noch mal«, sagte Christoph.

Er suchte nach einer anderen Scherbe, fand aber kein geeigneteres Stück. Auch seine Versuche, sich selbst zu befreien, blieben erfolglos. Er nutzte die Pause für Überlegungen, wie er sich dem Täter entgegenstellen könnte. Die Vorgehensweise war davon abhängig, welcher der beiden als Nächster auftauchen würde und ob der Gegner bewaffnet war.

Bei brutalen Auseinandersetzungen im Rotlichtmilieu nutzten manche Akteure eine abgeschlagene Flasche. Der Hals bot einen festen Griff zum Anfassen, und das gezackte Glas war eine zerstörerische Waffe. Durfte er selbst in einer solchen Situation so vorgehen? Oder würden Juristen ihm später vorwerfen, er habe die Verhältnismäßigkeit nicht gewahrt? Ein solches Urteil würde im schlimmsten Fall verhängnisvolle Konsequenzen für ihn und seine wirtschaftliche Zukunft haben, wenn die bevorstehende Pension in Frage gestellt wäre. Unabhängig davon sträubte sich in ihm alles gegen den Gedanken, einen Menschen schwer zu verletzen, möglicherweise mit bleibenden Folgen, auch wenn er selbst wahrscheinlich welche davontragen würde. Wie auf Kommando begann es in seinem tauben Ohr zu rauschen.

Christoph hatte aufgehört, die Zeit als Maßstab zu empfinden. Die Ungeduld der ersten Stunden, als selbst die Minuten sich unendlich dehnten und wie eine Ewigkeit erschienen, war fast in eine Gleichgültigkeit übergegangen. Er wusste nicht, wie lange sie den Befreiungsversuch unterbrochen hatten, als er Dorle Hansen aufforderte, den Versuch fortzusetzen. Erst beim zweiten Mal nahm sie die Glasscherbe wieder in die Hand und kratzte auf dem Plastik herum.

Nach einer Weile hörten sie Geräusche in der Küche. Sofort unterbrach Dorle Hansen den Befreiungsversuch. Beide lauschten angestrengt.

Schubladen wurden aufgezogen, in Besteckkästen wurde geklappert, dann wurden Schranktüren kraftvoll zugeschlagen.

»Verdammte Scheiße«, hörten sie den Deutschen fluchen.

»Was ist das für ein heruntergekommener Haushalt. Nichts ist da. So ein dreckiger Schlamp-Laden. So eine Scheiße. Nicht mal was zum Saufen haben die hier.«

Es wurde noch weiter rumort, dann entfernten sich die Schimpfkanonaden. Offensichtlich hatte der Mann die Küche wieder verlassen. Kurz darauf zuckten die beiden Gefangenen zusammen, als die Stimme des Haupttäters durch das Haus gellte. Die Worte waren nicht verständlich, aber die Stimmlage zeugte von einem überbordenden Wutausbruch.

War das die Situation, vor der Christoph sich gefürchtet hatte? Bisher schien es, als würden die Täter Gelassenheit an den Tag legen. Jetzt begannen die Nerven blank zu liegen. Wenn Christoph es richtig interpretierte, schien der Alkohol ausgegangen zu sein.

Irgendjemand antwortete dem Deutschen, wenn auch ein paar Oktaven leiser. Es entspann sich ein längerer Disput, in dessen Verlauf die Stimme des Haupttäters immer durchdringender wurde, bis der Streit abrupt abbrach.

»Was ist da passiert?«, fragte Dorle Hansen ängstlich.

»Ich vermute, der eine hat etwas gesucht und war erbost, es nicht gefunden zu haben.«

»Was denn?«

Christoph antwortete, dass er es nicht wisse. Er wollte nicht den Alkohol erwähnen.

»Versuchen Sie noch einmal, meine Fessel aufzuschneiden«, ermunterte er sie.

Endlich hatte er das Gefühl, der Kunststoffstreifen lasse sich ein wenig dehnen, als sie ein lauter Knall aufschreckte. Jemand musste gegen die Küchentür getreten haben. Holz splitterte, das Türblatt flog krachend gegen die Wand. Das alles wurde begleitet vom lauten Fluchen des Deutschen. Es waren keine zusammenhängenden Sätze, sondern nur eine Aneinanderreihung übelster Fäkalausdrücke.

Der Schlüssel zu ihrem Gefängnis wurde gedreht. Dann erschien die bullige Gestalt in der Türöffnung.

»Dieses verdammte Rattenloch. Das ist genauso ekelhaft wie das, in das mich der Bulle da gesteckt hat.«

»Das war er aber gar nicht«, wagte Dorle Hansen zu widersprechen.

»Halt's Maul«, schrie sie der Mann an. Seine Augen waren stumpf und blutunterlaufen. Sein unsteter Blick irrte zwischen den beiden Geiseln hin und her. »Hier verkommt man elendig. Ich habe die Schnauze voll. Habt ihr das kapiert?«

»Fahren Sie doch einfach weg«, sagte Dorle Hansen leise. »Wir hindern Sie doch nicht daran.«

»Du Inselschlampe hast doch keine Ahnung. Du bist zu bescheuert zum … zum …« Er suchte nach den passenden Worten. »Dich kann man nur zum Dingsbums gebrauchen.« Er streckte seine Zunge heraus und fuhr sich damit über die Lippen. Dann schoss sein Arm in Richtung der Frau. »Los, komm her.«

»Nein!« Dorle Hansens schriller Entsetzensschrei gellte durch die Kammer.

Es wirkte so, als müsse man ihn bis zum Festland gehört haben. Ihre Augen waren angstgeweitet. Sie hatte die Hände vor das Gesicht gerissen und wie ein Boxer, der im Schlagtaumel des übermächtigen Gegners steht, die Unterarme vor dem Oberkörper verschränkt.

»Willst du es etwas deftiger haben?«, keuchte der Geiselnehmer und machte einen Ausfallschritt in ihre Richtung. Seine Hand fuhr zum Oberarm der Frau, die starr vor Entsetzen dem Peiniger entgegensah.

Christoph konnte das nicht zulassen. Er spannte alle Muskeln an und warf sich gegen den Mann. Der Angriff kam überraschend. Der Täter prallte gegen die Wand und Christoph gegen ihn. In der Enge des Verlieses gelang es Christoph aber nicht, seine immer noch gefesselten Hände hochzureißen und dem Mann einen Schlag ins Genick zu verpassen. Er zog sein Knie hoch und hoffte, den Entführer an der empfindlichsten Stelle zu treffen. Der stand aber seitlich versetzt zu ihm, sodass das Knie nur den seitlichen Oberschenkel knapp unterhalb des Beckenknochens traf.

»Du Hund, du Bastard«, schrie Christophs Gegner auf, knickte kurz vor Schmerz ein und nutzte die Wand an seiner

Schulter, um sich abzustoßen. Mit der ganzen Wucht seiner kräftigen Gestalt stieß er gegen Christoph. Der versuchte, sich zu halten, rutschte in diesem Moment aber auf irgendeinem matschigen Konservenglasinhalt aus. Diesen kurzen Moment nutzte der Täter, um Christoph am Hals zu packen, die kräftigen Finger drum herumzulegen und Christophs Kopf mit voller Wucht gegen eine Kante des Regals zu schlagen. Der Angriff war so heftig, dass Christoph nur kurz einen stechenden Schmerz verspürte, bevor ihm schwarz vor Augen wurde.

»Du verdammter Hund«, presste der Mann hervor und zog sich die Skimaske vom Kopf. »Du elendige Sau.«

Von dem kurzen Kampf war der Täter so erschöpft, dass er nur stoßweise sprechen konnte. Dazu trug sicher auch der Überraschungsangriff bei.

Der Geiselnehmer machte zwei hastige Schritte rückwärts. Dann warf er mit aller Kraft die Kammertür zu.

Halbbewusst registrierte Christoph, dass nicht abgeschlossen wurde. Der stechende Schmerz am Hinterkopf nahm ihm kurz jeden klaren Gedanken. Er war so in Mitleidenschaft gezogen, dass er einem zweiten Kampf mit dem Täter nicht gewachsen sein würde. Es mochte nur eine Minute verstrichen sein, als die Tür wieder mit Wucht aufgerissen wurde. Der Mann war mit der Pistole zurückgekehrt.

Die Pistole, durchfuhr es Christoph eiskalt, nicht der Revolver, mit dem er ihn bei der Scheinhinrichtung gefoltert hatte.

Das ganze Gesicht des unmaskierten Täters bebte vor Wut. Eine unkontrollierte Wut. Der Mann hob die Waffe und zielte auf Christophs Kopf. Dann zog er langsam den Abzug zurück. Das Antlitz verzog sich zu einer hässlichen Fratze. Sie standen sich gegenüber und maßen sich mit den Augen.

Nein, schrie es in Christophs Innerem. Er hatte fast nie eine Waffe im Dienst getragen, sie während der ganzen langen Zeit bei der Polizei nie eingesetzt, um auf einen Menschen zu zielen. Sein Credo war, dass das Wort des Polizisten dessen stärkste Waffe ist. Hier galt das nicht mehr.

Die Mundwinkel des Mannes zuckten. Dann wanderte

der Lauf der Waffe in Zeitlupe abwärts, verharrte kurz beim Anvisieren des Herzens, um sich noch weiter zu senken.

Christoph atmete tief durch. Offenbar gab es doch eine Hemmschwelle, einen Polizisten zu ermorden, während man ihm direkt in die Augen sah. Der Augenblick der Todesangst entspannte sich, als der Blick des Täters dem Lauf der Waffe folgte.

Urplötzlich und ohne jede Vorwarnung drückte der Mann ab. Christoph hörte den Knall, der in der kleinen Kammer noch lauter wirkte als im Freien. Er spürte einen heftigen Schlag im linken Fuß, aber keine Schmerzen. Dann sackte er zusammen. Der Täter hatte direkt auf den Mittelfuß gezielt und abgedrückt. Das Geschoss hatte die Knochen zertrümmert.

»Du Bastard läufst mir nicht mehr hinterher«, brüllte der Mann und verließ ihr Gefängnis. Mit aller Macht warf er die Tür ins Schloss.

Zwanzig

Polizeihauptmeister Carsten Rauhe hatte alle Illusionen verloren. Die Euphorie und Begeisterungsfähigkeit der ersten Jahre waren Routine und Erfahrung gewichen. Er schätzte die Vorzüge des Beamtenberufs, wusste aber auch um die Nachteile des Dienstes zu Zeiten, in denen andere sich der Familie und ihren Hobbys hingeben konnten: an Wochenenden, während der Nächte und Feiertage im Dienst. Für ihn war das Alltag geworden.

Heute hatte er Glück. Es war ein normaler Tag. Den Abend würde er mit seiner Familie verbringen können. Langsam ließ er den blausilbernen Mercedes durch die Siedlung rollen und warf seinem Beifahrer einen verstohlenen Blick zu. Jens Scholz war noch vom Elan der jungen Jahre geimpft. Seit vier Wochen war der junge Kommissar auf dem Polizeikommissariat 42 in Hamburg in der Möllner Landstraße im Einsatz.

»Wenn es einen Straftatbestand dafür gäbe, dass man solche Siedlungen errichtet, ich könnte es verstehen«, sagte Rauhe. »Mümmelmannsberg hat einen negativen Beigeschmack für jeden, der hier nicht wohnt. Vieles ist von Vorurteilen geprägt. Klar gibt es hier mehr gewaltbedingte Straftaten als in anderen Stadtteilen. Manche Bewohner trauen sich bei Dunkelheit nicht mehr vor die Tür. Wenn es zweihundert Nationen auf der Welt gibt, ist hier mit Sicherheit jede vertreten. Du findest hier alles: Drogendealer, untergetauchte Kriegsverbrecher aus Afrika, Menschen ohne Aufenthaltserlaubnis. Manche Kollegen weigern sich, hier Dienst zu tun. Wir sind es ja gewohnt, Zielscheibe von Gewaltausbrüchen zu sein. Aber selbst die Rettungskräfte von der Bergedorfer Feuerwehr, die hier mit ihrem Rettungswagen Einsätze fahren, werden mittlerweile attackiert. Dabei sind die sonst immer die Guten gewesen. Aber als Polizist …?« Er beugte sich etwas vor und sah zu den oberen Etagen der endlosen Hochhausreihen hinauf. »Ich frage mich manchmal, wo das noch hinführen soll. Natürlich muss die Verhältnismäßigkeit gewahrt bleiben. Aber kann man es verstehen, geschweige denn akzeptieren, wenn wir, also die Polizei, sich nicht mehr zur Sternschanze traut? Dort haben die Schwarzafrikaner mit brutaler Gewalt den Drogenhandel übernommen. Ein Uniformierter riskiert seine Gesundheit, wenn er dort auftaucht. Deshalb ist es im Stillen eine No-go-Area für uns geworden. Das darfst du niemandem erzählen.«

Kommissar Jens Scholz zeigte auf eine Gruppe junger Leute, die herumgrölten, als der Streifenwagen auftauchte und langsam an ihnen vorbeifuhr. Die ausgestoßenen Schmähungen verstanden die beiden Polizisten nicht, aber die ausgestreckten Mittelfinger sagten mehr als alle Worte.

»Das ist eine verlorene Generation. Sieht schlimm aus, ist aber meistens harmlos«, sagte Rauhe. »Die haben keinen Schulabschluss, weil die Eltern nicht darauf gedrungen haben. Einen Ausbildungsplatz bekommen sie auch nicht. Es ist ein Teufelskreis. Die Adresse Mümmelmannsberg stigmatisiert.«

»Ist das nicht deprimierend?«, meinte Scholz.

»Schon. Besonders, weil es eine Minderheit ist, die für das schlechte Image Mümmelmannsbergs sorgt. Man trifft hier die junge Mutter. Etwas pummelig. Sie fühlte sich geschmeichelt, als sich doch ein junger Mann für sie interessierte, ihr die große Liebe vorgaukelte. Mit siebzehn bekam sie ihr erstes Kind und schmiss ihre Ausbildung als Verkäuferin. Mit neunzehn war sie zweifache Mutter. Das zweite Kind war noch gar nicht geboren, da verschwand der Vater zurück in seine nordafrikanische Heimat. Zu ihrem großen Glück, denn sie war nur noch Prügelknabe für ihn gewesen. Wir waren dort im Dauereinsatz. Ein Platzverbot? Da lachen solche Leute drüber. Was soll so eine Frau machen? Alleinerziehend, zwei kleine Kinder, die zudem einen dunklen Teint haben. Da bleibt nur Mümmelmannsberg. Ein anderer Fall, ein Fünfzehnjähriger. Den haben wir schon zwei Mal aufgegriffen. Der Vater war Ingenieur. Typischer Mittelstand. Reihenhaus. Auto. Urlaub im Süden. Dann machte der Arbeitgeber Pleite. Haus, Auto und Frau weg. Pfändung. Hartz IV. So landet man in Mümmelmannsberg. Was macht ein Mittfünfziger, der keine Zukunft mehr hat? Er greift zur Flasche. Der Sohn musste das Gymnasium verlassen und landete in der Resteschule. Zwei Kinder mit deutschen Eltern in der Klasse. Da bist du der Ausgestoßene und traust dich nicht mehr zur Schule. Nirgendwo steht aber im Gesetz, dass Jugendliche von der Schulpflicht entbunden werden, wenn ihr Schulalltag nur noch aus Drohungen und Schlägen besteht. Das, Jens, ist der Alltag hier.«

»Und was hat das mit unserem Auftrag zu tun?«, wollte der junge Kollege wissen.

»Eine Anfrage von der Husumer Polizei. Die haben endlich einmal einen dicken Fall. Sonst jagen die nur Krabben- und Heringsdiebe. Da ist doch nichts los bei denen. So einen Job möchte ich auch haben. Eine ruhige Kugel schieben, wo andere Leute Urlaub machen. Da ist ein angeblich schwerer Junge nach Hamburg gezogen. Wir sollen überprüfen, ob er zu Hause ist.«

»Das ist alles?«

Rauhe nickte und sah sich suchend um. Dann zeigte er auf einen Hauseingang.

»Da drüben. Da muss es sein.«

Die Straße beschrieb einen leichten Bogen. Es war eine geschlossene Reihe von Hochhäusern, bestimmt vierhundert Meter lang und ohne Lücke. Schon die Anhäufung alleinstehender Wohnblocks war beeindruckend. Dieser Anblick hier war erdrückend.

Rauhe suchte eine Parklücke und stellte den Streifenwagen ab.

»Wenn wir Glück haben, ist er nicht beschädigt, wenn wir zurückkommen«, sagte er. »Hast du deine Waffe durchgeladen?«

»Vorschriftsmäßig«, erwiderte Scholz und rückte seine Dienstmütze zurecht.

Ein paar Bäume und das Grün der Vorgärten vermittelten zumindest einen kleinen freundlichen Eindruck. Der Häuserkomplex war ein uniformes Bauwerk, beherrscht von

Waschbetonplatten. Lediglich der unterschiedliche Anstrich der kleinen Balkone gab den Hauseingängen einen bunten Farbtupfer.

Die Haustür stand offen. Rauhe zählte vierundzwanzig Mietparteien.

»Das ist fast schon eine kleine Stadt, nur nicht so harmonisch«, knurrte er bitter und ließ seinen Finger an den Klingelschildern auf und ab wandern. »Das liebe ich. Natürlich steht der Typ hier nicht drauf.«

Scholz war zu den Briefkästen gegangen, die zum Teil aufgebogen waren. »Es sieht aus, als würde mancher die Post seines Nachbarn ungefragt aus den Kästen holen«, sagte er. Dann hatte er es gefunden. »Hier ist er. Dunker.«

Mit Tesafilm war ein handschriftlicher Papierfetzen aufgeklebt worden.

»Ich bin schon eine Weile in diesem Kommissariat«, sagte Rauhe auf dem Weg im klapprigen Fahrstuhl in die sechste Etage, »und kenne manchen schrägen Vogel im Bezirk. Aber der hier ist neu. Soll aus der Provinz zugezogen sein, hat der Schichtführer gesagt. Mensch, die sollen da oben ihren Schrott behalten. Wir haben genug eigene krumme Figuren.«

Der Flur wirkte wie ausgestorben, als sie die zerschrammte Fahrstuhltür geöffnet hatten. Namensschilder suchten sie vergeblich an den Haustüren.

»Versuchen wir unser Glück«, sagte Rauhe und klingelte an einer Tür.

Mit einem Seitenblick sah er, wie sich Scholz zwei Schritte seitlich aufbaute und die Hand über den Griff der Dienstpistole kreisen ließ. Durch das Holz drang das Schnarren des Summers. Aber sonst blieb es still.

Der zweite Versuch an der benachbarten Tür war erfolgreicher. Ein kleiner Mann mit Halbglatze öffnete die Tür vorsichtig einen Spalt, erkannte die Polizei und gab dann den ganzen Weg frei.

»Wir suchen einen Herrn Dunker«, sagte Rauhe.

»Dunker? Nie gehört. Wer soll das sein?«

»Der soll hier wohnen.«

»Ja?« Es klang gleichgültig. Dann streckte der Mann seinen Arm aus. »Da drüben wohnt ein Jugo. Der arbeitet in einer Ausländerkneipe in Billstedt. Das ärgert mich, wenn er nachts besoffen nach Hause kommt und Lärm macht. Dann bekommt er seine Tür nicht geöffnet, fällt auch schon mal über seine eigenen Beine. Einmal hat er in den Flur gekotzt. Das muss er gewesen sein. Da bin ich mir sicher, dass er es war. Aber wenn man hier was sagt – das kümmert kein Schwein.«

»Und in der Wohnung?« Rauhe zeigte auf die Tür, an der sie vergeblich geklingelt hatten.

»Da ist vor Kurzem einer eingezogen. Keine Ahnung, wie der heißt. Komischer Vogel. Hatte so gut wie keine Möbel dabei. Ein Deutscher. Sieht ein bisschen finster aus, aber was soll's. Hat mir nichts getan.«

»Ist er zu Hause?«

»Ich glaube nicht, dass er Arbeit hat. Hier ist alles hellhörig. Da hört man, wenn es nebenan rumort. Der ist unregelmäßig gekommen und gegangen. Aber seit letztem Donnerstag ist er weg. Kann mich genau daran erinnern, weil er in aller Frühe abgeholt wurde. Das ist sonst nie vorgekommen. Es ist sonst nicht meine Art, neugierig zu sein. Aber ich habe aus dem Fenster gesehen. So eine alte Kiste war das. Ein Opel Astra, glaube ich. So ein schmutziges Rot.«

»Haben Sie das Kennzeichen gesehen?«

»Ich sagte doch, dass ich nicht neugierig bin.«

Als der Mann Rauhes prüfenden Blick bemerkte, wich er dem aus. »Na gut«, gestand er ein. »Ich habe ja sonst nichts zu tun. Dann guckt man schon mal hierhin und dahin. Aber das war alles. Sonst weiß ich nichts von dem … Wie soll der heißen?«

Der Polizeihauptmeister tat ihm nicht den Gefallen, den Namen zu wiederholen.

»Was ist denn mit dem?«, wollte der Mann wissen.

»Der Briefträger hat ihn nicht erreicht. Dabei hat er eine Einladung erhalten und soll dringend den Papst besuchen«, erklärte Rauhe. »Jetzt sind wir losgeschickt worden.«

»Nee. Wirklich?« Erst als die beiden Beamten sich mit einem »Tschüss« verabschiedet hatten, hörten sie hinter ihrem Rücken ein »Verarschen kann ich mich allein«.

»Na gut, geben wir den Husumern die Nachricht durch«, sagte Rauhe. »Dann können die entspannt weiterschlafen.«

Einundzwanzig

»Treffer«, sagte Große Jäger und sah von seinem Bildschirm auf.
Cornilsen warf ihm einen fragenden Blick zu.

»Die Weltstadtbullen haben geantwortet. Sie haben Hans-Dieter Dunker nicht angetroffen. Das hat nichts zu sagen.
Aber ...«, ließ er die Fortsetzung des Satzes offen.

»Du siehst aus, als wenn es eine gute Nachricht gibt«, tat
ihm Cornilsen den Gefallen und fragte nach.

»Ja.« Große Jäger ballte die Faust und streckte sie in die Luft.
»Ein Nachbar hat erzählt, dass Dunker am Donnerstagmorgen,
also am Tag des Überfalls, abgeholt wurde. Der Mitbewohner
hat deutlich einen älteren roten Opel Astra gesehen, mit dem
Dunker und noch ein anderer weggefahren sind.«

»Donnerstag. Da ist die Sparkasse überfallen worden. Und
der rote Opel gehört Jörg Bleicher, der ihn an seinen Kumpel
Rolf Jirgensohn verliehen hat. Dem wurde in Wilster beim
Dönermann der Wagen von Zülfü Göksu gemopst. Wir haben
ihn auf Nordstrand als Fluchtwagen entdeckt. Mensch, wenn
du das jemandem erzählst, welche Kette sich dabei aufgebaut
hat, das glaubt dir keiner.«

»Schon gar nicht, dass zwei blöde Provinzpolizisten sie
geknackt haben«, ergänzte Große Jäger. »Aber mit welchem
Wagen sind die Täter mit ihren Geiseln weitergefahren? Du
solltest ...«

»Schon klar«, unterbrach ihn Cornilsen, um kurz darauf
enttäuscht zu vermelden: »Auf Dunker ist kein Fahrzeug zugelassen.«

»Die Täter haben das Fluchtfahrzeug irgendwo getauscht.
Den roten Opel haben wir im Norden der Insel entdeckt. Wie
wärst du weiter vorgegangen?«

»Hä?« Cornilsen sah Große Jäger ratlos an.

»Gut. Also. Wenn du das nicht verstehst: Wenn deine Oma
die Bank überfallen hätte, dann wäre sie mit dem Opel geflüchtet. Und dann?«

Ein erkennendes Grinsen machte sich auf Cornilsens Gesicht breit. »Oma hätte ein anderes Auto irgendwo platziert. Also, an der Stelle, wo wir den Opel entdeckt haben.«

»Weiter«, forderte Große Jäger.

»Mit dem wäre Oma zu dem vorher ausgemachten Versteck gefahren.«

»Prima. Also Oma hätte sich vorher einen Unterschlupf gesucht und wäre nicht aufs Geratewohl über Nordstrand gefahren.«

Cornilsen nickte. »Das wäre zu riskant gewesen. Es hätte sein können, dass die Täter verfolgt werden. Und irgendwo einzubrechen oder zwei neutrale Bewohner zusätzlich neben den beiden Geiseln aus der Sparkasse zu kidnappen wäre auch in Anbetracht der Eile, die geboten war, zu riskant gewesen.«

»Wenn man bedenkt, dass die Täter einiges geplant und vorbereitet haben, haben sie mit Sicherheit nicht daran gedacht, dass wir die Kette der Beschaffung des Fluchtwagens zurückverfolgen könnten. Und wenn wir schon einmal erfolgreich waren, warum sollten wir diese Masche nicht noch einmal probieren?«

»Du meinst, wir sollten herausfinden, wie die Täter an das zweite Fahrzeug gekommen sind? Geklaut?«

»Das wäre eine Möglichkeit. Prüfen wir, ob auf Nordstrand ein Pkw als gestohlen gemeldet wurde. Aber das können wir eigentlich vergessen. Das ist zu riskant. Wenn die Täter mit dem entwendeten Fahrzeug über die Insel fahren, laufen sie Gefahr, am Besitzer vorbeizurollen.«

»Da weder Zülfü Göksu noch Dunker ein eigenes Auto haben, muss es eine andere Möglichkeit geben.« Cornilsen nagte an der Unterlippe. »Gestohlen oder ausgeliehen.«

»Das muss aber am Donnerstagmorgen passiert sein, da Göksu am Tattag seinen Kumpel Dunker mit dem roten Opel in dessen Hamburger Wohnung abgeholt hat. Da sie nicht viel Zeit für die Autobeschaffungsaktion hatten – das musste zwischen der Abfahrt in Hamburg und dem Überfall geschehen sein –, kann der Diebstahl nur irgendwo auf der direkten Strecke zwischen diesen beiden Orten erfolgt sein.«

»Dunker oder Göksu könnten den zweiten Fluchtwagen vorher beschafft haben«, gab Cornilsen zu bedenken.

»Theoretisch ja. Aber dann wäre Göksu nicht mit dem Opel von Itzehoe nach Hamburg gefahren, um Dunker abzuholen.«

»Hm«, stimmte Cornilsen zu. »Ich mache mich auf die Suche, ob wir in dieser Gegend gestohlene Autos gemeldet haben.«

Es dauerte zwei Stunden, bis die Auswertung vorlag.

»Drei Stück könnten in Frage kommen«, meinte Cornilsen. »Einen VW–Bulli können wir streichen. Der ist inzwischen an der polnischen Grenze aufgetaucht. Dieses Modell ist im Osten sehr beliebt. In Glückstadt wurde ein silberner Porsche entwendet. Zumindest hat es der Besitzer am Donnerstagmorgen bemerkt.«

»So ein Typ ist zu auffällig.«

»Der dritte wurde in Lunden gestohlen. Es handelt sich um einen dunkelblauen Mazda 3.«

»Das ist ein Fahrzeug, das unscheinbar ist. Waren die Täter so clever und haben sich ein neues Nummernschild mitgebracht?«

Cornilsen zuckte mit den Schultern.

»Ich vermute – nein. Die Nummernschilder weichen von der Größe her bei den unterschiedlichen Fahrzeugtypen ab. Die Entführer werden nicht die Zeit gefunden haben, sich ein ganz bestimmtes Modell zu suchen. Ein Autodiebstahl am helllichten Tag ist schon sehr gewagt.«

Große Jäger stutzte. »Was sind das für Leute, die den Diebstahl gemeldet haben?«

Cornilsen sah auf den Bildschirm. »Ein Paar, nicht verheiratet. Harald Rönneberger und Marlies Schimmelmann.«

»Sind die in unserer Kundendatei?«

Cornilsen tätigte ein paar Eingaben. »Nein«, sagte er enttäuscht.

Große Jäger legte die Stirn in Falten. »Rönneberger«, wiederholte er mehrfach. »Wo habe ich den Namen gelesen?« Er überlegte krampfhaft, aber es fiel ihm nicht ein.

»In welchem Zusammenhang?«, wollte Cornilsen helfen. »Wenn der Mann bisher nicht straffällig geworden ist, können wir ihm kaum begegnet sein.«

»Doch«, beharrte Große Jäger. »Irgendwo habe ich den Namen gelesen.« Er zeigte auf den Bildschirm. »Prüf noch einmal alle Kontaktpersonen zu unseren beiden Verdächtigen.«

Es dauerte keine zwei Minuten, bis Cornilsen aufgeregt meldete: »Hier. Ich habe etwas. Dunkers Mutter ist eine geborene Rönneberger.«

»So häufig ist der Name nicht. Das könnten Cousins sein.«

Über den Bildschirmrand beobachtete Große Jäger, wie sich der junge Kollege mit Feuereifer durch die Dateien hangelte, begleitet von Zwischenrufen wie »Ja – da!«, »Da haben wir ihn«, »Dachte ich mir doch«, bis er sich schließlich zurücklehnte und »Bingo« sagte.

»Die haben einen gemeinsamen Opa«, erklärte er.

»Dann sind Dunker und Göksu gezielt nach Lunden gefahren. Ob Rönneberger und seine Partnerin involviert sind?«

»Besuchen wir sie«, sagte Große Jäger.

Cornilsen hatte Mühe, dem Oberkommissar zu folgen, als der fast im Sprint zur Tür eilte.

Auf der Bundesstraße hinter Husum herrschte reger Verkehr, sodass sie keine Möglichkeit fanden, die Lkws zu überholen. Den beiden Beamten schien es eine Ewigkeit zu dauern, bis sie hinter Friedrichstadt die Eiderbrücke überqueren konnten. In Friedrichstadt waren die Schranken geschlossen. Voller Ungeduld trommelte Große Jäger auf dem Lenkrad herum, als er den Zug sah, der zuvor noch einen Halt am nahe gelegenen Bahnhof einlegte.

»Wie lange dauert es, bis die Leute den geentert haben«, beklagte er sich.

Das Paar wohnte in einem der älteren Siedlungshäuser in der Wollersumer Straße. Das Grundstück schien verwaist. Sie trafen niemanden an.

»Zu wem wollen Sie denn?«, fragte eine Nachbarin über den Gartenzaun hinweg.

»Frau Schimmelmann oder Herrn Rönneberger«, antwortete Große Jäger.

»Die arbeiten beide.«

»Wissen Sie, wo?«

Die Frau nickte. »Klar. Er ist beim Amt tätig.«

»Bei welchem?«

»Bei unserem«, erwiderte die Frau.

Große Jäger stöhnte auf. »Kaum bist du südlich der Eider, gibt es Probleme mit den Dithmarschern.«

Cornilsen schmunzelte. »Das behaupten die auch von den Nordfriesen.«

Das »Amt« hieß Kirchspielslandgemeinden Eider und befand sich in Hennstedt.

»Hast du eine Adresse?«, fragte Große Jäger.

»Ja«, bestätigte Cornilsen. Erst im zweiten Versuch gelang es ihm, »Kirchspielsschreiber-Schmidt-Straße 1« fehlerfrei auszusprechen.

Die Amtsverwaltung lag mitten im ländlichen Zentralort, auch wenn sich auf der anderen Straßenseite ein großes Feld ausbreitete.

Harald Rönneberger war ein bulliger Mann mit einem Stiernacken. Er sah die beiden Beamten interessiert an, als sie sich vorgestellt hatten.

»Sie kommen wegen des Autos? Haben Sie es gefunden?«

»Nein«, erklärte Große Jäger. »Kennen Sie Hans-Dieter Dunker?«

Rönneberger winkte ärgerlich ab. »Lassen Sie mir den vom Hut. Mit dem Vogel wollen wir nichts zu tun haben. Der krumme Hund war erst neulich bei uns zu Hause. Am liebsten hätte ich ihn gar nicht reingelassen. Irgendwie haben wir dann doch eine halbe Stunde miteinander gesprochen. Es ist mir nicht geheuer, wenn Hans-Dieter aufkreuzt. Der hat so viel Dreck am Stecken, das reicht für eine ganze Mafia-Großfamilie. Uns hat er noch nichts getan, aber unheimlich ist das schon.«

»Ihr Mazda wurde gestohlen.«

»Das ist ein bisschen verwunderlich. Der Dieb hat sich den

Autoschlüssel genommen. Der hängt bei uns am Schlüsselbrett gleich neben der Eingangstür.«

»Wurde bei Ihnen eingebrochen?«, fragte Große Jäger.

Rönneberger besah sich seine Fingernägel. »Ich bin Beamter und will keinen Ärger«, sagte er leise. »Das ist eigene Dummheit. Vor dem Dienst war ich noch mit dem Hund draußen. Das mache ich jeden Morgen. Wir haben an unserer Haustür innen und außen Türklinken.«

»Wenn nicht abgeschlossen ist, kann man auch von außen herein.«

Rönneberger nickte kaum wahrnehmbar. »Wir leben auf dem Land. In Lunden ist noch nie etwas passiert. Der Autodieb muss also zur Haustür rein und schwups … weg waren Schlüssel und Auto.«

»Sie haben nichts bemerkt?«

Er schüttelte den Kopf. »Nach dem Gassigehen frühstücken Marlies und ich. Dabei hören wir Radio. Das haben wir uns so angewöhnt. Tut mir leid, aber davon haben wir nichts mitgekriegt. Ich weiß«, er hob dabei eine Hand, »das ist dumm. Ich weiß nicht, ob die Versicherung dafür aufkommt. Die Blödheit kommt uns unter Umständen teuer zu stehen. Die Sache mit der offenen Tür und dem Autoschlüssel, also … Das habe ich gleich am Donnerstag früh der Polizei erzählt. Ich will da gar nicht rumtricksen.«

»Hat Hans-Dieter Dunker mitbekommen, wo Sie Ihren Autoschlüssel aufbewahren?«

»Ich habe mich gewundert, was der alles sieht. ›Das solltest du nicht machen‹, hat er gesagt. ›Das verleitet zum Diebstahl.‹ – ›Nicht in Lunden‹, habe ich geantwortet. ›Da stiehlt niemand Autos.‹« Rönneberger gab sich mit der flachen Hand einen leichten Schlag auf die Stirn. »Ich Hornochse habe ihn auch noch darauf hingewiesen.« Plötzlich blitzte es in seinen Augen auf. »So ein Mist. Da bin ich ganz naiv gewesen.«

»Was wollte Ihr Cousin bei Ihnen?«

»Der suchte Arbeit und wollte wissen, ob ich meine Beziehungen spielen lassen kann. Welche? Ich arbeite hier im Bürgerbüro. Und selbst wenn ich Kontakte hätte, würde ich meinen guten Ruf nicht für so eine taube Nuss aufs Spiel setzen.«

»Wie hat Ihr Cousin darauf reagiert?«

»Eigentlich gar nicht. Ich kann mir auch kaum vorstellen, dass er ehrliche Arbeit sucht. Der heckt wieder irgendwelche krummen Dinger aus. Also. Wenn der noch mal bei uns auftaucht, werfe ich ihn achtkantig hinaus. Ich habe mich beim letzten Mal schon genug geärgert. Sagen Sie mal«, fiel ihm ein. »Heißt das, dass Hans-Dieter meinen Mazda geklaut hat?«

»Das ist denkbar«, antwortete Große Jäger ausweichend.

»So ein Käse«, schimpfte Rönneberger und war immer noch aufgebracht, als die beiden Beamten ihn verließen.

Auf der Rückfahrt kurz vor dem Überqueren der Eider fragte Große Jäger: »Wenn du Urlaub machst, Hosenmatz, fährst du dann nach Nordstrand?«

»Was? Wie?« Cornilsen konnte mit der Frage nichts anfangen.

»Antworte doch einfach mit Ja oder Nein«, forderte ihn Große Jäger auf.

»Natürlich nicht. Das ist ja direkt vor der Haustür. So blöd ist doch keiner.«

»Du würdest also vermuten, dass auch die Dithmarscher Nordstrand nicht als Urlaubsziel wählen?«

»Davon gehe ich aus.«

»Wir hatten vorhin überlegt, ob die Täter dem gestohlenen Wagen ein neues Nummernschild verpassen würden, das aber fast ausgeschlossen.«

»Ich verstehe«, sagte Cornilsen. »Wir müssen im Umkreis von vier bis fünf Kilometern um den Silo in Süderhafen nach einem blauen Mazda 3 mit Heider Kennzeichen Ausschau halten. Wollen wir gleich durchfahren?«

»Nein«, entschied Große Jäger. »Wir besorgen uns zuvor von der Dienststelle die Adressen, die du auf der Karte markiert hast. Dank deiner intensiven Vorarbeit können wir uns auf eine deutlich reduzierte Anzahl von Häusern beschränken.«

»Tun wir das machen«, stimmte Cornilsen zu.

Auf der Husumer Dienststelle herrschte die übliche Betriebsamkeit, keine hektische, sondern eher eine gelassene.

Die beiden Beamten beugten sich über die Karte und notierten die Adressen, die nach den bisherigen Erkenntnissen als möglicher Unterschlupf für die Täter in Frage kommen könnten. Zuvor hatten sie nachgefragt, ob Neuigkeiten vorlägen.

»Nein«, hatte Mommsen geantwortet. »Wir haben von den Entführern nichts gehört. Gut, dass ihr weitergekommen seid. Falls ihr auf Nordstrand fündig werdet, bedenkt, dass ich keine Einzelaktionen möchte. Die Täter sind hochgradig gefährlich, bewaffnet und gewaltbereit. Das überlassen wir dem SEK.«

Große Jäger hatte etwas gemurmelt.

»Was hast du gesagt?«, hatte Mommsen nachgefragt.

»Mir fiel gerade ein, was ich noch im Supermarkt besorgen muss.«

»Wilderich! Du hast gehört, was ich gesagt habe. Lass die Vernunft walten.«

Große Jäger hatte beschlossen, dass sie mit seinem privaten Pkw fahren sollten. Cornilsen hatte Mühe, seine fast zwei Meter Körpergröße im Smart unterzubringen. Es war oben eng, und die Beine hatten auch nicht viel Platz. Zusätzlich bedrängte ihn der Oberkommissar von der Seite.

»Eine Familienkutsche ist das nicht«, meckerte er.

»Wenn du bequem reisen willst, musst du mit der Deutschen Bahn fahren. Dafür benötigst du auf Fernstrecken aber viel Zeit. Ich bewundere immer wieder die Mitarbeiter in den Zügen, die die Missstände nicht zu vertreten haben, aber trotzdem als Blitzableiter herhalten müssen.«

An der Schobüller Tankstelle hatte sich eine Fahrzeugschlange gebildet.

»Das liegt auch an der Freundlichkeit des Personals hier«, stellte Große Jäger fest. »Es ist wie bei der Husumer Polizei. Da gilt das Gleiche.«

»Besonders für einen gewissen Oberkommissar«, stichelte Cornilsen.

Am Beginn des Damms wies nichts mehr auf die Straßensperre hin. Die Eutiner Polizisten waren abgezogen worden. Der spärliche Verkehr floss reibungslos.

»Wie lösen die das, wenn die Straße saniert werden muss?«, wollte Cornilsen unterwegs wissen.

»Dann gibt es eine Umleitung.«

»Ach so.« Es dauerte einen Kilometer, bis Cornilsen die Antwort registriert hatte. »Hä? Das geht doch nicht. Der Damm ist die einzige Straße hinüber.«

»Ach ja? Dann wird man dich konsultieren und um eine Lösung bitten.«

»Quatschkopp.«

Kurz bevor sie abbogen, zeigte Große Jäger auf den Parkplatz des »Krugs« im Pohnshalligkoog. »Da musst du aufpassen. Hier stehen oft die fotografierenden Kollegen. Die Bilder sind allerdings qualitativ schlecht und teuer.«

»Bekommen wir Rabatt?«, wollte Cornilsen wissen.

»Keinen Rabatt, aber Punkte. Ich würde sie allerdings nicht Bonuspunkte nennen.«

Die schnurgerade Chaussee begann nach ein paar Kilometern leicht anzusteigen und erklomm die Deichkrone. Sie passierten Süderhafen mit dem markanten Silo.

»Den hat Christoph gesehen«, sagte Große Jäger, »und geschätzt, dass es vier Kilometer bis zu dem Versteck der Geiselnehmer sind. Wenn wir geradeaus fahren, kommen wir zum Inselkaufhaus und zur Kurverwaltung. Dort haben die Täter den Finger deponiert. Lass uns am Ende dieses Ortsteils abbiegen und direkt am Deich entlangfahren.«

Sie folgten der schmalen Straße, die unmittelbar auf der Binnenseite des Deichs entlangführte. In großen Abständen lagen vereinzelt Höfe am Weg. Große Jäger sah auf den Kilometerzähler. »Das sind jetzt schon über vier Kilometer«, stellte er fest, als die erste Abzweigung auftauchte. Ein schmaler Binnendeich aus Richtung Inselmitte mündete hier auf dem Weg.

»So genau konnte er es nicht schätzen«, gab Cornilsen zu bedenken. »Abgesehen davon schien mir keines der wenigen Häuser, an denen wir vorbeigekommen sind, als Unterschlupf für die Täter geeignet.« Er warf einen Blick auf die Karte. »Hier liegen ein paar Häuser, die wir als Ziel angekreuzt haben.«

»Friedrichsen war doch hier mit dem Fahrrad unterwegs. Dem ist nichts aufgefallen«, erwiderte Große Jäger.

»Langer Deich heißt der Weg. Am anderen Ende liegt die Kurverwaltung mit dem Strandkorb. Du weißt – der Brief und das abgeschnittene Fingerglied.«

»Ein halbes Dutzend Häuser. Ganz abgelegen.« Große Jäger stoppte den Smart und sah über die Schulter. »Von hier aus sieht man den Silo. Wie weit ist das?«

Cornilsen sah sich ebenfalls um. »Das ist ganz schwer zu schätzen. Auf der freien Fläche sieht das weiter aus. Der Kilometerzähler sagt aber, dass vier Kilometer ein Näherungswert sind. Diese paar Häuser heißen Dreisprung.«

Große Jäger entschloss sich, abzubiegen und den Binnendeich zu nehmen.

Die zum Teil reetgedeckten Häuser lagen alle auf der rechten Straßenseite. Links, unterhalb des Deiches, hatten die Bewohner Schuppen errichtet, kleine Gemüsegärten angelegt oder Brennholz und Gerätschaften gelagert.

Alle Häuser wirkten unbewohnt. Zum Teil waren die Fensterläden geschlossen. Vor den Gebäuden standen Bänke, auf denen sich bei gutem Wetter die Bewohner ein ruhiges Stündchen gönnen mochten. An manchen Häusern fanden sich Schilder »Ferienwohnung frei«.

Urplötzlich hatte Große Jäger das Verlangen, den Wagen sofort abzustoppen. Es kostete ihn viel Überwindung, den Smart langsam weiterrollen zu lassen.

»Hast du das gesehen?«, fragte er seinen Beifahrer fast atemlos.

Cornilsen war ebenso konsterniert. »Der blaue Mazda mit dem Heider Kennzeichen. Genau der, der Rönneberger in Lunden gestohlen wurde.«

»Hier gibt es nur diese Ansammlung von Häusern. Es macht keinen Sinn, den Wagen hier zu parken und in einem der weit verstreuten Bauernhöfe Unterschlupf zu suchen«, sagte der Oberkommissar. »Hast du auch …?«

»Natürlich«, fiel ihm Cornilsen ins Wort. »Ich werde gleich eine Halteranfrage starten, wem der alte Opel Kadett gehört, der danebensteht.« Er schüttelte den Kopf. »Die Entführer müssen doch einen Riss in der Schüssel haben, wenn sie das gestohlene Auto hier abstellen.«

»Es gibt keine andere Möglichkeit. Einige Häuser haben eine Garage, aber die sind vermutlich abgeschlossen.«

Während Große Jäger in mäßiger Geschwindigkeit weiterfuhr, hatte Cornilsen sein Tablet hervorgeholt und gab hektisch etwas auf dem Touchscreen ein. Der Oberkommissar legte ihm behutsam eine Hand auf den Oberarm.

»Nicht so hastig. Du vertippst dich nur.«

Nach zwei Kilometern hatten sie den zentralen Ort erreicht, an dem sich die Kurverwaltung, das Bürgerbüro und das Inselkaufhaus befanden. Große Jäger lenkte den Smart auf den Parkplatz. Während Cornilsen immer noch mit der Halteranfrage beschäftigt war, studierte der Oberkommissar die Karte. Tatsächlich hatte sein Kollege die eben passierten Häuser zutreffend als möglichen Unterschlupf der Entführer markiert.

»Gute Arbeit«, murmelte Große Jäger.

Cornilsen sah überrascht auf. »Wie bitte?«

»Ist in Ordnung. Du musst nicht jedes Lob hören. Sonst schwillt dir noch der Kamm, und ich muss ein Loch ins Dach schneiden, weil du nicht mehr ins Auto passt. Wie lange dauert es noch?«

»Bin gleich so weit.« Der Kommissar war aufgeregt wie ein kleiner Junge, der an Heiligabend die Türklinke zum Weihnachtszimmer in der Hand hält. »Ja«, schrie er so plötzlich, dass Große Jäger erschrak.

»Mensch. Dagegen war der Tarzan-Ruf ein leichtes Wispern«, beklagte sich der Oberkommissar und beugte sich zum Display des Tablets hinüber. »Das blendet. Ich sehe nichts.«

»Der Halter des Opel Kadett ist vierundachtzig Jahre alt und wohnt dort hinten am Langer Deich. Wir sind am Haus vorbeigefahren, in dem er und seine Frau gemeldet sind.«

»Eine alte Frau«, sagte Große Jäger mehr zu sich selbst. »Da passen immer mehr Puzzleteile.«

»Wir haben einen Haupttreffer gelandet«, zeigte sich Cornilsen überschäumend begeistert. »Das wirst du verstehen, wenn ich dir den Namen des Ehepaares nenne: Egon und Luise Schimmelmann.«

»Schimmelmann«, entfuhr es Große Jäger entgeistert. »So häufig ist der Name nicht. Ob Rönnebergers Partnerin, Marlies Schimmelmann, mit denen verwandt ist?«

»Ich werde das prüfen«, sagte Cornilsen.

»Das dauert zu lange. Wir werden das nachholen. Ich rufe Rönneberger an.«

Große Jäger hatte Glück. Der Beamte aus der Amtsverwaltung war sofort am Apparat.

»Wir haben eben miteinander gesprochen«, sagte Große Jäger. »Hat Ihre Partnerin Verwandte auf Nordstrand?«

»Ja.« Es klang überrascht. »Ihre Eltern. Die sind schon sehr betagt. Marlies ist ein Nachzügler. Was ist mit denen?«

»Haben Sie regelmäßigen Kontakt zu den alten Herrschaften?«

»Marlies telefoniert sporadisch mit ihnen, aber nicht täglich. Wollen Sie mir nicht sagen, was hier gespielt wird?«

»Wann waren Sie das letzte Mal auf Nordstrand?«

»Das ist vielleicht zwei Wochen her.«

»Haben die Eltern Ihrer Partnerin Kontakte zur dortigen Sparkasse?«

»Nein, eigentlich nicht. Der Schwiegervater war Schlossermeister und hat bei den Husumer Werkstätten gearbeitet. Ich glaube, er hat ein Konto bei der Sparkasse.« Es trat eine kurze Verzögerung ein. »Ja, genau. Bei der Uthlande-Sparkasse. Da wird er so gut bedient, sagt er immer. Die junge Frau dort, mit der würde er immer flirten.«

»Hat er einen Namen genannt?«

»Nein. Das ist unwichtig. Sie nehmen das ›Flirten‹ doch nicht für bare Münze? Mein Schwiegervater, wenn ich ihn so nennen darf, ist vierundachtzig.«

»Gibt es sonst irgendeine Verbindung zur dortigen Sparkasse?«

»Nein. Wirklich nicht. Wir haben sogar gelacht, als mein

Schwiegervater bei unserem letzten Besuch behauptet hat, in der kleinen Nordstrander Filiale würden demnächst Millionen angeliefert werden. Das hätte ihm die junge Frau berichtet. Damit würde der derzeitige Deichbau auf Nordstrand bezahlt werden. In bar. Natürlich haben wir herzhaft darüber gelacht.«

»Hat Ihr Schwiegervater das geglaubt?«

Rönneberger lachte laut auf. »Wo denken Sie hin. Der ist alt und gebrechlich, aber nicht senil.«

»Sie wussten also von einer größeren Geldanlieferung in der Nordstrander Sparkassenfiliale?«

Erneut lachte Rönneberger. »Von Millionen? Lächerlich. Als Hans-Dieter Dunker neulich bei uns war, ich erzählte es Ihnen, dass es uns überhaupt nicht passte, hat Marlies ihm im Zorn erzählt, die Frage nach einem Job wäre doch nur vorgetäuscht. In Wahrheit plane er wieder irgendein krummes Ding. Hans-Dieter war richtig sauer. Bei seiner kriminellen Vergangenheit solle er doch eine Sparkasse überfallen, zum Beispiel die auf Nordstrand. Da lägen Millionen auf der Straße. So irre kann doch niemand sein, um das zu glauben.« Rönneberger stutzte. »Sagen Sie mal«, sagte er plötzlich stockend. »Das habe ich doch gelesen und im Fernsehen gesehen. Die Bank auf Nordstrand ist doch überfallen worden. Ist das etwa …? Das gibt's doch nicht. Selbst ein Idiot wie mein Cousin glaubt doch nicht so einen Blödsinn.«

»Vielleicht nicht die Million, aber es könnte bei Dunker eine Idee initiiert haben. Bankraub ist heutzutage durch viele technische Maßnahmen fast unmöglich geworden. Man muss sich als potenzieller Täter schon eine erfolgversprechende Nische suchen.«

Rönneberger rang nach Luft. »Also, das glaube ich jetzt nicht. Das kann doch nicht wahr sein, dass der Trottel Hans-Dieter durch diese aberwitzige Bemerkung auf die Idee gekommen ist, die Sparkasse zu überfallen.«

Es klang sehr abwegig, aber im Grunde war jedes Verbrechen eine nur schwer vorstellbare Abnormität.

Große Jäger berichtete Cornilsen von seinem Telefonat.

Der Kommissar hörte gar nicht mehr auf, ungläubig den Kopf zu schütteln.

»Das kann nicht wahr sein«, wiederholte er immer wieder, um schließlich zu fragen: »Und nun?«

Große Jäger wollte ihm antworten, wurde aber durch das Klingeln seines Handys abgelenkt.

Er meldete sich, deckte dann das Mikrofon ab und raunte Cornilsen zu: »Das ist Hartkopf aus Lübeck. Moment«, sagte er dann und suchte auf dem Display des Smartphones. »Irgendwo muss bei dieser Kiste doch der Lautsprecher angehen.«

Cornilsen nahm es dem Oberkommissar aus der Hand und schaltete die Funktion ein.

»Also«, forderte Große Jäger den Sicherheitschef zum Sprechen auf.

»Sie haben mir einen immensen Schaden zugefügt«, begann Hartkopf mit belegter Stimme. »Mein Arbeitsplatz steht zur Disposition.«

»Wir haben ein schweres Kapitalverbrechen aufzuklären. Ich habe Ihnen gesagt, weshalb wir von Ihnen die Auskunft benötigen. Woher beziehen Sie die Mittel, um das nicht preiswerte Vergnügen zu finanzieren, dem Sie nachgehen? Eine wirtschaftliche Notlage hat schon manche zum Mittäter werden lassen.«

»Sie glauben doch nicht, dass ich mit den Bankräubern unter einer Decke stecke?«

»Mit einer vernünftigen Auskunft könnten Sie das Gegenteil beweisen.«

»Das ist es ja. Ich weiß«, sagte Hartkopf kleinlaut, »dass mein Hang zu den freizügigen Mädchen nicht nur ungewöhnlich, sondern auch teuer ist. Muss ich mich dafür rechtfertigen, dass es wie eine Sucht ist?«

»Darüber sollten Sie mit einem Arzt sprechen. Das ist nicht Aufgabe der Polizei. Wir sind auch keine moralische Instanz.«

»Mein Job ist eine absolute Vertrauensstellung. Unser Geschäftsführer, Herr Rüschenbeck, würde es nicht verstehen, wenn ich mich in eine irgendwie geartete Abhängigkeit begeben würde.«

»Dann hätte er die gleiche Idee wie wir. Haben Sie mit den Tätern zusammengearbeitet?«

»Gott bewahre. Nein. Sie haben recht. Der Besuch bei den Frauen hat mein laufendes Budget überfordert. Ich habe auch mein Girokonto bis zum Limit überzogen und musste jetzt einen Kredit aufnehmen. Genau das ist es, was ich meinem Arbeitgeber hätte mitteilen müssen. Ich habe es verschwiegen, weil Rüschenbeck solche Dinge sehr genau nimmt und mir Konsequenzen angedroht hätte.«

»Die jetzt über eine ganz andere Schiene auf Sie zurollen. Hätten Sie sich uns eher anvertraut, wäre Ihnen der Auftritt vor den Augen Ihres Chefs erspart geblieben.«

»Wie soll das weitergehen?«, fragte Hartkopf mit fast weinerlicher Stimme.

»Das ist Ihre Sache. Wir haben unsere eigenen Probleme.«

»Und davon nicht zu wenig«, bestätigte Cornilsen nach Abschluss des Telefonats.

Zweiundzwanzig

Die Schmerzwelle hatte inzwischen Christophs ganzen Körper erfasst. Er war unfähig, sich zu bewegen. Die kleinste Regung des Fußes tat unmenschlich weh. Selbst beim Atmen schien es, als würden die zersplitterten Knochen aneinanderreiben. Er wusste, dass Hände und Füße ein sehr fragiles Miteinander von kleinen Knochen, Sehnen, Muskeln und Nerven bildeten. Dieses medizinische Fachgebiet wurde von speziellen Hand- und Fußchirurgen betreut. Er machte sich nichts vor. Die Folgen dieser Tat würden ihn sein Leben lang begleiten. Er müsste künftig mit einer Behinderung leben und würde nicht mehr vernünftig laufen können.

Ob er nach der Pensionierung noch Golf spielen konnte? Diesen Sport hatte er in den letzten Jahren vernachlässigt. Im Stillen hatte er sich auf einen Neuanfang gefreut. Konnte er künftig Rad fahren? Antworten würden erst ärztliche Untersuchungen bringen. Vermutlich erwarteten ihn auch zahlreiche operative Eingriffe. Im Augenblick hätte er ein Himmelreich für schmerzstillende Mittel gegeben.

Dorle Hansen hatte sich um ihn bemüht, sich die Wunde angesehen, aber hilflos mit den Schultern gezuckt. Sie war machtlos. Es gab nichts, womit man ihm hätte helfen können. Zum Glück blutete die Wunde nicht sehr stark. Aber war das wirklich gut? Oder bestand die Gefahr einer Infektion?

Die Frau hatte sich vorsichtig an ihn gelehnt und den Kopf auf seine Schulter gelegt.

»Es ist meine Schuld«, flüsterte sie. »Hättest du dich nicht für mich eingesetzt, wäre das nicht passiert. Wie heißt du eigentlich?«

»Christoph.«

»Ein schöner Name. Verzeihst du mir, dass ich mich so dumm angestellt habe? Ich hätte dir vertrauen und auf dich hören sollen. Aber das war alles zu viel. Ich bin mit der ganzen Situation überfordert.«

»Das sind wir alle«, versuchte Christoph ihr Mut zu machen.

»Du bist Polizist.«

»Das hat nichts zu sagen. Das, was wir hier durchleben, kann man nicht lernen. Eine solche Lage ist nicht als Planspiel durchführbar. Kein Instrukteur an einer Polizeischule denkt sich so etwas Perverses aus.«

»Die erste Vergewaltigung ... Du glaubst nicht, wie schlimm das für eine Frau ist.«

»Ich kann das nachempfinden.«

Er stöhnte auf, weil ein erneuter Schmerz durch seinen ganzen Körper raste. Der zerschossene Fuß, die am Rücken durch den Aufprall auf die scharfen Kanten des Regals aufgeplatzte Haut, die Schnittverletzungen am Handballen, das taube Ohr und die Platzwunde vom Schlag gegen den Kopf – all das war mehr, als ein Mensch ertragen konnte. Aber der alten Frau mit ihrer verstümmelten Hand erging es auch nicht besser. Und der Geldbote war tot.

Wie würde es sein, überlegte er, wenn er im Prozess seinem Peiniger gegenüberstehen würde? Könnte er ihm ohne Emotionen in die Augen sehen? Während seiner ganzen Dienstzeit hatte er vielen Tätern gegenübergestanden und stets professionelle Distanz gewahrt. Als Betroffener war es anders.

»Ich glaube, ich hätte einen nochmaligen Missbrauch durch dieses Schwein nicht überlebt«, sagte Dorle Hansen leise. »Danke.« Sie tätschelte behutsam seinen Unterarm. »Dein Einsatz hat mir meine Würde zurückgegeben, wenn es auch ein hoher Preis war, den du dafür entrichten musstest – ein zu hoher.«

Sie rückte noch ein wenig dichter heran. Die Wärme, die von ihr ausging, tat Christoph gut. Er hatte zu frieren begonnen. Schüttelfrost erfasste ihn.

»Dir geht es schlecht?«, fragte Dorle Hansen und legte ihm fürsorglich eine Hand auf die Stirn.

Er nickte schwach.

»Du hast Fieber.«

»Das vergeht wieder«, antwortete Christoph müde.

Für eine Weile herrschte Stille im Raum.

»Ich weiß, dass es wie eine hohle Phrase klingt, aber es sind keine leeren Worte«, flüsterte Dorle Hansen, »ich werde deinen Einsatz nie vergessen und dir immer dankbar sein.«

»Ach.«

Christoph hob mit Anstrengung die Hand. Eine bleierne Müdigkeit hatte ihn gepackt.

Dorle stieß ihn sanft an. »Du darfst nicht schlafen. Du musst wach bleiben.«

Sie hatte recht. Aber sosehr er auch dagegen ankämpfte, die Schwere wurde immer größer. Ein dunkles Loch tat sich vor ihm auf. Der geschundene Körper, die vielen Verletzungen, die Zeit im engen Gefängnis, aber auch der Entzug von Schlaf, Wasser und Essen forderte seinen Tribut. Es schien ihm sogar tröstlich, wenn ihn jetzt eine temporäre Bewusstlosigkeit erfassen würde.

Der Kopf fiel ihm auf die Brust. Durch den Ruck erfasste ihn eine neue Schmerzwelle und holte ihn ins Diesseits zurück.

»Bei dir ist alles okay?«, fragte er Dorle.

»Wir kümmern uns jetzt um dich«, erwiderte die Frau.

Trotz seiner Benommenheit hatte Christoph registriert, dass sich bei ihr ein Wandel vollzogen hatte. Jetzt, wo er außer Gefecht gesetzt war, hatte sie die Kontrolle über sich wiedergefunden.

Ein lautes Schreien riss ihn aus seiner Lethargie hoch. Auch Dorle Hansen hatte sich aufgerichtet und saß jetzt mit geradem Oberkörper neben ihm. Beide lauschten angespannt der Auseinandersetzung. Es waren die Stimmen der beiden Geiselnehmer zu hören. Sie brüllten sich gegenseitig an und versuchten, den anderen in der Lautstärke zu übertrumpfen. In die kleine Kammer drangen nur Wortfetzen, aber es waren böse Schimpfwörter, die ausgetauscht wurden. Das ganze Vokabular an Begriffen, die unter die Gürtellinie zielten, flog zwischen den beiden hin und her.

Schließlich schien der Deutsche die Oberhand zu gewinnen. Jetzt war deutlich vernehmbar, wie er Zülfüs Mutter verbal beschmutzte, ihr jedes ehrenrührige Verhalten unterstellte und schließlich dem Türken erklärte, er sei ein Betriebsunfall in der Prostitution seiner Mutter. Das waren die letzten Worte. Dann war es schlagartig ruhig.

»Das war zu viel«, sagte Christoph. »Im Verständnis der türkischen Kultur gibt es nichts Schlimmeres, als der Mutter zu unterstellen, sie hätte sich prostituiert. Das fordert seinen Preis.«

»Ich hätte nie im Leben geglaubt, dass Menschen so sein können«, sagte Dorle leise.

Dann zuckte sie zusammen und versuchte fast, in Christoph hineinzuschlüpfen, als ein Schuss durchs Haus bellte. Es folgten zwei weitere.

Christoph spürte, wie die Frau, die sich ganz eng an ihn klammerte, vor Angst vibrierte. Ihr Zittern war heftiger als sein Schüttelfrost.

Im Haus war es totenstill. Nichts rührte sich. Dann näherten sich Schritte.

»Es ist der Türke«, wisperte Dorle. »Er hat es endlich gemacht und den anderen aus dem Weg geräumt. Zülfü hat eingesehen, dass es nutzlos ist. Er kommt und lässt uns endlich frei.«

Der Schlüssel drehte sich im Schloss. Dann bewegte sich die Tür. Millimeter um Millimeter. Das Knarren der Tür ließ alle Nerven vibrieren. Der Lichtschein aus der Küche kroch über den nackten Betonboden, erfasste Christophs verletzten Fuß, glitt weiter am Bein entlang und wanderte an ihm empor. Er kniff die Augen zusammen und blinzelte in die ungewohnte Helligkeit. Es dauerte eine Ewigkeit, bis er die Gestalt erkannte.

Vor ihm stand der Deutsche. Unmaskiert. Das Gesicht hatte alle menschlichen Züge verloren und war zu einer Maske erstarrt. Es wirkte, als sei es aus Blei gegossen.

»Es ist aus«, sagte der Entführer. »Vorbei.«

In seiner Hand hielt er den Revolver. Gott sei Dank, sagte Christoph. Der Revolver. Auch wenn er wieder die Tortur einer Scheinhinrichtung erdulden musste. Eine eiskalte Hand fasste nach ihm. Die Kälte kroch langsam von den Fußsohlen empor, wanderte an den Waden und den Oberschenkeln entlang nach oben. Es war ein merkwürdiges, nie gekanntes Gefühl, als das Becken zu Eis gefror. Das Herz schlug wie rasend, der Atem ging stoßweise, bis die Kälte ihm den Hals zuschnürte.

Christoph kämpfte gegen die aufkommende Ohnmacht an. Er hatte schon so viel Würde und Selbstachtung in diesen Tagen verloren, dass er dem Mörder diesen Triumph nicht gönnen wollte. Er versuchte, die letzten Energiereserven zu mobilisieren, aber alle Anstrengungen waren vergeblich. Das große schwarze Loch fing ihn ein.

Dreiundzwanzig

Große Jäger eilte zum Smart.

»Was soll jetzt passieren?«, fragte Cornilsen.

»Du kannst Unterstützung anfordern«, erwiderte Große Jäger und zwängte sich hinters Lenkrad.

»Und du?«

»Ich bummele jetzt Überstunden ab.«

Cornilsen tippte sich an die Stirn. »Du bist verrückt!«

Große Jäger spielte den Entrüsteten. »Spricht man so mit dem Onkel?«

»Du bist nicht Wilderich, sondern der ›wilde Erich‹.«

Große Jäger zupfte sich an der Kinnspitze. »Der Spruch ist uralt. Nun lass mir den freien Nachmittag.«

Cornilsen öffnete die Beifahrertür und faltete seine ein Meter sechsundneunzig zusammen.

»Was soll das werden?«, fragte Große Jäger.

»Du kannst es überall lesen.« Cornilsen fuchtelte theatralisch mit dem Arm herum. »Die Polizei hat insgesamt eine Unmenge von Überstunden angesammelt. Und ich bin *auch* Polizist. Und weil du mir sympathisch bist, möchte ich die Überstunden mit dir zusammen abbummeln.«

»Du bist nicht nur *auch* Polizist, du bist *auch* verrückt«, antwortete Große Jäger, startete den Motor und fuhr Richtung Langer Deich. »Mit Gott für Christoph und Vaterland.«

»War das der Spruch der Musketiere?«, fragte Cornilsen.

»Eher der Muskeltiere«, antwortete Große Jäger. »›Für König und Vaterland‹ war die Devise von König Friedrich Wilhelm, die auch auf die Mützen der preußischen Landwehrsoldaten genäht wurde. Das haben die Soldaten in den Schlachten kurz vor dem Angriff des Gegners gerufen.«

Cornilsen atmete tief durch, prüfte noch einmal seine Dienstwaffe und spannte alle Muskeln an. »Na denn dann«, sagte er ernst.

»Ruf Hilke an.«

»Nicht die Zentrale?«

»Verstopft dir der Ohrschmuck den Gehörgang? Tante Hilke. Sag ihr, wo wir Christoph und die Täter vermuten. Erkläre ihr, dass wir uns das vor Ort ansehen. Sie soll alles organisieren. Aber die Armee soll ohne Tamtam anrücken. Gefechtsmäßig im Kriechgang.« Er verpasste Cornilsen einen Stoß mit dem Ellenbogen. »Aber jemand wie du ist ungebildet. Ein Ungedienter weiß nicht, was das heißt. Erzähle es Tante Hilke. Das ist eine kluge Frau. Und noch etwas.«

Cornilsen sah ihn an.

»Wehe, du plauderst es ihr gegenüber aus, ich meine, dass ich gesagt habe, sie sei klug.«

Der Oberkommissar ließ den Smart ganz langsam über den Deich rollen. Die angepeilte Häuserzeile näherte sich in Zeitlupe.

Sie fuhren an anderen Häusern vorbei, die vereinzelt unterhalb des Deichs in der Marsch lagen. Bei vielen bewegte man sich auf Höhe des Dachs.

Dann folgte eine längere unbebaute Strecke, bis sie die Häusergruppe erreicht hatten. Große Jäger hielt beim ersten Gebäude an. Sie stiegen aus. Es bedurfte keiner Abstimmung, dass sie schweigend ihre Waffen zogen und durchluden.

»Hoffentlich wohnt hier kein anderer«, sagte Große Jäger und duckte sich in den Schatten des ersten Hauses. »Sonst trifft noch jemand der Schlag, wenn hier zwei Gestalten mit Pistolen herumlaufen.« Er knuffte Cornilsen in die Seite. »Du siehst nicht gerade vertrauenerweckend aus.«

»Aber du bist die Seriosität in Person«, wisperte Cornilsen zurück.

Große Jäger zeigte mit der linken Hand hinter sich. »Bleib in meinem Windschatten.«

»Davon hast du genug.«

»Musst du so viel sabbeln?«

»Ich? Wir Nordfriesen sind ruhige und bedächtige Leute.«

»Das mag zutreffen. Aber du bist Nachkomme der redseligen Dänen.«

Große Jäger blieb abrupt stehen, sodass Cornilsen auflief.

Der Oberkommissar spürte, wie der Pistolenlauf in seinen Rücken stieß.

»Willst du mich umbringen?«, fluchte er.

»Sorry«, flüsterte Cornilsen leise. Es klang betreten. »Kommt nicht wieder vor.«

»… sagte der Todesschütze und blickte auf sein Opfer.« Der Oberkommissar musste seinen Kollegen nicht drauf hinweisen, dass ein Mann aus dem Haus herausgestürmt war, kaum erkennbar einen Blick in ihre Richtung geworfen hatte und jetzt mit langen Schritten in Richtung Deich hastete.

»Soll ich hinterher?«, fragte Cornilsen. Seine Stimme vibrierte vor Aufregung.

»Nein«, entschied Große Jäger. Er wollte nicht, dass sich der junge Kollege allein mit einem der gefährlichen Gegner auseinandersetzte. Außerdem wussten sie nicht, was sie im Haus erwartete. Mit Bestimmtheit befahl er: »Du bleibst hinter mir.«

»Dumm, dass wir keine Schutzwesten dabeihaben«, stellte Cornilsen fest. »Die ganze Aktion hier ist blöde.«

»Du solltest nicht mitkommen.«

»Ist ja schon gut.«

Sie hatten jetzt die Vorderfront des Hauses erreicht und mussten Blumenkübeln und einer Bank ausweichen, die an der Wand standen. Große Jäger warf einen schnellen Blick durch die Butzenscheiben ins Innere. Es musste der Wohnraum der alten Leute sein. Dann hatten sie die Ecke des Hauseingangs erreicht. Ein Rosenstock, wie er in Nordfriesland häufig die Wände der Häuser verziert, bot einen Sichtschutz.

Die Haustür stand sperrangelweit offen. Vorsichtig schob Große Jäger seinen Kopf millimeterweise um die Ecke. Seine Pistole hielt er auf Höhe seiner Nasenspitze. Er war über sich selbst erstaunt. Trotz allerhöchster Anspannung verspürte er keine Nervosität, kein Kribbeln. Sein Atem ging ruhig und gleichmäßig. Alles an ihm war äußerste Konzentration.

Der Flur lag im Halbdunkel. Eine hölzerne Treppe führte ins Obergeschoss. Die Wände waren mit dunklem Holz verkleidet. Ein Dielenschrank unterschied sich im Farbton durch nichts von den Wandpaneelen. Im Hintergrund sah er eine früher sicher einmal weiß gestrichene Tür mit einem Oberlicht. Mit Christoph hätte er sich jetzt über die weitere Vorgehensweise abgestimmt. Cornilsen war gut ausgebildet und hatte sich in der bisherigen Zusammenarbeit bewährt. Sie waren aber noch nie in einer so brisanten Mission zusammen unterwegs gewesen.

Wenn sie in den Flur eindringen würden, könnten die Täter – waren es mehrere? – aus dem Hinterhalt das Feuer auf sie eröffnen. Augenblicklich packten Große Jäger Zweifel, ob die Entscheidung, nicht auf das SEK zu warten, richtig war. Ja!, entschied er für sich selbst. So wunderbar die Region war, so unendlich viel sie den hier lebenden Menschen bot und sosehr sie diese mit Natur im Überfluss beschenkte, so abgelegen war sie auch. Eingreiftruppen wie das Spezialeinsatzkommando mussten immer erst herbeigeschafft werden. Und neben Bremen und dem Saarland war Schleswig-Holstein das einzige Bundesland, das sich keine Polizeihubschrauber leistete.

Nichts war zu sehen. Nichts zu hören.

»Polizei«, rief er laut. »Das Haus ist umstellt. Kommen Sie unbewaffnet heraus.«

Nichts geschah.

Er wiederholte seine Aufforderung.

»Hilfe!«

Es war eine Frauenstimme, die sich überschlug und kaum zu verstehen war. Der Ruf kam durch die weiße Tür mit dem Oberlicht.

»Hier ist die Polizei«, rief Große Jäger. »Sind Sie allein?«

»Hilfe!«, kam als Antwort.

»Das ist die weibliche Geisel«, raunte er Cornilsen zu. »Wenn die rufen kann, ist kein Entführer bei ihr. Wo steckt Christoph?« Er räusperte sich.

»Soll ich die Rückseite des Hauses abdecken?«, flüsterte Cornilsen.

»Nein. Du gibst mir Feuerschutz. Keine Alleingänge.« Dann brüllte er erneut: »Polizei. Kommen Sie heraus.«

»Einer steckt im Wohnzimmer«, war leise die Stimme einer

alten Frau zu hören. Sie versuchte zu rufen, aber es fehlte ihr erkennbar an Kraft.

Große Jäger nickte in Richtung des Fensters, das sie eben passiert hatten. Der Täter, falls er sich wirklich dort aufhielt, musste sie gesehen haben. Große Jäger spannte seinen Körper an. Dann setzte er mit einem beherzten Sprung an der Türöffnung vorbei auf die andere Seite über. Erneut schob er vorsichtig den Kopf um die Mauerecke, die Pistole wieder auf Nasenhöhe in den Flur gerichtet.

Ein schmaler Lichtstreifen fiel auf den Fliesenboden. Die Tür zum Wohnraum musste nur angelehnt sein. Die Nackenhaare des Oberkommissars sträubten sich, als der Lichtstreifen breiter wurde. Ganz langsam. Große Jäger nickte Cornilsen zu und machte eine fast nur angedeutete Bewegung mit dem Lauf seiner Waffe. Cornilsen bewegte den Kopf. Er signalisierte, dass er verstanden hatte.

»Nicht schießen«, hörten sie eine Männerstimme mit türkischem Akzent. »Nicht schießen«, wiederholte die Stimme. »Ich komme raus.«

»Zülfü Göksu. Sind Sie allein?«

Für den Bruchteil einer Sekunde herrschte offenbar Verblüffung bei dem Mann.

»Woher kennen Sie meinen Namen?«, fragte er schließlich atemlos.

Große Jäger ging nicht darauf ein. »Wo ist Dunker?«

»Getürmt.«

»Sind noch mehr von Ihnen im Haus?«

»Nein.« Jetzt klang es resignierend.

»Kommen Sie mit erhobenen Händen heraus.«

Nach zwei tiefen Atemzügen hörten sie: »Gut. Ich komme.« Der Lichtspalt vergrößerte sich, dann tauchte eine Gestalt auf. Der Mann bewegte sich unsicher. Er hatte die Hände wie befohlen erhoben.

»Kommen Sie aus dem Haus heraus«, forderte Große Jäger ihn auf.

Als Göksu die Türschwelle erreicht hatte, griff Cornilsen zu. Mit einem Ruck zog er den Entführer von der Türöffnung weg und drehte ihn über den vorgestreckten Fuß, sodass der Mann wie ein Mehlsack zu Boden ging. Bevor er zu einer Reaktion fähig war, hatte sich Cornilsen auf ihn gekniet, drückte ihn mit dem Knie nieder und zog Göksus rechten Arm auf den Rücken. Dabei bog er ihn so weit um, dass der Geiselnehmer vor Schmerz aufschrie und freiwillig den anderen Arm nach hinten legte, nachdem ihn Cornilsen dazu aufgefordert hatte.

»Gut. Wie im Lehrbuch. Dein Ausbilder wäre stolz auf dich«, sagte Große Jäger anerkennend, als Göksu fixiert vor dem Haus lag.

»Sind noch Bewaffnete im Haus?«, fragte Große Jäger den Täter.

»Nein.«

Gemeinsam zogen sie Göksu hoch.

»Wir binden ihn an die Gartenbank«, wies Große Jäger Cornilsen an. »Wenn er mit der über den Damm läuft, fällt er auf. Außerdem ist er damit nicht sonderlich schnell.«

»Dir läuft er damit immer noch davon«, erwiderte Cornilsen grienend.

Vorsichtig gingen sie ins Haus. Mit der Fußspitze stieß der Oberkommissar die Tür zum Wohnzimmer ganz auf. Alles im Zimmer war düster. Die Möbel waren mit dem Ehepaar Schimmelmann alt geworden. In einem tiefen Sesel hockte eine zierliche alte Frau. Ihre Hand war mit einem blutdurchtränkten Verband umwickelt. Angstvoll sah sie Große Jäger entgegen.

»Polizei?«, fragte sie ungläubig mit brüchiger Stimme.

»Alles ist vorbei«, versicherte der Oberkommissar. »Hilfe ist unterwegs.«

Die Frau nickte in Richtung des zerschlissenen Sofas. Dort lag zusammengekrümmt der alte Mann.

»Egon«, erklärte sie. »Er muss ins Krankenhaus. Sein Herz.«

Was ist das für eine Persönlichkeit?, fragte sich Große Jäger. Sie ist selbst verstümmelt, schwer verletzt, hat sicher viel Schmerz zu erleiden und weist zuerst auf Egon Schimmelmann, ihren Ehemann, hin.

Der Atem des alten Herrn ging schwach. Große Jäger fühlte den Puls. Er war kaum spürbar.

Ein schneller Blick hinter die Tür überzeugte die Polizisten, dass sich hier kein weiterer Täter verborgen hatte.

Frau Schimmelmann hatte es mitbekommen.

»Es sind zwei«, sagte sie leise. »Einer ist weggelaufen.«

»Wo sind die anderen? Die Frau und der Mann?«

Die alte Frau wollte etwas sagen, bekam aber keinen Ton heraus. Erst im zweiten Versuch gelang es ihr.

»Hinten in der Kammer. Durch die Küche durch.«

Cornilsen hatte bereits sein Handy am Ohr. Große Jäger hörte, wie er einen kurzen Lagebericht durchgab und Rettungskräfte anforderte.

»Notarzt, Rettungshubschrauber«, bekam der Oberkommissar mit, »Schwerverletzte und vermutlich einen Herzanfall.«

Große Jäger kehrte in die Diele zurück. Auch wenn die alte Frau und Göksu versichert hatten, es sei kein weiterer Täter mehr im Haus, war er vorsichtig. Er stieß die Tür an, die knarrend aufschwang. In der Mitte der altmodisch eingerichteten Küche stand ein Holztisch mit einem Wachstuch. Das Küchenfenster mit der abgeblätterten Farbe war halb blind.

»Polizei«, wiederholte Große Jäger und hörte hinter einer halb geöffneten Tür ein leises Wimmern, das in ein ersticktes »Hilfe« überging.

Ein bestialischer Gestank drang aus der Abstellkammer. Nur stabile Magennerven sorgten dafür, dass der aufkommende Brechreiz unterdrückt werden konnte. Eine schleimige Schicht hatte sich auf dem Fußboden ausgebreitet, durchsetzt mit Glassplittern. In eine Ecke hatte sich eine Frau gekauert.

Große Jäger streckte ihr die Hand entgegen.

»Frau Hansen«, sagte er. »Polizei. Sie sind frei.«

Dorle Hansen starrte ihn aus angstgeweiteten Augen an. Ihre vor der Brust verschränkten Arme zog sie noch enger an den Körper heran. Es wirkte, als würde sie ihre Hände verstecken wollen.

»Kommen Sie«, sagte Große Jäger und machte einen Schritt auf sie zu.

»Nein!«, schrie sie plötzlich. »Lassen Sie mich zufrieden.«

Entschlossen packte Große Jäger sie am Oberarm, überwand mit leichtem Druck ihren Widerstand und half ihr auf die Beine. Dann führte er sie aus der Kammer.

Er würgte, spürte, wie ihm der Mageninhalt die Speiseröhre hochkroch, und nur mit ganz viel Mühe konnte er unterdrücken, dass er sich hier übergeben musste.

Während der ganzen Aktion hatte Christoph ihn angesehen. Aus großen, starr auf ihn gerichteten Augen. Der Blutfaden, der aus dem Einschussloch in der Stirn zwischen den Augen herausgetreten war, lief an der Naseninnenseite entlang und hatte die Oberlippe erreicht.

Cornilsen war hinzugekommen. Wie gebannt starrte er auf die seelenlose Hülle. Er war kreidebleich geworden.

»Das ... ist ... unfassbar ...«, stammelte er.

»Kümmere dich um die Frau«, sagte Große Jäger und lief die paar Meter zum Smart zurück.

Der Wagen fuhr schon an, bevor er die Tür geschlossen hatte. Es mochten keine hundert Meter bis zum Übergang des Seedeichs sein.

Große Jäger sprang aus dem Smart, ließ den Motor laufen und riss die hölzerne Pforte auf, die so konstruiert war, dass sie nach dem Passieren wieder zufiel. Er hatte keinen Blick für die zahlreichen Schilder, die vom überbordenden deutschen Ordnungssinn kündeten. Es musste unbedingt darauf hingewiesen werden, dass dieses der Landesschutzdeich war und welche Behörde dafür die Verantwortung trug. Hunde mussten an der kurzen Leine geführt werden. Der Bürgermeister ließ durch ein weiteres Schild verkünden, dass hier im Winter weder gefegt noch gestreut werde, ein großes Schild mit einer Eule klärte den Besucher auf, dies sei der Nationalpark; dabei durfte die Benutzungsordnung nicht fehlen.

Einzig der Hinweis auf ein – allerdings kilometerweit entferntes – WC schien sinnvoll.

Große Jäger erklomm die Stufen zur Deichkrone. Vor ihm

lag der Heverstrom. Links zeigten sich die hohen Silos des Husumer Hafens. Gegenüber streckte sich die Nordküste Eiderstedts entlang, an deren westlichem Ende der wohl bekannteste Leuchtturm Deutschlands mit den beiden roten Wärterhäuschen zu seinen Füßen stand.

Für all das hatte Große Jäger keinen Blick. Ihn interessierte einzig die immer kleiner werdende Gestalt, die sich in westlicher Richtung entfernte.

Das musste Dunker sein. Er durfte ihm nicht entkommen. Mit Sicherheit war Dunker bewaffnet und würde ohne Skrupel weitere Geiseln nehmen, wenn er sich in die Enge getrieben fühlte. Der Oberkommissar lief die Treppe hinunter, kam ins Stolpern und konnte sich mit rudernden Armen gerade noch fangen. Er sprang ins Auto und preschte die Straße hinterm Deich bis zur nächsten Treppe entlang, die fast einen Kilometer entfernt war. Hier lagen einsam ein Haus sowie ein Gehöft, davor eine kleine, unscheinbare Holzhütte.

Diesmal zog Große Jäger den Autoschlüssel ab. Dann lief er keuchend die Stufen zur Deichkrone hoch.

Dunker schien kein trainierter Sportler zu sein. Sein Gang war schleppend geworden. Er ging leicht nach vorne gebeugt und hielt sich mit der linken Hand die Seite. Trotzdem hatte er den Oberkommissar bemerkt. Der Mörder blieb stehen, versuchte sich zu straffen, hob den rechten Arm mit dem Revolver und zielte. Dann knallte es. Auf einer Distanz von knapp unter hundert Metern mit einer Faustfeuerwaffe zu treffen wäre ein Glücksfall gewesen.

Große Jäger nahm seine Waffe hoch, ging in Kombatstellung und visierte Dunker über Kimme und Korn an. Sein Gegner lief nicht mehr, sondern trabte nur noch. Nach fünf Schritten schoss der Täter erneut. Große Jäger hatte die Pistole kurz abgesenkt und dann die offene Visierung wieder aufgenommen. Nach einem weiteren Schuss, den Dunker auf ihn abgab, feuerte Große Jäger seine Pistole ab. Er versuchte, auf die Beine des Täters zu zielen, wusste aber, dass ein gezielter Schuss nicht möglich war. Die Aktion hatte aber zur Folge, dass Dunker wütend wurde und seinerseits zwei Mal abdrückte.

Große Jäger ließ den Mann weitere zehn Meter näher kommen. Allmählich wurde die Distanz gefährlich.

Dunker blieb stehen, zielte auf den Oberkommissar und versuchte einen weiteren Schuss abzugeben. Nichts geschah. Der Mörder hielt inne, starrte fassungslos auf seinen Revolver, visierte den Polizisten erneut an und zog wie ein Irrer den Hahn durch. Deutlich war das Klicken zu hören. Dunker hatte sein Pulver verschossen.

Wortwörtlich.

Langsam näherte sich Große Jäger dem Täter, stets seine Dienstwaffe in Schusshaltung vor sich hertragend. Dunker starrte ihn aus großen Augen an. Große Jäger wunderte sich, dass der Mann nicht die Flucht ergriff. Eiskalte Verbrecher wie er ergaben sich nicht. Dunker wusste, was ihn erwartete. Andererseits war er durch den Lauf am Deich vermutlich zu erschöpft, um weiter zu fliehen. Zudem hätte er an Große Jäger vorbei oder umkehren müssen.

Als der Oberkommissar sich auf knapp zehn Meter genähert hatte, sagte er mit ruhiger Stimme: »Das ist eine sichere Schussentfernung, du elendiges Schwein. Jemand wie du ist es nicht wert, weiter unsere Atemluft zu verpesten.«

Wie in einem Film spulten sich vor Große Jägers innerem Auge die Verbrechen ab, die sein Gegenüber bereits begangen hatte. Er sah in diesem Moment, wie sich Dunker über den Geldboten beugte und sein wehrloses Opfer kaltblütig und ohne jede menschliche Regung erschoss.

Wenn man den Verbrecher nach seinen letzten Taten für immer weggesperrt hätte, wäre das alles nicht passiert. Ömer Akalin und Christoph würden noch leben, Dorle Hansen wäre ein sie für immer quälendes Trauma erspart geblieben. Er mochte sich nicht ausmalen, was passieren könnte, wenn Dunker in vielen Jahren wieder einem Gutmenschen begegnete, der ihn für therapiert hielt. Konnte man Dunker erneut auf die Menschheit loslassen? Und die Mithäftlinge, die sicher alle keine Waisenknaben waren, würden im Gefängnis ebenso unter diesem Mann leiden wie die Justizvollzugsbeamten.

Große Jäger schüttelte sich. Er konnte sich nicht von dem

Bild frei machen. Aus großen gebrochenen Augen starrte ihn Christoph an.

Niemand würde es ihm übel nehmen, wenn er den Teufel vor sich in die Hölle schicken würde. Keiner würde an der Notwehr zweifeln. Sie waren hier allein am Deich. Der Mörder und er.

»Knie dich nieder«, schrie er Dunker an.

Der Mörder sah ihm ungläubig entgegen.

»Los, sonst wird dein Tod schmerzhaft sein. Der erste Schuss muss nicht final sitzen.«

Dunker ließ sich auf die Knie fallen. Er hob die Hände in die Höhe.

»Ich bin unbewaffnet«, jammerte der Mann. »Du kannst mich nicht erschießen.« Speichel floss aus seinem Mundwinkel.

»Halt die Fresse. Deine Mutter tut mir leid. Sie hat dich elendiges Stück Dreck nicht geboren, damit du hier am Deich krepierst.«

»Bitte«, flehte Dunker mit versagender Stimme. »Bitte. Nicht.«

Große Jäger umrundete den Mann und näherte sich ihm von hinten. Aus drei Metern Entfernung drückte er ab. Der Kopf fiel ruckartig nach vorn. Der Rumpf sackte zusammen, als hätte jemand ein Ventil geöffnet.

»Nein. Nicht schießen«, jammerte Dunker kläglich.

Große Jäger sah, dass sich der Mörder eingenässt hatte.

»Bitte. Ich will nicht – sterben«, kam es zwischen dem Speichelfluss undeutlich über die Lippen des vor Angst vibrierenden Mannes.

»Hände in den Nacken«, forderte Große Jäger. »Dann tut der Einschuss nicht so weh.«

Gehorsam verschränkte Dunker die Hände im Nacken. Dann begann er, wie ein kleines Kind zu heulen. Dabei lief ihm der Sabber aus dem Mund.

Große Jäger setzte den Pistolenlauf auf dem Hinterkopf an.

Dann fiel der Mörder ins Gras des Deiches und landete mit dem Gesicht in der Hinterlassenschaft eines Schafes.

Dort lag Dunker noch, als die uniformierten Polizisten eintrafen, die Große Jäger schon aus der Distanz hatte kommen sehen.

»Nehmt ihn mit«, sagte er voller Abscheu und zeigte auf den wie ein kleines Kind auf dem Boden zusammengekauerten Dunker. »Passt gut auf ihn auf, damit der Richter ihn wohlbehalten vorfindet, wenn er seinen Prozess bekommt.«

Nein. Wie bestialisch und fern jeder menschlichen Natur sich Dunker auch verhalten hatte. Einen Menschen töten – das konnte der Husumer Oberkommissar Wilderich Große Jäger nicht.

Vierundzwanzig

Die dunklen Wolken über der Stadt schienen Theodor Strom recht zu geben. Heute war Husum die »graue Stadt am Meer«. Die Regentropfen perlten an der Fensterscheibe ab. Auf der Fensterbank standen neben mickrigen Topfpflanzen die Kaffeemaschine und Christophs Teekocher. Heute schien alles trist zu sein, und das Aprilwetter trug sein Scherflein dazu bei.

Es war merkwürdig. Nie hatte Große Jäger das Gefühl gehabt, Christoph sitze ihm im Nacken, auch wenn dessen Schreibtisch hinter ihm stand. Er konnte sich nie mehr umdrehen, wenn er eine Frage hatte oder eine Idee loswerden wollte. Er bekäme keine Antwort, kein kritisches »Ja, aber«. Ob er es vermissen würde, dass ihn niemand mehr bremsen würde, wenn er in seiner Spontanität am Ziel vorbeizuschießen drohte? Ja, beschloss er. Und nicht nur die mahnenden Worte, die immer wohlwollend gewesen waren, würden ihm fehlen. Selbst auf das »Es heißt: Guten Morgen« würde er künftig vergeblich warten, wenn er morgens die Tür aufreißen und grußlos ins Büro stapfen würde.

Nein. Husum war heute nicht nur eine »graue Stadt am Meer«, sondern eine grauenvolle Stadt. Gedankenverloren kramte er die zerknautschte Zigarettenschachtel aus der Jeans und zündete sich einen Glimmstängel an. Unbewusst griff er zum fleckigen Kaffeebecher und drehte ihn mit der linken Hand.

»Und wie soll es jetzt weitergehen?«, fragte Cornilsen. »Ich meine, ohne Christoph?«

»Es muss weitergehen. Es wird weitergehen.« Große Jäger zeigte zum Fenster. »Da draußen bleibt das Unrecht nicht stehen. Wir beide werden uns ihm entgegenstellen. Auch wenn die Fußstapfen groß sind, in die wir hineinschlüpfen müssen.« Jetzt wies der Daumen über seinen Rücken auf den verwaisten Schreibtisch. »Christoph wird uns dabei begleiten.«

Cornilsen räkelte sich auf seinem Bürostuhl. »Na denn dann.«

Dichtung und Wahrheit

Nordstrand ist ein ruhiger und idyllischer Platz, das Tor zum unvergleichlichen Weltnaturerbe Wattenmeer. Auf der »Insel an Land« gibt es weder eine Uthlande-Sparkasse noch Gewalt und Verbrechen. Handlung und Figuren sind ausschließlich meiner Phantasie entsprungen und ohne jedes reale Vorbild.

Mein Dank gilt ganz besonders Birthe, die mich bei diesem Roman tatkräftig unterstützt hat, und natürlich meiner Lektorin Dr. Marion Heister, die Christoph und mich auf dem Weg von der literarischen Geburt bis heute klug und hilfreich begleitet hat.

Hannes Nygaard
TOD IN DER MARSCH
Broschur, 240 Seiten
ISBN 978-3-89705-353-3

»*Ein tolles Ermittlerteam, bei dem man auf eine Fortsetzung hofft.*« Der Nordschleswiger

»*Bis der Täter feststeht, rollt Hannes Nygaard in seinem atmosphärischen Krimi viele unterschiedliche Spiel-Stränge auf, verknüpft sie sehr unterhaltsam, lässt uns teilhaben an friesischer Landschaft und knochenharter Ermittlungsarbeit.*« Rheinische Post

Hannes Nygaard
VOM HIMMEL HOCH
Broschur, 240 Seiten
ISBN 978-3-89705-379-3

»Nygaard gelingt es, den typisch nord-friesischen Charakter herauszustellen und seinem Buch dadurch ein hohes Maß an Authentizität zu verleihen.«

»Hannes Nygaards Krimi führt die Leser kaum in lästige Neben-handlungsstränge, sondern bleibt Ermittlern und Verdächtigen stets dicht auf den Fersen, führt Figuren vor, die plastisch und plausibel sind, sodass aus der klar strukturierten Handlung Span-nung entsteht.«

Hannes Nygaard
MORDLICHT
Broschur, 240 Seiten
ISBN 978-3-89705-418-9

»Wer skurrile Typen, eine raue, aber den-noch pittoreske Landschaft und dazu noch einen kniffligen Fall mag, der wird an ›Mordlicht‹ seinen Spaß haben.«

»Ohne den kriminalistischen Handlungsstrang aus den Augen zu verlieren, beweist Autor Hannes Nygaard bei den meist lie-bevollen, teilweise aber auch kritischen Schilderungen hiesiger Verhältnisse wieder einmal großen Kenntnisreichtum, Sensibilität und eine starke Beobachtungsgabe.«

www.emons-verlag.de

Hannes Nygaard
TOD AN DER FÖRDE
Broschur, 256 Seiten
ISBN 978-3-89705-468-4

»Dass die Spannung bis zum letzten Augenblick bewahrt wird, garantieren nicht zuletzt die Sachkenntnis des Autors und die verblüffenden Wendungen der intelligenten Handlung.«
Friesenanzeiger

»Ein weiterer scharfsinniger Thriller von Hannes Nygaard.«
Förde Kurier

Charles Brauer liest
TOD AN DER FÖRDE
4 CDs
ISBN 978-3-89705-645-9

www.emons-verlag.de

Hannes Nygaard
TODESHAUS AM DEICH
Broschur, 240 Seiten
ISBN 978-3-89705-485-1

»Ein ruhiger Krimi, wenn man so möchte, der aber mit seinen plastischen Charakteren und seiner authentischen Atmosphäre überaus sympathisch ist.« www.büchertreff.de

»Dieser Roman, mit viel liebevollem Lokalkolorit ausgestattet, überzeugt mit seinem fesselnden Plot und der gut erzählten Geschichte.« Wir Insulaner – Das Föhrer Blatt

Hannes Nygaard
KÜSTENFILZ
Broschur, 272 Seiten
ISBN 978-3-89705-509-4

»Mit ›Küstenfilz‹ hat Nygaard der Schleiregion ein Denkmal in Buchform gesetzt.« Schleswiger Nachrichten

»Nygaard, der so stimmungsvoll zwischen Nord- und Ostsee ermitteln lässt, variiert geschickt das Personal seiner Romane.« Westfälische Nachrichten

www.emons-verlag.de

Hannes Nygaard
TODESKÜSTE
Broschur, 288 Seiten
ISBN 978-3-89705-560-5

»Seit fünf Jahren erobern die Hinterm Deich Krimis von Hannes Nygaard den norddeutschen Raum.«   Palette Nordfriesland

»Der Autor Hannes Nygaard hat mit ›Todesküste‹ den siebten seiner Krimis ›hinterm Deich‹ vorgelegt – und gewiss einen seiner besten.«   Westfälische Nachrichten

Hannes Nygaard
TOD AM KANAL
Broschur, 256 Seiten
ISBN 978-3-89705-585-8

»Spannung und jede Menge Lokalkolorit.«   Süd-/Nord-Anzeiger

»Der beste Roman der Serie.«   Flensborg Avis

www.emons-verlag.de

Hannes Nygaard
DER TOTE VOM KLIFF
Broschur, 272 Seiten
ISBN 978-3-89705-623-7

»Mit seinem neuen Roman hat Nygaard einen spannenden wie humorigen Krimi abgeliefert.« Lübecker Nachrichten

»Ein spannender und die Stimmung hervorragend einfangender Roman.« Oldenburger Kurier

Hannes Nygaard
DER INSELKÖNIG
Broschur, 256 Seiten
ISBN 978-3-89705-672-5

»Die Leser sind immer mitten im Geschehen, und wenn man erst einmal mit dem Buch angefangen hat, dann ist es nicht leicht, es wieder aus der Hand zu legen.« Radio ZuSa

www.emons-verlag.de

Hannes Nygaard
STURMTIEF
Broschur, 256 Seiten
ISBN 978-3-89705-720-3

»Ein fesselnder Roman, brillant recherchiert und spannend!«
www.musenblaetter.de

Hannes Nygaard
SCHWELBRAND
Broschur, 272 Seiten
ISBN 978-3-89705-795-1

»Sehr zu empfehlen.«   Forum Magazin

»Spannend bis zur letzten Seite.«   Der Nordschleswiger

Hannes Nygaard
TOD IM KOOG
Broschur, 240 Seiten
ISBN 978-3-89705-855-2

»Ein gelungener Roman, der einen realistischen Blick auf die oft banalen Gründe für sexuell motivierte Verbrechen erlaubt.«
Radio ZuSa

Hannes Nygaard
SCHWERE WETTER
Broschur, 256 Seiten
ISBN 978-3-89705-920-7

»Wie es die Art von Hannes Nygaard ist, hat er die Tatorte genauestens unter die Lupe genommen. Wenn es um die Schilderungen der Örtlichkeiten geht, ist Nygaard in seinem Element.«
Schleswig-Holsteinische Landeszeitung

»Ein Krimi mit einem faszinierenden Thema, packend aufbereitet und mit unverkennbar schleswig-holsteinischem Lokalkolorit ausgestattet.« www.nordfriesen.info

www.emons-verlag.de

Hannes Nygaard
NEBELFRONT
Broschur, 256 Seiten
ISBN 978-3-95451-026-9

»Nie tropft Blut aus seinen Büchern, immer bleibt Platz für die Fantasie des Lesers.« BILD Hamburg

Hannes Nygaard
FAHRT ZUR HÖLLE
Broschur, 272 Seiten
ISBN 978-3-95451-096-2

»Ein Meister der Recherche« NDR 90,3

www.emons-verlag.de

Hannes Nygaard
DAS DORF IN DER MARSCH
Broschur, 272 Seiten
ISBN 978-3-95451-175-4

»Dieser Autor killt die Langeweile – Hannes Nygaard ist einfach immer gleich gut.«   NDR 90,3

Hannes Nygaard
SCHATTENBOMBE
Broschur, 256 Seiten
ISBN 978-3-95451-289-8

»Hannes Nygaards ›Hinterm Deich‹-Krimis gehören inzwischen zu den Klassikern der norddeutschen Krimilandschaft.«
Holsteinischer Courier

www.emons-verlag.de

Hannes Nygaard
BIIKEBRENNEN
Broschur, 256 Seiten
ISBN 978-3-95451-486-1

»Herrlich, norddeutsch!« LebensArt Magazin

»Auch im neuen Buch verwebt er wieder die Handlung mit der Region, mit Typen, die der Leser zu kennen glaubt. Immer an Orten in Nordfriesland – Porträts einer einzigartigen Landschaft und ihrer Charaktere.« Husumer Nachrichten

Hannes Nygaard
NORDGIER
Broschur, 272 Seiten
ISBN 978-3-95451-689-6

Gegen den Bevollmächtigten einer der reichsten Familien des Landes läuft ein Verfahren wegen Steuerhinterziehung. Die Situation eskaliert, und er wird auf spektakuläre Weise öffentlich hingerichtet. Kriminalrat Lüder Lüders soll als Sonderermittler für die Landesregierung in den höchsten Kreisen Schleswig-Holsteins ermitteln. Doch Lüder lässt sich von Adelstiteln und hohen Ämtern nicht beirren und deckt ein sehr bizarres Verbrechen auf …

www.emons-verlag.de

Hannes Nygaard
MORD AN DER LEINE
Broschur, 256 Seiten
ISBN 978-3-89705-625-1

»›Mord an der Leine‹ bringt neben Lokalkolorit aus der niedersächsischen Landeshauptstadt auch eine sympathische Heldin ins Spiel, die man noch häufiger erleben möchte.«   NDR 1

Hannes Nygaard
NIEDERSACHSEN MAFIA
Broschur, 256 Seiten
ISBN 978-3-89705-751-7

»Einmal mehr erzählt Hannes Nygaard spannend, humorvoll und kenntnisreich vom organisierten Verbrechen.«   NDR

»Nygaard lebt auf der Insel Nordstrand – dort an der Küste ist er der Krimi-Star schlechthin.«   Neue Presse

www.emons-verlag.de

Hannes Nygaard
DAS FINALE
Broschur, 240 Seiten
ISBN 978-3-89705-860-6

»*Wäre das Buch nicht so lebendig geschrieben und knüpfte es nicht geschickt an reale Begebenheiten an, man würde ›Das Finale‹ wohl aus Mangel an Glaubwürdigkeit schnell beiseitelegen. So aber hat Nygaard im letzten Teil seiner niedersächsischen Krimi-Trilogie eine spannende Verbrecherjagd beschrieben.*«
Hannoversche Allgemeine Zeitung

Hannes Nygaard
AUF HERZ UND NIEREN
Broschur, 256 Seiten
ISBN 978-3-95451-176-1

»*Der Autor präsentiert mit ›Auf Herz und Nieren‹ einen spannend konstruierten und nachvollziehbaren Kriminalroman über das organisierte Verbrechen, der auch durch seine gut gezeichneten und beschriebenen Figuren und Protagonisten punkten kann.*«
Zauberspiegel

www.emons-verlag.de

Hannes Nygaard
FLUT DER ANGST
Broschur, 288 Seiten
ISBN 978-3-95451-378-9

»Nygaard ist Norden. Seine ›Hinterm Deich Krimis‹ erzielen seit zehn Jahren Spitzenauflagen. Nun setzt er seinem kriminellen Schaffen die Krone auf und veröffentlicht mit ›Flut der Angst‹ den fulminanten Jubiläumsband.«   Kultur-Artour

Hannes Nygaard
EINE PRISE ANGST
Broschur, 240 Seiten
ISBN 978-3-89705-921-4

Hannes Nygaard nimmt seine Leser mit auf eine kriminelle Reise von Nord nach Süd. Große und kleine Verbrecher begehen geschickt getarnte Morde, geraten unfreiwillig in dunkle Machenschaften oder erliegen dem Fluch von Hass, Gier oder Leidenschaft. Außergewöhnliche Mordmethoden und manch skurrile Beteiligte garantieren ein kurzweiliges und schwarzes Lesevergnügen.

www.emons-verlag.de